Kerstin Witkowski

Hitzewellen
und Sternschnuppen

Hitzewellen
und
Sternschnuppen

© 2020 Kerstin Witkowski
Herstellung und Verlag: BoD – Books on Demand,
Norderstedt
ISBN: 9783752673951

INHALTSVERZEICHNIS

Kapitel 1
Der Hilferuf

Bei einem vibrierte etwas am Schreibtisch, beim anderen erklang ‚Careless Whisper' von Georg Michael, beim nächsten blinkte die Nachrichtankunft im Autodisplay und eine überraschte die Meldung nach dem Mittagsschlaf.
Alle starrten auf das Handy mit der kurzen und knappen Nachricht:

W A N T E D !!!
Suche dringend jemanden, der mit mir ein paar Tage dem Alltag entflieht um einfach mal wieder Spaß zu haben. Ernsthaft Ihr Lieben, ich halte es nicht mehr lange aus. Henning macht mich wahnsinnig! Wir sehen uns später, bis dahin könnt Ihr ja schon mal überlegen ob Ihr Lust habt mit einer genervten Freundin einfach mal abzutauchen. Bis Spääädddder Mädels, freue mich auf Euch und vielleicht einen hoffnungsvollen Lichtblick in mein chaotisches Leben.
Gruß und Kuss, eure genervte und Urlaubsreife
Jana
P.S. Bringe viel Durst mit.

Ich starrte auf meinen Bürokalender.

Eigentlich hatte ich für das kommende Wochenende mal nichts planen wollen, denn langsam, das merkte ich, war ich einfach platt und Urlaubsreif. Die Arbeitswochen zwischen Ferien zogen sich manchmal ziemlich vor sich hin und irgendwann war eben die Luft raus.

Ich schaute erneut auf meinen Kalender und tatsächlich, heute war der erste Freitag im neuen Monat und das hieß „Mädels-Abend"!

*

Ein grinsen huschte über mein Gesicht, denn so langsam müsste das Wort „Mädels-Abend" eher in ein „Ü50-Treffen" oder „Q10-Club" umbenannt werden, denn die ersten Damen hatten knapp, aber nun mal die Fünfzig auf ihrem Konto stehen und die anderen drei folgten zum Leid unseres Mitgliedes Hanna.

Nicht, dass sie ein Problem mit dem Alter hätte, aber ganz so egal war es ihr auch wieder nicht, denn sie erwähnte oft und spätestens nach dem zweiten Drink, dass die Wunderspritzen leider zu teuer seien um sich die Falten, die sich langsam um die Augen bildeten, verschwinden zu lassen.

Sie war es auch, die meine Idee beim letzten Treffen, eine Club-Namens-Änderung vorzunehmen, absolut verweigerte.

Ich guckte damals in die Runde, zuckte die Schultern und bevor Hanna noch empört etwas sagen konnte, donnerte Clubmitglied Jana raus > *ohne mich, Mädels, noch gehören wir nicht zum alten Eisen, sondern sind im perfekten knackigen Alter; eher würde ich uns noch Forever Young umbenennen* <, was ich ja dann doch etwas übertrieben fand. Aber das war typisch Jana.

Ich nahm mein Handy zur Hand und las den eingegangen SOS-Ruf von ihr nochmal.
Ach herrje, wieder mal krach, dachte ich kurz.
In letzter Zeit schienen Jana und ihr Freund Henning tatsächlich oft aneinander zu geraten. Henning war ein Pfundskerl, doch seine erfinderische Ader wurde langsam schon genervt, andermal wieder beschmunzelt zur Kenntnis genommen, je nach Tagesverfassung. Für den Auslöser der heutigen WhatsApp mussten ihre Nerven tatsächlich blank liegen oder Henning versuchte tatsächlich mal eine seine verrückten Ideen umzusetzen und nicht nur niederzuschreiben.
Schnell antwortete ich zurück: ´**Halte durch, wir sehen uns ja später, dann können wir quatschen.** `

Gut, dass heute meine Freundin Anke die Ausrichterin des Abends war und nicht ich selbst, somit brauchte nichts mehr eingekauft bzw. vorbereitet werden. Zur Anfangszeit unseres gemeinsamen Treffens, hatte sich jeder einzelne noch bemüht etwas Leckeres zu zaubern; manchmal sogar mit Dessert, doch da Hanna mittlerweile zur Vegetarierin geworden war, Ines sehr wählerisch, Jana gerne mit Schuss kochte, Anke gerne Fleisch und ich gerne Fisch aßen, wurde das Zubereiten fast für jeden von uns eine Herausforderung.

Kurzum wurde bei einem unserer Mädels-Treffen einvernehmlich entschieden ´ab jetzt gönnen wir uns alle vier Wochen den Luxus und bestellen bei unserem Lieblingsitaliener`, jeder was er haben und vertragen konnte und fertig, Getränke und Knabbereien waren immer schnell besorgt und somit musste der Ausrichter mittlerweile nicht mehr viel vorbereiten.

Ich legte den Bürokalender wieder auf meinem Schreibtisch zurück, warf einen letzten Blick auf die Armbanduhr, um festzustellen, dass der Feierabend nahte, als mein Handy erneut vibrierte:
´Ich will nicht quatschen, ich will weg!!!`

Grinsend packte ich meine Sachen zusammen, schaltete den Rechner aus und verließ mit meiner Kollegin Sophie das Firmengebäude.
>> Endlich bald Ferien <<, raunte sie mir zu. >> Ich bin so froh, wenn ich den Bau mal für 2 Wochen den Rücken kehren kann. Fahrt ihr eigentlich weg? <<

Ich mochte die Kollegin, die für den Empfang zuständig war.

» Nein, dieses Jahr bleiben wir zuhause. Mein Mann bekommt leider nicht mit mir zusammen Urlaub. Dass ist das Leid derjenigen die Kinderlos geblieben sind; zur Strafe oben drauf darf man sich dann noch mit den Kollegen um den Urlaubsplan streiten und jetzt, wo Stefan durch seine Bein-OP eine Wiedereingliederung machen muss, ist sein Urlaub in den nächsten Wochen sowieso gestrichen. «

» Wie läuft denn der Heilungsprozess? «

» Soweit ist alles gut, er geht ab dieser Woche vier Stunden am Tag in die Wiedereingliederung arbeiten und ja, es wird besser. Er kann oder darf mittlerweile wieder Auto fahren und soll die Krücken, wenn möglich, nicht mehr nutzen, damit die Sehne sich wieder dehnt. «

» Wie hieß das Dingen nochmal, was ihm da gerissen ist? «

» Die Achillessehne. «

» Ach ja, kann ich mir irgendwie nicht merken. Weißt du was? Sollte dir die Decke zuhause auf den Kopf fallen, dann texte mich doch einfach an oder komm vorbei. « Sie knuffte mich in die Seite. Ich bedankte mich lächelnd für die Einladung im Vorfeld, wünschte ihr ein schönes Wochenende und verschwand winkend in der Tiefgarage.

Eigentlich hatte ich es gut getroffen, es gab kein Grund zur Beschwerde. Ich lebte mit meinem Mann Stefan, mit dem ich es mittlerweile knapp zwanzig Jahre aushalte, in einem kleinen Miethäuschen mit Garten in einem Vorort einer Großstadt. Mit meinem Job war ich an für sich zufrieden, denn ich saß in der Verwaltung einer großen Versicherung, hatte das Glück eine kleine, aber tolle Familie zu haben und liebe Freunde. Meine oder Unsere einzige Erschwernis war eben die Kinderlosigkeit, aber nach jahrelangem hoffen und ärztlichen Untersuchungen hatten wir das Schicksal angenommen und lebten nun zufrieden mit vier kleinen Mitbewohnern, Namens Josy, Finja, Paulinchen und Schüppi. Bei den Mitbewohnern handelte es sich um Landschildkröten, die im Garten in einem großen Außengehege lebten.

*

Ich schloss meinen alten VW Beetle auf, drehte die Musik etwas lauter, startete in Richtung Heimat und während ich mich in den Feierabendverkehr einfädelte, musste ich über meine Freundinnen nachdenken und fragte mich erneut, was Jana denn nun wieder auf dem Herzen hatte.

Eine Auszeit, dachte ich kurz, ja die würde mir auch gefallen, dabei musste es ja nicht weit sein, ein kleiner Tapetenwechsel wirkte manchmal schon wunder. Ich war gespannt, was der Abend bringen würde, denn eigentlich hatten wir von der Mädelstruppe sowieso

geplant, uns mal wieder ein gemeinsames
Wochenende zu gönnen. Vielleicht ein paar Tage zur
Nordsee, dachte ich, oder noch mal ein Wellnesspaket
im Sauerland? In freudigen Urlaubsgedanken
versunken, parkte ich, zuhause angekommen, mein
Auto neben den Wagen meines Mannes, schloss die
Haustür auf, wurde gleich von ihm bombardiert und
schon verschwanden mein Meer mit samt den tollen
Relaxliegen.

>> Gut, dass du kommst <<, rief Stefan schon vom
Wohnzimmer. >> Du glaubst ja nicht was für einen
aufregenden Tag ich hinter mir habe. << Ich legte
meinen Schlüssel in die Schale auf der Kommode, zog
meine Schuhe aus und ging ins Wohnzimmer um
meinen Mann zu begrüßen.
>> Lass mich doch erstmal ankommen. <<
>> Du hast ja recht <<, Stefan drückte mich. >> Wie war
denn dein Tag so kurz vor dem Endspurt? <<
>> Ach eigentlich ganz okay. Man merkt halt eben bei
vielen Kollegen, dass es Zeit für die Ferien wird;
davon will ich mich nicht ausschließen. Und bei dir? <<
Die Frage hätte ich mir sparen können, denn so
aufgeregt, wie mein Mann heute wirkte, hätte er eh
nicht lange Ruhe gegeben.
>> Gut das du fragst, er war aufregend. Ich war ja
heute auf der Arbeit und bin anschließend zur Physio
gefahren und weißt du wer dort mit mir im

Warteraum saß? Kevin Schrombeck! « Stefan war ganz aus dem Häuschen.

Ich guckte etwas irritiert. » Kevin wer? «

» Na Schrombeck. Den kennst du doch! « Empört stemmte er die Arme in seine Hüften.

» Ähmmm, jetzt gerade sagt mir der Name nichts. Kennen wir den von früher? «

» Ich bitte dich, du kennst Kevin Schrombeck nicht. Becki? Den kennt doch jedes Kind! «

» Ja aber woher denn? «

» Na von der Bundesliga! Er hat letztes Jahr noch für den BVB gespielt und musste dann leider krankheitsbedingt eine Pause einlegen. «

» Aha «, rutschte es mir raus, doch Stefan ließ sich nicht stoppen.

» Jetzt hat er langsam wieder mit dem Training angefangen und Bämm reißt ihm die Achillessehne. Sogar fast zeitgleich mit mir, ist doch wohl der Hammer, oder? Wir haben beide im Warteraum gesessen und uns, bis wir in den Behandlungsraum gerufen wurden, über unseren Krankenverlauf ausgetauscht. Er hat sich in der Uniklinik operieren lassen und war auch TOP zufrieden dort. «

» Na das kann ich mir vorstellen. Wenn ein Fußballprofi in einer Klinik aufkreuzt wird der jawohl überall First-Class behandelt werden. «

» Deshalb operieren die doch auch nicht besser, oder? «, kam es zurück.

» Weiß man´s «, ich zuckte die Schultern. » Ist ja auch egal, du bist auch gut operiert worden und freundlich waren deine Schwestern auch. «

» Stimmt, vor allem Schwester Vivian «, lächelte Stefan, bevor ihm ein Couchkissen traf.

» Du weißt ja, dass ich heute Mädels-Abend habe? «

» Ach nö «, kam es etwas enttäuscht zurück. » Und ich dachte, wir machen es uns draußen mit dem Terrassenfeuer gemütlich. Schade, dann ruf ich mal Sven an und frage mal, ob er auf ein Bier vorbeikommen möchte. «

Wir setzten uns auf die Gartenmöbel unserer Terrasse, wo ich meine Beine ausstrecken konnte.

*

Sven war der Mann meiner besten Freundin Hanna, die ich bereits seit Kindertagen kannte und manchmal meinte das Schicksal es tatsächlich gut mit einem, denn Sven besuchte gemeinsam mit Stefan die weiterführende Schule, somit kannten die beiden sich ebenfalls schon ein paar Jahrzehnte. Hanna und Sven heirateten fast zeitgleich wie wir und wohnten unweit von uns entfernt und somit besuchten wir uns öfters mal auf ein Bierchen im Garten.

Ich warf einen Blick auf die Uhr und wedelte mir mit dem Platzset etwas Luft zu, so langsam machten sich die Hitzewellen bemerkbar. » Ich spring gleich schnell unter die Dusche und dann muss ich auch schon bald los. Was machen denn unsere Kröten? «

>> Denen geht´s gut, ich war kurz bevor du kamst noch bei ihnen. Paulinchen sonnt sich und Schüppi ärgert wie immer seine Freundin Josy. <<

>> Ich geh gleich nochmal nach der Bande gucken. Ach sag mal, hat sich Herr Petersen eigentlich nochmal gemeldet? <<

Herr Petersen ist der eigentliche Hausbesitzer und somit unser Vermieter und hatte uns mit einem schlichten Brief wegen Eigenbedarfs gekündigt. Stefan, der dank seines Unfalls Zeit hatte, forschte sehr viel im Internet nach unseren Rechten. Den Freunden hatten wir beschlossen, noch nichts zu sagen, erst wenn es tatsächlich keinen Ausweg mehr geben würde als ein Auszug und dieser würde sich als eine kleine Katastrophe gestalten, denn selbstverständlich würden unsere Landschildkröten definitiv mitziehen.

>> Nein, weder per Mail noch per Post. <<

>> Was nichts Gutes heißen muss, leider. << Ich machte mich im Bad langsam fertig und nahm mir fest vor, mir den heutigen Abend nicht von Herrn Petersen madig machen zu lassen.

*

Anke, aufgeweckt und geschreckt durch den lauten Piep Ton der Handy-Nachricht, schlurfte erst einmal in ihre Küche um sich einen Kaffee aufzubrühen, bevor sie den Notruf realisieren konnte und während die Kaffeemaschine vor sich hin brummte nahm sie noch mal ihr Handy zur Hand und las den Hilferuf erneut. Was hatte ihre Freundin da geschrieben? Sie musste mal raus aus ihrem chaotischen Leben? Naja, verstehen konnte sie Jana tatsächlich etwas, aber auch ihre Freundin war nicht immer einfach und so trafen wahrscheinlich zwei Parallelen zusammen, bis es knallte. Es war ja schon öfters zu Streitigkeiten zwischen Jana und Henning gekommen, daraus machten die beiden ja gar keinen Hehl, aber dass Jana mal raus musste, hatte sie bisher noch nie erwähnt. Anke kam ins Grübeln, denn sie selber verreiste auch zu gerne, hatte noch genügend Resturlaubstage und ihr Mann Peter gönnte sich noch mindestens drei Wochen Kururlaub im knapp 550 km weit entfernten Kurort Bad Füssing. Tatsächlich musste man es hier gönnte nennen, denn Peter war zum Glück nicht wirklich krank, sondern nahm nur das, was ihm Zustand und das war in seinem Beruf als Busfahrer mit Personenbeförderung alle drei Jahre eine Erholungsphase. Anke überlegte, ob man eine Woche mit Jana auch eine Erholungsphase nennen konnte, schließlich war der ganze Club bisher nur einmal zu einem gemeinsamen Wellness Wochenende im nahen Sauerland gefahren und dass war für sie keine große Erholung. Ständig stand die trinkfreudige Jana mit einem neuen Überraschungs-Piccolöchen in der Hand vor den Mädels, dann wollte Katja unbedingt ein selbst zusammengestelltes Wellness-Quiz spielen, Ines nörgelte über die Sauberkeit des Hotels und wenn mal gerade kurz eine Ruhephase eintrat die sie zum chillen ausnutzen wollte, schnarchte Hanna ihr einen vor oder Jana hob wieder ihr kleines Fläschchen > *Mädels, nicht schlappmachen; Stößchen!* <

Grinsend stellte Anke ihre leere Tasse in die Spülmaschine und merkte, dass es ihr schon eine Freude machen würde spontan den Koffer zu packen und sich eine Auszeit zu genehmigen, schließlich stand sie als Zahnarzthelferin jeden Tag in der Praxis und fehlte wirklich so gut wie nie, da könnte sie sich doch auch mal ein paar Tage genehmigen. Viel zu Regeln hätte sie bei einem Spontantrip nicht, es musste nur jemanden für die Gartenpflege gefunden werden, doch da würde bestimmt ihre Schwester Beate einspringen.

Apropos Gartenpflege, dachte Anke mit einem Blick auf die Uhr, die Blumen mussten noch gegossen werden und langsam müsste sie auch mit den Vorbereitungen für den „Mädels Abend" beginnen. Sie stieg in ihre Gartenpantoffeln, als das Telefon schellte.

>> Hallo mein Schatz <<, meldete sie sich, als sie im Display die Nummer ihres Mannes erkannte.

>> Hallo, na wie sieht es bei dir aus? Feierabend? <<

>> Wochenend und Sonnenschein. Und selbst? <<

>> Ach bei mir <<, Peter lachte in den Hörer. >> Bei mir läuft alles nach Plan, also eigentlich noch besser, wenn

ich ehrlich bin. Ich mache ja fleißig meine Übungen hier und als ich vorhin vom Aquafitness kam, na was meinst du, wen ich in der Umkleidekabine getroffen habe? «

Anke schwieg, denn sie wusste genau, dass sie Peter damit jetzt wahnsinnig machte. Er liebte solche Ratespielchen und wartete erst ein paar Sekunden geduldig ab, bevor er schließlich ungeduldig vor der Sprechmuschel klopfte. » Bist du noch in der Leitung? «, fragte er nach.

» Ja natürlich, ich überlege. Einen Tipp müsstest du mir aber schon geben. «

» Ach rate doch mal. «

» Nö Peter, sag es mir doch einfach, ich habe nicht so viel Zeit. «

» Na gut, dann gebe ich dir einen Tipp. Also hör gut zu ; es ist ein Bruder unseres Kegelbruders. «

» Wie? « Anke verstand nur Bahnhof.

» Na dann überleg mal. Wir hatten schon Spaß hier und haben uns heute Abend zum Essen in der kleinen Dorfschenke verabredet, da wird das Bier doppelt so gut schmecken. «

» Peter? « Anke wollte ihren Mann etwas stoppen, denn sie kannte ihn, wenn er erstmal ein Bierchen und Schnäpschen vor sich stehen hatte, folgte schnell das zweite und dritte Gedeck. » Du weißt schon, dass du zur Kur und nicht im Urlaub bist, oder? Du kannst dich heute Abend nicht abschießen und torkelnd zur

Klinik zurück schwanken. Die werden dir deine
Koffer schneller gepackt vor die Tür stellen, wie du
Prost buchstabieren kannst. «

» Ach das weiß ich doch, mach dir mal keine
Gedanken. Wir wollen doch nur etwas quatschen und
uns ein oder zwei Bierchen trinken und jetzt rate doch
mal. « Peter spielte das Spielchen weiter. » Wenn du
es errätst, lade ich dich, wenn ich wieder zuhause bin,
zum tollen Spanischem Essen ein. «

Nun musste Anke lachen. » Du mit deinem Essen,
aber okay, ich denke drüber nach. «

» Über das spanische Essen? «

» Nein, über die richtige Antwort. «

» Mensch Anke, so schwer ist es doch nicht. «

» Meine Gehirnzellen haben Wochenende und die
paar, die heute noch aufnahmefähig sind, brauche ich
gleich beim Spielen. «

» Wie? Was spielst du denn? «

» Ich habe doch heute Mädels-Abend bei uns und
wollte gerade im Garten die Pflanzen gießen und
dann alles vorbereiten. «

» Was musst du denn großartig vorbereiten? Ihr
bestellt doch immer euer Essen. «

» Schon «, Anke guckte erneut zur Uhr. » Heute gibt
es mal zur Abwechslung eine Pfirsichbowle und die
muss ich gleich noch ansetzen. «

» Na du hast noch was vom Leben «, jetzt klang Peter
schon etwas knautschiger.

»Du kannst dich ja auch nicht beschweren, schließlich hast du dir den Aufenthalt ja selber ausgesucht. Es hat dich keiner gezwungen.«

»Dann will ich dich nicht länger aufhalten, ich muss auch gleich los zur Rückenmassage. Also mein Schatz, wenn du die Lösung weißt, dann gebe mir Bescheid, streng dein Köpfchen ruhig etwas an.«

»Mach ich. Viel Spaß und Grüß dann mal unbekannterweise und Peter?«

»Ja?«

»Übertreibe bitte nicht!«

»Ach was, kennst mich doch.«

»Deswegen ja. Dann bis morgen mein Schatz.«

»Jepp, bis morgen und Grüß deine Mädels, ich mach jetzt auch einen Kneip-Abend!«

Anke schüttelte den Kopf, legte auf und machte sich auf den Weg in den Garten. Während des Gießens hatte sie tolle Reiseziele vor Augen und kam richtig ins Schwärmen. Sie sah sich mit einem Aperol an der Adria sitzen, fand aber auch ein Tapas Essen auf Mallorca toll und hatte auch nichts gegen ein flanieren in Westerland.

Freudig überprüfte sie Wein und Longdrinks im Kühlschrank, rührte die Bowle an, stellte ein paar Schalen für Knabbereien auf den Tisch, bestückte schon mal sämtliche Kerzenhalter mit Teelichtern, setzte sich in ihren Strandkorb und gönnte sich eine Zigarette.

Anke war eine Gelegenheitsraucherin und wurde dafür oft von ihren qualmenden Freundinnen beneidet. Sie streckte ihre Beine aus und schloss kurz die Augen. Eigentlich hatte sie alles, was sie im Leben wollte, zwar keine eigenen Kinder, dafür viele Nichten und Neffen. Ihr Mann Peter hatte mit offenen Karten gespielt und ihr vor dem Heiratsantrag gesagt, dass er keine Kinder möchte; sein Lebensmotto hieß Reisen und Genießen und da er ihre Liebe des Lebens war, hatten beide, nach 10 Jahren wilder Ehe, geheiratet. Mittlerweile lebten sie seit über 20 Jahren in ihrem Elternhaus zusammen, welches sie nach deren Tod übernahmen und Pflegten. Es war ein kleines schönes Haus mit einer kleinen Anliegerwohnung, wo früher ihre Oma lebte. In dieser Wohnstube gab es sogar noch einen gemütlichen Holzkohleofen und nachdem die geliebte Großmutter verstorben war, wurde die Stube später von Anke selbst und als ihre Eltern verstarben und sie mit Peter in das Haupthaus zog, für Gäste ein Domizil. Anke liebte ihr kleines gemütliches zuhause, vor allem den Garten. Es war kein Ziergarten, sondern eher ein Kreativgarten. Überall saßen Figuren in den Beeten, hingen bunte Vogelhäuschen, dienten bemalte Dekopaletten als Sitzgruppe und blühte es in allen Farben und Formen. Was sagte Katja immer, wenn sie hier war? Ein Garten, der nie langweilig war, da man immer etwas Neues entdeckte.

Anke dachte nochmal kurz über Janas Hilferuf nach. Lust auf Urlaub hätte sie tatsächlich und irgendwie merkte sie, dass alleine die Aussicht auf eine Woche Strandauszeit, sie gepackt hatte.

*

Zur gleichen Zeit hetzte sich Hanna wieder zuhause ab. Sie lebte mit ihrem Mann Sven, Sohn Fynn, Hund Luna, und vier Meerschweinchen im selben Ort wie ihre Freundinnen in einer Eigentumswohnung mit Garten. Auch wenn sie krankheitsbedingt schon zeitig ihren Beruf aufgeben musste und ‚nur‘ noch Hausfrau war, war sie eben auch noch Mutter, Ehefrau und Tierversorgerin. Sie hatte ihren täglichen Rhythmus und wenn der Ablauf durch irgendetwas gestört oder durch einander gebracht wurde, wurde alles etwas chaotisch bei ihr, so wie auch heute.

Der Tag fing schon mit einem Verschlafen an, so dass Pubertäts-Sohn Fynn sich nicht solange im Bad stylen konnte, der Mann ein Müsliriegel und einen Kaffee to go in die Hand gedrückt bekam und Hund Luna nach frischer Luft wimmerte.

Hanna schnappte sich die Leine und zog mit ihrem Hund durch die Felder. Unterwegs trafen die beiden eigentlich immer dieselben Hundebesitzer, doch aufgrund ihres geänderten Zeitplanes, hatten die beiden heute die Felder fast für sich alleine. Schade, dachte sie, als sie Luna von der Leine ließ, wie sehr doch die Menschen ihren Tagesablauf nach der Uhr nachgehen mussten. Jede Minute schien irgendwie eingeplant und abgearbeitet werden zu müssen, ein paar Minuten später und schon ist irgendwie alles anders, nur im Urlaub schien jeder irgendwie mehr Zeit zu haben. Urlaub, dachte sie, ja so ein paar Tage mal raus aus dem Trott würde allen guttun, aber noch waren keine Ferien und außerdem musste sie immer eine Vertretung für ihre Tiere suchen. Ihr Schwiegervater übernahm zwar oft das Aufpassen des Hundes, aber mit den Meerschweinchen hatte er nicht viel zu tun. Hanna wollte gerade in das kleine Waldstückchen einbiegen, als sie einen Hasen sah und schnell Luna anleinte, bevor sie ihn witterte.

Als beide wieder zuhause ankamen, wurde sie quickend von den Meerschweinchen an frischen Salat erinnert und als dann alle versorgt waren, gönnte sie sich draußen mit einem Kaffee und einer Zigarette eine kurze Verschnaufpause. Sie hasste solche Tage und beschloss, zum wiederholten Male, alltags wirklich mal eher ins Bett zu gehen und sich vielleicht sogar einen dritten Wecker aufs Nachttischchen zu stellen.
Hanna war durch ihre Krankheit vorzeitig in die Wechseljahre gekommen, was unter anderem zur Ursache hatte, dass sie extrem unter Hitzewellen litt und keinen Schritt ohne ihren besten Freund, dem Fächer, als Begleiter tat.

Eine weitere Nebenwirkung ihrer seltenen Rheumaerkrankung war, dass ihr Gehör unheimlich beeinträchtigt wurde und sie sich extrem weigerte ein Hörgerät zu tragen. Da stieß ihre Familie, sämtliche Freunde und sogar die Ärzte im wahrsten Sinne des Wortes auf taube Ohren. Erst als Hanna letztens knapp beim Überqueren der Straßenbahnschienen mit einer gerade anfahrenden Bahn Auge um Auge stand und ihr der wütend und erschrockene Schaffner mit dem Finger drohte, musste sie zähneknirschend zugeben, dass es wohl besser sei, mal einen Test zu machen, der dann natürlich zu Gunsten des Hörgeräteherseller ausfiel. Sie suchte sich das kleinste Gerät aus, welches zwar kaum Akkuspeicher für handelsübliche Batterien besaß, dafür aber fast unsichtbar war. Mittlerweile musste sie aber auch erstaunt zugeben, dass es doch schon mehr Lebensqualität war, Vögel zwitschern und noch wichtiger, den Straßenverkehr zu hören. Alles hatte eben seine Vor- und auch Nachteile, aber praktisch, musste sie selber zugeben, fand sie, dass sie das Gerät einfach ablegen konnte, wenn ihr Sohn mal wieder nervte oder ihr Mann wegen irgendeiner Kleinigkeit nörgelte. Manche Sachen musste man Leben wirklich positiv sehen.

*

Fächer wedelnd beobachtete Hanna ein Eichhörnchen im Nachbargarten und stand schließlich seufzend auf;

es nutzte nichts, heute war Freitag und das hieß Stallsäubern bei den Meerschweinchen.

Gerade als sie sich den Sauger aus dem Wandschrank schnappen wollte, spielte ihr Handy laut ‚Careless Whisper'. Erstaunt blickte sie auf das Display und meldete sich ≫ Fynn? Ist was passiert? ≪

≫ Nein Mama, mir ist nur so schlecht. Ich musste gerade schon ein paarmal würgen und schwindelig ist mir auch. Ich glaube, ich bekomme auch Fieber. ≪

≫ Was für ein Schieber? ≪ fragte Hanna nach.

≫ Fieber Mutter, FIEBER. Hast du dein Hörgerät nicht an? ≪ Hanna handelte sofort. ≫ Ach Fieber! Okay mein Schatz, ich mach mich sofort auf den Weg und hol dich ab. Weiß deine Lehrerin schon Bescheid? ≪

≫ Ja, ich habe ihr auch gesagt, dass ich dich in der Pause anrufen werde und nachhause möchte. ≪

≫ Ja gut mein Schatz. Ich bin in 5 Minuten da. Setzt dich irgendwo in den Schatten. Bis gleich! ≪ Das auch noch, dachte sie sich, setzte ihre Hörhilfe ein und machte sich besorgt auf den Weg. Zuhause trug sie selten ihr Hörgerät. Oftmals lachte ihre Familie sie aus, wenn sie wieder etwas falsch oder manchmal sogar gar nichts hörte, aber immer nur dieses Gerät im Ohr tragen wollte sie nicht, zumal sich das Ohr auch schon des Öfteren entzündete.

*

Hanna holte ihren Sohn ab, deckte ihn in der Apotheke mit Medikamenten ein, bettet ihn zuhause gemütlich auf der Wohnzimmercouch und kochte ihm Tee.

>> Du brauchst nicht bei mir zu sitzen. Ich mach mir etwas die Glotze an und morgen geht's mir bestimmt schon wieder besser. <<

Sie strich Fynn über den Kopf und merkte, dass die Temperatur schon gesunken sein musste, denn er glühte nicht mehr so.

>> Na gut, mein Kind, wenn es dir nichts ausmacht, würde ich eben noch schnell die Meerschweinchen saubermachen, dann noch kurz Einkaufen fahren und heute Abend habe ich Mädels-Abend. <<

>> Och schade <<, nuschelte Fynn. >> Dann bist du ja gar nicht da. Ist Papa denn wenigstens zuhause oder ist er auch auf Tour? <<

>> Du brauchst dir keine zu großen Hoffnungen machen, Papa bleibt zuhause. Ist auch gut so, sonst hätte ich nämlich keine Ruhe und jetzt schlaf ein bisschen. Ich bin eben bei den Schweinchen. Wenn was ist, dann ruf einfach << und verschwand bewaffnet mit Sauger, Kehrschaufel, Streu und Stroh. Tiere hatten es alle gut bei ihr, ihre Meerschweinchen besaßen sogar ein eigenes kleines Zimmer. Sven dachte damals, er fiele aus allen Wolken als er nachhause kam und seine Frau ihm stolz den umgebauten Vorratsraum präsentierte. Die Einbauregale hatte sie entfernt und ordentlich im Keller wieder aufgestellt und mit samt den Vorräten

wieder befüllt, somit wurde das kleine Räumchen von knapp 2qm von ihren Meerschweinchen bewohnt. Den halben Boden hatte sie mit Streu ausgelegt, mit Kork Höhlen und andere Versteck- und Schlafmöglichkeiten gebaut und errichtet und damit ihr Mann wirklich keinen Grund zu meckern hatte, das kleine Fenster feste auf Kippe gestellt, so das der Geruch, den die Tiere nun mal von sich gaben, von frischer Luft verteilt wurde.

*

Ein lauter Knall ließ Fynn von der Couch hochfahren. Erschrocken rief er nach seiner Mutter.

>> Mutter? Muuuutteeeeer? Alles in Ordnung bei dir? <<

Da hörte er sie schon fluchen.

>> So ein Mist. Jetzt habe ich aber die Schnauze so langsam gestrichen voll. Ich werde gleich noch einen neuen Staubsauger kaufen, da kann sich Sven auf den Kopf stellen. Ausflippen könnte ich! <<

Fynn öffnete vorsichtig die Tür vom Meerschweinchen-Zimmer und bekam direkt einen Lachanfall. Seine Mutter war so sauer, dass sie vor Wut die Küchenrolle nach ihm warf, was Fynn noch lustiger fand, denn sie saß mitten zwischen den Tieren auf dem Boden und war von Kopf bis Fuß mit Streu übersät. Der gute alte Staubsauger, der von ihrem Mann Sven über Jahre schon geflickt und repariert wurde, hatte anscheinend seinen Geist komplett aufgegeben, denn der nur mit Isolierbändern fixierte Filterdeckel war durch den Saugdruck aufgesprungen, weggeflogen, vor die Zimmertür geprahlt und als wenn dieser Knalleffekt einem nicht schon kurz vor dem Herzinfarkt zusammenzucken ließ, folgte der zweite Knall durch den geplatzten Saugbeutel.

>> Wie ist das denn Passiert? <<, gluckste Fynn, gefolgt von einem >> warte und bleib so, ich hol schnell mein Handy, Papa wird auch Spaß an dem Foto haben. << >> Wag dich <<, kam es wütend zurück. Hanna rappelte sich langsam hoch und klopfte Streu von sich auf den Fußboden ab, denn dank der immer passend eintreffenden Hitzewelle klebte der feine Streu an ihr wie Kletten.

Jetzt reicht es, dachte sie wütend. Immer wird alles repariert, nie neu gekauft und äffte ihren Mann nach *'Was du immer hast. Wenn man seine Sachen pflegt, dann halten sie auch und so lange man den Staubsauger reparieren kann, kommt mir kein neuer ins Haus. Am besten noch so ein Saugroboter! Ne, mein Fräulein, noch läuft der alte Schlitten`.*

Jetzt aber nicht mehr, jetzt ist Sense und jetzt wird ein neuer gekauft und den such ich aus und das Ganze noch heute und weil ich gerade in Fahrt bin, kommt auch noch ein dritter Wecker in meinem Einkaufskorb, ach was dritter, ich nehme gleich zwei, einen für Herrn Bastler und einen für Fynn, denn so langsam können die beiden ja auch alleine aufstehen. Das Klingeln der Wohnungstür riss sie aus den Gedanken.

>> Bestimmt der Eilbote mit einem Neuen Sauger! << rief Fynn.

Sehr witzig, fand Hanna und öffnete die Tür.

Frau Malkowski, ihre nette ältere Nachbarin die mit ihrer Hündin Flocke schon seit Ewigkeiten dort wohnte, guckte Hanna etwas besorgt an.

>> Hallo Frau Nachbarin, ich habe vorhin so einen lauten Knall gehört und da wollte ich doch mal fragen, ob bei ihnen alles in Ordnung ist? <<

>> Hallo Frau Malkowski <<, Hanna zog sich einen Grashalm aus den Haaren. >> Mir ist vorhin der Staubsaugerbeutel geplatzt. Der Staubsauger war noch ein Erbstück von meiner Schwiegermutter und hatte mittlerweile an sämtliche Ecken Flicken und Isolierbänder. <<

>> Ach herrje, das hört sich aber gefährlich an. <<

>> Genau und da mit so einem geflickten Gerät nicht zu spaßen ist, wird gleich ein neuer besorgt. Also alles in Ordnung, Frau Malkowski, trotzdem vielen Dank für ihre Aufmerksamkeit. <<

>> Gerne << und zu ihrem Hund >> komm Flöckchen, dann können wir uns ja beruhigt das Mittagsmagazin angucken. <<

Hanna schloss die Tür und sah auf die Armbanduhr, tatsächlich, es war schon Mittagzeit. Eigentlich wollte sie mit ihrem Tagesprogramm schon durch gewesen sein und sich gemütlich auf der Couch die Doku-Soaps angucken, doch heute lief irgendwie nichts nach Plan. Sie ging zu ihrem Sohn, um zu gucken wie es ihm ging, doch der hatte sich mittlerweile in sein Zimmer verkrochen und lag im Bett. Schnell schnappte sie ihre Einkaufstasche, versteckte für Hund Luna ein paar Leckerlies in der Wohnung und machte sich auf den Weg.

*

Nach knapp 2 Stunden war sie durchgeschwitzt aber zufrieden wieder zuhause. Aus Fynns Zimmer war immer noch nichts zu hören, deshalb verstaute sie die paar Einkäufe in den Küchenschränken um sich Luft fächernd um den Neuerwerb zu kümmern und die Meerschweinchen vom Chaos zu befreien, anschließend musste Luna noch eine Runde gehen, Fynn würde auch Hunger bekommen und ja, dann musste sie auch schon bald los.

Aber, dachte sie sich händereibend, nicht bevor ich meinen Männern ihre neuen Wecker aushändige und bewaffnete sich sofort mit einem. Die Wecker waren Standartmodelle, aber der Sauger versprach schon Hightech, gegenüber den alten Antiken, welcher jetzt erstmal entsorgt werden würde. Die freundliche Beratung überzeugte Hanna ziemlich schnell vom

Kauf des Saugers, der Preis weniger, aber auch da musste ihr Mann jetzt durch.

Leise öffnete sie die Zimmertür von ihrem Sohnemann um ihm den Wecker ans Bett zustellen, platzierte ihn auf seinen Schreibtisch, wollte sich gerade wieder raus schleichen, als sie ein Gemurmel unter seiner Bettdecke und Wortfetzen wie ‚Sturmfreie Bude' und ‚Meine Alte nimmt mir doch eh alles ab' wahrnahm.

Hanna schaltete von Schleichen ins Stampfen und zog ihm die Decke mit einem Ruck vom Kopf. Fynn hatte vor Schreck aufgeschrien und sein Handy fallengelassen.

>> Sag mal Freundchen, könnte es sein das es hier irgendwie nach Zigarettenqualm riecht? <<, demonstrativ schnupperte sie.

>> Sach mal spinnst du, mich so zu erschrecken! <<
Fynn fand herzfassend seine Sprache wieder.

>> Ich spinne? <<

>> Ja, sorry Mum, ist mir so rausgerutscht, aber ist doch wahr! <<

>> Mit wem hast du denn da gerade telefoniert? <<

>> Kennst du eh nicht! <<

>> Gib mir nicht so freche Antworten Bürschchen. Was sollte denn heißen ‚Sturmfreie Bude'? Na raus mit der Sprache oder bist du jetzt plötzlich stumm geworden und bekommst wieder Fieber? Zeig mal deinen Kopf und lass mich mal die Temperaturen fühlen! <<

>> Ach Mutter <<, versuchte es Fynn. >> Ich habe doch nur mit einem Klassenkollegen wegen den Hausaufgaben telefoniert und ihm gesagt, dass ich gerade sturmfreie Bude habe, da du einkaufen warst. <<

>> Erzähl nicht so ein Quatsch. Ich bin seit einer viertel Stunde wieder hier und dachte du schläfst dich gesund! << Wie aufs Kommando packte Fynn sich an die Stirn.

>> Habe ich ja auch gemacht, bis mein Kollege mich weckte und jetzt gerade wird mir wieder ganz schwindelig. Das kommt immer so plötzlich. <<

>> Genauso plötzlich wie ich gerade, ne mein Freundchen? Welche Klassenarbeit ist denn schuld an deinen plötzlichen Fieberausbruch? Eine Mathearbeit? << Hanna stemmte ihre Hände in die Hüfte und starrte ihren pubertierenden Sohn an.

>> Mir geht es wirklich nicht gut, Mutter. Ich glaub, ich bekomm jetzt auch noch Magen! <<

>> Und ich glaube, du bekommst Hausverbot, dann hast du Zeit genug für die Schule zum Lernen. <<

>> Und heute Abend? <<, jammerte Fynn weiter.

>> Was soll mit heute Abend sein? <<

>> Na du bist doch nicht da, oder? <<

>> Papa ist doch hier, habe ich dir vorhin schon gesagt. <<

>> Na toll <<, nuschelte Fynn leise und lauter zu seiner Mutter >> ja dann ist doch alles gut. Sollte ich nochmal

Fieber oder gar einen Schwächeanfall bekommen, dann bin ich wenigstens nicht alleine. «

» Du und ein Schwächeanfall, dass ich nicht lache. Morgen reden beiden Mal ein ernstes Wörtchen wegen der Mathenachhilfe und komm mir nicht mit Irgendwelchen Aus oder Schönreden. Jetzt steh auf, lüfte dein miefiges Zimmer und mach dich an die Schularbeiten. «

» Du rauchst doch selber «, kam es wieder provozierend zurück, doch Hanna drehte sich wütend um und ging direkt zu ihren Meerschweinchen. Enttäuscht schnappte sie sich den Feger, um das Streu zusammen zu fegen und sprach zu den Meerschweinchen. *,Da hetzt man von A nach B und wird nur angelogen. Echt enttäuschend aber abwarten Kamerad, ich sitz am längeren Hebel'*! Meerschweinchen Lulu guckt ihr Frauchen mit großen Augen an *,Ach ihr Mäuse, ihr könnt ja auch nichts dafür. Manchmal könnte ich einfach mal meine Tasche packen und für ein paar Tage abtauchen´*. Hugolein meldete sich von hinten mit einem leisen Quieken und Hanna antwortete *,Stimmt Hugo, ich kann euch lieben ja nicht alleine lassen´* und knuddelte den kleinen Mann.

Als alle Tiere sauber, versorgt und zufrieden waren und sie es sich nun endlich noch ein halbes Stündchen mit einem Käffchen auf der Couch mit ihrer Doku-Soap gemütlich machen wollte, fiel ihr die WhatsApp in der Mädels-Gruppe wieder ein, die sie noch lesen wollte, also raffte sie sich nochmal auf, holte das Handy aus der Ladestation und las die SOS-Nachricht ihrer Freundin Jana.

Was für ein Zufall, denselben Gedanken hatte ich auch vorhin, zwar mit einem anderen Hintergrund, aber der Grundgedanke war identisch. Einfach mal abhauen.

Fynn war groß genug, träumte sie den Gedanken weiter und es würde ihm nicht schaden, mal etwa im Haushalt mit anzupacken und Sven, ja ihr Mann würde klarkommen, er war sowieso sehr häuslich. Er würde ihr eine Auszeit auch bestimmt gönnen, da er wusste, dass ihr Krankheitsbild nicht so einfach war wie sie oft tat.

Hanna dachte an den letzten Kurztrip mit ihren Freundinnen, denn da hatte zuhause ja auch alles geklappt, warum sollte sie es nicht nochmal wagen? Vielleicht würde es Mord und Totschlag geben, vielleicht ging auch alles gut, wichtig waren nur die Tiere, denn die müssten auch alle versorgt werden und während sie gedanklich weiter schweifte, ging Frau Malkowski mit ihrem Flöckchen hinter der Hecke das Lied ʼich war noch niemals in New Yorkʻ summend vorbei und Hanna wusste plötzlich was sie wollte, nämlich einfach mal abschalten und raus.

*

Auch Ines schaute genervt auf die große Werksuhr in der Verpackungshalle ihrer Firma. Sie hatte noch genau 5 ½ Stunden zu arbeiten und dann endlich Wochenende. Seit sie den Hilferuf im Autodisplay von Jana gelesen hatte, war sie irgendwie ganz nervös geworden. Freudig nervös, denn die Vorstellung mal ohne Mann und Sohn zu verreisen, schien ihr zu gefallen.

Jetzt, da sie trotz Familie zwei Halbtagsjobs am Laufen hatte, merkte sie schon, wie Müde sie oft war. Zuhause hatte sie auch, wie Freundin Hanna zwei Männer zu bewirtschaften und da sie unter einem Putzfimmel litt, blieb dieser auch an ihr alleine hängen. Ihre Woche war arbeitsmäßig wirklich gut ausgelastet. In Wechselschichten war sie in einer Pharma Verpackungsfirma beschäftig und zweimal in der Woche kümmerte sie sich zusätzlich um eine ältere Dame, für die sie Einkäufe erledigte, Flurwochen übernahm oder zu Ärzten und Friedhof begleitete.

Ihr Sohn Yannik hatte gerade erfolgreich sein Abi in der Tasche und war heute Nacht mit seinem besten Freund zu einer Work & Travel-Aktion in London gestartet. Yannik machte ihr nie wirklich große Sorgen, denn die Schule schaffte er problemlos und machte auch so, so gut wie nie Ärger. Eigentlich schon etwas langweilig, fand ihre Freundin Hanna manchmal, aber so einen Rotzlöffel wie Fynn wollte

Ines auch nicht haben, dann lieber einen, auf den sie sich verlassen konnte und der sein Ziel vor Augen hatte. Yannik war begeisterter Fußballspieler und da er zu jedem seiner Spiele kutschiert und begleitet werden musste, hatte ihn Ines vor einem halben Jahr in der Fahrschule angemeldet und den Führerschein bezahlt. Thomas, ihr Mann, war total dagegen, denn wenn es nach ihm gegangen wäre, hätte sein Sohn dafür ruhig mal selbst ein paar Euros verdienen können. Früher waren er und Yannik ein Dreamteam und Ines die Außenseiterin, aber seid ihr Sohn mit dem Rauchen der Shisha angefangen hatte, brannten bei Thomas alle Sicherungen durch. Thomas schnappte sich dann oftmals seine Angelrute, flüchtete zu irgendwelchen Seen und kam dann manchmal sogar abreagiert zurück, aber leider nur manchmal. Ines stritt sich ständig mit ihm. Sie konnte aber auch machen was sie wollte, Thomas hatte immer etwas zu nörgeln und Schimpfen.

Wieder schaute sie heimlich auf ihr Handy und wartete auf ein Zeichen von Ihrem Yannik. Vor seiner Abreise musste sie ihm hoch und heilig versprechen, ihn nicht ständig an zu texten, deshalb vereinbarten sie im Vorfeld, dass er ihr nur ein kurzes *wir sind angekommen'* schicken und ansonsten einfach nur die Zeit genießen sollte.

>> Na Ines <<, schlich sich ihre langjährige Kollegin und
Freundin Anja von hinter an. >> Wartest du auf eine
Nachricht von deinem heimlichen Verehrer? <<

>> Quatsch <<, kam es sofort zurück. >> Ich warte schon
seit über zwei Stunden auf ein Zeichen von meinem
Sohn, er ist doch heute nach London. <<

>> Na der hat noch was vom Leben. Ein ganzen halbes
Jahr mal raus aus dem Loch hier und dann noch so
jung sein. Jung und frisch verliebt. Frei sein, keine
Sorgen, keine kaputten Hände von der Maloche und
das Leben genießen. Ein Traum! << Anja fand auf den
Teppich der Tatsachen zurück. >> Naja, aber so
schlecht haben wir es ja auch nicht angetroffen. <<
Ines musste zugeben, dass sie im Großen und Ganzen
ja ganz zufrieden war, doch ihr fehlte etwas die
Zweisamkeit.

Anja merkte die kleinen Sorgfalten im Gesicht der
Kollegin. >> Alles okay? <<

>> Schon, aber ganz ehrlich, Thomas und ich haben
uns so verändert. Früher haben wir viel gelacht, sind
zusammen ins Stadion gegangen, haben spontan
andere Städte besichtigt, Musikabende zusammen
genossen und und und. Ja und heute geht er mir
irgendwie immer aus dem Weg. Er stänkert ständig
und wenn ich was sage, dann heißt es 'Was du immer
hast' und sag ich nichts, muss ich mir 'Oh Gnädige Frau
hat heute schlechte Laune' anhören. Wie man es macht,
es ist immer ...<< Ein vibrieren in ihrer Jeanshose

stoppte Ines, was hieß, es ist eine Nachricht eingegangen. Sofort zückte sie das Handy heraus und las zufrieden *,Sind gut angekommen. Hotel okay. Stimmung gut. Ende'.*

Jetzt musste sie schmunzeln und antwortete nur schnell zurück *,Prima. Danke und Ende'.*

>> Alles gut? <<, fragte Anja nach und Ines zeigte ihr die kurzgefasste Nachricht.

>> Na ja, irgendwie ein bisschen Wortkarg wie dein Mann, oder? << Anja guckte ihre Kollegin an. >> Dann habt ihr beide ja eine Kinderloses Auszeit vor euch. Nutzt sie aus, fahrt gemeinsam weg, geht shoppen, kocht zusammen, was auch immer, egal. Genießt die freie Zeit einfach zusammen. <<

Ines schmunzelte. >> Heute genieße ich erstmal meinen Mädels-Abend. Ich werde mir einen leckeren Longdrink gönnen, hoffentlich mal etwas mehr Glück beim Spielen haben und mit unserer Mitstreiterin Jana reden müssen, sie schickte heute früh per WhatsApp einen Notruf in die Gruppe, da scheint mal wieder der Baum zu brennen. Sie sucht einen Mitreisenden, muss mal zuhause raus. <<

>> Ich kenn dich, Ines. Du überlegst jetzt bestimmt allen Ernstes mitzufahren und Seelentröster zu spielen? <<

>> Seelentröster weniger, mir täte eine Auszeit ja selber gut und Thomas wird's auch nicht schaden, im

Gegenteil, ich glaube den wird's freuen. Sturmfreie Bude und niemand, der seinen Garten vollqualmt. «

» Ach das meinst du vielleicht auch nur. «

» Nein, das weiß ich und deshalb bin ich heute auch etwas wirr. «

» Und ich dachte das läge an der langen Reise deines Sohnes. «

» Lag es ja hauptsächlich auch, aber der Gedanke, mal ein paar Tage abzutauchen, würde mir tatsächlich gefallen. «

» Worauf wartest du dann noch? Wenn du noch genug Urlaub hast, dann buche. Ich mache deine Schicht mit! «

» Ehrlich? «, fragend sah Ines ihre Kollegin an. » Das würdest du tatsächlich tun? «

» Ja klar, du springst doch auch immer für mich ein. Ist doch kein Problem, als Singlefrau ist man froh, wenn man nicht alleine zuhause sitzen muss. «

Ines drückte ihre Kollegin spontan » Du bist spitze. Vielen Dank, ich mach es wieder gut. «

Anja winkte ab und lachte » Viel Spaß bei der Urlaubsauswahl und sag mir bloß Bescheid wo die Reise hingeht, damit ich euch Mädels beneiden kann. Vielleicht zieht es euch ja nach Griechenland. Ach Ines, weißt du noch … damals … lang ist es her, als wir beide jung wie zwei Backfische und total aufgeregt nach Griechenland fuhren. Weißt du das noch? «

>> Wie könnte ich das vergessen haben, du kennst ja meine Geschichte. << Sie kramte ihr Handy aus der Jeanshose um Jana schnell zu antworten: *'Ich tauche vielleicht mit Dir ab* `.

*

Direkt nach ihrem Feierabend fuhr Ines zum Supermarkt, kaufte für das Wochenende ein und dann nachhause, wo sie sofort die paar Einkäufe verstaute. Gut gelaunt bewaffnete sich mit Tabak und Filter, um auf dem Terrassentisch noch schnell ein paar Zigaretten zu stopften. Ihre Laune stieg wieder. Yannik war gut in London angekommen, Thomas schien nicht zuhause zu sein und sie hatte Wochenende und den durfte sie heute Abend mit ihren Freundinnen starten. Zufrieden schaute sie in ihren großen Garten, zog den Duft vom frisch gemähten Rasen ein, zündete sich anschließend eine Zigarette an, lehnte sich zurück und wollte fünf Minuten Abschalten, als ihr Mann im Gartenlook um die Terrassenecke geschossen kam.
>> Dich sieht man nicht, aber die Qualmwolke deiner Kippe stinkt Meilenweit <<, wurde Ines freundlich begrüßt. Bämm, dass saß wieder, doch Ines nahm sich fest vor, sich den heutigen Abend nicht verderben zu lassen und ignorierte seine Worte. Thomas wunderte sich über die ignorante Art seiner Frau und versuchte es erneut.

>> Sind das jetzt die neuen Marotten? Nachhause kommen, nicht grüßen aber Hauptsache die Fluppe brennt? <<

Ines holte Luft. >> Warum kümmerst du dich nicht um deine Angelegenheit und lässt mir meine? <<

>> Oh, Frau ist wieder mal gut gelaunt heute <<, versuchte er es weiter, doch Ines reagierte einfach nicht. >> Sprichst du nicht mehr mit mir? <<

>> Heute nicht, ich habe keine Lust mir meine gute Laune von deinen ironischen Bemerkungen versauen zu lassen. <<

>> Aha, Madame ist heute auf Streit aus? <<

>> Ne, auf Urlaub und Spaß <<, rutschte es ihr raus.

>> Wie? Urlaub? << Thomas dachte sich verhört zu haben.

>> Ja genau, das hast du schon richtig verstanden. <<

>> Wer will denn schon mit dir in den Urlaub fahren? <<

>> Den kennst du nicht <<, machte sich Ines einen Spaß draus.

>> Wie den kenn ich nicht. Spinnst du jetzt komplett? <<

>> Mein Gott Thomas, das war Spaß. <<

>> Spaß? Da hört der Spaß aber langsam auf. Also, mit wem willst du in den Urlaub fahren? <<

>> Mit Jana und vielleicht noch jemanden aus der Mädels-Gruppe. <<

>>Und wohin möchte Madame reisen? << Thomas fand es nicht komisch, doch Ines grinste nur.

>> Das klärt sich heute Abend. <<

>> Ach so, heute Abend wird geplant und morgen geht's los oder wie stellst du dir das vor? <<

>> Von mir aus gerne, aber ich schätze es wird nichts vor nächster oder übernächster Woche. <<

Thomas warf seine Gartenhandschuhe auf die Stopfmaschine und drehte sich beleidigt um.

>> Buche doch Griechenland, dann kommst du vielleicht mal wieder besser gelaunt nach Hause. <<

>> Keine schlechte Idee. << Sie ließ sich nicht provozieren, nicht heute.

Ines sah, wie der Puls ihres Mannes Wallungen annahm als es zischend zurück kam >> Ich warne dich, treib es nicht zu spitz. Hast wohl wieder Rückendeckung von deiner tollen Kollegin Anja bekommen, was? <<

>> Ich weiß gar nicht was du von mir willst. Unser Sohn ist zurzeit in London, ich habe noch genug Überstunden, die ich langsam nehmen müsste bevor sie verfallen und überhaupt, wir reden hier von ein paar Tagen Urlaub unter Freundinnen. Was ist daran so schlimm? Du tust jetzt so als ob ich fünf Wochen zu Kur fahren wollte um mir dort einen Schatten zu suchen. <<

Thomas klatschte lachend in die Hände. >> Einen Schatten! Den hast du doch schon, aber im Kopp und wie dein letzter Urlaub mit einer Freundin und

Kollegin ausgegangen ist, brauch ich dir ja nicht zu sagen. «

Jetzt reichte es Ines, sie packte ihr Stopfzubehör zusammen, zog ihre Schlappen an und verließ mit den Worten » Du mich auch. Noch nicht mal vernünftig Reden kann man mit dir. Am liebsten würde ich heute noch packen « die Terrasse, um sich für ihr Treffen fertig zu machen.

Kapitel 2
Mädels-Abend

Es war ein lauwarmer Sommertag gewesen und der Abend versprach auch angenehme Temperaturen, deshalb beschloss Anke den Terrassentisch unter freiem Himmel zu decken.

Sie packte noch eine Lage Eiswürfel in die Truhe, verteilte Süßigkeiten in den bereitstehenden Schalen und suchte im Internetradio nach einem schönen 80er Musiksender.

ʹDrahʹ di net um, oh oh oh
Schau, schau, der Kommissar geht um, oh oh ohʹ

Anke drehte sich auch nicht, sondern sprang.

>> Mensch Katja, musst du dich immer so anschleichen? <<

Ich lachte >> Nʹ Abend Anke-Maus, Sorry, war keine Absicht << und drücke meine Freundin zur Begrüßung.

>> Ich dachte, du hättest mich gehört und gesehen. <<

>> Wie denn, die Musik war zu laut. << Sie nahm die Fernbedienung zur Hand und stellte die Musik etwas leiser.

>> Ist es egal wo ich mich hinsetze? <<.

>> Das ist egal. Ich wollte mich nur hier vorne am Tisch setzen, da ich ja immer für Getränkenachschub sorgen muss. <<

>> Prima, dann pflanz ich mich glatt neben dir. Brauchst du noch Hilfe? <<

\>> Nein, ich habe alles fertig und hoffentlich auch genug Getränke kaltgestellt. <<

\>> Ach bestimmt, so viel trinken wir doch nicht. <<

\>> Mal so, mal so. Und jetzt, wo Jana mit so einem Problem um die Ecke kommt, fließt der ein oder andere Schnaps bestimmt den Bach runter. <<

\>> Das kann sein <<, stimmte ich zu. >> Bin ja mal gespannt was da wieder zuhause im Busch ist. <<

\>> Ich denke mal wie immer. Henning nervt sie wahrscheinlich wieder mit seinen Erfindungen und Ideen und sie hat die Schnute voll, oder? <<

\>> Das wird's sein, warten wir mal ab. Was treibt Peter denn so in – wo ist er nochmal hin? Bad Kissingen? <<

\>> Füssing. Bad Füssing. Ach ihm geht's gut, du kennst ihn doch. Er quatscht doch jeden an und findet sofort Kontakt. Er genießt die Ruhe, die Anwendungen, die Massagen und natürlich das Essen. <<

\>> Das kann ich mir vorstellen, wenn bei deinem Mann das Essen stimmt, stimmt der Rest doch auch. Wie lange darf er denn noch genießen? <<

\>> Zwei Wochen hat er jetzt schon geschafft und noch drei Wochen vor sich. <<

\>> Noch drei Wochen? << fragte ich ungläubig.

\>> Jepp <<, kam es zurück. >> Deshalb finde ich ja Janas Auszeitidee schon recht verführerisch. Ich habe auch noch so viel Resturlaub, es würde schon optimal passen. <<

>> Dann lass uns nachher mal alle gemeinsam drüber reden, wir wollten doch sowieso über unseren nächsten gemeinsamen Kurztrip reden, vielleicht wird's ja jetzt ein Longtrip? <<

>> Oh ja bitte <<, kam es von Ines, die gerade eintraf und passend sprudelte das Radio Besuchen Sie Europa von Geier Sturzflug. Lachend begrüßten wir drei uns und Anke holte schon mal den Apéro.

>> Was ist das denn? << fragte Ines neugierig.

>> Ich dachte, ich kreiere uns mal eine Pfirsichbowle <<, sie stellte einen großen Glasbottich mitten auf den Tisch.

>> Möchtet Ihr schon mal probieren? <<

>> Probieren? <<, kam es von der frisch eingetroffenen Jana. >> Ich nehme gleich den ganzen Bottich! <<

>> Typisch Jana<<, kam es von Ines und wieder wurde gelachte und begrüßt.

>> Wo ist Hanna denn? Hat sie Geschrieben dass sie später kommt? <<

Ich guckte auf mein Handy. >> Nö, in unserer Gruppe hat sie nichts geschrieben. <<

>> Ach, sie wird schon gleich auftauchen. Brauchst du einen Vortester Anke-Maus oder hast du die Bowle schon abgeschmeckt? <<

>> Ich habe vorhin ein Pinnchen probiert und finde ihn etwas zu süß, aber ihr mögt ja süß. <<

>> Also ich eigentlich nicht so unbedingt <<, meldete sich Ines. >> Aber heute nehme ich alles was Prozente hat. <<

Mein Handy vibrierte. >> Hanna schreibt, es wird 15 Minuten später bei ihr, sie musste noch mit einem Meerschweinchen zum Tierarzt und wir sollen ruhig schon mal anfangen. <<

>> Zu spielen? << fragte Ines und Jana legte sofort ein Veto ein. >> Quatsch, mit dem Trinken <<.

*

Eine gute halbe Stunde später waren wir komplett und suchten uns beim Italiener das Essen aus.

>> Wenn jemand etwas Anderes trinken möchte, dann muss er sich melden. Wir haben noch 43er, Batida, Säfte und ein paar Klopfer. <<

>> Ein wahres Paradies und am besten der Reihe nach <<, Jana hob ihr Bowle Glas. >> Prost ihr Lieben auf einen schönen Abend, lasst uns Geld einspielen, was essen, was trinken und später über Urlaub reden! <<

Alle hoben wir unser Glas, stießen an und Hanna fragte vorsichtig nach, wofür wir heute einen geldlichen Segen bräuchten.

>> Segen? << fragte Ines nach. >> Wie kommst du jetzt auf Segen? <<

>> Hat Jana doch gerade gesagt. <<

>> Reden, habe ich gesagt, Reden. Über den Urlaub reden. <<

>> Also ich fahre nicht in den Urlaub bei Regen, das sag ich euch von vornerein, wenn dann will ich in die Sonne. <<

Ich verstand so langsam. >> Sag mal, sitzt dein Hörgerät nicht richtig oder sind die Batterien vielleicht leer? <<

Hanna nahm ihr Gerät aus dem Ohr und tatsächlich mussten die Batterien gewechselt werden. >> Jetzt habe ich gar keine Ersatzbatterien mit, ihr müsstet etwas lauter reden. Wo waren wir stehen geblieben? <<

Jana winkte ab. >> Wir trinken jetzt alle ein oder zwei Klopfer, dann verlieren wir alles etwas Gehör und Sprache. <<

Anke reichte sofort den Karton Klopfer in die Runde und eröffnete den Spielabend mit einem lauten *Viel Glück, viel Spaß und viel Erfolg`.*

*

Ines stellte ihr leeres Fläschchen auf den Tisch.
>> Aber bitte nicht ´Stadt-Land-Fluss´, da verliere ich doch immer. <<

Ich guckte sie an. >> Jetzt Jammer doch nicht im Vorfeld schon los. <<

>> Was spielen wir? Monopoly? << Hanna schaute in die Runde. >> Das haben wir aber auch schon so lange nicht mehr gespielt. <<

Ines holte tief Luft und Antwortete laut. >> Wenn es das mal wäre, aber nein, es wird mein Lieblingsspiel. Stadt-Land-Fluss. <<

>> Dann müsst ihr aber laut die erratenden Begriffe vorlesen, gell? <<

>> Also ich habe ein neues Stadt-Land Fluss, welches heißt im Rotlichtmilieu. << Jana grinste schief.

>> Ach du Schande <<, prustete Anke los.

Ines gab sich geschlagen. >> Aber nur so lange, bis der Pizzamann kommt, okay? Nach dem Essen spielen wir aber bitte etwas Anderes! <<

Jana verteilte die vorgedruckten Spielblätter. Beim Lesen der ersten Überschriften wedelte ich mir lachend mit dem Zettel etwas Luft zu. >> Ach herrje, was werden denn hier für Begriffe gesucht? Pornoname, Foltermethode, Sexunfall? <<

Hanna las weiter. >> Mordwaffe, Grund für einen Seitensprung, anderes Wort für ... Jana! << lachte sie. >> Was ist das denn für ein Spiel? <<

>> Jetzt lasst uns einfach anfangen, sonst kommt der Pizzamann und wir haben nicht eine Reihe geschafft! <<

>> Hätte nichts dagegen <<, nuschelte Ines.

>> A. << Anke guckte in die Runde. >> Wer ist denn mit ´Stopp` sagen dran? <<

>> Stopp <<, rief ich und Ines guckte mich an.

>> Wie jetzt? <<

>> M <<, kam es von Anke und Hanna fing schon an zu schreiben.

>> Bohr was ein Stress. <<

Kurz kehrte Ruhe in unsere Runde, denn wir mussten uns konzentrieren. Hanna war ganz weg und schrieb wie ein Weltmeister.

>> Ist das schwer<<, jammerte Ines wieder und bekam gleich von Hanna einen mit.

>> Pscht, wenn du so laut jammerst kann ich mich nicht konzentrieren. <<

>> Foltermethode mit M?! <<, versuchte sie es erneut, doch keiner reagierte, alle waren beschäftigt.

>> Stopp << rief ich.

>> Hä? << Anke schob ihre Lesebrille gerade. >> Jetzt schon? Mir fehlen noch drei Begriffe! <<

Und dann ging das Gelächter los, denn jeder hatte phantasievoll irgendetwas in die Spalten gekrakelt und durfte es jetzt zum Vortrag bringen.

>> Bei Mordwaffe habe ich Messer <<, startete Anke.

>> Hab ich auch <<, kam es von mir und Ines gleichzeitig. Hanna hatte ein Nudelholz.

>> Nudelholz mit M? << wunderte sich Anke und Hanna konterte. >> Schreibst du es etwa mit Y? <<

>> Wir sind doch bei dem Buchstaben M. Dann hättest du Mudelholz schreiben müssen. <<

>> Versteh ich nicht. << Hanna guckte auf Ines ihr Blatt, die es sofort mit den Händen abdecken.

>> Abgucken zählt nicht. <<

>> Wollte ich ja auch nicht. Hatten wir nicht Begriffe mit den Anfangsbuschstaben N gesucht? <<

>> Mit M. M wie Martha <<, erklärte ich lachend.

>> Ach und ich habe N wie Norbert verstanden. Zählt aber trotzdem, oder? <<

>> Ja klar, egal <<, winkte Ines ab. >> Hauptsache du hast überhaupt was geschrieben und wir haben das Spiel gleich geschafft. <<

>> Also wenn wir uns geeinigt haben, würde ich gerne weitermachen und mir für meinen Morgenstern 10 Punkte notieren <<, Jana machte weiter. >> Was habt Ihr denn bei „Dein Pornoname" so hingeschrieben? <<

>> Dein oder mein <<, Ines guckte erschrocken auf ihren Zettel. >> Ich wusste nicht, für wen der Name gemeint war. <<

>> Dein oder mein? << Jana guckte Ines an. >> Ähm Fräulein, wäre das jetzt nicht egal oder würdest du mich tatsächlich anders nennen als dich selbst? <<

>> Haste auch wieder recht. Wie nennt ihr euch denn so? <<

>> Detlef <<, donnerte Anke heraus und erntete sofort skeptische Blicke.

>> Wie kommst du auf Detlef? <<, fragte ich nach. Anke schüttelte den Kopf. >> Ich schulde Peter noch eine Antwort die mir vorhin nicht eingefallen war, jetzt hat es bei mir im Kopf geklingelt. Muss wohl an der Bowle liegen. <<

>> Auf welcher Frage antwortet man denn bei einer Kur mit Detlef? <<

>> Auf die Frage, wen mein Mann in der Schwimm-Umkleidekabine in Bad Füssing getroffen hat. Ich soll

ihn kennen, denn er ist ein Bruder meines Kegelbruders und das kann nur Detlef sein, dein Schwippschwager Jana, denn alle anderen haben keine Brüder. «

>> Stimmt, Detlef ist Mittwoch zur Kur. Ach wie klein die Welt doch manchmal ist. «

>> Ich schick Peter nachher die Antwort damit er beruhigt schlummern kann. So Mädels, ich fang mal mit der Antwort an und die lautet Marleene. Schlicht aaaber mit Doppel E in der Mitte, wenn ihr wisst, was ich meine. «

Jana stimmte einen Trommelwirbel an. >> Taraaa, ich habe das Mimmhöschen. «

Hanna haute sich mit der Handfläche vor die Stirn, als ihr Einfiel, dass sie doch immer ein paar Ersatzbatterien im Brillenetui aufbewahrte und kramte sie hervor. >> So, jetzt hör ich euch auch. Also Ines, wie nennst du dich? «

Wir spielten Runde um Runde und Ines Gesicht wurde immer länger. Sie erwähnte sogar kurz, dass wir mit dem Italiener unter einer Decke stecken würden, da unsere Bestellung einfach nicht geliefert wurde.

>> B.«

>> Das wird aber schwer. « Hanna drückte ihre Zigarette aus und Jana sang wieder den nächsten Radiosong mit. >> Ich hab heute nichts versäumt, denn ich hab nur von dir geträumt. «

>> Träum mal weiter, dann habe ich wenigsten eine Chance bei dem Spiel <<, nuschelte Ines.

Das Laute Stopp von Anke unterbrach die spannende Stille.

>> Das war aber schnell. <<

>> Ist eben mein Spiel. Also Mädels, dann lüftet mal eure Geheimnisse. <<

>> Also ich habe fast gar nichts aufgeschrieben, irgendwie Blackout <<, ich guckte in die Runde.

>> Dann fang ich mal an <<, Jana machte es gerne etwas spannend. >> Also meine Rot-Licht-Kneipe würde Bumskissen heißen << und alle außer Hanna lachten.

 >> Witzig Jana, echt witzig. <<

>> Ach stell dich doch nicht so an, ist doch ewig her als dich zwei Dragqueens auf der Hamburgermeile so genannt haben <<, kam es lachtränentrocknend von Anke. >> Die haben doch für alle Kosenamen gehabt und du warst eben das Bumskissen << und wieder gackerte sie los. Das Spiel machte echt erfinderisch, denn es entstanden Lokalnamen wie Brühwürstchen, Bumsfaldera und sogar die Bananenstaude fehlte nicht. Jana nutzte unsere Lachpause aus, um schnell eine weitere Runde Klopfer zu holen.

>> Von der Mitte, zur Titte, zum Sack, zack, zack. << Ich schaute auf meine Uhr. >> Kommt Mädels, vielleicht schaffen wir ja noch eine Runde bevor das Essen geliefert wird! <<

>> Eine Runde Klopfer? << Jana wollte schon aufspringen, doch ich konterte. >> Eine Runde zu spielen, meinte ich <<, worauf Ines gleich ein lautes A ausrief. Sie wollte das Spiel so schnell wie möglich hinter sich bringen.

>> Wer ist denn dran mit Stopp sagen? <<, fragte Anke. >> Jana, oder? <<

>> Bin ich nicht dran? << Hanna war sich sicher. >> Ich habe bisher weder A noch Stopp gesagt. <<

>> Wäre schön, wenn ihr euch heute noch einigen könntet << Ines holte tief Luft und posaunte erneut ein eindeutiges A hinaus.

>> Stopp <<, kam es von Hanna und Ines verdrehte die Augen. >> Toll, ein M hatten wir schon. Und jetzt? <<

>> Und jetzt sag einfach noch mal brav A. <<

>> Ich glaube so langsam macht ihr das extra. << Ines war langsam eingeschnappt. Erst musste sie dieses doofe Spiel mitmachen, dann schien der Pizzamann den Weg nicht zu finden und jetzt musste sie zum dritten Mal dieses blöde Alphabet aufsagen.

>> Ich fang jetzt noch einmal an und wehe es sagt keiner Stopp, dann …<<, weiter kam sie, denn der helle Schein des Bewegungsmelders unterbrach sie und Toni der Pizzamann wurde von ihr persönlich zum Erlöser ernannt.

*

Ich genoss meine Lasagne. >> Hm schmeckt die toll <<, wie schmeckt denn deine Pizza, Anke? <<

>> Auch toll. Ach Mädels, uns geht's doch gut. <<

>> Naja <<, kam es von Jana. >> Da kann ich jetzt nicht gerade viel zu beisteuern, aber ich könnte mir meine häusliche Situation wenigstens Schöntrinken. <<

Ich guckte meine Freundin an. >> Wolltest du uns nicht Hennings neusten Tatendrang erzählen? <<

Jana spielte mit ihrer Pasta. >> Viel zu reden gibt es bei uns nicht. Henning macht mich einfach wahnsinnig. Überall fliegen seine Zettelideen herum. Dann kocht und spült er zum Beispiel nicht, weil ihm wieder etwas eingefallen ist was er niederschreiben muss und dann fliegen diese Zettel überall rum, erst gestern hatte ich sogar einen in meinem Kosmetikschrank gefunden. Ich könnte ihn dafür köpfen. << Sie spießte ein paar Nudeln auf die Gabel und fuhr fort. >> Ehrlich Mädels! Alleine wenn ich ihn maaal darum bitte, die Wohnung zu saugen und als Antwort nur ein Müdes *'mache ich morgen, lohnte sich noch nicht'* bekomme, dann raste ich vollkommen aus. Mich bringt das regelrecht auf die Palme, auch wenn es für euch Stöhnen auf hohem Niveau ist, bin ich es tatsächlich leid. Henning ist fast jeden Tag mindestens 2 Stunden eher als ich zuhause und schafft es nicht einzukaufen, geschweige denn mal Wäsche auf zu hängen! <<

>> So kennt man Henning ja gar nicht <<, ich guckte nachdenklich. >> Er hatte doch sonst immer all deine Aufgaben anstandslos erfüllt und war dabei noch gut gelaunt. <<

Jana war so in Fahrt, das sie nicht merkte, wie ich sie aufziehen wollte. Ich fand schon, dass sie sehr hohe Ansprüche in einer Beziehung stellte. Sie würde gerne wie ein Prinzesschen bedient und behandelt werden; hatte gerne Macht über alle und alles. Einen Mann, der all ihren Vorstellungen entsprach, musste tatsächlich gesucht und gefunden werden.

>> Vielleicht hat er einfach keine Lust mehr nach Feierabend den Hausmann zu spielen. Ich meine, er geht ja auch den ganzen Tag malochen und ist schon früh morgens unterwegs. <<

Anke blickte von ihrer Pizza hoch. >> Menschen verändern sich, aber solange sie doch vom Herzen her noch immer die alten sind, ist doch alles halb so schlimm. Du wirst dich auch in den vergangenen Jahren verändert haben. Wie viele Jahre seid ihr jetzt eigentlich zusammen? <<

>> 17<<, kam die knirschende Antwort, gefolgt von einem >> und natürlich werde ich mich auch verändert haben, das hält mir Henning ja auch oft genug vor. Ach Mädels, ich freue mich gar nicht mehr auf den Feierabend, sondern schiebe freiwillig noch ein paar Überstunden. Das ist doch nicht normal, oder? Früher bin ich gerne nachhause gedüst, habe noch schnell etwas fürs Abendessen eingekauft und mich dann auf den gemeinsamen Abend gefreut. Wir haben dann zusammen gekocht, ein Glas Wein dabei getrunken

und uns beim Essen über den vergangenen Tag ausgetauscht. «

» Wunschdenken «, rutschte es Ines trocken raus.

» Ja und heute? Heute schicke ich Henning eine Nachricht, wenn es bei mir wieder später wird, so dass er schon mal bestimmte Sachen einkaufen, mal saugen oder auch aufräumen könnte und dann komm ich nach Hause und der Herr hatte Kreislauf und musste sich hinlegen. Spreche ich ihn auf seine ganze Zettelwirtschaft an kommt nur abwinkend ein *ich weiß gar nicht warum du dich da drüber aufregst, ich brauche die alle noch. Einer von denen wird unsere Zukunft verändern*. Mädels, der Kerl macht mich echt wahnsinnig! «

» Dein Henning scheint irgendwie vom großen Glück zu träumen und hängt an seinen Ideen fest. « Hanna versuchte ihre Freundin zu beruhigen.

» Ach prima und ich muss mich mit seinen oftmals völlig absurden Gedanken anfreunden und dafür gerne noch den kompletten Haushalt alleine nach meinem bald 10 Stunden Bürojob schmeißen? Neee Freunde, so läuft das nicht bei mir. «

Ich musste grinsen. » Da fällt mir der Spruch ein, den er letztens zu Stefan beim Knobeln gesagt hatte *Egal wie alt du bist, eine leere Küchenrolle bleibt ein Fernrohr oder eine Trompete*.

Ines lachte. » Das kann ich mir vorstellen, Männer bleiben irgendwie immer große Jungs, oder? «

Anke dachte nach. >> Wenn ich meinen Peter manchmal so beobachte, dann auf jeden Fall. Wenn der im Garten alleine nur die Feuerschale mit Holz befüllt, freut er sich riesig. Wenn dann das Feuer erstmal brennt, dann könnte er stundenlang Holz nachlegen. Noch schlimmer ist es mit seinem Lieblingsspielzeug, der Kettensäge. Er lässt den Motor dann schon eine halbe Stunde warmlaufen und ständig Aufheulen, so das ja die Nachbarn auch mitbekommen, dass er sich gleich wie Herkules mutig und gut gewappnet einem Baum stellen wird. <<

Jana kaute ruhig auf ihren Nudeln. >> Mag ja sein das Jungs oder Männer anders denken wie wir, aber ich komm mit seinen Ideen, der Zettelwirtschaft und seinen Ausreden einfach nicht mehr klar. <<

>> Und was bezweckst du dann mit dem Urlaub? <<

>> Raus, einfach nur raus. Egal wohin, egal wie lang, nur raus aus dem Alltag. Ich brauche Abstand. <<

>> Ich muss nochmal auf Hennings Zukunftsplanung zurückkommen <<, Hanna harkte nochmal nach. >> Was hat er denn für weltrettende Ideen? <<

Jana winkte ab. >> Ich kann mir die alle gar nicht merken. Letztens hat er sich zwei Tena Lady's von mir genommen und diese mit Klebestreifen unter den Achseln geklebt, anschließend ist er dann so ins Bett gegangen und wollte testen, ob die Binden den Schweiß beim nächtlichen Schwitzen aufsaugen. <<

>> Versteh ich nicht. <<

>> Ja eben, ich auch nicht. Sollte ein Test für Frauen ab Ü40 sein, wegen der dann eintretenden Wechseljahre. Also zum Glück haben mich diese Hormonschwankungen noch nicht erreicht, aber wenn der Kerl so weitermacht, kann es sich nur noch ein paar Tage handeln und ich kleb mir tatsächlich die Tena Dinger irgendwohin. « Jana griff zur Bowle. >> Er hat auch schon mal einen Ofenventilator mit in den Koffer gepackt und diesen auf Samos am Strand an einer Luftmatratze gebaut oder sein Auto in Rettungsdecken eingehüllt, da er den Temperaturunterschied messen wollte. «

Jetzt mussten doch alle lachen, also alle, außer Jana.

>> Mädels, das war kein Scherz von mir. Der K E R L macht mich langsam aber sicher irre. « Sie nahm einen großen Schluck Bowle. >> Deshalb Mädels, lasst mich bitte nicht im Stich. Alleine möchte ich nicht reisen. Ich würde mich wahnsinnig freuen, wenn wenigstens einer von euch auch Urlaubsreif wäre und mich begleitet.

Ich tauchte mein Pizzabrötchen in die Soße. >> Und wann wolltest du deine Auszeit starten? «

>> Sofort «, kam es wie aus der Pistole geschossen zurück. >> Wirklich, ich würde sofort starten wollen. Urlaub und Überstunden habe ich on Maß, Henning brauche ich nicht um Erlaubnis fragen, also…«

>> Ab dafür «, kam es glashochhebend von Anke und alle guckten sie verdutzt an. >> Na was. Ich habe auch

noch ein paar Resturlaubstage und Peter noch Kur. Also ich wäre dabei. <<

>> Ich auch <<, kam es voller Überzeugung von Ines. >> Das hatte ich dir ja vorhin schon geschrieben. Ich muss auch von zuhause weg, Thomas spielt sich wie ein Macho auf und meinte ich könnte ohne ihn sowieso nichts. Ich kann die dummen Sprüche von ihm nicht mehr hören und es wäre mir auch völlig schnuppe wohin, Hauptsache ein paar Tage raus. Mit meiner Kollegin Anja habe ich vorhin schon die Vertretung besprochen und da Yannik ja jetzt London unsicher macht, brauche ich keine Rücksicht nehmen. <<

Ich putzte meinen Mund ab. >> Also wenn ihr wirklich vorhabt dem Alltag zu entfliehen, dann werde ich natürlich nicht nein sagen und sehr gerne euer Urlaubsbegleiter sein. Ich müsste zwar kurz mit Stefan drüber sprechen, aber ich denke, er wird nichts dagegen haben. <<

Jana gluckste vor Freude und alle starrten Hanna an, die genüsslich ihren Salat aß.

>> Wenn Ihr meint <<, kam es dann doch noch irgendwann aus ihr heraus. >> Ihr könnt so einfach ohne mich Spaß haben, dann habt ihr euch geschnitten. Mit gehangen, mit gefangen << und ein lautes Gläser klirren schallte durch den Garten.

*

>> Ach ich freue mich so. << Jana erhob sich, lief um den Tisch und jeder bekam ein Wangenküsschen von ihr geschenkt. >> Das wird so der Hammer Mädels, wir werden bestimmt ganz viel Spaß zusammen haben! << Hanna fieberte mit. >> Wo geht denn unsere Reise hin? Ich würde schon gerne in den Süden! <<

>> Du bekommst eine Hitzewelle nach der nächsten, musst aber in den Süden! <<

>> Ich möchte an den Strand <<, verteidigte sie sich und Anke kam ins Träumen. >> Einfach ein paar Tage abhängen und lecker Essen. Also All Inn möchte ich schon alleine schon wegen den Hotel-Buffets. <<

Jana zückte die Schultern. >> Mir alles wurscht, Hauptsache weg << und dem stimmte auch Ines soweit zu. >> Ich fände aber auch ein bisschen Sightseeing schön. Ich kann mit meinem Rücken nicht nur am Strand liegen. Irgendwie Stadt und Strand beisammen? <<

>> Nicht schlecht <<, kam es von Hanna.

Hanna guckte in die Runde. >> Wie wäre es denn, wenn wir uns kurzfristig am Montag im Reisebüro treffen und uns ein paar Angebote reinholen. Ich könnte vormittags dort anrufen, Frau Dolzki schon mal vorab ein paar Daten geben und dann kann sie uns hoffentlich das Passende raussuchen, oder? Sie ist echt super und findet immer passende Reisen zu oft Hammer Preisen. <<

>> Du kannst ja reimen <<, Anke klatschte in die Hände.

Ines nickte. >> Gute Idee, treffen wir uns alle am Montag am Reisebüro. Schafft ihr denn so gegen 17:00 Uhr? << und diesmal nickten alle.

Jana hob ihr Glas. >> Auf zu den hübschen Italienern, den feurigen Spaniern oder den netten Griechen, hicks. <<

>> Jana <<, Anke schob ihr ein Glas Wasser hin. >> Trink mal ein Glas Wasser zwischendurch, du hast jetzt schon deinen Schluckauf. <<

Jana bekam immer, wenn sie etwas zu viel Alkohol trank, einen Schluckauf. Meistens versuchte sie dann die Luft anzuhalten, doch heute nicht

>> Geht schon, hicks, hab halt nicht nur an der Bowle genüsselt wie ihr, sondern auch die Früchte genossen. Also entweder wächst mein Herzchen, hicks, oder ich … <<

>> …nimm das zweite <<, unterbrach Anke sie trocken.

Ines überlegte laut. >> Ich muss mal gucken wie ich es Thomas beibringe. <<

>> Was willst du ihn denn da beibringen? <<, fragte Hanna. >> Ich meine so arschig wie der immer zu dir ist, würde ich einfach den Koffer packen und einen Zettel in die Küche legen. *Bin dann mal weg*. << Sie fing an zu schunkeln, was bei ihr ab einem bestimmten Pegel normal war. Sie schunkelte dann nach Schlagermusik, aber auch nach Techno, natürlich immer im selben Rhythmus und Tempo und der

Nebenmann musste, wenn er nicht schnell genug flüchtete, mit dran glauben.

Bis spät in die Nacht wurde nun geplant und auch gesponnen, aber wir hatten Spaß und die Vorstellung ein paar Tage mal aus allen Zwängen zu fliehen, fanden alle toll.

Kapitel 3
Egal wohin - Hauptsache All In

Gleich am Montagnachmittag trafen wir uns vor dem Reisebüro *„Traummodul"* um die spontan geplante Reise zu verwirklichen.

Stefan hatte ich Samstag beim Frühstücken erst von Janas Hilferuf erzählt und anschließend, dass wir sie alle ein paar Tage begleiten möchten. Zum Schluss erwähnte ich allerdings erst, dass die Tour wohl schon bald sein sollte und wir uns am Montag im Reisebüro trafen.

Zuerst fand er die Idee nicht so prickelnd, doch je länger er darüber nachdachte, umso besser gefiel ihm der Gedanke, denn er konnte sich gut vorstellen, auch mal mit seinen Männern einen Trip zu unternehmen.

Nach meiner Schicht im Büro packte ich zeitig meine Sachen zusammen und machte mich direkt auf dem Weg zu dem Reisebüro. Den ganzen Fahrweg entlang überlegte ich gespannt, wo wir am Ende wohl landen würden. Ob es ein paar Tage Mallorca oder sogar Ibiza wurden oder doch nochmal ein Wellness-Wochenende? Ich war für alles offen und dankbar, denn ich freute mich auf ein paar gemeinsame Tage. Ich parkte mein Auto unweit des Marktplatzes und sah von weitem schon Anke auf einer Bank vor dem Reisebüro sitzen.

>> Hallöle! Na, wartest du schon lange? <<

>> Katja! Prima dass du auch so zeitig da bist. <<

>> Ich bin schon so gespannt wo unsere Reise hingehen wird. <<

>> Ich auch, wir werden bestimmt etwas Schönes finden. Peter habe ich noch nichts von unserem Plan erzählt. Das mache ich glaube ich auch erst, wenn ich irgendwo im Süden mit einem kalten Drink auf einer Liege unter Palmen liege. <<

>> Das ist aber gemein <<, musste ich doch grinsen.

>> Wieso? Ihm geht es doch in seiner Bäderlandschaft auch gut. Er musste doch nicht zur Kur, er wollte doch unbedingt. Außerdem schone ich damit nur seine Gesundheit. Wie hat Stefan denn auf unsere spontane Reise reagiert? <<

>> Wie schon vorhergesehen, ziemlich relaxt. <<

>> Mahlzeit Ihr Lieben, ich bin daaa! << Jana schoss auf uns beiden zu und wedelte sich mit der Parkscheibe Luft zu. >> Ich bin schon ganz nervös, hab jetzt schon vor Vorfreude Schweißausbrüche. <<

>> Hättest du dir mal die Tena Ladys deines Mannes ausgeborgt <<, lachte Anke.

Wir umarmten uns. >> Sollte die Parkscheibe nicht besser hinter der Frontscheibe liegen? <<

>> Ach du Schreck, das hab ich jetzt ganz vergessen, da seht ihr mal wie Urlaubsreif ich bin. <<

Hanna und Ines trafen auch ein und gemeinsam stürmten wir aufgeregt das Reisebüro.

Freundlich wurden wir von Frau Dolzki empfangen und erwartet, die bereits am Vormittag telefonisch von Hanna kontaktiert wurde und gleich ein paar nette Angebote herausgesucht hatte. Wir fünf nahmen etwas nervös an einem runden Tisch Platz.

>> So meine Damen, kann ich Ihnen etwas zu trinken anbieten? <<

>> Gerne, ich würde ein Sektchen nehmen. <<

>> JANA <<, konnte ich es mir nicht verkneifen.

Doch diese zuckte nur die Schultern. >> Was denn? Ich dachte doch nur für den Kreislauf! <<

Frau Dolzki stellte ein paar Kaltgetränke auf den Tisch und setzte sich mit ihren Unterlagen zu uns.

>> Sie hatten mich ja heute Morgen kontaktiert und ich habe mich sofort an die Arbeit gemacht und ein paar sehr reizende Angebote nach Ihren Vorstellungen herausgesucht. Gehen wir die angegebenen Punkte nochmal kurz durch. Wenn ich es richtig verstanden habe, möchten sie alle gemeinsam verreisen. Der Reisezeitraum sollte sich zwischen einem Wochenende und maximal einer Woche einpendeln. Zu den einzelnen Wünschen wurden mir folgende Angaben übermittelt: Es sollte gerne in den Süden in ein Hotel ab 3* mit direkter Strandlage gehen, Sightseeing dürfte auch dabei sein, Abenteuer, Spaß aber auch chillen wären wichtige Punkte und toll wäre auch All Inn. <<

>> All Inn ist ein MUSS! << Warf Jana dazwischen. >>
Wer hat denn von euch toll gesagt? Muss! Sonst wird
mir die Barrechnung zu teuer. <<

Frau Dolzki grinste. >> Das Glück ist, dass noch in
keinem Bundesland Ferien sind und somit die Reisen,
insbesondere der Süden, wirklich unschlagbare
Angebote rauswerfen. Dadurch, dass Sie alle hier
auch recht Kurzfrist buchen können, habe ich hier drei
Angebote raugesucht und zum guten Schluss noch ein
Spezial-Angebot. <<

>> Oh wie toll <<, Anke klatschte in die Hände. Peter
würde jetzt wieder mit ihr schimpfen, da Anke schon
einen recht lauten Händeklatscher hatte und er darauf
sehr empfindlich reagierte.

>> Ich starte mal mit dem ersten Angebot. Es handelt
sich um eine traumhafte 4* Hotelanlage auf Mallorca
im schönen Ort Alcudia. Das Hotel liegt direkt am
Strand und ist die perfekte Wahl, wenn Sie in ruhigem
Ambiente entspannen, aber nicht auf ein vielfältiges
Freizeit- und Unterhaltungsangebot verzichten
möchten. In unmittelbarer Umgebung sorgen
zahlreiche touristische Attraktion für Spaß und gute
Laune. Der Preis pro Person beträgt hier 732,- €,
inklusiv Flug und natürlich All Inn. <<

>> Och, das hört sich aber nett an <<, Hanna liebte
Malle.

>> Da war ich schon gefühlte tausendmal, was haben Sie denn noch so schönes gefunden? << Ines lauschte gespannt weiter.

Frau Dolzki blätterte in ihrem Block eine Seite weiter. >> Angebot Nummer zwei wäre die Sonneninsel Djerba. Hier habe ich eine Clubanlage aus 1001 Nacht für Sie herausgefunden. Der Club ist ein All-Inclusive-Resort mit direktem Zugang zu einem privaten Strand. Es werden 5 Swimmingpools, einen Wellnessbereich und 4 Tennisplätzen im Hotel angeboten. Der wirklich unschlagbare Preis für eine Woche All Inn beträgt 495,- € inklusive Flug und Transfer. <<

>> Uahhh, Djerba, ich weiß nicht, aber solche Ziele reizen mich eigentlich überhaupt nicht. << Ines wirkte wenig begeistert.

>> Ich sehe schon in Ihren Gesichtern, dass das Angebot schon mal nicht in Frage kommen wird. << Wieder blätterte Frau Dolzki eine Seite weiter. >> Bleibt uns noch das dritte Angebot. Hier habe ich ein wirklich TOP Hotel auf Rhodos für Sie gefunden. Es handelt sich um ein sehr gepflegtes 4* Erwachsenen Hotel, welches direkt am Sandstrand liegt und All Inn ist hier auch inklusive. Die Zimmer verfügen alle über eine private Terrasse oder Balkon, sind klimatisiert und mit Sat-TV ausgestattet. Bei dem All-Inklusive Paket sind sämtliche Mahlzeiten und Getränke im hoteleigenen Gastronomieangebot inbegriffen. Wer

eine Erfrischung benötigt, kann die Strandbar, eine der 4 Bars/Lounges oder eine der 2 Poolbars aufsuchen. Der Preis für eine Woche inklusive Flug und Transfer liegt hier bei 565,- € pro Person. <<

Wir schwiegen alle und ließen uns die Angebote durch den Kopf gehen.

>> Gar nicht mal so einfach, aber Djerba fällt für mich raus <<, kam es von Anke.

>> Rhodos soll doch so schön sein <<, überlegte ich laut und Hanna sprang auf Mallorca an.

Ines schaute Frau Dolzki an. >> Was wäre denn das Spezial-Angebot? <<

Sie machte es spannend. >> Ich hatte ja jetzt nicht viel Zeit zum Recherchieren und da wir uns ja in einer Art Zwischensaison befinden und Sie mir die Summe von maximal 700-800,- € maximal für eine Woche natürlich inclusive All Inn und Flug sowie Transfer pro Person genannt hatten, habe ich den Spielraum ausgenutzt und mal etwas anderes Abgerufen, als eine normale Pauschalreise. <<

Hanna bekam große Augen. >> Also wandern gehe ich auf keinen Fall. <<

Frau Dolzki winkte lachend ab und schaute in die abwartenden Gesichter. >> Ich glaube, ich habe unter der Rubrik Mega-Last Minute den perfekten Urlaub für Sie alle gefunden und das wäre schlicht und einfach eine einwöchige Mittelmeer Kreuzfahrt. <<

Stille. Absolute Stille, dann besann sich die erste von uns.

>> Schlicht und einfach? << Ines haspelte die Worte nach.

>> Auf'm Schiff? <<, Jana guckte erschrocken, Hanna erleichtert.

>> Das ist viel zu teuer <<, ich erinnerte Frau Dolzki an die Preisgrenze für eine Woche, doch diese klärte uns auf. >> Es gibt auf manchen Schiffen immer mal Restkabinen, sogenannte Stornokabinen oder Kundenrückgaben und eben genau da habe ich mal nachgeforscht und in meinen Augen die perfekte Reise für Sie alle gefunden. <<

>> Ja aber kommen wir denn da mit unserem Limit hin? Man gibt doch im Urlaub auch noch Geld aus <<, Ines war zu Recht etwas skeptisch.

>> Sagen wir mal so <<, setzte Frau Dolzki an. >> Ob Sie nun eine Schifffahrt machen oder einen Pauschalurlaub buchen, persönliche Ausgaben für Souvenirs, Ausflüge etc. sind immer Extrakosten, auch wenn es nur die Strandliege ist. Bei diesem Angebot ist alles Inklusive, lediglich das typisch anfallenden Urlaubstaschengeld müssten Sie natürlich jeder für sich einplanen. <<

>> Handelt es sich um das westliche oder östliche Mittelmeer? <<, harkte nun auch Jana nach.

>> Um das östliche, heißt sie schippern schön die griechischen Inseln ab. <<

>> Toll <<, ich hatte mich bereits entschieden, fragte trotzdem nochmal nach den genauen Zielen.

Frau Dolzki nickte und ließ unsere Träume wahr werden. >> Sie werden eine unvergessliche Woche auf der wunderschönen *MS Sinfonie* verbringen. Eine renommierte Fluggesellschaft wird Sie nach Korfu fliegen, von wo Sie an Bord gehen. Die Route beinhaltet Reiseziele wie Athen, Santorin, Katakolon, Kreta, sowie zwei Seetage. Ankunft wird wieder der Hafen von Korfu sein, wo Sie dann auch wieder von Bord gehen. Der Transfer vom Flughafen zum Schiff und zurück sind inklusive <<, sie holte tief Luft. >> Es gibt nur 'nen winzig kleinen Harken. <<

>> Wahrscheinlich der Preis <<, dachte Ines laut, doch Frau Dolzki schüttelte den Kopf. >> Bei den Kabinen handelt es sich um einer Dreibett und einer Doppelkabine, da genau eine Familie mit 3 Kindern diese Reise vor knapp einer Stunde stornieren musste <<, erneut guckte sie spannend in die Runde. >> Und die Reise startet bereits am kommenden Samstag, heißt in 5 Tagen. <<

>> Und der Endpreis <<, fragte ich vorsichtig und Frau Dolzki ließ uns mit der genannten Gesamtsumme von 4.200,- € in Ruhe Diskutieren und zog sich etwas zurück.

Jana war etwas blass um die Nase. >> Ich geh mir erstmal eine rauchen oder hat jemand einen Schnaps von euch dabei? <<

Ines könnte auch einen gebrauchen. Alleine das Wort Athen reichte bei ihr für einen doppelten.

>> Also wenn ich 4.200,- € durch 5 Personen teile, dann kostet diese Reise gerade Mal knapp 840,- € pro Person. << Ich wandte mich an Frau Dolzki. >> Eine Frage hätte ich noch. Handelt es sich um Innen oder Außenkabinen? <<

Sie lächelte. >> Um zwei nebeneinanderliegenden Balkonkabinen. <<

>> Buchen <<, rutsche es Anke raus. >> Mädels sofort buchen, so günstig komm ich nie wieder nach Santorin und Co. <<

>> Genau, ich würde auch sofort buchen. << Ich brauchte auch keine Überlegung mehr.

Jana stimmte mit ein. >> Was meint ihr was es für tolle Bars an Bord gibt. Lasst uns bloß buchen. <<

>> Und wenn ich Seekrank werde? << Ines war noch etwas unsicher.

>> Papperlapapp, das wirst du nicht. Weißt du wie groß die Schiffe sind? Denen machen so eine kleine Welle, die dich von der Luftmatratze schupsen würden, doch nichts. << Nun hatte auch Hanna Feuer gefangen. >> Ich glaube das wird toll, Mädels. Richtig toll! <<

>> Und wer teilt sich das Doppel und wer das Dreibettzimmer? <<

>> Du meinst Kabine. Ich würde vorschlagen, dass losen wir Vorort aus <<, schlug Jana vor.

>> Ach ich weiß nicht. Ich schnarch doch so und hatte mich jetzt irgendwie auf ein Einzelzimmer eingestellt. Ihr wisst doch auch wie pingelig ich immer bin, dass macht den ein oder anderen von euch bestimmt wahnsinnig. << Ines schaute immer noch skeptisch >> Ich darf auch gar nicht an die Eisberge denken, die einem da nachts entgegen geschwommen kommen und wer weiß was sonst noch so alles da draußen lauert. Bestimmt auch irgendwelche Piraten, die Schiffe bestürmen ...<<

>> ... du liest auch zu viele Horrorbücher <<, lachte Hanna, selbst Krimiexpertin. >> Die Schiffe werden doch bewacht. Mensch Ines, du warst doch schon mal in Griechenland. Hast du dort etwa einen Eisberg schwimmen sehen? <<

>> Aber bei der Titanic ... <<

>> ... Mädels, wir sollten uns jetzt erstmal Entscheiden und Frau Dolzki Bescheid geben, ob wir die Reise buchen möchten oder nicht << Anke unterbrach Ines bedenken. >> Ewig wird sie diese Reise nicht reservieren können. Also ich wäre dafür und wer noch, hebe einfach die Hand. <<

Es schnellten 2 Paar direkt Hoch, dann etwas zögerlich noch eins und zu guter Letzt beteiligte sich auch Ines. >> Was soll's, ob mir nun vom Alkohol oder Schiffschwanken schlecht wird, ist eh egal. <<

*

Ein lauter Knall des Sektkorkens besiegelte die Zustimmung.

>> Das ging ja schnell bei Ihnen. << Frau Dolzki schenkte zuerst Jana ein Gläschen Sekt ein. >> So ein Schnäppchen darf man sich auch eigentlich auch nicht entgehen lassen. Ich bin mir sicher, Sie werden alle gemeinsam eine wunderschöne, erholsame, aufregende und auch abenteuerliche Reise erleben und freue mich für Sie alle mit. <<

>> Jetzt sagen Sie schon Prost <<, Jana konnte es kaum aushalten und schlürfte am Rand ihres Glases.

Ines bekam das mit. >> Nicht alleine trinken. Wir müssen doch anstoßen. <<

>> Ich wollte doch nur riechen ob es sich um ein trockenes oder liebliches Schlückchen handelt. << Frau Dolzki stellte die Flasche auf den Tisch und nahm ihr eigenes Glas zur Hand. >> Ich bedanke mich recht herzlich für Ihre Buchung, verbunden mit dem Vertrauen in unser Reisebüro und würde jetzt gerne mit Ihnen auf eine unvergessliche Kreuzfahrt anstoßen. <<

Nach der Buchung setzen wir uns noch auf dem Marktplatz in ein Café zusammen und gingen in Planung, denn es waren nur noch 5 Tage für sämtliche

Besorgungen und Termine. Es mussten Vorräte für Tiere, Mann und Kind eingekauft werden, Pedikür und Friseurtermintermine gebucht, Kleidung durchgewaschen, Koffer gelüftet und alles Mögliche für den Urlaub besorgt werden, unsere WhatsApp-Gruppe glühte täglich mit irgendwelchen Kommentaren und Einfällen, alle waren aufgedreht und jeder bedankte sich im Vorfeld bei Jana für ihren Hilferuf, denn ohne diesen würden sie jetzt nicht so im Stress aber auch Vorfreude schwimmen.

Kapitel 4
Reisefieber in Anflug

Die fünf Tage vergingen wahnsinnig schnell und ehe wir uns versahen, stand der Samstag vor der Tür. Den Abend zuvor hatten wir noch mal in einer Videokonferenz aufgeregt alles besprochen, inklusive Treffpunkt und sogar aktuellem Uhrzeitvergleich und hofften, dass der bestellte Shuttle auch pünktlich an der vereinbarten Stelle eintreffen würde.

An Schlaf war bei mir nicht viel zu denken. Ich versorgte meine Schildkröten, packte hier und da noch etwas in meinem Koffer und ging noch mal schnell zum Discounter. Stefan lief mir dabei ständig in die Quere.

>> Hier, ich habe dir noch das Fernglas aus dem Keller geholt. Damit kannst du toll die anderen Schiffe beobachten. <<

>> Schiffe beobachten? << Das hatte ich zwar nicht wirklich eingeplant, wollte meinen Mann jetzt aber auch nicht vor dem Kopf stoßen. Ich nahm ihm das Fernglas aus der Hand. >> Alleine das Gerät wiegt ja schon 2 kg, haben wir nicht noch so ein kleines? <<

>> Doch, ich dachte nur, durch das größere sieht man besser. Ich hole dir aber auch das kleine. <<

Er reichte mir noch eine Fliegenklatsche und für den Fall, das auf dem Schiff der Strom ausfallen würde, ein Teelicht.

>> So langsam habe ich das Gefühl, als ob du froh bist, dass du mal eine Woche ganz für dich alleine hast. <<
>> Es macht mir nichts aus, sagen wir mal so, << war seine knappe Antwort.

Aufgedreht und alle mit wenig Schlaf trafen wir uns am Samstag um 4 Uhr morgens am vereinbarten Treffpunkt.
Anke verteilte allen einen extra besorgten Strohhut und Jana kleine Klopfer für unterwegs.
Hanna zeigte entsetzt auf die Uhr. >> Jetzt schon? <<
>> Was? Den Hut aufsetzen? <<, fragte ich.
>> Leute nicht lang schnacken, kopp in Nacken <<, Jana hielt ihr Fläschchen zum Anstoßen bereit. >> Das ist erst der Anfang, ich habe auch noch Piccolööööchen mit drei ÖÖÖchen für alle dabei. <<
>> Das kann ja heiter werden. <<
>> Das will ich wohl meinen. Ach guckt mal, da vorne kommt ein Kleinbus, das könnte doch unser Shuttle sein. <<
>> Bohr Jana, bleib mal locker. << Ich gähnte. >> Es ist noch mitten in der Nacht. <<
Anke stimmte mir zu und wedelte mit ihrem Jutebeutel. >> Ich würde vorschlagen, wir essen erstmal was. Ich habe für jeden ein Butterbrot geschmiert und einen Apfel eingepackt. <<
Jana verdrehte nur die Augen. >> Prima, das fängt ja Gesund an! <<

Der Kleinbus hielt tatsächlich bei uns und die Fahrt zum Flughafen verging rasend schnell. Wir schnatterten alle durcheinander, so das dem Busfahrer bestimmt schon die Ohren glühten, und er sichtlich erleichtert war, den Tower vom Flughafens zu erblicken. Wir gingen direkt zum Schalter, gaben unsere Koffer auf und wetteten, wer von uns am meisten eingepackt hatte. Irgendwie tippten die meistens von uns auf Hanna, doch am Ende war es Jana, die alleine schon sechs Paar Sandalen, 4 Bikinis und Stiefeletten eingepackt hatte.

>> Stiefeletten? Was willst du denn damit im Hochsommer in Griechenland? << Hanna, die zu Sommerzeiten nur Flip-Flops trug, konnte es nicht fassen und kramte ihren Fächer hervor, da sich alleine bei dem Gedanken schon eine Hitzewelle ankündigte. Wir setzten uns noch etwas draußen in den Smokerbereich, beobachteten das typisch hektische Flughafentreiben und irgendeiner unserer Truppe war immer unterwegs. Der eine besorgte sich ein Baguette, der nächste kam nicht vom Klo und der andere machte bis zum Check-in ein Nickerchen. Jana war nur unterwegs und hatte die erste Bekanntschaft mit einer Männergruppe gemacht die auf den Weg zum Ballermann waren und nahm gerne angebotene prozentige Getränke an.

>> Jana <<, Anke winkte ihre Freundin zu sich. >> Jetzt trink doch zwischendurch mal ein Wasser. <<

>> Aber warum? Wir haben Urlaub und das Zeug beruhigt meine aufkommende Flugangst. <<

>> Das mag ja sein, aber der Tag ist noch so lang. Wenn du so weitermachst, verschläfst du heute Abend das Ablegen des Schiffes. <<

>> Niemand hat behauptet, dass der Urlaub einfach werden wird. <<

*

Endlich war es soweit. Wir gingen relativ zügig durch die Kontrolle und waren froh, als wir endlich im Flieger saßen. Hanna hatte neben sich eine nette Dame vom Tierschutzbund sitzen, die Straßenhunden aus Griechenland half und die Route nach Korfu öfters flog. Sie erzählte ihr, wie streunenden Hunden von dem Verein unterstützt wurden. Der Tierschutzbund nutzte dafür ein altes Grundstück außerhalb der Stadt, welches so gut wie möglich als Hundeheim umfunktioniert wurde. Von den Spendengeldern baute der Verein neue Welpenhäuser und Zwinger, aber auch neue Abzäunungen und natürlich das Futter. Jana, die dieselbe Sitzreihe teilte, schlummerte vor sich hin und hörte den traurigen Geschichten der armen Tiere zu.

>> … und dann war da noch Snoopy <<, die nette Dame hielt Hanna ein süßes Hundefoto hin. >> Snoopy wurde sehr verwahrlost in den Bergen gefunden. Wir gehen davon aus, dass er dort oben ausgesetzt wurde und da sich nicht viele Einheimische oder auch

Touristen in diese vereinsamte Gegend aufhielten, war es ein Wunder, dass ein deutscher Wanderer ihn wimmern und winseln gehört und gerettet hatte. Der arme Hund war total verwahrlost. «

>> Ach ne wie schrecklich. «

Es folgte ein weiteres Foto. >> Das hier ist Lucy. Lucy wurde leider von einem Autoraser angefahren und Tage später in einem Graben gefunden. «

>> Oje, so ein schönes Tier. Sagen Sie mal, ich kann ja schlecht ein Hund mit nachhause bringen, aber könnte ich wenigstens bei Ihnen etwas Geld spenden? Mir tun diese Tiere so leid. «

Die nette Dame von 'Hunde in Not` bejahte Hannas frage und überreichte ihr eine Visitenkarte.

>> Hier stehen sämtliche Daten, die Sie benötigen, drauf, auch mein Name, Valerie Nikitidis. Wir würden uns sehr freuen, wenn Sie vielleicht auch Mitglied werden möchten. Die Monatlichen Beiträge können sie selbstverständlich steuermäßig absetzten. Wir können aber auch immer helfende Hände gebrauchen. Also wenn Sie mal etwas Zeit haben, dann schauen Sie doch mal auf unserer Homepage. Wir suchen ständig nette Helfer, die Flug-Patenschaften übernehmen und unsere Hunde zur Vermittlung am Flughafen abholen und … « Kurzum drückte Jana den Servicebutton und lenkte Hanna kurz von dem Gespräch ab.

>> Möchtest du auch noch etwas trinken? «

>> Nein momentan nicht. Du glaubst ja nicht wie grausam Menschen sein können. <<

>> Doch, das glaube ich, aber man kann nicht die ganze Welt retten, Hanna. Ich habe die Horrorgeschichten mitbekommen, aber deshalb lass ich mir jetzt nicht die Urlaubsstimmung vermiesen, hicks. <<

Ines lachte von hinten. >> Hast du schon wieder Schluckauf? Lass mal langsam gehen. <<

>> Warum denn, ein Piccolöchen passt doch noch genau rechtzeitig vor dem Landeanflug. Trink ich alleine oder ist jemand von euch mit dabei? <<

>> Alleine <<, kam es im Chor zurück.

Jana merkte, wie Hannas Vorfreude auf den Urlaub zu kippen drohte und wandte sich an die Tierschützerin. >> Wissen Sie was, Frau Nikita, ich bin auch sehr Tierlieb und jetzt raten Sie doch mal, welches mein Lieblingstier ist? <<

Valerie Nikitidis überlegte, spielte aber das Spiel mit, denn sie hörte ein leichtes lallen heraus. >> Vielleicht eine Katze? Sie sehen mir tatsächlich nach einer Katzenliebhaberin aus. <<

>> Nö, hicks. Mein Lieblingstier heißt Zapfhahn. <<

Anke, die gerade vom Schlummern wach wurde, bekam nur die letzten paar Sätze mit und bekam einen herrlichen Lachkrampf, dass manche Passagiere mitlachen mussten, aber sich auch manche genervt umdrehten. Frau Nikitidis tat auch so, als würde sie mitlachen, doch Hanna schaute Jana nur beschämend an und Ines brummte von hinten >> ich dachte es ist der Schluckspecht <<.

Endlich wurde die Landung angekündigt und nachdem der Flieger beim Landeanflug haarscharf an einem Kirchturm vorbei düste um anschließend hart auf der Landebahn aufzusetzen, war Jana schneller nüchtern als ihr lieb war. Immer noch etwas zitternd stand sie am Gepäckausgabeband und wartete mit ihren Freundinnen auf ihre Koffer, als Frau Nikitidis vom Tierschutz grinsend vorbeikam.

>> Na, auf Entzug? <<

>> Von wegen Entzug, so eine Landung habe ich noch nie erlebt. <<

>> Ja der Flughafen gehört zu den schwierigsten Flughäfen der Welt. Er liegt tatsächlich sehr ungünstig zwischen den Hügeln und darf nur von erfahrenen Piloten angeflogen werden. <<

>> Hätte ich das vorher gewusst, hätte ich Rhodos gebucht. <<

>> Ach was <<, schaltete Ines sich ein. >> Runter kommen sie alle. Sei froh, dass der Hinflug schon mal geklappt hat, so hast du wenigsten noch den Urlaub vor dir. <<

Anke zog gerade ihren Koffer vom Band. >> Also ich wäre vollzählig. <<

>> Da hinten kommt meiner <<, ich zeigte auf die nächste rutsche Koffer. >> Deiner scheint direkt dahinter zu sein, Hanna. <<

>> Bei meinem Glück steht mein Koffer bestimmt noch in der Abflughalle. << Ines zog ihre Strickjacke aus. >> Ich bekomme jetzt schon Hitzewellen. <<

>> Blödsinn, jetzt denk doch mal positiv. Wenn unsere Koffer da sind, dann wird deiner auch dabei sein. <<

In der Ankunftshalle entdeckte ich zwei kostümierte Damen und zeigte in deren Richtung. >> Die zwei sehen doch aus, als würden sie zum Crewpersonal eines Schiffes gehören. Lasst uns mal hingehen. <<

>> Herzlich Willkommen meine Damen <<, wurden wir dann auch sehr nett begrüßt. >> Wir hoffen, Sie hatten einen angenehmen Flug. Bitte begeben Sie sich zu ihrem Bus mit der Nr. 43 der Sie gut 30 Minuten durch das schöne Korfu zum Hafen fahren wird. Nachdem Sie dort angekommen sind, begeben Sie sich bitte in die Empfangshalle, um alle wichtigen Formalitäten zum Check-in zu erledigen. Wie ich sehe, haben Sie Ihre Koffer alle mit der Ihnen zugesandten Banderole versehen, was schon mal sehr wichtig war, denn das Gepäck wird direkt vom Busfahrer an das Bordpersonal übergeben, welches die Koffer verteilt und im Laufe des Tages vor ihre Kabinentür platzieren wird. Sollten noch Fragen sein ... <<

>> … Bekommen wir für die Getränke eigentlich ein All Inn Armband <<, meldete sich Jana und wir verdrehten peinlich die Augen.

>> Nein, denn bei uns an Bord gibt es nur All Inklusive Getränke. Also meine Damen, sollten sonst noch Fragen sein, wenden Sie sich gerne immer an uns oder einem anderen Crewmitglied, denn wir möchten, dass alle Gäste zufrieden sind, sowie einen erholsamen und unvergesslichen Urlaub bei uns an Bord der *MS Sinfonie* verleben dürfen. <<

Spontan klatschte Anke Beifall, wir anderen bedankten uns und gingen in die Richtung der Bushaltestellen. Dort gaben wir unsere Koffer zu treuen Händen den Busfahrer und warteten gespannt auf die Abfahrt.

*

Schon von weitem sahen wir den großen Luxusdampfer im Hafen stehen.

>> Bohr, Wahnsinn, ich glaube mein Schwein pfeift <<, rutschte es Ines raus.

>> Das ist der Hammer. << Auch Anke und ich reckten unsere Köpfe. Der riesen Koloss wirkte von weitem schon sehr pompös und ich glaube, jeder von uns hoffte gerade, dass er sich darauf nicht verlaufen würde. Hanna, die die kurze Fahrtzeit für ein kleines Nickerchen nutzte, wurde durch Janas Gesang geweckt: >> Eine Seefahrt die ist lustig, Eine Seefahrt, die ist schön, denn da kann man fremde Länder und

noch manches andre sehn. Hol-la-hi, hol-la-ho, Hol-la-
hi-a hi-a … «

» Mensch Jana, musst du mich so wecken? «

» Na anders wirst du doch nicht wach. Schau dir
lieber unser schwimmendes Hotel für die nächste
Woche an, echt der Kracher. «

Hannas Augen fingen auch an zu glänzen. » Das ist
tatsächlich der Wahnsinn. Kneif mich mal, ich glaub
ich träume. «

» Nicht mehr meine Liebe, nicht mehr, ich habe dich
schließlich geweckt, das hier ist Real und kein Traum
« und schon zückte jeder sein Handy, um das erste
Bild an die zuhause gebliebenen zu senden. Also alle
von uns, bis auf Ines, denn sie fotografierte an einer
Ampel lieber einen wunderschönen Olivenbaum.

» Ines, falsche Richtung, da vorne steht unser Traum
in Weiß. «

» Ja ich weiß Katja, habe ich gerade schon gesehen,
aber guck dir doch mal den alten wunderschönen
Olivenbaum an. Ich habe die Tage noch gelesen, dass
viele Olivenbäume durch Blattlausbefall verkümmern
werden. Die Bäume werden austrocknen und
absterben. Traurig, oder? Deshalb habe ich ihn
fotografiert, wer weiß, ob der auf dem Rückweg noch
hier steht! «

Ich schaute sie erstaunte an. » Also manchmal machst
du mir etwas Angst, Ines. Warum sollte denn der
Olivenbaum, der wahrscheinlich schon hunderte von

Jahren dasteht, bis nächste Woche verkümmern? Der
Baum hat mit Sicherheit schon den alten Griechen
Schatten und Früchte gespendet und wird es
hoffentlich noch ein paar Generationen. Du kommst
aber auch manchmal auf Klamotten! << Ich wandte
mich ihr ab und genoss die Aussicht auf den immer
näherkommenden Hafen.

*

Als alle Gäste aus dem Bus gestiegen waren und sich
Richtung Empfangshalle machten, machten wir
erstmal eine Staun-Pause. Es waren tatsächlich knapp
5 Minuten wo keiner von uns sprach und jeder seinen
Gedanken nachging, nur das Piepen von Hannas
Handy holte uns in die Wirklichkeit zurück.
>> Viele Grüße von Sven. Ich habe ihm ein Foto von
unserem bescheidenen Hotel geschickt und er schickt
einen Daumenhoch Emoji mit lieben Grüßen und viel
Spaß. Wir sollen uns auf dem kleinen Pott nicht
verlaufen. <<
Ich polierte meine Sonnenbrille. >> Da hatte ich vorhin
auch schon dran gedacht, als ich den Koloss sah. <<
>> Ach, du hast doch einen Orientierungssinn. <<
Hanna lachte auf. >> Das stimmt, Ines, das hat Katja,
einen Orientierungssinn und einen Organisationssinn.
<<
>> Jetzt übertreib mal nicht und vor allem verlasst euch
nicht auf mich, auch ich kann mich verlaufen.

>> Ach guckt mal, Peter schickt ein Foto aus Bad Füssing, da scheint es zu regnen. <<

>> Man kann nicht alles im Leben haben <<, rutschte es mir heraus und dann musste ich meine Truppe zum Check-in anschupsen. >> Are you ready fort the Check-in, Ladys? <<

>> Wieso spricht du jetzt Englisch? << wunderte sich Hanna.

>> Weil auf dem Schiff kaum deutsches Personal tätig ist und wir dort viel Englisch reden müssen. Ich übe nur schon mal. <<

Anke schaute mich an. >> Davon hatte Frau Dolzki aber nichts gesagt. Jetzt ärgere ich mich, denn dann hätte ich mein Übersetzer eingepackt. <<

>> Wenn der Hübsch ist, ärgere ich mich für dich mit <<, lachte Jana.

>> Oh Gott, etwas mulmig wird mir jetzt schon. << Ines wirkte etwas unsicher. >> Ich werde jetzt eine ganze Woche lang keinen festen Boden mehr unter den Füßen haben. <<

>> Wieso eine Woche? Spätestens Übermorgen legen wir doch in Athen an und verlassen dann das Schiff. <<

>> Stimmt ja, seht ihr, ich bin jetzt schon total durcheinander. Oh Gott! Ich wette, ich werde Seekrank. <<

>> Ach was, die Wettervorhersage lauten 26° und 'ne ruhige See. <<

Ines atmete hörbar aus >> Na dann nichts wie los, mehr Ausreden fallen mir nicht mehr ein << und gemeinsam betraten wir die Check-in Halle, in der sich bereits Warteschlangen gebildet hatten.

Anke schaute sich die Meute an. >> Das wird bestimmt dauern, sollen wir uns mit dem Anstellen abwechseln? << Sie nahm sich einen Flyer von einer Infotafel und wedelte sich damit Luft zu.
>> Magst du dir meinen Fächer ausleihen? << bot Hanna an, doch Anke wusste, dass bei ihr die Hitzewellen regelmäßiger auftraten als bei ihr selbst und lehnte dankend ab.
Ich meldete mich. >> Dann geh ich gleich mal die Toiletten aufsuchen << und machte mich direkt auf den Weg, gefolgt von Hanna. Jana wollte die griechische Luft genießen und verschwand ebenfalls aus der stickigen Halle und somit blieben Anke und Ines über.
>> Hast du wirklich solche Bedenken, dass du an Bord krank wirst? <<
>> Eigentlich nicht, aber man weiß ja nie. Es könnte ja ein Virus ausbrechen und sich verbreitet. Das geht auf so engen Räumen, wie auf so einem Schiff, rasend schnell. <<
>> Da hast du sicher recht, aber ich denke, dass das gesamte Hospital auf gängige Krankheiten medikamentös schon gut vorbereitet sein wird. Hat

Thomas dir etwa den Floh ins Ohr gesetzt, um dir die Fahrt madig zu machen? «

» Quatsch, der doch nicht, ich hatte gestern Abend noch etwas über Kreuzfahrtschiffe gegoogelt und mir solche Sachen durchgelesen, die eben auch passieren können. Ganz wichtig war hier tatsächlich der Punkt Hygiene und du weißt ja selbst wie pingelig ich immer bin. Man soll sich immer, Immer wenn man das Schiff betritt, die Hände desinfizieren und auch vor jedem Restaurantbesuch und zwischendurch soll man die Hygienebehälter aufsuchen und nutzen. Lieber einmal mehr als zu wenig. «

» Das versteht sich doch wohl für selbst. «

» Für dich vielleicht. «

» Jetzt mach dich nicht verrückt. Du wirst sehen, es wird toll werden. Hach ich freue mich schon so wahnsinnig auf das tolle Essen. «

» Darüber gab es auch einen Bericht. Es werden oft Käse- und Schinkenspezialitäten, Sushi und sogar frisch geräucherten Fisch angeboten. Viele Gäste würden so gierig sein und dann die bereitliegenden Zangen nicht nutzen, sondern ihre Finger. Vor allem morgens beim Frühstück werden Brot oder Brötchen oft einfach so aus den Körben genommen, also ohne Zange. «

» Fingerfood eben. « Anke fand, es wurde darüber zu viel Boheme gemacht.

>> Fingerfood! Du bist gut. Genau das ist ja. Es gibt
Vorschriften, an denen man sich halten muss. <<
Anke stellte sich auf Zehenspitzen um über die
Menschen zum Eingang zu gucken. >> Wird schon. Sag
mal, wo bleibt Jana eigentlich, ich würde mir auch
noch gerne eine rauchen, bevor wir an Bord gehen. <<
>> Meinst du die säubern die Liegen auch nach jedem
Gebrauch? << Ines lies nicht locker.
>> Welche Liegen? <<
>> Na die am Pool zum Beispiel. Man beschwitzt die
doch! <<
>> Also das glaube ich jetzt wirklich nicht. Was soll das
Personal denn noch alles machen? Oder meinst du es
gibt an Bord eine Liegen-Waschstraße? <<
>> Das nicht, aber findest du so etwas nicht ekelig? <<
>> Also Ines, jetzt mal ehrlich. Vernünftige Menschen
legen ein Handtuch auf die Liege bevor sie sich selbst
darauf niederlassen. Das gilt auch am Strand, nicht
nur auf Kreuzfahrtschiffen. Meinst du die
Liegenverleiher auf Malle schieben jeden Abend die
Dinger in einen Waschsalon? <<
>> Hast ja recht. Das sind aber alles Sachen die mir
durch den Kopf schwirren. <<
>> Wird Zeit das du mal runter kommst und
abschaltest. <<
>> Abschalten wie unsere Jana? <<, fing ich die letzten
Wortfetzen meiner Freundin auf.
>> Wieso wie Jana? <<

>> Na sie unterhält sich draußen ganz angeregt über Kreuzfahrten und Co. <<

>> Woher weißt du das? Und mit wem unterhält sie sich denn? <<

>> Mein Toilettenfenster ging direkt in Richtung Raucherzone und da hörte man sie schon zwitschern, dass sie alleine mit Freundinnen verreist, es ihre erste Kreuzfahrt wäre und sie so nervös sei usw. und bevor ich die Spülung tätigte, hörte ich nur 'lecker, was für ein edler Tropfen und sie revanchiere sich gerne heute Abend an der Poolbar`. Länger wollte und konnte ich nicht zuhören, die anderen standen ja vor der Tür Schlange. <<

>> Typisch Jana <<, kam es nur von Hanna.

Jana hatte sich draußen zu ein paar netten Männern aus Bayern gesellt, kam mit ihnen ins Gespräch und während einer von ihnen ihr etwas über Kreuzfahrten erzählte und dabei zum Schiff deutete, entdeckte sie das nett aussehende Paar, welches gerade eingecheckt haben musste und von einem Fotografen an einer aufgestellten Wand abgelichtet wurde. Beim Beobachten des Pärchens zog sich ihr Magen zusammen, denn irgendwie kamen ihr die beiden bekannt vor, vor allem die Frau. Jana überlegte kurz, wurde dann aber von Basti, der ihr ein Likörchen unter die Nase hielt, abgelenkt. Sie unterhielt sich noch ein paar Minuten mit den netten Männern, bedankte sich für den Drink und versprach sich zu revanchieren. Sie warf noch einen letzten Blick auf das ihr so bekannt vorkommende Paar, welches mittlerweile die Gangway erreicht hatte und diese jetzt Hand in Hand aufstieg, bevor sie selbst zu ihrer Truppe zurückkehrte.

» Toll, wir sind ja schon bald dran. «

» Sag mal, was hast du denn getrunken, du hast ja eine Fahne «, ich wedelt mit der Hand.

» Was ihr immer habt. Ich habe mich lediglich draußen mit einer Männergruppe aus Bayern im Raucherbereich unterhalten, die bereits zum dritten Mal eine Kreuzfahrt gebucht haben, hicks. Sie sind quasi alte Kreuzfahrthasen und die hatten so einen verdammt leckeren Likör, irgendwas mit einem Quad. Toll war der. Hätte euch auch geschmeckt. «

» Aus Bayern? «, fragte Ines nach. » Hast du die denn überhaupt verstanden? «

» Na freilich, hicks, des past scho. «

Anke bekam wieder ihren Lachkrampf und Hanna reichte wortlos Jana ihre Flasche Wasser.

Zwei weitere Check-in Schalter wurden geöffnet und auf einmal ging alles sehr schnell. Wir rückten rasch auf und wurden von einer Mitarbeiterin zu einem der freien Schalter begleitet.

» Hallo meine Damen und Herzlich Willkommen. Mein Name ist Alina und ich würde euch jetzt alle erstmal um den Reisevoucher bitten und im Anschluss bräuchte ich noch die Personalausweise bzw. Reisepässe. Damit es für euch von Anfang an ein lockerer und legerer Urlaub wird, nennen wir uns hier alle beim Vornamen, ich hoffe und denke es ist euch recht? « und alle nickten wir zustimmend. » Ich fange erstmal mit der Belegung der Einzelkabine und der einen Doppelkabine an. «

Hanna kramte in ihrer Handtasche. » So ein Mist, ich habe doch vorhin noch meinen Ausweis gehabt und hier ins Fach gesteckt, das gibt's doch nicht. Macht ihr erstmal, ich muss noch etwas suchen. «

Da Anke noch kurz die Toiletten aufsuchte, legten Ines, Jana und ich unsere Ausweise auf die Ablage, die Alina entgegennahm. » Wie werden die Kabinen denn von euch belegt? « Sie schaute auf die Ausweise. » Ines die Einzelkabine und ihr zwei die Doppel? Ist das richtig? «

» Nein, das muss ein Missverständnis sein. « Ines hob wie in der Schule den Finger.

» Also im Enddefekt ist die Aufteilung der Kabinen jetzt auch nicht so relevant, ihr könnt auch gerne später noch unter euch klären, wer sich mit wem eine Kabine teilen möchte und wer die Einzelne nehmen wird. Ihr müsst euch jetzt nicht unbedingt festlegen «, erklärte Alina höflich.

» Wir haben eine Doppel- und eine Dreibettkabine gebucht … Aua «, drehte sich Ines empört um, doch

Alina registrierte es nicht und schaute auf ihren Bildschirm. >> Hier steht Anreise mit 5 Personen, 2 x Doppelkabine, 1 x Einzelkabine. Ich guck nochmal auf den Voucher, aber das System zeigt es mir so an, Momentchen bitte. <<

Hanna schupste Ines nochmal von hinten an.

>> Was denn? Ich habe doch recht, oder? <<

>> Zsccchhhhhh <<, machte Hanna nur und auch Anke, die wieder zurück war, gab ihr mit den Augen zu verstehen, sie solle lieber ruhig sein und dann endlich schien es auch Ines zu schnallen.

Alina telefonierte noch einmal mit der Kreuzfahrtdirektorin, gab ihr sämtliche Daten durch, legte den Hörer auf und fuhr fort. >> Also meiner Vorgesetzten liegen auch keine Änderungen vor und sie sieht in ihrem System dieselbe Kabinenaufteilung wie ich. Wie gesagt, für Jana und Katja ist hier die Balkonkabine 7382 reserviert, für Hanna und Anke die Balkonkabine 7383 und die Kabine 7381 wird von Ines belegt. Solltet ihr jetzt andere Wünsche haben, müsste ich euch an meine Kollegin weiterleiten, … <<

>> … Alles richtig <<, Anke war manchmal eine gute Schauspielerin. >> Goldrichtig, quasi, ich wollte meine Mädels mit den nebeneinanderliegenden Kabinen überraschen, was mir hoffentlich gelungen ist? <<

>> Ha, na das kannste wohl laut sagen, das ist dir gelungen. Tolle Idee! << Ich hatte den Wink verstanden.

>> Wann bekommen wir denn das All Inn Armband? << fragte Jana nochmal nach und Anke stöhnte dahinter nur. Hanna auch, aber weil sie gerade eine Hitzewelle bekam und den Inhalt ihrer Tasche auf den Fußboden ausbreitete um weiter nach ihrem Ausweis zu suchen.

>> Ein All Inn Armband gibt es bei unserer Flotte nicht, da alle Passagiere bei uns an Bord alles Inklusive haben. <<

>> Das wurde dir doch vorhin schon erklärt <<, raunte Ines jetzt Jana an.

Jana zischte ihr ein leises > ablenken< zu und dann laut >> ist ja gut, ich wollte doch nur auf Nummer sichergehen. Nicht dass wir später an der Bar mit einem Sektchen das Ablegen begießen möchten und der Kellner uns abwinkt, weil wir kein buntes Armbändchen tragen. <<

>> Da macht euch mal keine Sorgen, meine lieben, Getränke gibt es immer bei uns; auf Deck 13 befindet sich sogar eine 24h-Bar. <<

>> Speichern Mädels, speichern! Ist das auch noch zufällig eine Raucherbar? <<

Alina lachte. >> Ja und wie gesagt, es ist alles Inklusive, egal ob ihr Essen oder trinken möchten. Lediglich Ausflugprogramme oder Extrabuchungen wie

Friseur, Massage oder die exquisiten Restaurants würden Extra kosten. «

» Die Liegen kosten dann auch nichts? «

» Nein und ein Handtuch zum Reservieren braucht ihr auch nicht, denn es sind genug Liegen vorhanden. «

» Apropos Handtücher «, klinkte ich mich mit ein. » Können wir uns an Bord Badehandtücher für evtl. Strandausflüge ausleihen? «

Alina legte einen Flyer in die Mappe. » Hier ist alles aufgeführt: die Öffnungszeiten der Restaurants, W-LAN Verbindungen inclusive derer Kosten, Ausflugspakete, und vieles mehr. «

» Auch für den Fall der Fälle, wo sich der Bord Arzt befindet? « Ines verstand endlich auch das Ablenkungsmanöver.

Alina tippte auf den Flyer. » Steht alles hier drin. So meine Damen, wenn ihr für den Sicherheitsdienst hier bitte nacheinander einmal in die kleine Kamera blicken würdet, können anschließend auch Hanna und Anke einchecken. «

» Ich habe ihn «, hallte es glücklich von Hanna, die ihren Ausweis hochhielt.

» Na Gott sei Dank. « Anke war auch sichtlich erleichtert.

» Das passt doch super, ich merke schon, ihr seid ein eingespieltes Team «, verbreitete Alina gute Laune.

Nachdem auch bei den beiden alles erledigt war, wünschte uns Alina noch eine schöne, erholsame und unvergessliche Reise. Wir setzen uns weiter in Bewegung und erst als wir hinter einer Reklamewand außer Alinas Sichtweite waren, klatschten wir uns für unser Glück der Kabinenaufteilung ab.

>> Man muss auch mal Glück haben, doch langsam macht mir die Reise etwas Angst. << Skeptikerin Ines wieder. >> Erst haben wir ein Schnäppchen bei der Buchung gemacht, jetzt haben wir das Glück mit der Kabinenaufteilung und vor allem, der noch nebeneinanderliegenden Balkonkabinen. Irgendwo muss doch ein Harken sein. << Und bevor einer von uns auf ihre Logik reagieren konnte, wurden wir vom Fotografen gebeten, uns vor eine Leinwand zustellen, um uns für ein Erinnerungsfoto ablichten zu lassen.

Jetzt wurde es ernst und jeder genoss für sich alleine den Aufstieg zur großen Kreuzfahrt.

Kapitel 5
Willkommen an Bord

\>> WOW, jetzt schaut euch mal den Empfangsbereich an, alles glitzert und blinkt hier. << Ines Augen leuchteten und ich machte sofort Bilder mit meiner Kamera.

\>> Guckt euch mal da den Glasaufzug an und die Treppe. Als ob Diamanten eingebaut wurden, das ist ja irre. <<

Alle waren wir im Moment überwältigt und staunten über den pompösen Empfangsbereich, bevor wir die Rezeption besuchten und als alle Geldformalitäten geklärt waren, schlug Hanna vor, **das Schiff** von oben nach unten zu besichtigen. Ich wusste gar nicht, was ich zuerst fotografisch festhalten sollte, unsere überwältigen Blicke oder den Glanz des Empfangs.

\>> Mach bloß viele Bilder und schick sie unserer WhatsApp-Gruppe, okay? <<

\>> Ja klar, ich schick euch alle. Guckt mal, da vorne hängt ein Deckplan am Aufzug. <<

Wir setzten uns in Bewegung. Ines war auch einfach nur baff. >> Ich steh irgendwie unter Schock und muss das alles erstmal verarbeiten. Jetzt überlegt mal. Letzte Woche stand ich noch an der Packmaschine und jetzt stehe ich auf einem atemberaubenden Kreuzfahrtschiff, da muss man ja wuschig im Schädel werden. <<

>> Deshalb hast du gerade auch mit der Einzelkabine nicht geschaltet. <<

>> Stimmt. Ich habe das gar nicht kapiert und wollte nur den Systemfehler aufklären. <<

>> Ehrlich wie sie immer ist, << Anke drückt auf den Aufzugknopf. >> Ich hatte aber auch erst gedacht, jetzt fängt Jana schon wieder mit ihrem All In-Armband an, aber Hanna hat mich dann in die Seiten geschubst und einen Augenwink gegeben. Da fiel dann der Groschen bei mir. <<

>> Mich hat sie auch von hinter angeschupst, doch bis bei mir was fällt, kann es manchmal dauern. <<

Lachend betraten wir den Glasaufzug.

>> Was drücke ich denn jetzt? <<, fragte ich.

>> Lasst uns von oben nach unten starten. Laut den Plan befindet sich oben auch ein Restaurant. <<

>> Das hört sich gut an, ich und mein Magen brauchen dringend Nachschub <<, Anke wieder.

Sie liebte nicht nur Essen, sondern lebte es auch, wie ihr Mann.

Auf Deck 12 befand sich das Buffet-Restaurant.

Anke folgte der leckeren Duftnote. >> Bohr duftet das toll hier. <<

>> Stopp <<, rief Ines sie zurück. >> Du musst doch erst deine Hände desinfizieren bevor du das Restaurant betrittst, da haben wir doch vorhin noch von

gesprochen. Schau mal, hier stehen die Hygienespender. «

» Stimmt ja. « Schnell rieb sie sich die Hände unter dem Spender und bewaffnete sich fast zeitgleich mit einem Tablett. Ohne Rücksicht auf die anderen bestürmte Anke ihr Buffetparadies.

Ich musste grinsen. » Anke spielt wohl gerade Monopoly. Rücke vor bis zum Buffet, gehe nicht über Los um einen Tisch zu reservieren. «

» Genau «, schaltete Jana sich ins Gespräch. » Sie hat wohl gerade eine Ereigniskarte gezogen. Guckt mal, da vorne sind noch ein paar Tische frei. Ich würde mich hinsetzen und ihr könnt euch schon mal was holen. Weiß denn jemand, wie das mit dem Getränke-Flat war? «

» Janaaa «, kam es von Ines.

» Scheeerz Leute, ich wollte doch nur Schwung in die Runde bringen « und verschwand zu den freien Sitzmöglichkeiten.

*

Ines drehte sich zu Hanna und mir um. » Sagt mal, langsam mache ich mir tatsächlich Gedanken was Jana betrifft. Ich wüsste bald kein Augenblick mehr, wo sie mal nicht an Alkohol und Co. denkt und auch trinkt. «

Ich reichte den beiden ein Tablett und wir schlenderten zum Buffetanfang. » Mir ist auch aufgefallen das sie momentan gerne ein Schlückchen mehr trinkt als sonst, aber ich schiebe es einfach auf die privaten Probleme mit ihrem Henning. «

» Vielleicht sind **DAS** ihre Probleme! «

» Wie? Du meinst, sie hätte keine Probleme mit Henning, sondern mit sich selbst und würde deshalb trinken? «

» Wer weiß «, mutmaßte Ines. » Irgendwas scheint bei ihr nicht zu stimmen. Guckt mal, seid dem wir Montag gebucht haben, hat sie doch kein Wort mehr über Henning verloren. Weder im positiven noch im typisch genervten Gemecker. Ich habe das Gefühl, als ob sie Henning nur als Vorwand für ihre Flucht nutzt. Irgendwas stimmt da nicht, es sind mit Sicherheit nicht nur seine verrückten Ideen inclusive der Zettelwirtschaften, denn die schreibt er doch schon seit Jahren. « Wir fingen Anke unterwegs ein, zeigten ihr an welchem Tisch Jana auf uns wartete und machten uns auch über das umfangreiche Buffet her.

*

» Mir tut alles weh und ich glaube, ich platze noch, bevor ich die Bekanntschaft meiner Kabine gemacht habe «, jammerte Anke, legte ihr Besteck auf den Teller und tupfte sich mit der Serviette den Mund sauber. » Guckt mal, sogar echt silbernes Besteck und ich dachte, hier gäbe es nur Plastik. Also das Steak war vom Feinsten, ne Ines? Das hätte Peter auch geschmeckt. «

Ich lachte. >> Wir gehen am besten gleich auf Schiffbesichtigung, ich muss mir auch unbedingt die Beine vertreten. << Ich schaute zu Ines und wollte sie gerade Fragen ob es ihr auch gemundet hatte, als ich staunend sah, wie sie seelenruhig ihr Steakmesser in einer Stoffserviette einwickelte und in die Handtasche packen wollte. >> Was wird das denn, wenn es fertig ist? <<

Ines erschrak und lächelte verlegen. >> Sorry. Jetzt wollte ich tatsächlich das benutzte Messer einpacken, anstatt es auf den Teller zu legen. Ich bin völlig durcheinander und sollte vielleicht mehr trinken. <<

>> Mein Reden <<, kam es nur trocken von Jana.

Anke tat immer noch alles weh. >> Also wenn ich die ganze Woche so weiteresse muss ich neue Klamotten haben. Am liebsten würde ich mich jetzt eine Stunde aufs Ohr legen. <<

>> Schlafen kannst du nächste Woche noch oder meinetwegen auch morgen. << Fand ich und wurde gleich von Jana übertönt. >> Von wegen morgen! Morgen ist Seetag angesagt und den verbringen wir definitiv an der Poolbar. Hey wir haben All Inn, Mädels! <<

>> Ja aber auch Urlaub und deshalb weiß ich, was ich morgen definitiv machen werde. << Anke gähnte ausgiebig. >> Nämlich erstmal ausschlafen! <<

>> Ich auch. << Hanna ließ sich vom Gähnen anstecken.

>> Und anschließend werde ich mir eine Liege suchen, relaxen und lesen. <<

>> Dann passt es ja, dass ihr euch eine Kabine teilt. Was machen wir zwei Frühaufsteher denn morgen früh? << fragte ich Ines.

>> Mal schauen wie spät der Abend heute wird, aber ich kann ja nie so lange liegen, dann bekomm ich Rücken. <<

>> Also eins sag ich dir, Fräulein <<, wandte sich Jana erschrocken an mich. >> Komm jetzt nicht auf den Gedanken mich morgens um 7 Uhr aus den Federn zu schmeißen, nur, weil du unter Schlafproblemen leidest. Dir ist schon klar, dass du dir mit einem Morgenmuffel die Kabine teilst? <<

Ich tat als müsste ich stark nachdenken. >> Mal schauen. <<

>> Wehe. Dann tausche ich mit Ines. <<

>> Ich dachte du schläfst nicht gerne alleine in fremden Unterkünften? << Zog ich noch ein Ass aus den Ärmel und erntete einen gespielt bösen Blick.

Ines sprang auf. >> So ihr Lieben, sollen wir das Schiff erkunden? <<

>> Und uns anschließend an einem Wein ermunden? <<, grinste Jana

>> Du bist aber auch unverbesserlich <<, schüttelte Hanna den Kopf und schlenderte langsam los.

>> Meint Ihr die Zimmer sind schon fertig? <<

>> Kabinen, Ines, Kabinen <<, erinnerte ich sie.

>> Ach ja, daran gewöhne ich mich irgendwie nicht. <<

>> Macht ja nichts. Also ich denke schon das die fertig sind. Wir können ja im Anschluss des Rundgangs einfach mal vorbeigehen, neugierig bin ich auch und vielleicht stehen ja auch schon unsere Koffer parat. <<

>> Ich bin total neugierig auf die Zimm ... ähhh Kabinen. Wie das Bad wohl aussieht? Hauptsache es ist sauber. <<

Hanna guckte Ines an. >> Das hoffe ich auch, gerade für dich Pingelkopp. Sollen wir jetzt wirklich von hinten nach vorne jedes Deck durchgehen? <<

>> Jedes Deck? << Jana guckte erschrocken.

>> Na klar, wenigstens die, wo sich irgendetwas befindet. Ein Restaurant, eine Bar, das Theater und so. << klatschte Anke in die Hände.

*

Auf Deck 13 guckte Hanna über die Reling. >> Ganz schön hoch hier oben. Also wenn wir in einen Sturm geraten sollten, möchte ich nicht hier oben stehen. <<

>> Wir werden kein Sturm haben, sondern Sonne und kein Wölkchen am Himmel. << Ich drehte mich suchend um. >> Wo bleibt Jana eigentlich? <<

>> Huhu <<, hörten wir sie auch schon. >> Mädels! Ich habe uns mal eine kleine Verschnaufpause besorgt << und schon verteilte sie kleine Plastikpinnchen.

>> Plastikpinnchen! << guckte Ines angewidert.

>> Draußen gibt es alles nur aus Plastik, hat mir
Mauro, der Barkeeper, gerade im perfektem Deutsch
erklärt. Also wenn hier Glas zu Bruch geht, wo so
viele Barfuß laufen, kommt das bestimmt nicht gut.
Prost ihr Lieben und nochmals 1000 Dank, dass ihr
meinen Hilferuf gefolgt seid. Also hätte ich gewusst,
dass wir nach meinem SOS-Signal alle zusammen auf
so einen Dampfer landen würden, dann hätte ich mich
schon eher mal gemeldet. So und jetzt nicht lang
Snacken, Kopp in Nacken. <<
>> Wer heute trinkt, braucht hoffentlich morgen
weiniger. << Anke wurde langsam ungeduldig. >>
Können wir jetzt endlich unsere Entdeckungstour
fortsetzen? Ich würde noch gerne die Shoppingmeile
besuchen und an den Boutiquen vorbeischauen, bevor
wir unsere Kabinen aufsuchen. <<
>> Eye Eye Sir <<, salutierte Ines.

Alle waren wir von den ersten Eindrücken
beeindruckt. Das Theater im Bauch des Schiffes war
wahnsinnig groß und modern, mit einer Riesen
Showbühne. Ines kam ins Schwärmen. >> Guckt euch
mal die Riesen Lautsprecher an, was meint ihr, was da
für ein Sound rauskommt Hoffentlich führen die hier
mal so ein flottes Musical oder so auf, da hätte ich
Lust zu. << Jede Bar, die wir auf unserem Rundgang
entdeckten, war ganz individuell gestaltet und einfach
einladend. Eines war total spacig mit LED Lichtern

ausgestattet, ein weiteres im Look der 50er Jahre mit einer Jukebox und einer Harley, dass nächste wieder schlicht gemütlich gehalten und die Pianobar sogar elegant eingerichtet. Das 4D-Kino war klein aber fein und genau was für Hanna, die solchen animierten Spaß mochte, deshalb nahm sie sich auch gleich ein Programmflyer mit, der in einer Box am Eingang steckte. Weiter führte uns der Weg in das Spielcasino, wo es bunt und laut herging. Die ersten Automaten waren schon von Urlaubern besetzt.

>> Manchmal verstehe ich die Leute nicht. Man muss sich doch erstmal das Schiff angucken und kennenlernen, bevor man die kostbare Zeit hier an Bord mit einem der Geräte teilt. Spielen kann man doch auch zuhause. <<

>> Du vielleicht, Anke, aber bei manchen ist es auch eine Sucht. <<

>> Ich könnte mir aber auch vorstellen, dass so manch Urlaubsbegleiter sich für so eine Reise nur mitentschieden hat, weil er hier Zocken und All Inn nutzen kann. << überlegte Ines.

>> Da sagst du was ganz Gescheites, Schätzelein <<, klingte sich Jana dazu. Langsam näherten wir uns der Futtermeile. Anke schien völlig überfordert zu sein, denn hier war wirklich für jeden Geschmack etwas dabei. Von einem Sushi-Lokal, zum Italiener, Steakhouse oder Fast Food, bis hin zu einem extra Fischlokal mit einer Veggie-Speisekarte.

>> Auch, wenn ich gerade erst gegessen habe, läuft mir jetzt schon wieder das Wasser im Mund zusammen. << Anke hatte große Augen bekommen. >> Wenn es nach mir ginge, würde ich gerne jeden Tag ein anders Lokal besuchen und testen. <<

>> Wenn es nach mir geht aber nicht, denn hier muss man sein Essen, bis auf die Fast Food Ecke, bezahlen und das sehe ich nicht ein, schließlich bekommen wir im Buffetrestaurant Steak, Pizza, Fisch und Veggie gratis. << Ines sah das nicht ein.

>> Aber man kann sich doch mal etwas Anderes gönnen? <<

>> Ich gönn mir das tolle Schiff hier und das muss reichen! <<

>> Okay okay, hast gewonnen, dann hole ich mir hier nur den Appetit <<, gab Anke klein bei. Wir stiegen eine Treppe hoch zum nächsten Deck und standen vor einem Fitnesszentrum, hinter dessen Scheibe wir Trimmräder, Stepper, Laufbänder und Co. entdeckten.

>> Hat jemand Interesse? <<

>> Bestimmt nicht, Katja. Du etwas? <<

>> Ach was. Was ich zuhause nicht mache, brauche ich hier auch nicht zu versuchen. <<

>> Genau, lass uns mal weitergehen, da vorne sehe ich den Wellnessbereich, der lächelt mich schon eher an. << Anke ging voraus.

Wir öffneten eine Tür, standen in einem duftdurchströmten Foyer, wagten einen Blick auf die ausgehängte Preisliste und beschlossen uns doch schnell für das weitergehen.

Es fehlte an nichts, nur Ines mopperte etwas, denn sie hatte keinen Überblick mehr, dafür aber gerne einen Schiffs-Routenplaner.

Kapitel 6
Leinen los

>> Deck 7<<, hallte es aus dem Aufzuglautsprecher und wir machten uns auf zur Kabinensuche.

>> Müssen wir jetzt links oder rechts abbiegen? << Hanna hatte sowieso Schwierigkeiten mit der Orientierung, aber wir anderen momentan auch.

Ich schaute auf ein Hinweisschild neben den Aufzügen. >> Wir müssten laut Plan den Gang hier entlanggehen. <<

Anke schaute den Gang hinunter >> Ich werde verrückt. Jetzt schaut euch mal die ganzen Kabinentüren an. Voll der Irrgarten hier. <<

Ich zückte meine Kamera hervor und fotografierte den Gang zu beiden Seiten. >> Jetzt lasst uns mal gucken, wie die Kabinen von innen aussehen. <<

>> Wenn wir die jemals finden. << Ines klang echt verzweifelt.

Wir schlenderten los und ich zählte. >> Kabine 7387, 7386, 7385, 7384 und Taraaa,7383. Hier müsste eure sein, unsere ist ja direkt daneben und Ines, dann kommt deine. <<

>> Schließ doch mal auf <<, Anke war richtig nervös geworden und ließ Hanna zum Öffnen an die Tür. Wir drei warteten draußen auf die Reaktion, die auch prompt folgte.

>> Ach wie schön und eine völlig ausreichende Größe. <<

>> Ja das finde ich auch << stellte Anke fest und ging direkt zur Balkontür um diese zu öffnen.

>> Uuunddd? << Wir schoben uns nacheinander in deren Kabine.

>> Mit Flachbildschirm sogar <<, stellte Jana fest. >> Und guckt mal, Megawichtig, einer Minibar. <<

>> Mit Klima, das ist gut <<, kam es von Ines. Ich schlich mich raus und ging nach nebenan zu unserer Kabine, öffnete ebenfalls die Balkontür, schob den Balkonstuhl zur Seite und schaute winkend zu den Freundinnen rüber. >> Ist das nicht praktisch? <<

>> Ach du bist schon drüben? << Jana drehte sich um.

>> Ich komm << und auch Ines ging aufgeregt zu ihrer Kabine.

*

Wir drei standen auf den Balkonen und schauten aufs offene Meer hinaus.

>> Irgendwie kann ich es immer noch nicht glauben <<, unterbrach Ines unsere Gedanken.

>> Was denn? <<

>> Na das ich mal auf einem Balkon eines Kreuzfahrtschiffes stehe. <<

>> Ich auch nicht <<, musste ich zugeben. >> Wir hatten echt verdammtes Glück mit der Reise und sollten der abgesprungenen Familie irgendwie danken. <<

>> Da wartet erst mal ab, noch haben wir nicht abgelegt, es kann noch viel passieren. <<

>> Was ist denn jetzt schon wieder? Florian Silbereisen wechselt die Flotte und ist nun Kapitän der *MS Sinfonie*? <<

>> Was weiß ich denn. Ich bin ja schon froh, dass ich mein Zimm ... ähhh meine Kabine direkt neben eure bekommen habe. Stellt euch mal vor, ich wäre auf der anderen Seite des Schiffes gelandet oder noch schlimmer auf einer anderen Etage oder Deck. Ihr müsstet mich immer abholen und wieder zurückbringen, ich würde mich ständig verlaufen. <<

>> Das meinte ich nicht. Du sagtest, es kann viel passieren. <<

>> Ach so, ja man weiß nie. Blinde Passagiere, Tornados, Seuchen, Lebensmittelvergiftungen ...! <<

>> ... Jetzt hör aber auf <<, musste ich dann doch lachen. >> Sei doch nicht immer so negativ eingestellt, es wird schon alles gut gehen. <<

>> Ich bin gar nicht negativ eingestellt, sondern eher realistisch. <<

>> **Is klar**. Natürlich kann das alles vorkommen. Es könnte auch sein, dass jemand über Bord geht oder einer eine Bombe hier versteckt hält. <<

>> Ne, das geht bei der Kontrolle nicht. <<

>> Stimmt. War jetzt etwas übertrieben ausgedrückt, aber im ernst. Ein Tornado kann dich auch am Strand von Palma erwischen und eine

Lebensmittelvergiftung kannst du dir auch in jedem Hotel zuziehen. « Irgendwie war es rechts von uns sehr still geworden. » Sagt mal, was ist es denn nebenan so ruhig geworden, die beiden werden doch wohl nicht … « ich guckte um die Balkonwand, die als Sichtschutz diente. » Das glaub ich jetzt nicht. Jana «, flüsterte ich. » Gib mir mal schnell meine Kamera, das muss ich festhalten. «

Jana reichte sie mir. » Lass mal gucken, sind die beiden wirklich eingeschlafen? « Und tatsächlich, sowohl Hanna als auch Anke lagen beide auf ihren Betten und schliefen tief und fest.

» Was ist los? « Ines hatte nicht alles mitbekommen. » Schlafen die beiden? «

» Jau «, ich zeigte ihr das Foto auf dem Display, als es an unserer Tür klopfte. Jana sprang sofort auf und eilte zur Tür. » Super, unsere Koffer sind da! « und wegen der Enge einigten wir beide uns, die Koffer nacheinander auszupacken, deshalb unterhielten sich Ines und Jana, während ich meine Sachen verstaute. Viel Platz war nicht vorhanden, aber irgendwie würden wir schon klarkommen. Ich belegte die linke Betthälfte und auch die linke Seite des Kleiderschrankes, die ich mit meinen Sachen auffüllte. Dann stellte ich meine Schuhe in ein Fach, packte die Kosmetiksachen ins Bad, legte mein E-Book aufs Nachttischchen, steckte mein Handy zum Laden in die Steckdose, ging wieder auf den Balkon und setzte

mich auf einem der Balkonstühle. >> Ich habe fertig. Ist
dein Koffer noch nicht da, Ines? <<

>> Ne, bis jetzt noch nicht, würde mich aber auch nicht
wundern, wenn der im Bus geblieben ist. <<

>> Bist du schon wieder negativ? Mann Mann Mann.
Dein Koffer wird dir bestimmt gleich geliefert. <<

>> Ihr habt recht, eigentlich hatte ich mir auch
vorgenommen nicht mehr so negativ zu sein, aber
manchmal merke ich es selber nicht. Ist schon gut,
wenn du oder ihr mich darauf ansprecht, vielleicht
klappt mein Vorhaben ja doch noch? <<

>> Wenn du meinst, dass es hilft, machen wir das.
Irgendwie scheinst du mir sehr unter Strom zu stehen.
Sag mal, ist wirklich alles gut bei dir? <<

>> Das liegt bestimmt alles an meinem Mann oder
sagen wir mal so, es färbt von ihm ab. Thomas ist
doch auch immer so negativ eingestellt. <<

>> Das habe ich noch gar nicht bemerkt <<, kam es von
Jana, die auch gerade Platz für ihren Kofferinhalt
suchte. >> Er ist doch eher ruhig. <<

>> Ja bei euch <<, weiter kam sie nicht, denn es klopfte
auch bei ihr jemand an die Tür und auch ihr Koffer
wurde geliefert.

>> Na siehste <<, ich warf einen Blick um den
Sichtschutz in Ines Kabine, was der Kofferbote
mitbekam, denn er lächelte mir höflich zu und fragte
leider im perfekten Englisch >> excuse me, do the two
rooms belong together? <<

Ines guckte erschrocken zu mir und stammelte nur » Ähm ähhh, Katja? « doch auch ich musste passen, wir waren nicht drauf vorbereitet und unser Schulenglisch mittlerweile mehr als 30 Jahre her.

» Jana? «

» Was denn? «

» Sorry, but I asked if the two rooms belong together, because then I could open the connection on the balcony. Would yo? « und Jana nickte.

» Why not? «

» Was will er denn «, fragte Ines und Jana antwortete.

» Weiß nicht, ich habe nur irgendwas Interessantes wie Georg Cloony herausgehört. «

» No George Cloony «, lächelte der nette Kabinenboy.

» I've say Balcony. «

» I take three, please. « Jana wandte sich zu ihren Freundinnen. » Ist vielleicht auch ein neues Getränk oder was meint ihr? Ich habe einfach mal drei bestellt. « Jetzt mussten wir doch lachen und Ramin grinste, als er sich mit seinem Werkzeug der Balkonwand zuwandte um diese zu öffnen.

» Ist ja der Hammer, dann brauchen wir uns nicht immer so über die Reling beim Quasseln beugen. « Auch Ines freute sich, denn somit kam sie sich auch nicht so alleine in ihrer Kabine vor.

» Hello « rief ich den netten Mann nochmal zurück.

» Yes Madame? «

>> Please, can you the Balkoony Door from Room 7383 to 7382 open to? <<

>> Yes, why not, i can. <<

>> Wie Barack Obama <<, rutschte es Jana träumerisch raus.

>> But I can only open this from the respective cabin. Is the cabin occupied or can I just go in? <<

Ich wusste nicht genau was er meinte, ahnte es aber. >> Our friends are sleeping, but please go in. << Ich gluckste jetzt schon und bedankte mich bei Ramin, dessen Namen ich von seiner Uniform entnommen habe. >> Schnell Mädels, auf den Balkon und Blick nach rechts, Ramin öffnet den beiden auch den Sichtschutz, mal gucken ob sie jetzt wach werden. <<

>> Wer ist denn Ramin? <<

Ich verdrehte die Augen. >> Mensch Ines, der nette Kabinenboy von gerade und jetzt komm gucken. <<

Wir hörten über die offene Balkontür sogar das Türklopfen von ihm. >> Jetzt guckt euch doch mal unsere beiden Murmeltiere an. Wie kann man nur so tief und feste schlafen. << Jana schüttelte den Kopf, denn Hanna und Anke schienen im tiefsten Tiefschlaf zu sein.

Vorsichtig öffnete Ramin die Kabinentür, stellte leise einen Koffer hinein und flüsterte ebenso leise >> Hello Ladies, I do not want to disturb but just quickly remove the wall on the balcony. Please continue sleeping soundly. « Als Antwort bekam er einen tiefen Seufzer von Anke, von Hanna ein leises grunzen und von uns einen leisen Applaus. Wir waren voll begeistert über unseren langen Balkon.

*

Ich setzte mich wieder auf den Balkonstuhl, genoss die Aussicht und während meine Freundinnen ihre Reiseutensilien auspackten und verstauten, fotografierte ich den Ausblick, schickte meinen Mann liebe Grüße und beschrieb ihm kurz unser gigantisches Schiff.

>> Hat Jana etwa auch schon alle Utensilien im Schrank verstaut? «, rief Ines aus ihrer Kabine.

>> Weiß nicht. « Ich wollte gerade durch die offene Balkontür gucken wie weit meine Kabinengenossin war, als ein lautes Plöpp erklang und etwas Haarscharf an meinem Ohr vorbei sauste. >> Was war das denn? «

>> Jetzt war ich einmal so mutig eine Flasche Sekt selbst zu entkorken und schon schieß ich fast jemanden k.o.! Ich meine, es hätte ja jetzt tatsächlich auch ins Auge gehen können, sorry, das war keine Absicht. «

Ich spielte mit. >> Attentat. Hilfe ein Attentat! « und löste bei Ines unbedachte Panik aus. Zuerst gab es ein lautes Poltern, dann kam sie kreidebleich auf den Balkon gesprungen und hätte mich fast umgerannt.

>> Wo? Hier? Ich wusste es. Ich habe es schon beim Einchecken geahnt! <<

Ich erschrak selber über ihre Reaktion und packte sie. >> Hallo? Es ist doch nichts passiert. Es war doch nur Spaß. <<

Ines schaute von mir zu Jana. >> Nur Spaß? Und was hat dann so geknallt? <<

>> Das war mein Sektkorken, den ich weggeschossen habe und der Katjas Kopf knapp verfehlte. <<

>> Genau und deshalb habe ich Attentat gerufen. Es war nur Spaß, Ines. << Ich wandte mich an Jana. >> Hast du die Flasche etwa an Bord geschmuggelt? <<

>> Nicht ganz <<, winkte Jana ab. >> Henning hat sie gut verpackt in meinen Koffer gelegt und eine kleine Grußkarte beigelegt. Habe ich gerade beim Auspacken entdeckt. <<

Ines hatte sich wieder etwas eingekriegt und zündete sich noch etwas zitternd eine Zigarette an. >> Das ist aber süß von ihm, würde meinen Mann im Traum nicht einfallen. <<

>> Ach meinst du etwa Stefan? <<

>> Naja und weil ich ehrlich so froh und dankbar war und natürlich bin, dass ihr mich und meine Auszeit begleitet, dachte ich, wir Köppen die Flasche und stoßen vor dem Ablegen auf eine wunderschöne Kreuzfahrt an. Sorry nochmal, Ines. <<

>> Schon gut, hab es ja überlebt. << Sie ging in ihre Kabine und holte ihren Zahnputzbecher heraus. >> Bekomm ich wenigstens ein Schluck? <<

>> Einen und noch viele mehr! <<

Langsam kam in Kabine 7383 auch wieder etwas leben in die Bude.

>> Was? Schon 16:50 Uhr? Ist ja gleich schon Abendbrotzeit. << Anke setzte sich auf und schaute zu ihrer Freundin rüber. >> Hanna? Hallooo? Wach werden! <<

>> Hanna wach zu bekommen ist echt ein Glücksspiel. << Ich hatte Anke gehört und in ihre Kabine gespäht. >> Du kannst dir neben ihr Bett die Haare föhnen und sie wird nicht wach. <<

Anke staunte, stand auf und kam zu uns auf den Balkon. >> Stand hier nicht vorhin noch eine Balkonabtrennung oder habe ich das geträumt? Und was trinkt ihr denn da schon wieder? <<

>> Sektchen, meine Anke-Maus, Sektchen und wenn du dein Zahnputzglas holst, dann biste mit dabei. << Jana hielt die Flasche hoch.

>> Na klar, das kurbelt den Kreislauf wieder richtig an. Ich hol es schnell. Ach guckt mal, hier steht ja schon mein Koffer. Habt ihr eure auch schon? <<

>> Schon alles in den Schränken verstaut. <<

>> Wie schnell wart ihr denn? <<

>> Waren wir gar nicht, ihr habt nur so lange geschlafen. <<

>> Ich werde jetzt mal den Koffer auspacken und den Wecker spielen. Habt ihr noch keinen Kohldampf? << Anke hielt sich demonstrativ den Bauch.
>> Nö, ich bin noch Papp satt von vorhin << Ines blies ihre Wangen auf. >> So sehe ich bald aus, wenn ich so weiter mampfe. Aber ich würde gerne mal kurz zur Rezeption gehen und mir einen Schiffsplan holen. Kommt jemand mit? Ich find alleine nämlich niemals zurück! <<
>> Spitzen Idee, ich begleite dich <<, bot sich Jana an.
>> Geht ihr mal, ich genieße die Aussicht bevor wir ablegen. <<
>> Okay, dann bis gleich << und schon verschwanden die beiden.
>> Ja glaubst du ich bekomm Hanna wach. << Anke kam schimpfend auf den Balkon zurück. >> Das gibt's doch gar nicht. <<
>> Warte mal, ich habe eine Idee. << Ich holte mein Handy aus der Ladestation und wählte Hannas Handynummer an. >> Wenn ihr Georgi singt, dann wird sie sofort wach, pass mal auf << und tatsächlich, sobald 'Careless Whisper` durch die Kabine schallte, schlug Hanna die Augen auf und griff suchend zum Nachttisch. Anke fand zwar den Titel > Wake me up

bevor you go go < passender, aber es hatte funktioniert.

» Bin ich etwa eingeschlafen? «

» Ach was, nur gut 2 Stunden. Jetzt aber hopp, Anke hat schon hungrig ihren Koffer auspacken müssen und Ines und Jana sind kurz los zur Rezeption. «

» Ist mein Koffer denn auch schon da? «

» Das weiß ich nicht. « Anke öffnete die Kabinentür und schaute auf den Flur. » Nein, noch nicht. «

» Und ihr habt euren alle schon bekommen? «

» Ja, nur deiner fehlt noch. Kommt aber bestimmt gleich. «

» Das ist wieder mal typisch für mich. « Hanna war wirklich sehr oft ein kleiner Pechvogel, der immer etwas herunterfiel, immer kleckerte oder immer irgendwo hängen blieb und stolperte. » Deiner wird bestimmt gleich angerollt kommen. « Ich musste meine Freundin versuchen aufzuheitern. » Komm mal mit auf unsere LL draußen und guck mal was Ramin gezaubert hat. «

» Was für ein LL und wer ist Ramin? «

» Na unsere Long Loggia und Ramin ist der nette Kabinenboy, der die Koffer liefert und die Balkontrennwand entfernt hat. Komm mal gucken, ich finde es genial. « Doch dazu kam sie nicht, denn es klopfte an ihrer Kabinentür und auch der letzte Koffer wurde abgeliefert.

Alle und alles an Bord.

Es war ein sehr langer Tag gewesen und nachdem wir alle nochmal beim Abendessen gut zugelangt hatten suchten wir die 24h-Bar auf Deck 13 auf, denn hier konnten wir draußen sitzen, hier lief schöne Musik, hier durften wir rauchen, hier durfte abgeschaltet werden, hier war unsere Bar. Ich vertrat mir nach dem ausgiebigen Essen die Beine und ging eine Runde auf dem Oberdeck spazieren. Hier und da hielt ich meine Kamera für ein Foto parat und als ich am Heck des Schiffes wieder bei meinen Mädels ankam, musste ich einfach auf den Auslöser drücken, denn alle vier guckten total in Gedanken versunken vor sich hin. Jede schien die Zeit der Ruhe zu genießen.

*

Anke gähnte. >> Ich glaub, so langsam gehe ich ins Bett. <<

>> Aber das geht nicht, wir müssen doch gleich noch zur Rettungsübung. <<

>> Da geh ich nicht mit. <<

Hanna hatte darauf auch keine Lust. >> Ich auch nicht und würde Anke begleiten. <<

>> Von wegen Mädels <<, schaltete sich Jana ein. >> Wir sind doch hier nicht auf einer Butterfahrt. Nun lasst uns eben unseren Cocktail zu Ende schlürfen, dann wird es ca. 21.00 Uhr sein und dann kommt diese Rettungsübung und dann Mädels, stechen wir um 22 Uhr in See und das lassen wir uns doch wohl

bestimmt nicht entgehen, oder? Unser erstes gemeinsames Ablegen des Lebens! «

Ines stimmte Jana zu. » So würde ich das auch vorschlagen. Wir haben doch morgen den Seetag und können den ganzen Tag faulenzen. «

» Oder am Bordprogramm teilnehmen «, meldete ich mich zurück.

» Mein Bordprogramm heißt immer noch Whirlpool. « Anke gähnte erneut und auch Hanna ließ sich anstecken. » Meins bleibt bei Liege. «

Um 21:00 Uhr gingen auf dem Schiff die Sirenen los, was hieß, dass nun alle Passagiere gebeten wurden, sich schnellstmöglich zu ihren Kabinen zu begeben, um mit der Schwimmweste umgehend den Sammelpunkt anzusteuern. Der Sammelpunkt war in der Kabineninnentür auf dem Fluchtplan eingezeichnet. Kabine 7382 und 7381 mussten in die Lounge Bar, Kabine 7383 musste in die Galerie, beides befand sich auf Deck 6. Hanna hatte sich direkt, nachdem die Sirenen angingen und noch in der Kabine, die Weste umgelegt und kam somit schlecht durch die engen Gänge, was manche Passagiere zu stören schien. Ein genervt wirkender Herr schüttelte augenverdrehend den Kopf und äußerte sich brummend.

» Es wird extra darauf hingewiesen, dass die Westen Vorort bei der Übung anprobiert werden, aber manche Leute scheinen nicht richtig zuzuhören. « Sie selbst bekam das gar nicht mit, doch Anke verstand jedes Wort und drehte sich zu dem Herrn um.

» Schade, dass hier nicht darauf hingewiesen wird, das Besserwisser im Notfall keine Rettungswesten bekommen. «

» Nun werden Sie mal nicht frech. «

» Pah. Wer hat denn angefangen? « Anke drehte sich um und Hanna fragte schön eingepackt ob alles gut wäre? » Ja, alles gut, bei dir auch? «

» Hast du dich gerade mit dem Schönling da vorne gestritten? «

» Ach was, der hatte mich nur gefragt, ob er am richtigen Sammelpunkt sei. «

» Dann ist ja gut. Ach Anke, ich bin schon auf das Ablegen gespannt. Wir machen uns eine schöne Woche, oder? «

» Ja sicher das. « Sie tätschelte ihrer Freundin den Arm.

Die Einweisung der Rettungsübung war schon interessant gehalten und nachdem nun alle Gäste ihre Weste trugen, mussten sich alle hintereinander an der Schulter fassen und im Gänsemarsch zu den Rettungsbooten gehen. Hanna wollte gerade den nörgelnden Mann die Hand auf die Schulter legen, als Anke sie kurz zur Seite zog.

>> Nicht bei dem Spinner, lass ihn bloß ein paar Meter vorgehen. <<

>> Warum Spinner? Ist doch ein hübscher Mann. << Anke hatte keine Lust von der kleinen Auseinandersetzung zu berichten und stimmte ihr lächelnd zu. Draußen angekommen ging jede Gruppe zu seinem im Notfall vorgesehenen Rettungsboot, wobei Hanna und Anke mit ihrer Gruppe zu den Booten C-D mussten. Sie stellten sich in die hinterste Reihe um den weiteren Anweisungen zu lauschen.

>> Huhu <<, winkte Jana aufgeregt von den Booten E-F rüber und ich schoss erstmal Bilder von der Truppe nebenan, bevor die Crew die letzten Anweisungen zur Rettungsübung erklärte. Jana war wieder in ihrem Element und hörte gar nicht richtig zu, sie schaute immer wieder etwas irritiert zur Nachbarsgruppe rüber.

*

Um Punkt 22 Uhr verließ die *MS Sinfonie* den Hafen von Korfu um Kurs auf Athen zu nehmen.

Mit lautem Schiffshorngebläse und *„Time to say Goodby"* über den Lautsprechern standen wir fünf mit Gänsehaut und ein paar Tränchen vor Rührung an der Reling, gewappnet für eine abenteuerliche, spannende aber auch ereignisreiche Woche.

Kapitel 7
Seetag heißt nicht immer Auszeit

Auf Deck 7 hangen von außen an drei Kabinentüren
die Schilder *Bitte nicht stören,* denn alle wollten wir
einfach nur ausschlafen.

Ich konnte tatsächlich nie lange schlafen, deshalb war
ich auch als erstes von uns fünfen wach und genoss
auf dem Balkon die Ruhe und vor allem die Aussicht.
Wie gut es tat, einfach mal an nichts zu denken und
den Ausblick auf die ruhige See zu genießen. Die
letzten Wochen waren für mich und Stefan echt nicht
so einfach gewesen. Nicht nur, dass der Unfall mit der
Achillessehne schon genug Nerven gekostet hatte,
flatterte vor ca. 6 Wochen ein Brief vom Vermieter ins
Haus, mit der Aufforderung, das Mietshaus bis zum
Ende des Jahres wegen Eigenbedarf zu räumen.
Mehrmals hatte ich diesen Brief in die Hände
genommen und fassungslos gelesen, bevor ich ihn
Stefan überhaupt zeigen konnte. Er schien das Ganze
erstmal nicht für ernst zu nehmen und winkte alles
locker ab.
*`Mach dir nicht so viele Gedanken, der kann uns nach 20
Jahren nicht einfach so vor die Tür setzen, da gibt es
Gesetze. Ich werde mich mal bei unserem Anwalt
erkundigen, so schnell kriegt der uns hier nicht raus`,* doch
ich hatte keine große Hoffnung auf Erfolg.

Stefan googelte gleich nach Paragraphen und hatte ein paar wesentliche Punkte herausgefunden. Zum ersten durfte uns der Petersen nicht bis zum Ende des Jahres kündigen. Unser Mietvertrag bestehe länger als acht Jahre, deshalb müsste der Tünnis definitiv schon mal eine Kündigungsfrist von neun Monaten einräumen und das wäre dann März nächsten Jahres. Sollte es zu einer Räumungsklage kommen, könnte dieses Verfahren sogar bis zu 12 Monate dauern. Stefan fuhr alle Geschütze auf und holte sich fachkundigen Rat beim Mietverein und Rechtsanwalt. Stolz hatte er mir noch beim Kofferpacken erzählt, dass dem lieben Herr Petersen bereits der erste Fehler in seiner Kündigung passiert sei. Er hätte die Eigenbedarfskündigung begründen müssen, so, dass wir anhand der Begründung nachprüfen konnten, dass gemäß gesetzlichen Bestimmungen tatsächlich Eigenbedarf vorlege.

Ich schaute aufs Meer und ließ den Brief und die Gespräche noch mal Revue passieren. Ich war von Natur aus eher ein Positiv eingestellter Mensch, doch irgendwie fühlte ich mich diesbezüglich recht leer. Zum Glück blieb mein Mann hartnäckig. Er hatte gelesen, dass beim Fehlen der Begründung die Eigenbedarfskündigung dann nicht nur unvollständig, sondern vor allem unwirksam sei.

Ich schaute zum Horizont und schüttelte den Kopf, denn sollten wir wirklich innerhalb der nächsten 9 Monate ausziehen müssen, müssten wir auf jeden Fall wieder ein Haus oder wenigstens eine Wohnung mit Garten anmieten, denn auch unsere Schildkröten mussten mit umziehen und da das Außengehege der Tiere gut 35qm umfasste und wir gerne in dem Vorort weiterleben wollten, würde das Suchen nach einer neuen Bleibe schon sehr schwer werden.

Ich atmete die Meeresluft tief ein.

Bis jetzt hatte ich mit keinem drüber sprechen können, auch meinen Freundinnen gegenüber hatte ich noch nichts erzählt oder erzählen können, es musste erst mal bei mir selber sacken und ankommen.

Ich genoss die Ruhe und den Ausblick in die Weite, doch ich merkte auch, dass ich dann sofort wieder zu grübeln anfing, was ich im Urlaub ja nicht wollte.

Stefan hatte mir einen sorgenfreien Urlaub gewünscht, doch so ganz konnte ich nicht abschalten.

So sehr mich die Hoffnung auf einen Fehler im Kündigungsschreiben erfreute, so sehr missfiel mir das Gespräch mit dem Rechtsanwalt. Ich versuchte mich an den Wortlaut zu erinnern... ′ *denn leider könne man bei einer Kündigung für den Eigenbedarf keine Rechtsansprüche stellen, sondern sich nur auf den Kündigungstermin bestehen und wie ihr Mann schon im Internet nachgeforscht hatte, läge der im Frühjahr nächsten Jahres*′.

Ich atmete wieder tief durch. Es würde nicht leicht werden, aber ich hatte mir geschworen, dass ich mir auf keinen Fall diese Auszeit mit meinen Freundinnen von einem Herrn Petersen verderben lassen wollte.

>> Guten Morgen Katja, wie lange sitzt du denn schon wieder hier. << Ines reckte und gähnte ausgiebig, als sie den Balkon betrat.
>> Guten Morgen Ines. Ach gar nicht mal so lange, ich denke vielleicht eine knappe halbe Stunde. Wie hast du denn geschlafen? <<
>> Super gut, mir tut noch nicht mal der Rücken weh, ich habe nur etwas Kopf. <<
>> Da war wohl der letzte Cocktail schlecht. <<
>> Ich denke eher, dass das durcheinandertrinken schuld ist. << Sie stellte sich an die Reling. >> Ist das toll. Guck dir mal das ruhige Meer an. Wie ein Spiegel. <<
Schweigend saßen wir beide noch eine Weile auf den Balkon, bis sich mein Magen meldete. >> Ich weiß ja nicht wie es bei dir aussieht, aber ich könnte so langsam Frühstücken gehen. <<
>> Gute Idee, ich mach mich schnell fertig und komme mit, alleine verlaufe ich mich nur auf dem Dampfer hier. <<
Und so machten wir uns gemeinsam auf den Weg, fanden im Restaurant einen schönen Fensterplatz,

ließen uns das Frühstück schmecken und so nach und nach trudelten auch unsere Mitreisenden ein.

*

>> Guckt mal da vorne sind noch über fünf Liegen frei, sollen wir die nehmen? <<, Hanna zeigte auf eine ganze Reihe freier Liegen.

>> Aber die sind ja alle im Schatten, ich würde mich schon gerne in die Sonne legen <<, fand Jana.

>> Die Sonne kommt doch rum, hier stehen doch keine Bäume oder Häuser herum. Du hast jetzt vielleicht noch ein halbes Stündchen Schatten, dann kannst du dich bis heute Abend braten lassen. << Anke zückte schon mal ihr Handtuch aus ihrer Strandtasche. >> Ich finde den Platz wunderbar. Hier kann man schön das Geschehen auf der kleinen Bühne beobachten, der Whirlpool ist auch hier vorne und wenn ich nichts von dem mehr sehen möchte, drehe ich die Liege zum Meer. Perfekt, Ladies. << Hanna fand den Platz auch perfekt, aber sie hätte auch jede andere Liege auf dem Schiff genommen, Hauptsache chillen. Sie legte ihr Handtuch auf die Liege neben Anke, nahm ihr E-Book aus der Tasche und ließ sich seufzend nieder. >> Ach Mädels, so lässt es sich leben. Sollte ich einschlafen und schnarchen, dann weckt ihr mich sofort, ja? <<
>> Selbstverständlich >>, kam es von allen einstimmig, was sie irritierte. >> Wehe nicht, ich verlass mich auf euch. <<

Auch ich ließ mich auf eine Liege nieder, setzte meine Sonnenbrillen auf und versuchte abzuschalten, doch mir fehlte wieder die Ruhe und somit verschwand ich mit meiner Kamera auf Motivsuche. Auf Deck 12 stellte ich mich an die Reling und schaute aufs Meer hinaus. Auch wenn ich mir geschworen hatte den Urlaub zu genießen und meinen Freundinnen noch nichts über die Mietkündigung zu erzählen, beschäftigte mich das Thema mehr als ich dachte. Klar, ich konnte mich eigentlich ganz gut verstellen und mir nichts anmerken lassen, aber wollte ich das immer? Warum ließ ich meine Freundinnen nicht an meinem Problem teilhaben? Warum meinte ich immer einen Einzelkämpfer spielen zu müssen? Ich dachte an Jana und ihren Hilferuf und fand es echt toll, wie wir alle ohne großes Wenn und Aber zusammenhielten und somit versuchten, eine Lösung zu finden. Wie hatte Jana noch gleich gesagt *Manchmal findet man die Lösung auch wenn man schweigt, Hauptsache man weiß, man ist nicht alleine mit seinen Sorgen und kann sich auf jemanden verlassen`*. Das konnte ich und das wusste ich auch. Vielleicht fanden meine Freundinnen ja tatsächlich eine Lösung? Ich gab mir einen Ruck, hielt seufzend die Kamera vor die Linse und machte ein paar Meeresaufnahmen. Am Ende wird meistens alles gut, dachte ich, nur der Weg dorthin war manchmal etwas steinig.

Anke hockte im Whirlpool und Hanna, die ihr
Hörgerät aus und den Schlafmodus eingeschaltet
hatte, schnorchelte vor sich hin.

Jana, die es sich mit Ines an die Poolbar gemütlich
gemacht hatte, schlenderte zum Whirlpool zurück.

>> Na du kleine Meeresnixe, wie ist das Wasser? <<

>> Angenehm warm, aber ich komm wieder raus, hab
schon schrumpelige Finger. << Sie richtete sich auf. >>
Wo wart ihr denn so lange? <<

>> Na an der Poolbar. Ines kommt auch sofort, wollte
nur noch kurz für kleine Mädchen. Hör mal, was ist
das denn für ein Geräusch? <<

Anke stand aus dem Wasser auf und band sich ihr
Handtuch um. >> Stimmt, jetzt höre ich es auch. Durch
das blubbernde Wasser habe ich kaum etwas
verstanden, ich weiß auch schon was das ist, denn das
habe ich die halbe Nacht gehört. Komm mal mit. <<

Hinter der Duschwand lag eine schlafende Hanna.
Natürlich mussten die beiden lachen, auch noch als
Ines zurückkam. >> Jetzt weckt sie doch, das haben wir
ihr schließlich versprochen. <<

>> Jaaa, ist ja gut. << Anke schüttelte Hanna. >>
Aufwachen, du schnarchst. Hanna! << Diese schob
verdutzt ihre Sonnenbrille hoch, blinzelte einmal kurz
und nickte wieder ein.

>> Das gibt's doch nicht. << Jana konnte es kaum fassen
als Hanna wieder leise Geräusche entrannen. >> Hey
Madame, nicht wieder schnorcheln, werde mal wach

und genieße die Meeresluft, damit das Gehirn wieder Sauerstoff bekommt. «

» Bohr, mach nicht so ein Stress. «, murmelte Hanna nur.

» Wo steckt Paparazzi Katja eigentlich? « wunderte sich Anke. » Weiß gar nicht, was sie so alles fotografiert, das Meer sieht doch immer gleich aus « und ließ sich wieder faul auf ihre Liege nieder.

Ich hatte nicht nur Meeresbilder, sondern auch versteckt meine Freundinnen von Deck 12 aus beobachtet und fotografiert. Ich schaute sie mir im Display nochmal an. Am schönsten waren die geworden, als Jana und Anke so herzhaft an der Liege stehend lachten. Das Foto strahlte so viel Natürlichkeit aus, dass ich selbst merkte wie ich anfing zu grinsen. Ein Foto welches lebte, schoss es mir durch den Kopf und machte mich auf den Rückweg.

*

» Guten Morgen Ladies and Gentleman, Guten Morgen meine Damen und Herren und Buongiorno signore e signori und Herzlich Willkommen an Bord unserer *MS Sinfonie*. Wir, Laura und ich, begrüßen Euch alle hier oben auf Deck 11 bei herrlichstem Sonnenschein und stellen Euch heute unser aktuelles Tagesprogramm vor. « Sandy übergab das Mikrofon ihrer Kollegin.

>> Hallo und guten Morgen auch von mir. Ich hoffe, Ihr habt die erste Nacht gut auf unserem schönen Schiff verbracht und heute reichhaltig gefrühstückt um gestärkt an unserem umfangreichen Bordprogramm teilzunehmen? Ich würde gleich mit der Vorstellung des heutigen sehr abwechslungsreichen Programmes beginnen: Um 10:00 Uhr starten wir hier auf Deck 11, meine Damen aufgepasst, mit einer kleinen Modenschau. Vorgestellt werden hauptsächlich Bademoden und Handtaschen. Anschließend um 10:45 Uhr startet ein 80er Jahre Quiz, weiter geht's um 11:45 Uhr mit Shuffelboard auf Deck 10, um 14:30 Uhr erwartet Sie im Theater ein kleiner Filmbeitrag über Athen und den morgigen Ausflugstag – im Übrigen können noch Tagesausflüge an der Rezeption auf Deck 6 gebucht werden. Jetzt alle Männer aufgepasst, um 14:00 Uhr geht es hier oben bei uns mit einem Dartturnier weiter, gefolgt um 15:00 Uhr mit einem Sambakurs und um 17:00 Uhr folgt noch ein Fernsehquiz. Wir, Sandy und ich, hoffen, dass für jeden etwas Passendes dabei ist und freuen uns auf einen schönen sonnigen Tag hier auf unserer *MS Sinfonieeeee*. <<

Die Leute applaudierten und pfiffen, die Laune an Bord schien schon gut zu sein. >> Hätten wir das jetzt mal mitgeschrieben <<, fiel so mir ein. >> So schnell kann ich mir die ganzen Zeiten und Decks gar nicht merken. <<

Sandy übernahm das Mikrofon noch einmal. >> Und heute Abend, meine Damen und Herren, nimmt uns um 20:00 Uhr die Theatercrew mit auf eine Zeitreise der ABBA-Geschichte. Selbstverständlich werdet ihr alle die Möglichkeit haben, die größten Hits per Karaoke mitzusingen und um 21:30 Uhr heißt es dann in der Lounge-Bar 'Bingo'. <<

>> Den Filmbeitrag über Athen würde ich mir gerne anschauen << überlegte Ines laut und Anke gab ihr ein give me five. >> Wir machen alles mit, dafür sind wir doch schließlich hier. <<

>> Macht ihr mal. << Hanna legte sich lieber wieder hin. >> Hey Fräulein, nicht wieder schlafen! Das ist doch unfassbar. Du kannst heute Nacht noch genug ratzen. Komm, wir holen uns noch ein Schnäpschen und dann melden wir uns zum 80er Jahre Quiz an. << Hanna tippte sich an den Kopf. >> Ohne mich. <<

>> Na klar mit dir, mitgehangen, mitgefangen. Schalte mal dein Hörli wieder im Ohr ein und dann geht's los hier << und schon verschwand Jana zwischen Badeanzügen und Handtaschen, die mittlerweile aufgebaut wurden.

Anke guckte uns leicht irritiert an. >> Sagt mal, ich trinke ja auch gerne einen mit, aber ich finde Jana übertreibt momentan mit ihrem Alkohol. Ist euch das auch schon aufgefallen? <<

Ich nickte. >> Ja das stimmt, da haben wir gestern Abend im Restaurant schon kurz drüber gesprochen.

Vielleicht spreche ich sie tatsächlich mal drauf an, aber es muss halt passen und jetzt passt es nicht, da drüben bahnt sie sich schon wieder zurück. Ich weiß auch nicht welchen Trick sie immer am Tresen anwendet, damit sie so schnell bedient wird. «
Ines lachte. » Das stimmt, sie stellt sich bestimmt nicht wie wir hinten an, sondern tänzelt sich durch die wartenden Leute. «
» Huhu da bin ich wieder. Hannaaa, nicht schlafen, komm Mädel, hop hop hier gibt's was für 'n Kopp. « Diese nuschelte etwas vor sich hin, was aber keiner verstand, deshalb meinte Jana nur » genau, Schnaps stellt keine dummen Fragen, Schnaps versteht dich. Prost Mädels! «

Um Punkt 10:00 wurde die Musik aufgedreht, Spotlichter wurden angeschaltet und schon standen Laura & Sandy wieder auf der Showbühne und präsentierten ein paar Modelle von angesagter Bademoden und namenhaften Handtaschen. Anke warf sich eine Tunika über. » Ich setzte mich mal weiter vorne hin, die Sachen sehen echt interessant aus. «
» Haben auch bestimmt interessante Preise. « Ines schob sich die Sonnenbrille wieder ins Gesicht und legte sich auf ihre Liege. » Kann ich mir eh nicht leisten, dann kann ich auch noch etwas dösen. «

Anke nahm ihr kleines Beautytäschchen und verschwand Richtung provisorischem Laufsteg, wir anderen chillten etwas in der Sonne, bis mir das Quiz wieder einfiel. >> Sagt mal, wer macht denn gleich beim 80er Jahre Quiz mit? <<

>> Ich bestimmt nicht. << Wiederholte Hanna wieder.

>> Ach du bist ja wach, ich dachte schon du möchtest die ganze Schifffahrt verschlafen <<, Jana neckte sie etwas. Ines meldete sich wieder wie in der Schule, was Jana amüsierte. >> So oft wie hier hast du dich früher bestimmt nie gemeldet, oder? <<

>> Du musste aber auch immer wieder einen draufsetzen. << Ines tippte sich zwar lächelnd, aber schon etwas eingeschnappt an die Stirn. >> Dabei wollte ich mich nur für die Quizshow anmelden. Das waren doch unsere Zeiten und es macht bestimmt Spaß. <<

>> Ich würde auch mitmachen, << meldete ich mich mit an.

*

Anke kam stolz mit einem Tütchen in der Hand zurück. >> Guckt mal was ich mir gegönnt habe << und sogar Hanna setzte sich auf, denn shoppen zog bei ihr in der Regel immer. Anke Griff in die Tüte und fischte ein größeres Portemonnaie heraus, wie ich fand. >> Was willst du denn mit so einer riesen Geldbörse? <<

»Das ist keine Geldbörse. « Anke guckte mich verärgert an. »Das ist ein Clutch Bag. «

»Ein was? « Ines richtete sich auf. »Was ist denn ein Clutch Bag? «

»Na eine Tasche ohne Henkel und kein Portemonnaie. «

»Aha und was kostet so eine Clutche? «

»Ach die war im Angebot, kam nur 189,- €. «

Jana pfiff. »Schnapper. «

»Ist es auch. « Anke verteidigte ihrem Kauf. »Ist schließlich aus echtem Krokodilleder. « Jetzt reagierte auch Hanna. »Die kommt aber nicht auf unser Zimmer. «

»Kaaabiiineee «, bemerkte Ines trocken. »Ja da staunt ihr! Ich lerne. «

Anke packte stolz ihr neu erworbenes Täschchen wieder in das Tütchen und wechselte das Thema. »Wer von euch hat denn gleich Interesse an dem Quiz-Spiel? Ich hätte schon Lust. «

»Ines und ich auch. Jana? Was ist mit dir? «

»Also ich würde euch lieber anfeuern und die Daumen drücken. «

Ines lachte laut. »Ha, immer große Klappe und nichts dahinter, aber andere immer schief von der Seite anmachen. Hast wohl schiss, das du dich blamierst! «

Anke packte das Tütchen in ihre Strandtasche und schob diese unter Hannas Liege, damit sie gut auf ihren Erwerb aufpassen konnte. Hanna nickte zwar angewidert, versprach es ihr und nahm meine Kamera zur Hand. » Ich mach dann ein paar Erinnerungsbilder, okay? «

Kapitel 8
Back to the 80th

Der Laufsteg wurde wieder aufgerollt, Plastikstühle links und rechts neben dem Pult platziert und die Titelmusik von der Hitparade erklang über die Lautsprecher. Mauro, der Barkeeper vom Vorabend, trat auf die kleine Showbühne, begrüßte das Publikum und erklärte die Spielregeln.

>> Kannst du mal bitte meinen Nacken eincremen <<, wandte sich Jana an Hanna. >> Irgendwie brennt mir der schon. <<

>> Ja natürlich, aber ich nehme meine Sonnencreme ohne tierische Substanzen, reicht schon, wenn unter mir das tote Tier liegt, dann muss ich mir nicht auch noch damit die Hände eincremen << und drehte sich um.

Mauro ging in die Endphase. >> ... spendiert die *MS Sinfonie* dem Gewinnerteam einen Gutschein über einen Tagesausflug in Katakolon, die zweitplatzierten dürfen sich über ein Fotoshooting hier an Bord freuen und natürlich wird auch das Verlierer - Team nicht leer ausgehen, denn Verlierer gibt es nicht. Das zuletzt platzierte Team darf sich immerhin über eine Führung ins Schiffsinnere freuen. Ein Team muss aus zwei Personen bestehen und zzgl. einen Joker im Hinterhalt besitzen. So meine Damen und Herren, liebe Freunde der Kreuzfahrt, es geht los. Wer möchte denn gerne

mit mir eine gemeinsame Reise Back to the 80th
starten und hier so richtig abräumen? « Und schon
standen Anke, Ines und ich bei ihm und meldeten uns
für das Duell an.

» Prima, dann ernenne ich euch hiermit zu Team Blau.
« Er wandte sich zum Publikum. » Einen Applaus für
das Blaue Team. Und da zähle ich auch schon die
nächsten drei Freiwilligen, Herzlich Willkommen
beim Quiz des Jahres, ihr werdet das roten Team sein.
« Es folgte noch ein grünes Rateteam auf der Bühne
und dann ging es los.

» Welche Farbe haben wir? « Hanna saß Senkrecht
auf ihrer Liege.

» Blau natürlich. Das rote Team kenn ich, das sind
doch die drei Burschen vom Schliersee, oder? « Und
tatsächlich stellten diese sich mit einem `wir sens doa
Basti, doa Alois und doa Flo doa, is unser Joker. vor. `
Hanna war kurz von einem kleinen Malteser
abgelenkt, der an ihrer Liege vorbeischlenderte und
stolz sein Spielzeug im Maul präsentierte. Sie war
sofort verliebt, streichelte den kleinen und staunte
über das glitzernde Halsband. » Ja wer bist du
hübscher Kerl denn? «

Jana drehte sich sofort hoffnungsvoll um. » Wo? «
» Na hinter meiner Liege. « Jana sah nur noch einen
kleinen wuscheligen Hund davonlaufen.» Sag mal,
Hanna, hat das Krokodil unter deiner Liege die

Sonnenmilch aufgefressen oder hast du mich vergessen? «, donnerte Jana raus.

»Bin ja dabei, mach nicht immer so einen Stress! « Mauro fuhr fort. »Dann könnten und sollten wir jetzt starten « er schaute auf seine Armbanduhr. »Wir haben heute ein strammes Programm für euch zusammengestellt und dürfen keine Zeit verlieren. Seid Ihr startklar? Habt ihr die Spielregeln verstanden und Lust eine kleine Zeitreise in die Welt der Neuen Deutschen Welle und Co. zu bereisen, dann gebt mir ein Zeichen! «

Sowohl die Zuschauer, als auch die Rateteams waren gut drauf und freuten sich auf einen kleinen Kampf. Anke applaudierte mal wieder am lautesten von allen. Mauro entnahm einem Umschlag ein paar Karten.

»Ich werde jetzt meine Fragen laut vorlesen und wer von euch die Antwort weiß, rennt so schnell er kann da vorne zur Schiffsglocke und läutet sie. Pro richtige Antwort gibt es einen Seestern. Wer zuerst vier Seesterne hat, hat das Spiel gewonnen. «

»Und wofür der Joker? «, fragte jemand aus Team Grün.

»Dazu komme ich jetzt. « Mauro schaute seine Kandidaten an. »Je nachdem, wie viele Antworten ihr wisst, kann es ein sehr anstrengendes Gerenne werden. Ihr habt die Chance, euch mit dem Joker auszuwechseln. Ich nenn euch mal ein Beispiel. Hier im roten Team sind einmal der Basti und Alois zusammen und Flo ist der Joker. Sollte Alois jetzt von der Hetzerei eine Pause brauchen, setzt er Joker Flo ein. Möchte der Basti tauschen, wechselt er mit dem Joker und so weiter. « Anke nickte mir zu. » Bleib du mal schön bei uns stehen, du wirst als Joker bestimmt schneller und öfters drankommen als dir lieb ist, ich dachte nämlich wir säßen hier auf so einem schicken Barhocker und hätten einen Buzzer und ein Glas Wasser vor uns. «

Ich musste lachen. » Du bist hier nicht bei RTL, Anke, aber egal, Hauptsache der Kampfgeist ist vorhanden. «

Mauro erklärte noch ein paar Regeln, schaute seine Kandidaten nochmal tief in die Augen und stellte dann seine erste Frage. » So ihr lieben, jetzt geht's ans Eingemachte, kommen wir zur Frage Nummer 1. Seid ihr alle startklar? «

Ines nickte ihm zu und Anke streckte ihre Siegesfaust in den Himmel.

» Dann kommt hier die Frage: Wenn ihr einen Blick in ein typisches deutsches Kinderzimmer der 80er Jahre werfen könntet, was würdet ihr dort vermutlich entdecken? A) Windows-Colour-Bilder am Fenster, B) einen Setzkasten an der Wand oder… «

Anke spurtet schon los in Richtung Glocke, aber Mauro las zu Ende. » … C) eine Tiffany-Lampe auf dem Schreibtisch? « Jana und Hanna schauten von den

Liegen zu und spornten ihre Truppe an. >> Lauf Anke, LAUFFFF...! <<

Anke schaffte es tatsächlich als erste an der Glocke zu sein und rief laut und deutlich >> Antwort B, der Setzkasten! <<

Der Quizmaster spielte eine Verneigung vor und überreichte der blauen Gruppe den ersten Seestern. >> Kommen wir zur Frage Numero due. Aufgepasst! Wie lautete der Name der Raumfähre, die 1986 kurz nach dem Start tragisch verunglückte? A) Challenger, B) Apollo 13 oder C) Columbia. Wer es weiß läuft schnell zur Glocke! <<

Ines guckte Schulterzuckend zu mir. >> Ist das Apollo 13? <<

>> Keine Ahnung, aber könnte sein. Hätten wir einen Telefonjoker würde ich jetzt Stefan anrufen. <<

In dem Moment läutete die Glocke und Team Rot hielt Antwort Challenger als richtig und ergatterte sich auch einen Seestern.

>> Es folgt Frage Nummer 3: Welche beliebte Show moderierte der Holländer Harry Wijnvoord? A) Der Preis ist heiß B) Glücksrad oder C) Ruck Zuck? <<

Ines setzte gerade zum Sprint an, stieß dabei aber mit Jutta aus Team Grün zusammen, welches das Rote Team erfreute, denn das nutzte die Chance und läutete provozierend die Glocke. Alois antwortete stolz >> Antwort B. << Ein Raunen ging durch das Publikum und ich nutzte die Gelegenheit und rannte

als Joker los, schnappte mir die Glocke und rief laut »
es ist A, der Preis ist heiß. «

» Juchu «, freute sich Jana für ihre Truppe und
applaudierte, während Hanna ein paar
Erinnerungsfotos machte.

Ines rieb sich den Ellenbogen. » Das gibt bestimmt
einen blauen Fleck. Aber egal, ein Indianer kennt ja
bekanntlich keinen Schmerz, Hauptsache wir machen
den ersten Platz hier. Ehrgeiz Mädels! «

» I würd da moal a Veto einlegen, des wa net fair. «
Flo stemmte die Hände in die Hüfte. » Da hätt i als
Joker ja oa sputen könne. «

» Jede Chance muss hier genutzt werden. Es darf halt
nur immer einer vom Team losrennen. Durch die
kleine Karambolage hier hat der Joker vom blauen
Team die Chance genutzt und ist losgespurtet. Alles
richtiggemacht. Ihr habt ja leider die falsche Antwort
eingeläutet. « Er schaute zu uns und dem grünen
Team. » Arme und Beine noch dran? Dann können wir
ja mit Frage Number four weitermachen. «

» I find's scho etwas deppert. « Versuchte es Alois
nochmal, doch dann folgte auch schon die Frage.

» Welcher Film aus dem Jahre 1982 erzählt die
Geschichte eines Außerirdischen, der wieder nach
Hause möchte? Ist es A) Aliens, B) E.T. oder C) Wall-
E? «

Björn aus Team Grün war diesmal der schnellste »
E.T. nach Hause telefonieren « und hielt dabei seinen

rechten Zeigefinger in die Höhe. Die Zuschauer auf Deck 11 applaudierten und das grüne Team bekam auch den ersten Seestern.

>> Frage Nummer 5: Wie hieß die Kult-Serie aus den 80ern, die sich um einen Außerirdischen vom Planeten Melmac drehte? A) E.T., B) Alf oder C) Knight Rider? <<

Anke schaute irritiert zu Ines. >> Hatten wir die Frage nicht gerade schon mit Antwort E.T.? <<, als auch schon die Schiffsglocke erklang und Basti mit Antwort Alf den zweiten Seestern kassierte.

>> Ihr macht es aber ganz schön spannend. << Mauro beklatschte das rote Team und gab den aktuellen Zwischenstand bekannt. >> Je zwei Sterne für Team Rot und Blau und einen für Team grün. Kommen wir zur sechsten Frage: Marty McFly und Dr. Emmet Brown machten in den 80ern eine Reise A) In ein Land vor unserer Zeit B) Zum Tempel des Todes oder C) Zurück in die Zukunft? <<

Ines rannte los und wollte sich gerade die Schnur der Glocke schnappen, als sie von Flo am Arm festgehalten wurde.

>> Sach mal, spinnst du? Das ist unfair <<, doch Flo schaute sie nur herablassend an und läutet grinsend.

>> Antwort C! << Ines hatte Kampfgeist und verlor nicht gerne, das sah man ihr jetzt auch an.

Jana wandte sich schnell an Hanna. >> Mach mal wacker ein Foto von Ines, sie kocht gerade so schön. <<

Der Quizmaster übernahm wieder grinsend die Moderation. >> Alle wieder heile auf ihren Plätzen zurück? <<

>> Sehr witzig <<, rutschte es Ines nur raus und weiter ging es mit Frage Nummer 7.

>> George Michael und Andrew Ridgeley gründeten 1981 welche Popband? A) <u>Bangles</u>, B) <u>Talk</u> oder...<< und das gesamte Team Blau wollte alleine schon für Hanna los spurten, was natürlich für Lacher sorgte. Ines war von uns diesmal die schnellste und verkündete ihre Antwort laut und deutlich. >> Bämm Bämm, es ist Wham! <<

>> Puh. << Mauro wischte sich schauspielerisch den Schweiß von der Stirn. >> Was für ein Kampf. Team Grün, ihr solltet langsam mal Gas geben, denn Team Rot und Blau haben beide einen Matchball. Kommen wir zu Frage Nummer 8. Wie heißt folgendes Lied: >> Wenn früh am Morgen die Werksirene dröhnt und die Stechuhr beim Stechen lustvoll stöhnt? A) Bruttosozialprodukt, B) Schickeria oder C) Ich will Spaß? << Joker Monika vom grünen Team rannte zur Glocke.

>> Es ist eindeutig A. << Zur Belohnung gab es Applaus vom Publikum.

>> Jawoll Monika, weiter so. Kommen wir zur Frage Nummer 9, Achtung aufgepasst: Wo wurde der Denver Clan gedreht und gespielt. Ist es A) Boston, B) Colorado oder C) Kalifornien? <<

Wir guckten uns schulterzuckend an, während sich Björn von Team Grün auf den Weg zur Glocke machte.

» Das müsste Kalifornien sein. «

» Leider ist das die Falsche Antwort. Team grün darf nicht mehr antworten, was machen die anderen beiden Teams? « und schon sprinteten Basti und ich zeitgleich los.

Leider war Basti einen Schritt schneller als ich bei der Glocke und gab meine Antwort kund.

» Boston. «

Doch auch hier schüttelte Mauro den Kopf und wenn ich die Regeln richtig verstanden hatte, dann durften die beiden Teams nicht mehr Antworten, also konnte ich mir seelenruhig die Schnur der Glocke schnappen und sie läuten lassen.

» Bleibt nur noch B. Also nehme ich Antwort B Colorado. « Ich sah Jana von der Liege springen und wurde von Anke und Ines umarmt.

» Wir haben gewonnen, wir haben gewonnen! « Anke und Ines sprangen in die Höhe.

Quizmaster Mauro beglückwünschte das Blaue Team und händigte den Gutscheinpreis aus. Glücklich lachend gingen wir drei zu unseren Liegen zurück und klatschten uns mit unseren Anheizern ab. Hanna war jetzt hellwach und hatte ihr Hörgerät wieder eingeschaltet. » Ihr habt es aber ganz schön spannend gemacht. Was macht denn dein Arm Ines? «

» Ach alle gut, so schlimm war das ja nicht «, winkte sie gleich ab. » Ich glaube, die Unfallgegnerin hatte mehr abbekommen. Mädels, jetzt brauche ich einen Drink. «

Jana sprang auf. » Wird erledigt und serviert, bin schon auf dem Weg, war ich bereits auch Kopfmäßig schon bevor du den Wunsch geäußert hattest. «

An der Poolbar traf sie auf die Schliersee-Jungs und hörte nur Wortfetzen wie ´des woar net recht`, ´Deandl hattns a Dusl`, ´So a Bazi`, ´n Muhackl`. Jana bestellte für die 3 tapferen Krieger gleich drei Schnäpschen mit und stieß mit ihnen an.

» Nun seid mal keine Spielverderber, vielleicht gibt es ja mal eine Revanche. Lasst uns auf gute Freunde, verlorene Liebe, alte Götter und neue Ziele anstoßen. Prost! «

*

Der Nachmittag wurde faul auf der Liege verbracht, das hieß für einen Teil unserer Crew, denn Hanna hatte sich auf ihre Kabine verzogen, da konnte sie wenigstens ganz entspannt schlummern. Anke genoss die Auszeit auf ihrer Liege, Jana hatte sich mit den Teamgegnern vom Schliersee zu einer Partie Darts verabredet und Ines und ich schauten uns im Theater einen Filmbeitrag über den morgigen Ausflugstag an. » Ich bin ja mal gespannt wie uns Athen gefallen wird. « Wir steuerten Reihe 1 auf dem Mittelbalkon an. » Also wenn ich an Athen denken, verbinde ich es schon mit der Akropolis, aber auch Smog, Hitze, viel Verkehr. Laut ist es bestimmt auch. «

» Es werden dort viele Taschendiebe auf fette Meute lungern. «

Ich nickte. » Das kann natürlich gut sein. Ist ja eine Großstadt mit viel Tourismus. Am besten wir nehmen keine Taschen mit, sondern packen uns etwas Geld in die Hosentasche. Ich habe aber auch eine Bauchtasche dabei, die könnte ich auch morgen nutzen. «

Ines, immer noch etwas seltsam guckend, sah mich von der Seite an und fragte mich, ob bei mir alles in Ordnung sei.

» Ja natürlich, warum? «

» Ich weiß nicht, manchmal wirkst du etwas abwesend, so in Gedanken versunken. «

Okay, dachte ich mir. Jetzt schlägt wohl meine Stunde der Wahrheit, schließlich hatte ich heute Morgen noch beschlossen, meinen Freundinnen von meiner bzw. unserer Mietkündigung zu erzählen. Ich grübelte kurz, wie ich ihr mein Vorhaben erklären sollte ohne dass sie jetzt das Gefühl hatte, ich würde ihr nicht vertrauen.

» Hör mal Ines, ich habe tatsächlich ein Problem, aber das wollte ich heute Abend mit euch allen besprechen. Sei mir nicht Böse, aber ich denke es ist nur fair, wenn ich es allen zusammen mitteile. «

Ich sah in ihr erschrockenes Gesicht und fügte sofort hinzu. » Mich belastet was, aber es ist nichts

Schlimmes oder lebensgefährliches, auch keine Krankheit, aber eben eine Last. Hältst du es bis heute Abend noch aus? «

» Jetzt machst du mir aber Angst. « Sie hatte immer noch große Augen. » Wirklich nichts Schlimmes? «

» Nichts worüber du dir jetzt Sorgen machen müsstest. Ich erzähl es nachher, jetzt genießen wir erstmal den Film über Athen. Mal schauen was uns morgen so erwartet. Oder wer, würde Jana jetzt einwerfen « und beide lachten wir. Ich nahm noch auf, wie sich Ines Lachen etwas gequält anhörte, als sich das Licht verdunkelte und der Filmbeitrag begann.

Abends beim Essen kam nochmal das Thema 80er Quiz auf den Tisch.

» Wie machen wir das mit dem gewonnenen Ausfluggutschein? « fragte Anke und ich hatte mit folgendes Ausgedacht.

» Wie wäre es, wenn wir den einfach durch uns fünf teilen? Ich meine, ihr zwei habt uns doch auch so kräftig angefeuert. «

» Versteh ich nicht «, kam es von Hanna und Anke erklärte es ihr. » Ich schon. Wir buchen den Ausflug für fünf Personen, geben den Gutschein ab und teilen uns den Aufpreis. «

» Aber warum? Ihr habt ihn doch erkämpft. «

» Ja und? Wir wollen doch zusammen Katakolon erkunden, oder? «

Jetzt klingelte es auch bei Ines. » Quasi alles für den Dackel, alles für den Club? «

Jana schaute in die Runde. » Also ich nehme das Angebot nur unter einer Bedingung an. Ich habe gegoogelt, dass es dort am Hafen kleine urige Tavernen geben soll und lade euch dafür zu einem typisch katakolonischen Drink ein. «

» Angenommen «, waren wir uns einig.

Ich wollte mir gerade dezent mit einer Serviette eine Fischgräte aus dem Mund ziehen, als Ines mich unter dem Tisch anstieß.

» Aua. « Ich rieb mein Schienbein.

» Was ist passiert? « Fragte Anke mit vollem Mund.

» Ach nichts weiter, ich dachte ich bekomme einen Krampf und habe schnell mein Bein strecken wollen und bin dabei wohl ... «

» Jetzt erzähl keinen Mist «, verriet mich Ines. » Du hast mir vorhin im Theater erzählt, dass dich etwas belastet und du es mit uns in aller Ruhe bereden wolltest. «

» Ich habe heute Abend gesagt und nicht gleich beim Essen. «

Jana stand erschrocken auf. » Ich hol uns mal schnell einen Schnaps. «

>> Kannst dich gleich wieder setzen, denn so schlimm wird es nicht <<, versuchte ich Beinreibend zu beruhigen. >> Ich bräuchte mal eure Meinung bzw. euren Rat und euren Daumendrücker dazu. <<

>> Na dann lass die Bombe mal platzen, für einen guten Rat sind wir doch immer zu haben. <<

>> Ja wo soll ich anfangen. Also, ich sag es einfach frei raus, das ist am besten. Also, ihr kennt doch Herrn Petersen? <<

>> Jetzt sag nicht, dass du dich von Stefan trennst und er dein neuer Lover ist! <<

Ich konnte Jana beruhigen. >> Um Gottes Willen, dass fehlte mir auch noch. <<

>> Du meinst euren Vermieter? << fragte Anke.

>> Ja genau, noch Vermieter muss man hier vielleicht sagen, denn der nette Herr hat uns den Mietvertrag wegen Eigenbedarf gekündigt. <<

>> Ach du Schande und jetzt? <<

>> Tja Hanna, genau das ist mein oder eher unser Problem. Wir haben schon viel gegoogelt und uns auch schon viel erkundigt. Der Petersen will uns zum Ende des Jahres kündigen, was aber schon mal nicht geht. Ein Pluspunkt für uns, denn wir wohnen ja jetzt schon mehr als 20 Jahre bei ihm zur Miete. Er muss uns dann definitiv eine Kündigungsfrist von 9 Monaten gewährleisten. <<

>> Wart ihr denn schon bei einem Anwalt? <<

Ich spielte mit der Serviette. >> Ja und der hat uns bestätigt, dass es bei Eigenbedarf besondere Aspekte gibt. Natürlich darf der Petersen uns aus diesem Grunde das Haus kündigen, aber er muss es schriftlich begründen und das hat er bisher noch nicht getan. <<

>> Na dann ist seine Kündigung doch unwirksam, oder? <<

>> Da hast du recht Ines, aber das sind kleine fehlende Punkte, die er bestimmt schnellstens nachholen wird. <<

Anke tätschelte meinen Unterarm. >> Macht euch mal keinen Kopf. Es gibt genug Wohnungen in unserem schönen Örtchen. <<

Ich nickte zustimmend. >> Die gibt es. Ich häng schon fast jedem Abend zuhause vor dem Rechner und suche das ganze Internet ab. Ohne Makler ist es fast schon unmöglich eine neue Wohnung zu finden, aber das wäre das kleinste. Das Problem ist mehr, dass wir auf jeden Fall eine Bleibe mit Garten für uns und unsere Schildkröten finden müssen. <<

Jana verstand. >> Das macht das Suchen natürlich etwas schwieriger. <<

>> Eben und ich möchte wirklich gerne bei uns im Ort bleiben und nicht so weit weg von euch allen ziehen. Stefan ist da etwas flexibler als ich und guckt auch im Umkreis von gut 50 km. << Bei dem Gedanken konnte

ich nur die Augen verdrehen. >> Aber das möchte ich nicht. <<

>> Das ist auch ein starkes Stück vom Petersen. Nach so vielen Jahren! << Hanna war entsetzt. >> Der war mir eh schon immer unsympathisch, aber euer kleines Häuschen mit dem Garten fand ich schon gemütlich. <<

Jana wurde ein bisschen blass. >> Sorry Katja. Das kommt davon, wenn man nur mit sich und seinen Problemen beschäftigt ist, dann sieht man die der anderen nicht <<, schimpfte sie mit sich selbst. >> Es tut mir leid, dass ich in letzter Zeit so oberflächlich war, aber ich habe wirklich nichts bemerkt. Ich schwöre Besserung und Katja, ich verspreche dir bei der Suche zu helfen. Wäre doch gelacht, wenn wir nicht innerhalb von 9 Monaten ein neues Zuhause für euch alle fänden. <<

Ich winkte dankend ab. >> Also Mädels, jetzt wisst ihr Bescheid. Sollte ich mal Trübsal blasen oder sonst psychisch mal kurz abwesend sein, dann bin ich bestimmt wieder in Gedanken bei einem neuen Zuhause. Ich hatte gehofft, mit dieser Reise mal eine Woche abzuschalten, aber irgendwie … egal. Ich möchte die Schifffahrt und alles mit euch allen hier genießen. Die Idee einer Kreuzfahrt war für mich deshalb schon gut, weil ich hier an Bord kein WLAN habe und somit nicht in Versuchung kommen konnte, wieder den Immobilienmarkt zu durchforsten. <<

>> Somit kannst du tatsächlich auch besser abschalten, obwohl an der Rezeption ein Paar WLAN-Tower stehen. <<

Ich tippte mir an die Stirn. >> Was meinst du was du da bezahlst? Ich danke euch fürs zuhören, es tat doch gut und jetzt sollten wir uns langsam in Richtung Theater begeben, in gut 20 Minuten fängt die Abba-Show an. <<

>> Was? Schon so spät? Ich wollte mir doch noch ein Dessert holen! <<

>> Dann musst du dich beeilen, Anke. <<

>> Ach egal, lasst uns lieber los, sonst bekommen wir nur die Rasierplätze. <<

Hanna harkte mich ein. >> Dass du doofe Nuss nicht eher was gesagt hast! Ich helfe dir oder euch eine Lösung zu finden, aber wirklich erst nach unserem Urlaub, ok? <<

>> Danke Hanna und Danke euch allen. Jetzt, wo es raus ist, geht´s mir tatsächlich schon besser. Es tut mir leid, dass ich es euch es so spät erzählt habe, aber ich musste es erstmal selbst verdauen, es hatte nichts mit kein Vertrauen oder so zu tun und ich hoffe ihr seid mir deshalb nicht böse. Also, *Vaulez vaus*? <<

>> *Mamma Mia* <<, kam es trocken von Anke und Ines setzte winkend noch einen drauf >> *The winner takes it all, oder?* <<

Kapitel 9
Landgang mit Hindernissen

Pünktlich um 6:30 legte die *MS Sinfonie* im Hafen von Piräus, dem größten Passagierhafen in Europa und der drittgrößte in der Welt, an. Das Anlegen wurde von Ines und mir vom Balkon aus beobachtet, der Rest der Truppe schlummert noch im Dancing Fieber.

>> Irgendwie fühle ich mich heute nicht so besonders, ich glaube ich verzichte auf den Ausflug und bleibe hier an Bord. <<

Ich guckte erstaunt. >> Verstehe ich nicht. Als wir noch beim Check-in standen hattest du Panik, dass du keinen festen Boden mehr unter den Füßen haben würdest und nun überlegst du, mit an Land zu gehen? <<

>> Ach ich weiß auch nicht, irgendwie ist mir heute nach faulenzen zu mute. <<

>> Das wäre jetzt aber wirklich sehr schade. Wir haben uns doch gestern extra den Filmbeitrag angeguckt und da sagtest du doch noch, dass die Akropolis bestimmt interessant wäre. Jetzt komm und raff dich auf, ich weck schon mal die anderen. Kameraaaden – Auuufstehen!<<, machte ich mir den Spaß und klopfte erstmal an unserer Balkontür.

>> Wer macht denn da so ein Lärm? << Jana kam Augen reibend auf den Balkon. >> Oh Land in Sicht. Wir sind ja schon fast da! <<

»Und herrliches Wetter. « Ines wollte gerade an der anderen Tür anklopfen, als der Vorhang zur Seite ging und Anke die Balkontür gut gelaunt öffnete.

»Kaliméra und was für ein toller Ausblick. Dahinten sieht man sogar schon die Akropolis. «

»Seid ihr denn auch schon fertig? « fragte ich nach und Anke winkte ab. »Ich schon, ich kam gerade aus dem Bad als ich Ines Schatten an der Balkontür sah. Aber Hanna könnte jetzt Cordalis Junior das Anita Lied live und in Farbe vor ihrem Bett singen und sie würde nicht wach werden. «

Ines lachte. »Wahrscheinlich haben wir das ganze Deck geweckt, nur nicht Hanna. «

Anke drehte sich zu ihrer Freundin um. »Guckt doch mal wie ruhig sie jetzt daliegt. Das komische ist, dass sie die halbe Nacht schnorchelt und sobald ich aufstehe kommt kein Ton mehr von ihr. Manchmal meine ich, sie macht es extra. «

»Katja kann aber auch ganz gut ratzen. «

»ICH? « Tat ich empört, doch ich wusste von meiner Schnarchkunst schon von Stefan, der mir oft genug am nächsten Morgen sämtliche Wälder im Umkreis aufzählte, die ich angeblich nachts abgesägt haben soll.

»Ja aber es stört mich nicht, ist ja auch nicht laut, ich bin auch durch Henning viel Schlimmeres gewöhnt, da mach dir mal keine Sorgen. «

>> So, wer weckt denn nun meine Kabinengenossin? <<
fragte Anke und wir drei verschwanden schnell über
den Balkon in unsere Kabinen. >> Danke auch. Na
dann muss ich wohl zu härteren Maßnahmen greifen,
sorry, aber wir haben nicht viel Zeit. <<
Sie nahm ihre Flasche Wasser und ließ ein paar
einzelne Tropfen auf Hannas Gesicht tropfen und
sang „Griechischer Wein ist so wie das Blut der Erde,
Komm', schenk dir ein…" es wirkte tatsächlich,
Hanna wurde nicht nur wach, sondern Gleichzeit
auch wütend. >> Das ist doch kein Urlaub, wenn man
nie ausschlafen kann <<, ging sie schlurfend ins Bad. >>
Wegen ein paar antiken Säulen muss man in
allerherrgottsfrühe Aufstehen. Das habe ich mir aber
anders vorgestellt … <<
Anke ging wieder auf den Balkon und ließ sie
meckern. >> Im Bad ist sie schon mal << und wir
machten eine Erfolgswelle.

Nach dem Frühstück zogen wir dann auf eigene Faust
los. >> Wir müssten jetzt nur die Bushaltestelle finden,
dann können wir mit dem Schnellbus X80 direkt zur
Akropolis fahren. << Ich hatte mir einen Spickzettel
gemacht.
>> Guckt mal da vorne. << Ines, mit Baseballkappe und
Sonnenbrille verzückt, zeigte auf ein Verkehrszeichen.
>> Ist das vielleicht eine Bushaltestelle? <<
>> Könnte sein, gehen wir mal hin. <<

Und so war es auch und nach nur gut 10 Minuten kam der Bus angefahren und brachte uns mit ein paar anderen Passagieren in gut 20 Minuten zur Akropolis. Durch eine Fußgängerzone erreichten wir nach ein paar Minuten den Westeingang der Akropolis. Anke stapfte voraus und winkte uns zu. »Jetzt legt doch mal einen anderen Gang ein, so wie ihr schlurft, kommen wir nie da oben an! «

»Wie da oben? «, stockte Hanna. »Ich habe euch von vornherein gesagt, ich werde keinen Wanderurlaub machen. Das könnte ihr knicken. Erst nicht ausschlafen dürfen und dann in der Pampa wandern – toller Urlaub. «

Ich musste lachen und harkte sie rechts ein. »Ach Hanna, jetzt meckere nicht. Es sind doch nur ein paar Stufen bis zur Oberstadt hoch. « Sie war echt etwas eingeschnappt, aber Ines harkte sie links ein und schon schoben wir alle Richtung Haupteingang los. Anke, die sich freute, dass endlich etwas Schwung in die Truppe kam, bewunderte die kleinen und größeren Steinbrocken.

Hanna blieb stehen. »Gibt es hier keinen anderen Eingang mit 'ner Rolltreppe? Katja, du hast doch so einen tollen Reiseführer! «

Ich musste lachen. »Einen anderen Eingang gibt es bestimmt, aber da hält erstens kein Bus und zweitens glaube ich nicht, dass die Griechen damals schon Rolltreppen kannten. «

Anke schüttelte nur den Kopf. >> Ich geh jetzt weiter, ihr könnt ja hier unten pausieren und diskutieren. << Jana schaute zu Hanna. >> Du hattest gestern einen Chilltag und heute eben mal einen mit ein bisschen Bewegung. Jetzt mal ein bisschen Hoppi Galoppi. Mal ein bisschen auf Kultur machen schadet ja nicht. << Wir durchstelzten den Eingang und machten uns für den kleinen Aufstieg bereit. Nach ca. 15 Minuten legte Hanna aber ein Veto ein, als sie eine Parkbank erblickte. >> Raucherpause? <<, rief sie hoffnungsvoll, doch keiner reagierte. Anke und ich erreichten 10 Minuten später zuerst wieder geraden Boden unter den Füßen und entdeckten einen kleinen Eiswagen. >> Eis Mädels, hier steht ein Eiswagen << und während wir beide uns die Erfrischung schmecken ließen, düste Ines Kopfrunter an unserer Bank vorbei, direkt zu den öffentlichen Toiletten.

>> Was hat sie denn? Ist ihr schlecht? <<

>> Gute Frage. Vielleicht bekommt ihr die Wärme nicht? Sie hatte heute Morgen auf dem Balkon schon so Andeutungen gemacht, dass es ihr nicht so gut gehen würde. Nicht, dass sie tatsächlich Seekrank ist? <<

Hanna hatte auch endlich den Eiswagen erreicht und konnte wieder lächeln, denn es gab auch Joghurteis.

>> Wo hast du denn Jana abgehangen? Hat sie etwa schon die erste Taverne entdeckt? <<

\>> Keine Ahnung. Sie war doch gerade noch hinter mir am Eiswagen! << und da hörte man sie tatsächlich lachen.

\>> Warum dauert es denn bei ihr so lange? << wunderte ich mich. >> Der Eismann hatte doch gar nicht so viel Auswahl, da müsste sie doch schnell was finden. <<

\>> Das meinst du! Du kennst doch unsere Jana. Zwei Sachen sind schon eine zu viel, außerdem war es ein sehr hübscher Italiener. <<

Wieder hörten wir Jana lauthals lachen und Ines, die den Weg von den öffentlichen zurückgefunden hatte, meinte nur trocken >> es ist ein Grieche, kein Italiener. <<

\>> Aha und woher willst du das wissen? Du hast dir doch gar kein Eis geholt? <<

Ines wurde etwas rot und zog ihr Käppi weiter ins Gesicht. >> Ähmmm, steht doch groß genug am Wagen. Dimitr*ICE*. <<

Jana war auch endlich bei uns angelangt und unterbrach die Diskussionen. >> Hallöchen, mein Eis schmeckt köstlich. <<

\>> Hast du wieder ein Extra bekommen? Wäre ja kein Wunder. << Irgendwie klang Anke genervt.

\>> Wieso Extra? Sag mal Madam, bist du heute mit dem falschen Fuß aufgestanden? << Und bevor die Stimmung jetzt kippte, sprang ich schnell auf.

>> Wir sollten gleich alle mit beiden Füßen auftreten und mal langsam weitermarschieren. Die Akropolis wartet. <<

>> Gute Idee. << Ines drehte sich sofort um und ich blätterte in meinem Reiseführer und las extra laut vor. >> Hier steht die Akropolis ist ein Schmuckstück antiker Architektur und ragt in eine Höhe von 156 Metern. Der Begriff Akropolis bezeichnet im ursprünglichen Sinn den zu einer Stadt gehörenden Burg Berg beziehungsweise die Wehranlage, die zumeist auf der höchsten Erhebung nahe der Stadt erbaut wurde. Diese einzigartigen Gebäude wurden zwischen 464 v. Chr und 406 v. Chr auf einem Felsen erbaut. << Anke war von dem Gebäude beeindruckt. >> Guckt euch doch mal diese Säulen an. Wie alt sind die sagtest du? <<

Ich blätterte nochmal zurück. >> Wo stand das denn … ach hier, sie wurde zwischen 464 und 406 v. Chr. erbaut. Kommt, lasst uns mal alle davorstellen und ein Selfie machen. <<

>> Aber nicht so ein nahes Foto, sonst sieht man die Falten immer so. Jetzt guckt mal, bei uns würde alles voll mit Graffiti besprüht sein und hier ist alles so sauber. << Hanna bewunderte die hellen Steine. >> Was heißt oder bedeutet eigentlich Akropolis? <<

Jana schmetterte direkt los >> Akropolis, adieu, ich muss gehen. Die weißen Rosen sind verblüht - was

wird geschehen? Ich wär' so gern geblieben -
Akropolis adieu… «

Ines lachte. » Unser Schlagerfuzzi wieder. «

Ich durchstöberte wieder meinen Reiseführer, denn
ich freute mich, dass Hanna doch Interesse zeigte. »
Akropolis stammt aus dem altgriechischen und wird
zusammengesetzt aus ákro für Höchster und Pólis für
Stadt, also Hochstadt. «

» Rohrstadt habe ich auch noch nie gehört « dachte
Hanna laut.

» Hochstadt, Hanna, Hochstadt, hast du deinen
kleinen Mann im Ohr nicht an? «

» Ach Hochstadt, ja das macht Sinn «, grinste sie und
schaute verträumt auf die Stadt Athen runter und
wunderte sich, was für eine riesige Stadt vor ihren
Füßen lag. Sie hatte sich Athen nur als
Ausgrabungsstätte vorgestellt und nicht mit so vielen
Häusern, Verkehr und Menschen. Hier oben war es
für so eine Großstadt richtig ruhig. Genießerisch zog
sie die Luft ein und dachte auch kurz drüber nach ihr
Handy einzuschalten und ihren beiden lieben zuhause
eine Nachricht zu schicken. Gedanklich konnte sie
doch nicht so abschalten wie sie es sich eigentlich
vorgenommen hatte. Phasenweise schaffte sie es, aber
dann wiederum hatte sie ihren beiden Männern
gegenüber doch ein schlechtes Gewissen, obwohl
Sven hoch und heilig versprach, sich zu melden, wenn
etwas aus der Bahn lief, es den Tieren nicht gut ginge

oder sonst was passiert sei. Er gönnte seiner Frau diese Woche von Herzen, zumal er ja wusste, wie es um ihre Rheumawerte stand; momentan nämlich leider nicht so gut. Hanna sollte binnen 4 Wochen in einer Spezialklinik tablettentechnisch wieder neu eingestellt werden, was so einige Untersuchungen hervorrief. Sie litt seit 5 Jahren unter Morbus Wegener, einer rheumatischen Erkrankung, die Gelenke, innere Organe oder die Augen betrafen. Hinzu kam, dass diese Krankheit zu irreparablen Versteifungen und Verknöcherungen kommen konnte, deshalb schlief sie auch seit gut einem Jahr mit Handgelenkschonern, vorbeugend der Entzündungsschübe. Hanna warf ein Blick auf ihr Handy, packte es dann aber wieder beruhigt in ihre Tasche als sie keine eingegangene Nachricht oder Anruf sah. Sie musste es Sven versprechen den Urlaub zu genießen und dazu gehörte eigentlich auch das Abschalten des Handys. Sie genoss noch ein bisschen die Aussicht auf die Stadt, als sie von Anke am Arm gepackt wurde.

>> Sag mal, hast du dein Gerät offline geschaltet? <<
>> Eigentlich nicht, vielleicht sind die Batterien wieder mal leer? << Hanna nahm ihr Hörgerät aus dem Ohr und lachte über sich selbst. >> Und ich hatte mich schon gewundert, wie ruhig es hier oben ist. << Sie wühlte in Ruhe nach neuen Batterien in ihrer Wundertasche, in der alles Mögliche einen Platz fand

und wechselte die Batterien aus. Anke harkte Hanna unter und ging mit ihr zur Plattform zurück. » Die Batterien waren Exitus. «

Ines lachte. » Dachte ich′s mir doch. So wie wir dich gerufen haben, haben wir wohl eher den heiligen Zeus hier oben geweckt. « Sie konnte wieder Lächeln, was mir sofort auffiel. Naja, vielleicht hatte sie ja Heimweh nach ihrem Sohn oder so, dachte ich mir und wurde von Jana unterbrochen, die aufgewühlt in ihrem Rucksack wühlte. » Wenn ihr meint, ich hätte vorhin im kleinen Sparmarkt nur Kippen gekauft, dann habt ihr euch getäuscht « und schon zauberte sie fünf kleine Ouzo-Fläschchen hervor.

» Neee, ne? « Ich schüttelte lachend den Kopf. » Sollten wir den vielleicht lieber nach dem Gruppenfoto trinken? Ich meine wegen der kurzweilig auftretenden Gesichtslähmung. «

» Weiß gar nicht was ihr habt! « Jana schaute ihre Freundinnen an. » So jung kommen wir nie wieder zusammen und schon mal gar nicht in Athen. Also Prosit oder besser Jamas auf Zeus und Co. «

» Jamas «, riefen wir zurück, ehe wir uns an das Gruppenfoto machten.

*

» Wenn wir uns so posieren, passt das Denkmal wunderbar als Hintergrund. « Ich stellte mich Rücklings zur Akropolis und die Mädels folgten.

>> Und wo möchtest du jetzt die Kamera positionieren? << fragte Ines.

Ich schaute mich um und zeigte auf einen alten Baumstamm. >> Vielleicht auf den Holzpflock da vorne, müsste doch genau passen. <<

>> Wie viel Zeit hast du denn für den Auslöser? <<

>> Genau 15 Sekunden, da muss ich gleich schnell sein. <<

>> Denk aber bitte an die kleine Erhöhung hier vorne << erinnerte mich Anke.

>> Stimmt, mach ich. Am besten ihr stellt euch schon mal auf die richtige Position und lasst mir zum reinhuschen noch eine Lücke. << Ich schaute durch die Linse. >> Ines, du müsstest noch etwas näher an Anke rücken und Hanna, denk dran, Augen auflassen, wenn das Vögelchen kommt! <<

Hanna guckte etwas irritiert. >> Welcher Vogel singt? <<

>> Du sollst die Augen offen lassen <<, wiederholte Ines. Hanna winkte ab. >> Das wird eh nichts. <<

>> Seid ihr startklar? << Ich schaute nochmal durch das Display, ob alle mit Fuß und Kopf und auch der Hintergrund zu erkennen waren, drückte, nachdem alle genickt hatten, den Selbstauslöser und lief schnell zur Plattform zurück. Gerade angekommen blitzte es auf und wir guckten uns gespannt im Display das gemeinsame Foto an.

>> Ach Du Schreck, ich guck, als hätte ich einen Geist gesehen. << Ines tat entsetzt und auch Hanna

beschwerte sich über das Foto mit den geschlossenen Augen. >> Lösch das bitte Katja und wir machen einen zweiten Versuch. <<

>> Na gut, kein Problem <<, wieder stellten sich alle brav auf, wieder drückte ich auf den Auslöser und wieder rannte ich schnell zu meiner Gruppe und nichts passierte.

>> Hat es jetzt schon geblitzt? <<

>> Entweder war ich jetzt so langsam, dass der Blitz auslöste als ich noch unterwegs war, oder ich habe nicht richtig gedrückt, ich bin mir nicht sicher, werde auch etwas von der Sonne geblendet. Was meinst du, Jana? <<

>> Was weiß ich, lasst uns einfach ein drittes Mal probieren, nur bitte schnell, mir tun schon die Wangen vom Lächeln weh. Kopf hoch, Kinn nach vorne, Brust raus und lächeln, das ist purer Stress! << Ich lachte. >> Jetzt weißt du, warum ich unter anderem keine gestellten Bilder mag. << Ich drehte mich um, ging zurück zur Kamera, drückte erneut den Auslöser, spurtete wieder los zur Gruppe, vergas die kleine Erhöhung, knickte um und viel just im Moment des Kamerablitzes in Hannas Arme. >> Oh shit, hast du dich verletzt? <<

Ich war kurz orientierungslos, hatte mich selbst erschrocken und musste mich erstmal sammeln. Fußreibend versuchte ich zu scherzen. >> So schnell wollte ich auch nicht aufs Foto. <<

>> Tut es denn sehr weh? << Anke schaute sich mein Gelenk an.

>> Kann mich gerade nicht beklagen. << Ich versuchte zu lächeln. << Ist das Bild denn wenigstens was geworden? <<

>> Wahrscheinlich löste die Kamera gerade aus, als du so Butterflymäßig auf die Plattform wolltest und wir uns alle erschrocken haben. Das Bild will ich sehen. << Jana drehte sich zur Kamera und sah, dass diese nicht mehr dastand.

 >> Leute, die Kamera ist weg. <<

>> WEG?!? << Ich vergas im Moment meinen Knöchel.

>> Das gibt's doch nicht! Oh die vielen schönen Bilder! Stefan bringt mich um. Er hat mir die doch erst zum Geburtstag geschenkt. Ach nööö Leute. <<

Kapitel 10
Besuch beim Bordarzt

Anke deutete auf einen weglaufenden Jungen.
>>Schnell Mädels, da vorne läuft ein Junge mit der
Kamera in der Hand, den schnappen wir uns!<< und
schon liefen alle los, nur ich nicht, denn mein Knöchel
schwellte bereits an und ich konnte nach ein paar
Schritten fast nicht mehr richtig auftreten.
>> Stopp Stopp, Please Stopp. << Jana schrie die Worte
und tatsächlich drehten sich einige Besucher um. >>
Police, help and stop the little Boy. <<
Natürlich war der junge Spross viel schneller als wir
Verfolger, deshalb riefen meine Freundinnen beim
Laufen auch so laut es ging um Hilfe und plötzlich
geschah ein Wunder, denn ein junger Mann hörte
unsere Hilferufe, drehte sich um und sah den kleinen
flinken Dieb, der um eine Säule direkt in seine Arme
lief. Er packte sich den überraschten Jungen, hielt ihm
die Arme auf den Rücken und entzog ihm die
Kamera. Jana, die gerade völlig aus der Puste bei dem
Helfer ankam, musste gleich zweimal nach Luft
schnappen; erst, weil sie aus der Puste war und
zweitens, wegen der Augen. Gebannt schaute sie den
Retter an, der den kleinen Räuber immer noch
festhielt und ihr die Kamera reichte.
>> Sollen wir die Polizei rufen? <<

>> Ähm, ja, ach die Kamera, ähm ja, also die gehört mir gar nicht. << Stotterte sie hervor und zeigte auf mich, als ich langsam und humpelnd um die Säule bog. Ich sah die Kamera und hätte nicht vor Schmerz, sondern eher vor Freude jubeln können. Ich humpelte auf den Mann zu.

>> Vielen Dank, Sie glauben ja nicht, wie froh ich bin, Sie haben mir quasi gerade das Leben gerettet. << Er schaute auf meinen Knöchel. >> War das etwa der Jaus hier in Schuld? <<

>> Nein, das war meine eigene Schuld und eigentlich auch das Verschwinden der Kamera. Hier hängen doch schon überall Warnhinweise, dass man auf seine Wertsachen aufpassen sollte und ich Dussel stell die Kamera für ein Gruppenfoto auf einen Baumstumpen ab. Das war natürlich für jeden Dieb die perfekte Einladung. << Ich zuckte mit den Schultern. >> Wissen Sie, mein Mann hatte mir die Kamera erst zum Geburtstag geschenkt, deshalb meinte ich, dass Sie mir das Leben gerettet haben. Kann oder darf ich mich bei Ihnen revanchieren? Sie vielleicht zu einem Café Einladen? <<

Jana hatte von 0 auf 100 Energie aufgetankt. >> Das würde ich schon übernehmen, setzt du dich vielleicht lieber hiervorne auf die Parkbank und leg dein Fuß etwas hoch. << Doch der nette Herr überhörte ihre Worte. >> Was machen wir denn mit dem kleinen Dieb hier? Soll ich die Polizei rufen oder möchten Sie den

kleinen Kerl einfach wieder so laufen lassen? « Er
drehte die Arme des jungen Bengels so, dass er zu uns
aufgucken musste und da sah ich erstmal, wie jung er
tatsächlich noch sein musste. Der Kameraretter konnte
wohl meine Gedanken lesen und erklärte uns, dass
die Kinder meistens für ein paar Cent im Auftrag
einer Bande, die nur abkassieren und sich nicht die
Hände schmutzig machen möchten, solche
Wertsachen beschafften. Oft wurden Schulen
geschwänzt, um etwas Geld zu verdienen und
genauso oft steckten sogar Familienangehörige mit
den Auftraggebern unter einer Decke. Ich war
fassungslos, fand es unglaublich und bemerkte den
ängstlichen Blick des kleinen Ganoven, der
mittlerweile herzzerreißend zu betteln anfing.
» Please no Police, please! «
» Lass ihn laufen, Katja. « Ines hatte sich bisher ruhig
im Hintergrund gehalten. » Schau dir mal seine alten
Lumpen an. Ich denke, er hat nicht viel Geld.
Bestimmt wollte er sich vom Verkauf der Kamera
etwas zu essen oder trinken kaufen. Wer weiß,
vielleicht muss er auch etwas Geld verdienen, um die
Familie zu ernähren, vielleicht sind seine Eltern aber
auch krank und? «
Ich stemmte die Hände in die Hüften. » Ja ja, ist ja
gut, ich sehe ja selber wie ärmlich der Kleine aussieht,
aber klauen ist auch keine Lösung. Wenn wir ihn so

ungeschoren davonkommen lassen, dann beklaut er doch sofort die nächsten. «

» Er hätte dich oder uns vielleicht gar nicht beklaut, wenn du nicht hingefallen wärst. Er hat unsere Unaufmerksamkeit einfach ausgenutzt und zur Kamera gegriffen. Wir wurden ja nicht bedroht. «

» Mutter Theresa hat gesprochen. « Irgendwie wunderten mich Ines Worte. » Meinetwegen lassen wir den Jaus laufen, sonst habe ich die restliche Schifffahrt Ärger mit dir. «

» Ach Sie sind auch auf einem Schiff? Auch auf der MS Sinfonie? « fragte der Mann erstaunt nach und lockerte seinen Griff am immer noch wimmernden Jungen, dessen Gesicht tränenüberströmt war. Anke mischte sich jetzt auch in das Gespräch ein. » Ach, Sie auch? Zufälle gibt's. «

Jana schob sich galant dazwischen. » Nette Zufälle, würde ich sagen. Reisen Sie denn auch alleine? « Sie hing quasi an seinen Lippen.

» Reisen Sie hier nicht alle gemeinsam?«

Jana klimperte gekonnt mit ihren Wimpern und kniff ihm ein Auge zu. » Ich meinte ja ohne männliche Begleitung. «

» Ach so, ja so gesehen reise ich auch ohne weibliche Begleitung. « Er drehte sich zu mir. » Also lass ich den kleinen Gauner jetzt hier los? «, wechselte er gekonnt das Thema.

Ines kniete sich zu dem weinenden Jungen, der jetzt seine losgelassenen Arme etwas rieb. >> Wir rufen keine Polizei, aber verspreche mir bitte, das du nie wieder klaust. <<

Ich rieb mir hingegen mein etwas schmerzendes Fußgelenk. >> Der versteht dich doch nicht. <<

>> Ach ja. << Ines haute sich mit der Hand an die Stirn und wandte sich wieder dem Jungen zu. >> Hey little friend, we don´t need the Police, but please promise to me, that you don´t steal anything. Please go to the school and learn for your life, okay? <<

Anke staunte nur. >> Lernst du nachts in deiner Kabine heimlich Vokabeln? << Ines ging darauf gar nicht ein, sondern hielt den Jungen ein Taschentuch und ein Bonbon hin. Vorsichtig und total überrascht nahm dieser mit seinen schmutzigen Händen die Sachen von Ines und machte zur Überraschung aller einen kleinen Knicks, bevor er schnell verschwand.

Ich drehte mich überrascht um. >> Hoffentlich lernt er seine Lektion, sind ja nicht alle so gutmütig wie unsere Ines. Egal, der Junge ist frei, ich habe meine Kamera wieder und jetzt würde ich mich gerne bei Ihnen bedanken. <<

>> Das brauchen Sie nicht, ich stand doch nur zufällig zur richtigen Zeit an der richtigen Stelle. << Kritisch schaute er auf meinen Fuß und kniete sich hin. >> Darf ich? << Vorsichtig tastete er mein Fußgelenk ab. >> Wenn Sie die Kreuzfahrt noch genießen wollen,

sollten Sie schauen, dass Sie zum Schiff zurückkommen und dann am besten den Bordarzt aufsuchen. «

Ich hörte hinter mir Jana nuscheln, warum sie jetzt nicht umgeknickt sei und lächelte ab. » Ach was, so schlimm ist es nun auch nicht. «

» Man sollte eine Anschwellung nicht unterschätzen und Sie möchten die nächsten Reiseziele bestimmt nicht nur vom Schiff anschauen. «

So langsam schien er mich doch zu überzeugen. Ines harkte mich unter. » Na komm, es ist glaube ich wirklich besser. Ich begleite dich, hab ja die Akropolis jetzt gesehen und unser Erinnerungsfoto haben wir auch im Kasten. Also - vermutlich « zwinkerte sie. Ich gab mich geschlagen und hängte Anke meine Kamera um den Hals. » Mach du bitte ein paar Aufnahmen von euren weiteren Entdeckungen, okay? Ich fahr dann mit Ines zurück. «

» Alles klar, wir sehen uns dann später und macht langsam. «

» Ha ha, schnell geht eh nicht, trotzdem, Danke. Bis Später, und «, ich wandet mich nochmal an den netten Mann. » Bestimmt laufen wir uns auf dem Schiff nochmal über den Weg, dann würde ich mich gerne bei Ihnen revanchieren. «

Er blickte auf seine Armbanduhr. » Ich muss dann jetzt auch so langsam wieder los und zum Schiff zurück, Ihre Einladung nehme ich dann gerne an. «

>> Wie Sie müssen schon los? Ich dachte Sie Reisen auch alleine? << Jana tat schockiert.

>> Sorry Ladies, ich habe Verpflichtungen. <<

Langsam humpelte ich mit Ines Hilfe den Berg wieder hinunter. Im kleinen Supermarkt an der Bushaltestelle kauften wir uns noch jeder eine kleine Flasche Limo, dann fuhren wir mit dem Linienbus wieder zurück zum Schiff und legten uns auf die Sonnenliegen. Meinen Fuß hatte ich mit einem Loopschal etwas bandagiert.

>> Geht's? Hast du noch dolle schmerzen? <<

>> Ein Indianer kennt keinen Schmerz, kennst du doch selber. Ich bin nur heilfroh, dass ich die Kamera zurückhabe. Ist bei dir auch alles soweit im Lot? Der kleine Junge hatte es dir aber irgendwie angetan, kann das sein? <<

>> Stimmt, irgendwie tat er mir total leid. Ich hätte es jetzt unfair gefunden, wenn er von der Polizei aufgeschnappt worden wäre und die Bandenobergurus sich Händereibend wieder ungeschoren davonkommen gekommen wären. Diese Leute machen den Profit und nutzen die Gutgläubigkeit der naiven Kinder nur aus. <<

>> Ja das stimmt schon, aber jetzt wurde keiner für die Tat bestraft. Auch wenn der kleine Kerl niedlich war und mir auch leidtat, hat er sich aber strafbar gemacht. <<

>> Aber hier herrschen doch ganz andere Verhältnisse und Gesetze wie bei uns in Deutschland. <<

>> Diebstahl ist Diebstahl, da geht es nicht nach Alter und Land. Wir sind doch alle ein Europa. <<

>> Aber hier gibt es viel Armut, gerade in den Orten etwas Abseits herrschen viele Armenviertel. Überall gibt es abgewrackte Hochhäuser, Ruinen und heruntergekommene Wohnviertel, diese sind nur ein paar Kilometer vom Athener Campus-Stadion, also gar nicht weit entfernt. <<

Mir blieb vor Staunen der Mund offenstehen. Da bin ich bemüht meinen Reiseführer immer bei mir zu tragen und allen, die es interessierte, daraus vorzulesen und jetzt erzählt mir meine Freundin aus dem Stehgreif etwas über die Armut von Athen. >> Warst du schon mal hier oder woher weißt du das alles? <<

Ines bemerkte meinen fragenden Blick und wusste, dass ich gerne nachharkte, deshalb wechselte sie geschickt das Thema. >> Was machen wir eigentlich mit Jana und ihrer Flirterei? Erst die drei Bayerischen Burschen hier auf dem Schiff, jetzt der netten Helfer und den ein oder anderen Kellner hat sie doch auch schon zugezwinkert. <<

Ich klappte die Lehne der Liege zurück und machte es mir bequem. Wenn Ines meinte auf meine Frage nicht antworten zu wollen, dann wollte ich sie auch lassen und nicht drängen. >> Du kennst sie doch. Das werden auch nicht die letzten Männer auf dieser Reise gewesen sein. «

» Aber das geht doch nicht. Ich meine sie hat doch Henning zuhause! «

» Glaubst du, dass wäre ein Hindernis für sie? «

» Weißt du was, manchmal glaube ich auch, dass Jana diejenige ist, die die Probleme zuhause macht und nur Henning als den Schuldigen Blödmann darstellt. Außerdem wird sie mit sich und ihrem Leben nicht fertig und genehmigt sich deshalb hier und da ein Schluck. « Ines setzte ihre Sonnenbrille wieder auf. » Fehlt eigentlich nur noch, dass sie sich morgens einen Flachmann in den Kaffee schüttet. «

Ich musste lachen. » So schlimm ist es ja noch nicht. «

» Noch - du hast es selber gesagt. «

*

Gegen Abend kamen unsere Freundinnen zurück und berichteten von weiteren Sehenswürdigkeiten. Anke hatte mit meiner Kamera Bilder gemacht und zeigte diese im Display. » Hier waren wir im Athener Agora, die lag unweit der Akropolis. «

» Toll «, ich zappte durch das Display. » Das hätte mir auch gefallen. Was war denn die Agora? Sieht ja dort im Vergleich zur Akropolis richtig grün aus! «

» So grün wie mein blauer Engel «, sang Jana und Anke verdrehte wieder die Augen. > Wer ist das denn schon wieder? Mensch Jana, bei so viel Männerverschleiß kommt man gar nicht mit. «

Jana guckte etwas schnippisch. >> Spinnst du jetzt? Ich meinte mit blauen Engel mein Mixgetränk und falls du eine Strichliste machst, es ist mein erstes alkoholisches Getränk heute. <<

>> Zzz <<, machte Anke nur. >> Ich erinnere nur an die kleinen Ouzo-Fläschchen an der Akropolis! <<

Hanna setzte sich zu mir auf die Liege und beantwortete meine Frage. >> Die Agora war einst ein Forum, das als Marktplatz, für Versammlungen und für Gerichts oder Volksversammlungen genutzt wurde <<, sie zeigte auf das Display. >> Hier in dem Tempel sollen die Gebeine des Helden Theseus vergraben sein. <<

Ines guckte sich den Tempel an. >> Sieht ja schon interessant aus. Hast du denn auch Bilder gemacht, Hanna? <<

>> Ach nur so ein zwei Stück, nicht so viele. Was macht denn dein Fuß Katja, tut er noch sehr weh? <<

>> Schmerzen habe ich eigentlich keine, er ist nur etwas angeschwollen, aber das geht schon. <<

>> Warst du denn beim Schiffsarzt? <<

>> Nein. Ines wollte mich schon hinschlörren, aber so schlimm ist es wirklich nicht. <<

Anke schaute auf die Uhr. >> Also ich würde den Doc mal drüber gucken lassen, denk mal an Santorin. Wenn du da noch einen dicken Knöchel hast, kannst du das Highlight dieser Reise vergessen. Wir haben noch eine Stunde bis zum Ablegen und noch gut zwei

Stunden zum Abendessen, sollen wir mal eben gehen?
« Jetzt fingen meine anderen Freundinnen auch noch
an mich zu verunsichern und das auch noch scheinbar
mit Erfolg. >> Meint ihr wirklich? «
>> Ich würde hingehen, er hat bestimmt eine Salbe
oder ein Wickelverband für dich. « Ich raffte mich
auf. >> Na gut, ihr habt mich überredet, aber wenn der
mit einer Spritze um die Ecke kommt, bring ich euch
um. «

Jana sprang auf. >> Ich begleite dich, dann könnt ihr
noch ein bisschen die Sonne genießen. «

Hanna verstand sofort. >> Lass mich raten, der Bord
Arzt sieht mindestens so aus wie Richard Gere, ist
alleinstehend und wartet noch auf die große Liebe? «

Jana winkte ab. >> Du guckst zu viel Traumschiff,
meine Liebe. «

>> Wir werden es sehen. «

Nach einer kurzen Warte-und Behandlungszeit
humpelte ich mit einem erröteten Gesicht und einem
bandagierten Fuß wieder zum kleinen Wartebereich
zurück.

>> Und? « Jana stand sofort auf. >> Lohnt es sich krank
zu werden? Du bist ja jetzt noch ganz rot im Gesicht.
Ich wusste es! « Ich dachte mich verhört zu haben.
>> So wie du aussiehst, muss er wie eine Granate
aussehen. Ich wusste es «, hüpfte sie aufgeregt weiter.

Ich hatte richtig gehört und konnte nur lächelnd den Kopf schütteln. >> Danke der Nachfrage, aber die Gesichtswärme kommt von den Wechseljahren, in die ich langsam reinrutsche und falls es dich interessiert - mein Fuß ist nur leicht angeknackt. Der Doc hat mir eine Wundersalbe aufgetragen und perfekt bandagiert. Ich musste ihm allerdings Versprechen, den Fuß heute brav hochzulegen, dann sollte es morgen schon wesentlich abgeklungener sein. <<
Jana haute sich vor die Stirn. >> Sorry, ich weiß, manchmal tauge ich als Freundin nichts. <<
>> Ich weiß. << Ich harkte mich unter. >> Aber jetzt frag mich doch nochmal, ob er hübsch war! <<
Jana blieb stehen >> Ist er, ne? Ich kenne keine Schiffsreportage oder sonst was, wo der Bordarzt keine Granate ist. Immer ein Arzt, denen die Frauen vertrauen können. <<
>> Unseren Arzt hast du sogar schon Kennengelernt, es ist nämlich dein Adonis. <<
>> Wer? << Jana überlegte kurz. >> Du meinst mein Adonis von der Akro da oben auf dem Berg? Du scherzt, oder? <<
>> Nein und jetzt komm, ich muss meinen Fuß hochlegen, das habe ich Dr. Schönhoff versprechen müssen. <<
>> Was für ein Name!!! SCHÖNhoff - ich glaube ich kriege gerade einen Migräneanfall oder vielleicht doch ein Sonnenstich? <<

>> Jetzt hör auf zu spinnen und komm. << Ich musste sie fast aus dem Wartebereich in Richtung Aufzug ziehen.

>> Machen wir wenigstens auf Deck 6 noch einen kurzen Abstecher in die Safari-Lounge? Ich glaub ich brauch jetzt ein Drink. <<

>> Geh du mal, ich werde direkt zur Kabine humpeln und meinen Stelzen in die Waagerechte bringen. <<

*

Langsam machte ich mich auf den Weg zu unserer Kabine und zum Glück waren die Gänge nicht so breit, so dass ich mich gut mit beiden Armen daran abstützen konnte. Endlich angekommen setzte ich mich sofort auf dem Balkonstuhl, legte mein Bein vorsichtig auf den anderen Stuhl, als auch Jana schon erschien.

>> Haben die Bars noch geschlossen? <<

>> Ne, alleine trinken ist doof. << Sie setzte sich zu mir und beide schauten wir uns das zurückkommen der Ausflugsbusse an.

>> Da kommt die Masse zurück <<, ich zeigte auf die Urlauber. >> Alle bestimmt ausgehungert. <<

>> Garantiert und verdurstet. << Kamen wieder Anspielungen. Sie zeigte auf meinen bandagierten Fuß. >> Was hat Dr. von und zu SCHÖNhoff denn nun genau gesagt? Nur dein Fuß hochlegen? <<

>> Er meinte, ich hätte Glück gehabt, denn mein Knöchel sei nur angeknackst und wenn ich ihn heute

brav schone und recht stramm gewickelt lasse, dann sollte es morgen schon wesentlich besser sein. «

» Dann drück ich mal die Daumen, wäre ja auch zu schade die Schönheiten Griechenlands nur vom Balkon aus zu sehen. Irgendwie ist die Welt ja manchmal klein, ich meine, das hatte ich zwar direkt am Anreisetag schon bemerkt, aber dass unser Kameraheld nun auch der Doc von der *MS Sinfonie* ist, hätte ich nicht gedacht! Wundere mich nur, dass er dort oben noch nicht seinen Arztkoffer gezückt und erste Hilfe angeboten hatte. «

» In wie fern erste Hilfe? « Irgendwie verstand ich gerade nur Bahnhof.

» In seiner Position hätte er dich doch auch begleiten müssen, oder etwa nicht? «

» Hallo???? Erstmal hat er sich meinen Knöchel vor Ort angeschaut und mir den Tipp mit dem hochlegen gegeben und meinst du allen Ernstes, er rennt den ganzen Tag mit seinem Köfferchen durch die Landschaft? Ein Arzt hat doch auch ein Privatleben und geht mal auf Landgang. « Ich lehnte mich wieder zurück, um mein Bein zu schonen. » Was meintest du denn gerade mit kleine Welt und am Anreisetag schon bemerkt. Hattest du dort auch schon eine Begegnung? «

» Ne, das ist mir nur so rausgerutscht. Sagt man doch schon mal so. «

>> So so, sagt man so, naja, dass passiert ja schon mal. << Ich glaubte meiner Freundin kein Wort und versuchte es weiter. >> Sag mal Jana, kann es eventuell sein, dass du so ein bisschen auf Männersuche bist? <<

>> Männersuche nicht, aber gegen einen Urlaubsflirt hätte ich tatsächlich nichts einzuwenden. <<

>> War das jetzt ernst gemeint? <<

>> Ja was glaubst denn du? Deine Frage war doch auch ernst gemeint, oder? <<

Die Kabinentür ging auf und Ramin erschien auf dem Balkon. >> Oh Sorry Ladies, I just wanted to close the balcony door. Wish you a nice evening. <<

>> Many thanks, we want to say goodbye to Athen from here. Nice evening Ramin. <<

Mir ließ es keine Ruhe und ich wollte einfach die Möglichkeit nutzen, kurz mit Jana zu reden.

>> Ich dachte, du wärst so glücklich mit Henning, nur das er eben ab und zu mal nervt und du dann, so wie jetzt, mal raus musst. Ahnt er denn nichts von deiner Suche? <<

Jana warf ihr Haar nach hinten. >> Ich bin auf keiner Suche, ich genieße es halt begehrt zu werden und auch im Rampenlicht zu stehen. Sehe es doch einfach als Spiel! <<

>> Und wie heißt das Spiel? Wer sich verliebt, verliert oder wie? <<

>> So könnte man es nennen. << Jana zündete sich eine Zigarette an. >> Mensch jetzt guck mich nicht so erschrocken an, easy – alles easy. <<

>> Ich weiß, alles easy, wir haben schließlich Urlaub und AI, aber das zählt, denke ich, nicht in allen Bereichen. <<

Jana grinste schief. >> Das wird sich zeigen. Ihr werdet euch noch wundern, aber erst muss mein spontaner Plan aufgehen, dann werdet ihr mich und mein Verhalten verstehen. <<

Ich schaute sie völlig überrascht an. >> Was für ein Plan und worin werden wir dich verstehen? <<

>> Abwarten, mein liebe, abwarten. The Show must go on. <<

1000 Fragen schwirrten mir von jetzt auf gleich durch den Kopf und als ich gerade zur nächsten ansetzen wollte, wurde die Kabinentür erneut geöffnet, aber diesmal kamen unsere Freundinnen zurück.

Auf Nachfrage berichtete ich ihnen von meinem zum Glück unspektakulären Arztbesuch, als mich Jana entsetzt unterbrach.

>> Unspektakulär! Leute – jetzt kommt der Hammer, der Schiffsarzt ist der tolle Kameramann. <<

>> Welcher Kameramann? Der von unserem gestrigen 80er Jahre Quiz? << Ines war gleich auf 180. >> Mir war nicht bekannt, dass die uns da aufgezeichnet haben. Ich meine alleine schon wegen Datenschutz. <<

Jana schüttelte den Kopf. >> Ich meinte doch den Kameramann von Athen, den Retter an der Akropolis, der Gentleman mit den stahlblauen Augen, der Held der … <<

Anke unterbrach Janas Schwärmereien, als das Schiff langsam ablegte und sich langsam aus dem Hafen verabschiedete. >> Rückt mal ein bisschen und lasst uns zusammen Abschied nehmen. <<

Gemeinsam machten wir es uns auf unseren selbsternannten Suiten-Balkon bequem und nahmen Abschied.

>> Schaut mal da oben steht die Akropolis << und Jana schmetterte wieder los

>> Akropolis, adieu, ich muss gehen … <<

>> Jetzt versau uns doch nicht den schönen Moment <<, maulte Hanna, doch Jana konterte. >> Ach, haben wir endlich neue Batterien eingelegt? <<

Hanna reagierte nicht, sie genoss, wie alle anderen auch, die immer kleiner werden Lichter der antiken Stadt.

Kapitel 11
Delfingesang im Casino

>> Ich weiß nicht wie es euch ergeht, aber ich habe so langsam Hunger. << Mein Magen meldete sich knurrend.

>> Endlich! Mich brauchst du nicht zu fragen, ich wäre sofort dabei <<, kam es von Anke.

>> Och ja, so eine Kleinigkeit könnte ich auch vertragen, wir hatten hier heute Mittag ja schon etwas Salat und ein paar Pommes. <<

>> Wie ihr habt heute Mittag schon gegessen? << Anke schaute uns beide entsetzt an. >> Ohne uns? <<

>> Wir haben einfach die Gunst der Stunde genutzt und uns schön ins leere Restaurant gesetzt und einen Snack eingenommen. <<

Jana erhob sich. >> Dann lasst uns starten und anschließend das Casino unsicher machen. <<

Auch Ines stand auf. >> Black Jack? <<

Hanna schaute sie an >> Kenn ich nicht, wo habt ihr DEN denn schon wieder kennengelernt? << und alle lachten los.

>> Black Jack ist ein Spiel <<, Ines wischte sich Lachtränen aus den Augen.

>> Woher soll ich das denn wissen, ich war noch nie in einem Casino. <<

>> Dann wird es ja höchste Zeit <<, Anke klatschte in die Hände. >> Also dann meine Damen, bis gleich. <<

Satt und zufrieden fuhren die Mädels zu viert mit dem Lift ins Casino auf Deck 6. Ich machte es mir wieder auf den Balkon bequem, nahm mir den Reiseführer zur Hand und suchte die Seite über die antike Olympische Stadt Katakolon. Ich mochte es, mich auf Reisen vorzubereiteten und las gerne über die Sehenswürdigkeiten und Geschichten und hier draußen, in Ruhe alleine auf dem Balkon, war es eine sehr entspannte Atmosphäre, die ich umso mehr genoss. Lächelnd schaute ich über die Balkonbrüstung und nippte an meinem Rotwein, denen mir die drei übrig gebliebenen Ausflügler als gute Besserung mitgebracht hatten.

*

Im Casino dagegen war es bunt, voll, laut und sämtliche Geräte warben mit Geräuschen zu einer Spielpartie. Ines schaute irritiert. >> Ach herrje, ich glaube, ich guck nur zu. Zockt ihr mal. <<

>> Ach komm schon <<, Anke stupste sie seitlich an. >> Einen zehner oder zwanziger kannst du doch wagen, oder? <<

>> Na ich weiß nicht. Ich traue solchen Geräten nicht, die Bank gewinnt doch sowieso immer. <<

>> Schon, aber es macht doch auch Spaß. No risk, no fun. << Jana wandte sich der Gruppe ab. >> Ich bin beim einarmigen Banditen. <<

Hanna, die ja zum ersten Mal in einem Casino war, staunte über die bunte Vielfalt an Gerätschaften.

>> Zu einem Banditen? Hier an Bord? <<

>> Genau, nur spuckt dieser Bandit vielleicht mal was aus und schluckt nicht nur. <<

>> Dann ist es definitiv nicht dein Kasten, du schluckst doch auch lieber <<, konnte sich Ines nicht verkneifen.

>> Bla bla bla, ihr seid ja nur neidisch. <<

Anke ging zu einem der bunten Geräte. >> Der hier lacht mich an, hier versuche hier mal mein Glück. <<
>> Toi Toi Toi <<, wünschte Ines und schaute ihr über die Schultern. Es dauerte keine 5 Minuten und schon hatte Anke 25,- € verzockt.

>> Nee, ich glaube das ist nichts für mich, ich werde Katja auf dem Balkon Gesellschaft leisten. Wir sehen uns gleich noch, viel Spaß und falls ihr den Jackpot doch noch knacken solltet, dann ruft durch. Viel Glück. << Ines wandte sich ab, um es sich ebenfalls auf den Balkon gemütlich zu machen.

Anke zwinkerte ihr zu. >> Danke, so machen wir das. Falls du den Weg zu den Kabinen allerdings nicht findest, meldest du dich. <<

>> Mein Anruf könnte wahrscheinlich eher passieren, als eurer, trotzdem noch viel Spaß. <<

Auf dem Weg zum Ausgang sah sie, wie die Örtlichen gerade frisch saubergemacht wurden und nutzte die Gunst der Stunde. Wer weiß, wenn sie sich doch wieder verlaufen würde käme eine volle Blase nicht so gut, außerdem bemerkte sie, wie sich Hitze in ihr ausbreitete und sich ein unangenehmer Schweißausbruch bemerkbar machte.

Sie öffnete schnell die Tür und staunte, denn wie an vielen Orten auf dem Schiff, kam auch hier aus den Lautsprechern eine gedämpfte Musik, es roch nach Reinigungsmitteln und die Wasserhähne glänzten goldig. Nachdem sie sich ein bisschen frisch gemacht hatte, wollte Ines die Tür zum Casino wieder öffnen und sprang erschrocken zurück, als ein kleiner Staubwedel an ihr vorbei in den Toilettenraum stürmte.

» Hallo? Was war das denn? « Sie folgte dem Wedel, der schnuppernd etwas zu suchen schien. » Hey kleiner Kerl, was hast du denn hier verloren? Ich wusste gar nicht, dass Hunde überhaupt auf ein Schiff dürfen. « Sie sah das glitzernde Halsband von dem sehr zutraulichen Hund und hörte durch die geschlossene Tür ein lautes Rufen. » Lady? Laaaddyyy? «.

Ines gab dem Hund einen Schupser. » Hör mal Freundchen, auch wenn du eine Lady bist, gibt es hier kein Hundeklo für dich. Ich an deiner Stelle würde jetzt schnell den Rückwärtsgang einlegen, weil dich dein Frauchen nämlich sucht. « Ines öffnete erneut die Toilettentür und Lady schoss wieder raus. Was für ein Wirbelwind, dachte sie, schnappte sich ihre Tasche und machte sich hochkonzentriert auf den Weg zur Kabine.

Hanna schlenderte gemütlich durch das Casino und hatte sich spontan in einen ganz bunten Automaten verguckt, der voller Delfine war. So wie sie das Spiel verstand, brauchte sie nur ihre Kabinenkarte in den Schlitz stecken, dann auf die rote Taste drücken und hoffen, dass sich 5 Delfine gleichzeitig im Display zeigten. Sie machte es sich vor dem Kasten bequem, steckte die Karte in den Schlitz und schon ertönte aus den Lautsprechern leiser Delfingesang. Vorsichtig drückte sie die aufleuchtend rote Taste und schon drehten sich die Räder vor ihren Augen.
>> Huch, das ging aber schnell <<, staunte sie, als die Räder vor ihr hielten und verschiedene Meerstiere anzeigten, darunter leider nur einen einzigen Delfin. Nicht schlecht, staunte sie, so schnell ist ein Euro verschwunden. Ihr Limit hatte sie sich auf 25,- € gesetzt und somit drückte sie hoffnungsvoll erneut die rote Taste. Wieder kreisten die Räder los, doch auch dieses Spiel brachte keinen Gewinn. Beim dritten Lauf gewann sie 5,- €, klatschte begeistert in die Hände und drehte sich zu Anke um. Diese hatte mittlerweile zwei Automaten nebeneinander laufen und jubelte schon, wenn der Automat Musik spielte. Voll die Zockerin, grinste Hanna.

Jana dagegen flanierte mit einem Glas Schampus von der Bar in Richtung Pokertisch, denn Poker war für sie ein reines Männerspiel. Der ältere Herr hatte ihr zwar gerade versucht die Regeln zu erklären, doch sie entschied sich einfach fürs zuschauen und beobachten. Auf dem Weg dorthin kam sie kurz bei Hanna mit ihren Delfinen vorbei.

>> Oh wie süß, hast du denn schon ´ne Dose Fisch gewonnen? <<

>> Sehr witzig. Aber hör mal, immer, wenn ich diese grüne Taste hier drücke, ertönt leiser Delfinen Gesang. Ist das nicht süß? Also die Technik ist ja schon weit. <<

>> Sehr süß, Hanna, dann noch viel Glück und wenn du mich suchst ... <<

>> ... bist du an der Bar, ich weiß. <<

>> Wie kommst du denn darauf? Nur weil ich hier und da mal was trinke? Ihr macht da aber auch ein Hype draus! Ich genieße halt den Urlaub. <<

>> Das sollst du ja auch, ich wollte dir ja auch nur damit durch die Blume sagen, dass Alkohol auch keine Lösung ist. <<

>> Mein Gott, ich will angeschickert sein und keine Probleme lösen. << Jana machte sich etwas eingeschnappt in Richtung Pokertisch davon.

Hanna schaute ihr kopfschüttelnd hinterher, drückte wieder die rote Taste um weiter zu spielen und erschrak, als der Automat plötzlich zu vibrieren und blinken anfing. Anke sah das Spektakel von weitem und eilte herbei.

>> Was bietest du denn hier für eine Vorstellung? <<

>> Keine Ahnung. << Hanna war immer noch erschrocken. >> Ich habe einfach nur die Taste gedrückt wie vorher auch schon und auf einmal dreht der Kasten durch. <<

Anke schaute sich das Display an. >> Lass mal sehen, er zeigt 3 Delfine und 2 Kugelfische an, da muss er doch was ausspucken. <<

>> Wie ausspucken? <<

>> Na dein Gewinn …<< und kaum ausgesprochen sprang das Display von den noch restlichen 9,00 € auf 76,00 € hoch. >> Glückwunsch <<, Anke strahlte ihre Freundin an.

Hanna winkte bescheiden ab. >> Nennen wir es Anfängerglück. <<

Anke ging zu ihren beiden Geräten zurück und Hanna drückte erneut die grüne Gesangtaste.

>> Servus junge Frau, na do hom Sie jo sicherlich reichlich obgesahnt oda? Mia hom uns beim 80ea Schbui scho moi gseng. Sie Reisn mid ihrn Freindinna, oda? <<

Hanna drehte sich um. >> Wie bitte? <<

>> Entschuidigung, i hob mi jo no gar richtig voagestäit, mei Nama is Basti <<, er reichte ihr die

Hand. >> I bin mid meina beidn Freindin do an Boad. Gebürtig keman mia vom Schliersee. <<

Sie überprüfte ihr Hörgerät. >> Und wie kann ich Ihnen helfen? <<

>> Na sie san jo witzig. I woite oafach grod höflich Servus song. <<

Hanna schüttelte den Kopf. >> Tut mir leid, aber ich verstehe sie einfach nicht <<, sie zeigte auf ihre Hörhilfe. >> Scheint kaputt zu sein. <<

Basti guckte sie erstaunt an. >> Kaputt? <<

>> Ja. Hinüber, Finish. <<

Basti guckte etwas verwirrt >> I hob di scho vastandn, schade, konn ma nix machn. I woite Dia ned zua Nahe keman, sondern hob beobachtet wia du am Gsang da Delfin gelauscht hosd. I hob bis letzdn Summa auf Isrin a Freiwuiigenjoar mid den Viechern vabracht, sie singn wirklich wunderschee. I wünsche Dia no oan scheenen Omd und weiderhin toi toi toi beim Schbuin. << Er drehte sich weg und ging weiter.

Anke, die von weitem mitbekam, dass sich Hanna unterhielt, war neugierig geworden. >> Was wollte der Sepp denn? Große Beute machen? <<

Hanna verstand jetzt erst die bayrischen Worte. >> Das dachte ich auch erst und hab getan, als ob mein Hörgerät kaputt sei. Ich habe ihn aber auch wirklich kaum verstanden, aber ich glaube, er wollte sich nur vorstellen und mir sagen, dass er Delfine mag und im Sommer auf Istrien mit solchen Tieren ein

195

Freiwilligenjahr verbracht hatte. « Sie guckte etwas unsicher. » Oh Anke, ich glaube, ich war ihm gegenüber jetzt unfair. «

» Ach was, da mach dir mal keinen Kopf. Guck mal, da drüben hat sich Jana schon den Alois gepackt. « Anke zeigte zur Raucherzone. » Das konnte sie bestimmt nicht haben, dass du hier mit so einem feschen Burschen sprichst. «

» Du machst Witze. Der könnte ja glatt mein Sohn sein. «

» Das stört nicht jeden! «

*

Ines hatte nach dreimaligem Verlaufen auch endlich Kabine 7381 gefunden und erleichtert die Tür geöffnet. Zum Glück hatte sie vorher ihre Blase geleert, denn sonst wäre sie jetzt ganz schön in Bredouille geraten. Ich hörte die Kabinentür, dachte es wäre Ramin, der wieder die Balkontüren schließen und alles Bettfertig machen wollte und las weiter. Mittlerweile hatte ich mir eine Strickjacke überziehen müssen und mir mein E-Book zum Lesen geholt. Beim Auftreten tat mir mein Klumpen schon noch weh, deshalb versuchte ich ihn auch so wenig wie möglich zu belasten und humpelte mehr oder weniger die kurzen Wege. Ich war ganz in meinem Krimi vertieft, als ich plötzlich ein Poltern aus der Nachbarkabine hörte. » Ramin? Bist du das, ähhh are you Ramin? «

»Ich bin´s. Ich habe mir nur meine Jacke aus dem Schrank geholt und bin vor den Stuhl gelaufen. «

»Ich dachte kurzfristig echt an Einbrecher. Liegt wahrscheinlich an den Krimi, den mir Hanna auf mein E-Book gespielt hatte. Ist echt spannend. Wie sieht es denn bei euch aus? Habt oder hattet ihr Glück? «

Ines trat auf den Balkon. »Ich bin doch nicht Krösus. Pro Spiel musst du mindestens einen Euro Einsatz riskieren und der wird so schnell vom Kasten geschluckt, so schnell kann man kein Geld verdienen. Anke scheint es vielleicht egal zu sein was der Automat frisst, mir aber nicht. «

»Kann ich schon verstehen, ich hätte mir auch ein Limit gesetzt, wenn ich mitgegangen wäre. Möchtest du den Rest Wein haben? «

»Gerne, ich würde ja sagen ich hole eine neue Flasche, aber alleine irre ich dann wieder mindestens eine halbe Stunde durch die Gänge, um zurückzufinden. «

»Und ich Humpelstilzchen kann oder darf noch nicht auftreten … «, beide hörten wir die Kabinentür erneut aufgehen.

»Good evening ladies, is everything okay? «

»Yes Yes Ramin, thank you. «

»Oh, what happened to the foot? «

»I'm over. « Ich machte mit der Hand eine Umknickgeste.

>> Ah, I Undersdtand. Shit happends. <<

>> Du sagst es, ich meine yes. <<

>> I wish you a good night and very good improvement. <<

>> Thank You, very much. <<

Ramin verschwand wieder und Ines schaute mich an.

>> Was heißt denn improvement? <<

>> Keine Ahnung, war aber bestimmt nett gemeint. <<

Beide genossen wir den Ausblick aufs mittlerweile dunkle Meer, bis Ines zu frösteln anfing und sich eine Decke aus dem Schrank holte. >> Die drei halten es aber lange aus im Casino. <<

>> Wenn sie da überhaupt noch sind, vielleicht sind sie auch in der Disco versackt oder sitzen in der 24h Stunden Bar. <<

>> Das könnte natürlich auch sein. <<

Schweigend schauten wir weiter aufs dunkle Meer.

>> Siehst du da hinten die kleinen Lichter? Ob das auch Inseln sind? <<

>> Gute Frage, Erdkunde gleich mangelhaft, aber ich schätze mal schon, oder? <<

Ines lehnte sich nach vorne und schaute weiter über den dunklen Ozean. >> Und dahinten die Lichter? <<

>> Sieht aus wie ein Schiff. Vielleicht noch ein Kreuzfahrtschiff? <<

>> Ja das könnte sein. Muss furchtbar sein, wenn man über Bord geht und dort alleine im dunklen Wasser

paddelt. Wirklich ein fruchtbarer Gedanke. Man weiß doch auch gar nicht in welcher Richtung man dann schwimmen müsste. «

» Das wüsste ich auch bei Tag nicht. «

» Echt ein furchtbarer Gedanke und was so alles unter einem dann herschwimmt. « Sie schüttelte sich. » Muss auch schlimm auf der Titanic gewesen sein. Eigentlich macht man sich darüber gar nicht so einen Kopf, aber, wenn man selbst mitten in der Nacht auf so einem Schiff sitzt, fühlt man sich schon etwas von der Welt alleine gelassen. «

» Jetzt übertreib mal nicht und mach dich nicht verrückt. «

» Nein das mache ich nicht, aber ist doch so. Ich habe in der Statistik gelesen, dass im Durschnitt jährlich 20 Menschen über Bord gehen! «

Ich verstummte kurz. » Davon aber bestimmt viele kranke Menschen, die den Freitod gewählt haben, oder? «

» Ich denke schon, vielleicht fallen dann noch 1 bis 2 im Jahr betrunken ins Meer und 1 bis 2 werden vom Ehepartner reingestoßen. «

» INES! « Ich verschluckte mich und bekam einen Hustenanfall.

» Was? Kann doch sein?! *Huch, jetzt ist mir meine Liebe Frau von der Reling direkt ins Wasser gefallen und ich wollte ihr noch beim Balancieren helfen. Na dann muss mich halt jetzt das Fräulein Meier aus der Chefetage auf solchen Fernreisen begleiten... «*

» Wo hast du das denn aufgegabelt? « Ich schüttelte den Kopf, während Ines ihr Handy holte um von den Lichtern auf dem Meer Bilder zu machen.

Verträumt schaute Ines auf ihr Handy, um sich die Fotografien anzugucken.

» Ist alles in Ordnung bei dir? «

» Ja natürlich. Warum fragst du? «

» Ich weiß nicht, ist so ein Bauchgefühl. Aber, wenn was ist, dann weißt du ja, dass du mit mir oder uns allen über alles reden kannst?! Ich meine, ich habe die Erfahrung ja gestern selber gemacht und muss ehrlich zugeben, dass ich mich im nach hinein Frage, warum ich euch nicht eher von meinem oder unserem Problem erzählt habe. Dafür sind wir doch Freunde, oder? Wenn ich nicht euch Vertraue, wem denn dann? Klar möchte man seine Freunde nicht immer mit eigenen belangen konfrontieren und nerven, aber ich muss tatsächlich zugeben, dass mir gestern ein Richtiger Steinbrocken vom Herz gefallen war und hättest du mich nicht im Restaurant direkt drauf angesprochen, ... wer weiß, wahrscheinlich hätte ich wieder nichts gesagt, alleine schon, weil man ja auch nicht nur die eigene Laune, sondern die der Mitreisenden im Urlaub verderben möchte. Ich will jetzt nicht weiter nachharken, aber ich merke, dass du auch was auf dem Herzen hast. Vorhin deine Reaktion mit dem kleinen Jungen hat mich irgendwie zum Nachdenken gebracht. «

Ines schaute schnell auf die Handy Uhr. » Sei mir nicht Böse, Katja. « Sie gähnte ausgiebig. » Es ist schon gleich halb 12 und ich wollte mich noch kurz abduschen. Aber sag mal, warum hast du eigentlich nicht so Stimmungsschwankungen? Ich meine, du steckst doch auch mitten in den Wechseljahren, oder? «

Eindeutiger konnte sie mir nicht sagen, dass das Thema bei ihr durch war und sie somit blockte. Schade, dachte ich, aber, wenn sie nicht sprechen wollte, konnte ich es nicht ändern. » Die fallen ja nicht bei allen gleich aus. « Ich musste gähnen. » Du hast Recht, ich glaube, ich werde mich auch so langsam auf die Pritsche legen. War doch ein aufregender Tag heute. «

Ines stimmte mir zu und schweigend genossen wir beide noch ein paar Minuten griechische Nacht.

Kapitel 12
Griechischer Wein in Katakolon

Am nächsten Morgen schien die Sonne durch den
Vorhang, als ich aufstand. Noch immer war mein
Knöchel etwas angeschwollen, aber er tat nicht mehr
weh und auftreten konnte ich auch wieder besser.
Jana schlief noch tief und fest, ich hatte sie heute
Nacht auch gar nicht zurückkommen gehört. Ich band
mir die Haare hoch und ging unter die Dusche, dann
cremte ich mein Gesicht und die Arme schon mal mit
Sonnenmilch ein, denn heute hatten wir unseren
Gewinn, den Tagesausflug in Katakolon vor uns. Ich
zog mir bequeme Sachen an und versuchte ganz
vorsichtig mit meinem Knöchel in die Sneakers zu
rutschen, was mir luftanhaltend gelang. Festes
Schuhwerk wurde uns bei diesem Ausflug ins Antike
Olymp empfohlen, und da ich nicht vorhatte erneut
umzuknicken, hielt ich mich wohl besser dran.
Trotzdem packte ich ein paar Flip-Flops in meinen
Rucksack und warf nochmal ein Blick auf die Uhr,
denn so langsam sollte Jana aber auch wach werden
und aufstehen. Kurzentschlossen zog ich den Vorhang
zur Seite und bekam gleich ein lautes Maulen als
Antwort.
>> Guten Morgen, Frau Zockerin und aufstehen! <<
Ohne Gnade öffnete ich die Balkontür und ließ frische
Morgenluft herein.

>> Es ist doch noch mitten in der Nacht. <<

>> Klar und was dir gerade ins Gesicht scheint ist der Mond von Wanne-Eickel. Wenn du noch vor unserem geplanten Ausflug etwas frühstücken möchtest, dann solltest du langsam Gas geben. <<

>> Booohr, ich dachte wir wären im Urlaub? <<

>> Ganz Hannas Meinung <<, lachte ich.

>> Sind denn unsere Nachbarn auch schon wach? <<

>> Das weiß ich nicht, aber ich kann ja mal gucken <<, ging auf dem Balkon und las den von innen an der Balkontür angebrachten Zettel: `Braucht nicht klopfen, wir sind schon frühstücken! `. >> Ach das gibt's doch nicht. <<.

>> Was denn? << kam es verschlafen zurück.

>> Unsere Nachbarn zur rechten sind schon beim Frühstück. <<

>> Alle drei? <<

Ich ging zur linken Kabine. Auch hier war die Balkontür geschlossen und es folgte keine Reaktion auf mein Klopfen. >> Sieht so aus, alle schon ausgeflogen. <<

Jana setzte sich auf. >> Ja dann muss ich wohl auch. <<

Während des Frühstücks legte die MS Sinfonie im Hafen von Katakolon an. Ines war ausgeschlafen und fit.

>> Wann wart ihr denn im Zimm … ähhh in der Kabine? <<

Anke schaute zu Hanna. >> Ich meine es war kurz nach Mitternacht, oder? <<

Hanna nickte. >> Stimmt. Und bei dir Jana? <<

>> Wie, seid ihr nicht zusammen zurückgekommen? << fragte Ines weiter.

>> Ne, Jana wollte noch etwas beim einarmigen Banditen bleiben. Wann warst du denn im Bett? <<

Jana rieb sich die Augen >> Ich meine es war schon nach 2 Uhr! <<

>> Na dann ist es auch kein Wunder, dass du müde bist! <<

Hanna entdeckte Basti von gestern aus dem Casino alleine an einem Bistrotisch stehend einen Kaffee trinken. >> Ich komm gleich wieder, muss mich nur schnell beim Basti entschuldigen. <<

>> Wieso? Was hast du denn mit Basti zu tun? << Jana legte interessiert ihr Croissant zurück auf den Teller.

>> Ach nichts weiter. <<

>> Guten Morgen Basti oder besser Grüß Gott <<, versuchte sie zu scherzen.

>> Ah, de Jackpottlerin, jo Guadn Moang! Hörgerät wieda heile? <<

>> Mein Hörgerät funktioniert wieder und naja – so hoch war die Beute des Gewinns ja nicht, trotzdem habe ich mich total drüber gefreut. <<

>> Prima, des freit mi. <<

Hanna versuchte sich in seiner Sprache. >> Und mi wird's a freun, wenn's wir zwoa mal uff'n Bierchen über die Delfine zu redn koam. Hast mi verstandn? << Basti lachte und der Damm war gebrochen. >> Sehr gern. Wünsche dia und deine Freidnina oan scheenen Aufenthoid auf Katakolon. Den Dogesausflug Gewinn hobt ihr uns jo weggeschnappt. Egal. Ma sieht si! << >> Dito. << Hanna reicht ihm die Hand und ging zu ihrem Tisch zurück. >> So, jetzt trink ich mir noch einen Kaffee und dann kann es losgehen. << Sie sah in die erstaunten Gesichter in ihrer Runde. >> Ist was? << Ich war schon etwas perplex. >> Es kommt so selten vor, dass du morgens um diese Zeit schon so wach bist und sprichst. Kann das mal einer von euch per Video aufnehmen? Das glaubt uns doch keiner zuhause. <<

>> Das stimmt, mich wundert es auch. << Auch Anke kannte Hanna nur als kleinen Morgenmuffel.

>> Also mich würde eher die Beziehung zwischen dir und Basti und euer Gespräch von gestern oder gerade interessieren? << Steuerte Jana hinzu, erntete sich allerdings nur eine Gegenfrage ein.

>> Eifersüchtig? <<

Wir drei Gewinner des 80er Quizspieles, Anke, Ines und ich, holten unser Gewinnticket 'Eine Halbtagestour zum antiken Olymp` an der Rezeption ab, kauften noch zwei Tickets für Hanna und Jana dazu und machten uns alle gemeinsam auf den Weg zum Ausgang.

>> Mädels, ich komm sofort nach, muss mich doch nochmal schnell umziehen. <<

>> Warum das denn, Jana? <<, fragte Anke. >> Turnschuhe, kurze Hose und ein T-Shirt sind doch genau richtig für die Ausgrabungsstätte <<, doch Jana war schon verschwunden. >> Was hat sie denn nun schon wieder? Also ich geh schon mal zum Bus, nachher verpassen wir wegen dem Warten noch den Ausflug. Kommt einer mit? << und alle schlossen wir uns an.

Wir setzten uns auf die freien Plätze im klimatisierten Bus, der sich nach und nach füllte. Hanna wedelte wieder mit ihrem Fächer. >> Wo bleibt Jana denn jetzt? Eigentlich bin ich doch immer eher die Trödeltante. << Ines schaute aus dem Busfenster zur Gangway und hoffte für ihre Freundin, dass diese langsam mal auftauchte, doch alles was sie sah, war ein schönes Pärchen und genau das steuerte unseren Bus an. Die Frau, eine schlanke Brünette, harkte sich bei ihrem attraktiven Mann unter und beide strahlten. Ines beobachtete die beiden. Ob das vielleicht sogar Vater mit Tochter sind? Könnte sein, oder er hat Geld, schoss es ihr durch den Kopf. Das wird es sein, so wie die beiden gekleidet waren, kam das das schon eher hin. Der Mann schien ein echter Gentleman zu sein, denn er hielt die Tasche seiner Begleiterin in der einen

Hand und mit der anderen half er ihr gekonnt in den Bus. Da konnte man ja echt etwas neidisch werden, dachte Ines noch, als das Paar an ihrem Platz vorbeiging und sich hinter ihr setzte.

Die Reiseführerin guckte auf ihre Armbanduhr, nahm das Mikrofon zur Hand und begrüßte die Fahrgäste.

>> Kaliméra meine lieben Gäste. Ich begrüße sie ganz herzlich auf unserer wunderschönen antiken Insel Katakolon. Wir werden gleich hier vom Hafen aus in Richtung Osten der Insel fahren und nach gut 45 Minuten uns die Ausgrabungsstätte der Antiken Olympia anschauen. Laut meiner Liste fehlt uns noch eine Person, dann können wir direkt …<<

>> Da vorne kommt sie. << Anke unterbrach Helena, sprang auf und zeigte auf Jana, die Strohhütchen haltend Richtung Bus lief.

>> Prima <<, erneut guckte die Reiseleitung auf die Uhr, sprach ein paar griechische Worte mit dem Fahrer und dann konnte die Tour beginnen.

Ich hatte mir extra einen Platz im Gang gesucht, damit ich mein Bein noch etwas hochlegen konnte und schaute staunend zu meiner Kabinenteilerin rüber, die direkt neben mir auf der anderen Bus Seite saß.

>> Meinst du deine Glitzer-Flip Flops sind das richtige Schuhwerk für den Ausflug? <<

>> Das ist doch Nebensache. << Jana drehte sich um, als würde sie einen bestimmten Fahrgast suchen.

>> Nicht, dass du auch noch umknickst und die nächste von uns in der Krankenstation bist. <<

>> So schlimm fände ich die Vorstellung gar nicht << zwinkerte sie mir zu und drehte sich erneut um.

>> Suchst du wen? <<, fragte Ines, die sich schon beobachtet vorkam. Wer weiß, dachte sie, vielleicht hatte Katja ihr doch schon etwas von dem Balkongespräch gesteckt? Auch wenn sie nicht über ihr Problem reden wollte, was Katja ja nach mehreren Anläufen auch endlich kapierte, tat ihr das eigene Verhalten selbst leid. Sie musste einfach vorsichtiger sein, sie wäre beinahe schon einmal im Restaurant aufgefallen. Klar hatte Katja Recht, das Reden oftmals half, aber jetzt ging es ihr wieder gut, Athen war Geschichte, nun ging es um Katakolon.

Das knacken der Lautsprecher unterbrach ihre Gedanken und Helena meldete sich zurück.

>> So meine Herrschaften <<, sie legte die abgeharkte Anwesenheitsliste neben Janas freien Sitzplatz ab. >> Ich möchte mich Ihnen erst einmal vorstellen. Mein Name ist Helena, ich weiß, ein ganz seltener Name in Griechenland << lachte sie sympathisch. >> Unser netter Fahrer hier heißt Niko und ist ein gebürtiger Katakoloner. Ich hoffe, Sie haben alle bequemes Schuhwerk an, denn es wird gleich sehr steinig. Katakolon ist die westlichste griechische Kleinstadt am Rande des *Peleponnes. Dieses* verschüttete antike Olympia wurde im Jahr 1766 entdeckt. Die Trümmer

lagen unter einer bis zu fünf Meter dicken Sand-, Schlamm- und Geröllschicht. Historischen Quellen zufolge soll ein Erdbeben die Kultstätte zerstört haben. Mit systematischen Ausgrabungen wurde erst im Jahr 1874 unter deutscher Leitung begonnen. Was in der Folge zutage gefördert wurde, war von solcher Bedeutung, dass Olympia im Jahr 1989 in die Liste des UNESCO Weltkulturerbes aufgenommen wurde. ≪ Jana hörte nur mit einem Ohr zu, ihr ließ das Pärchen, welches hinter Ines saß, absolut keine Ruhe. Sie setzt sich ihre Sonnenbrille auf und tat, als würde sie dem geraden vorbeiziehenden Haus hinterherschauen. Irgendwie kam ihr die Frau so bekannt vor, das Gefühl hatte sie doch schon beim Check-in auf Korfu gehabt und hoffte, dass sie sich vertan hatte, als ihr die Teilnehmerliste Einfiel, die Helena auf den freien Sitzplatz neben ihr abgelegt hatte. Jana schob die Brille wieder ins Haar zurück und ging schnell, wie ein Scanner, die Namen der Tabelle durch. Da! Sie wusste es. Irgendwoher kam ihr die Frau bekannt vor und jetzt, wo sie den Namen las und ihre Vermutung sich bestätigte, wandte sie sich an Hanna. ≫ Leih mir mal bitte deinen Fächer, ich glaube, ich bekomme gerade meine erste Hitzewelle. ≪

Helena dagegen fuhr derzeit fort.

≫ Bedauerlicherweise zerstörten schwere Waldbrände im Jahr 2007 einen großen Teil des Baumbestandes rund um das Olympia-Gelände. Olympia war eines der berühmtesten antiken Kultzentren von gesamtgriechischer Wirkung. In Olympia wurde der Göttervater Zeus verehrt. Dort wurde ihm der gewaltige Zeus Tempel errichtet, in dem die aus Gold und Elfenbein gefertigte Statue der Gottheit stand. Sie gilt als eines der Sieben Weltwunder der Antike. Der olympische Hain war von einer Mauer umschlossen. Die profanen Aktivitäten fanden außerhalb der Mauer statt. Olympia war zudem der Austragungsort der *Olympischen Spiele*, die über einen Zeitraum von vermutlich 1.300 Jahren im Vierjahresrhythmus stattfanden. «

» Hatte Zeus nicht auch schon was mit der Akropolis zu tun? « fragte Hanna leise Ines, doch Helena fuhr schon fort.

» Der Zeitplan sieht einen gut 2 1/2 stündigen Aufenthalt für die Ausgrabungsstätte als angebracht. Im Gelände informieren mehrsprachige Tafeln die Besucher über die Bedeutung der einzelnen Gebäude- und Tempelreste. Wer möchte, folgt am besten die Nummerierungen in aufsteigender Folge und schaut sich auf diese Weise die maßgebenden Objekte an. Der Rundgang beginnt am Gymnasion, der Trainingsstätte der Läufer, Diskus- und Speerwerfer. So, ich lass sie jetzt den wunderschönen Ausblick auf unsere Insel genießen, sollten Sie Fragen haben, bin ich gerne für sie da. « Helena schaltete das Mikrofon

aus und wollte sich gerade hinsetzen als Jana die erste Frage hatte. >> Haben Sie Getränke an Bord? <<
Ich konnte es nicht fassen.
>> Wir haben Wasser an Bord und Limonade. <<
>> Wasser klingt prima. <<
>> Krank? <<, konnte ich es mir dann doch nicht verkneifen.
>> Was ihr immer habt. << Jana schüttelte den Kopf. >> Ihr solltet euch lieber auf das heutige Abendprogramm freuen. Die Schiffscrew hatte gerade an der Rezeption das Plakat ausgewechselt! <<
Anke wurde hellhörig. >> Lohnt es sich? >>
Jana schnalzte mit der Zunge und versuchte cool zu wirken. >> Es ist ein Open-Air Griechischen-Abend geplant. <<
Anke klatschte in die Hände. >> Mit griechischem Buffet? Dann muss ich mir heute Nachmittag definitiv noch ein passendes Outfit besorgen << und Hanna summte schunkelnd „Griechischer Wein, ist so wie das Blut der Erde, komm', schenk dir ein…".

*

Als der Bus auf dem großen Parkplatz hielt, gab Helena den Ausflüglern noch die Abfahrtzeit und den Treffpunkt bekannt und dann durfte die Meute auf Entdeckungstour gehen. Da ich mich noch nicht ganz traute normal aufzutreten, ließ ich erst alle aus den Bus steigen.

>> Wie hieß nochmal der Weg, den wir jetzt gehen sollen? Zeus weg? <<, fragte Anke.

>> War das nicht eher ein Kampf Weg? Olympusring, oder so? << überlegte Ines unsicher.

Als alle ausgestiegen waren, half mir Jana und bot mir den Arm zur Stütze an. >> Diesmal lass ich meine Kamera nicht aus den Augen, das weiß ich aber. Danke für deine Hilfe. Auch wenn ich wieder Auftreten kann, habe ich gerade eine kleine Blockade. <<

>> Kann ich verstehen, ich wäre auch vorsichtig, aber zugegeben, das Ende der gestrigen Showeinlage war aber Sehenswert. <<

>> Ich hätte mich Schwarz geärgert, wenn die Kamera weggekommen wäre. Stefan hätte mich gekillt. <<

>> Geärgert hätte ich mich natürlich auch, aber das der Retter so ein hübscher Bordarzt war, ließ den Patzer doch wieder wettmachen, oder? <<

>> Für dich vielleicht <<, ich kramte meinen Reiseführer wieder hervor und orientierte mich kurz. >> Ich würde sagen, wir schlagen den Weg da vorne an der Bank ein. Guckt mal, da ist doch auch irgendein Hinweisschild. <<

>> Auf in die griechische Antike <<, kam es von Anke und wir schlenderten schön im Schatten den meisten Businsassen hinterher und blieben an den ersten Ausgrabungen stehen. Ines machte diesmal auch viele Bilder, Jana war durch das hübsche Pärchen sehr

abgelenkt und ich las aus dem Reiseführer vor. >> Die Palästra war eine gedeckte Wettkampfstätte für Ringer, Faustkämpfer und Ballspiele. Man sollte sie sich als quadratisches Gebäude mit einem großen, freien Innenhof vorstellen. Die Griechischen Bäder boten Baderäume und ein Kaltwasser-Schwimmbecken. Die Kladeos-Thermen entstanden erst in römischer Zeit. Die Mosaikböden der Anlage sind noch heute gut erhalten … <<

>> … guckt mal da vorne in der Ferne, sehe ich da etwa eine Taverne? << reimte Jana dazwischen und zeigte in eine Richtung. >> Sollen wir da mal kurz einkehren? <<

>> Gerne, da gibt es bestimmt auch Toiletten, oder? << Hanna mit ihrer schwachen Blase kam die Idee recht.

>> Ihr seid aber auch Kulturbanausen <<, rutschte es Anke raus und wandte sich an Jana. >> Nur, weil dein Doc Holiday nicht im Bus saß hast du jetzt keine Lust mehr auf diesen Ausflug. Liegt es vielleicht doch am falschen Schuhwerk? Ahhh, jetzt versteh ich. << sie schlug sich mit der Hand vor die Stirn. >> Doc Holiday war auch der Grund deines lockeren Outfits? <<

>> Hätte doch sein können, dass wir ihn nochmal auf einen Ausflug antreffen, oder? << Kam es zickig zurück.

>> Er hätte sich bestimmt riesig über unsere Anwesenheit gefreut <<, konnte ich mir nicht verkneifen.

>> Ist ja jetzt sowieso schnuppe, komm Hanna, wir Seilen uns ab, schließlich haben die drei ja den Ausflug gewonnen und wir haben als freiwillige Begleiter dazu gebucht. Ihr bekommt das Geld nachher von mir wieder zurück, Hauptsache ich muss mir jetzt nicht 2 Stunden olympische Diszipline angucken. <<

>> Wie 2 Stunden? Am Stück? Also da würde ich wirklich die Taverne vorziehen und euch meinen Anteil auch später zurückbezahlen. <<

>> Ihr seid aber auch Barbaren. Das habe ich auch noch nicht erlebet. << Anke war etwas enttäuscht. >> Wieso bleibt ihr nicht gleich auf dem Schiff? Verstehe ich nicht. << Und stampfte langsam los.

Jana erstarrte kurz und ich folgte ihren Blick. Ein Pärchen, das mit uns im Bus saß und sich ebenfalls für die olympische Geschichte zu interessierten schien, steuerte zu den Denkmälern. Der Mann, ein etwas älteres Semester, nahm seine Kamera zur Hand, während seine Tochter oder vielleicht doch Frau, vor einem dieser Denkmäler posierte. Wie selbstbewusst sich die Frau vor der Kamera gab, dachte ich, als sei sie ein Modell. Jetzt drehte sie sich in sämtliche Richtungen und stellte sich so gekonnt in Pose, dass man schon neidisch werden konnte. Der Mann, der mich ein bisschen an Sky Du Mont erinnerte, schien noch ein paar Bilder zu machen, packte dann seine

Kamera zurück in eine Tasche, ging zu der Schönheit und küsste ihr die Hand. Also doch nicht die Tochter, dachte ich, schaute zu Jana, die meinen Blick bemerkte und schnell Hanna einharkte. » Wenn ihr nachher dann mit der zurück in die Vergangenheit Geschichte hier fertig seid, findet ihr uns da drüben! «

Und während wir drei übrigen langsam weiterschlenderten um uns die katalokonische Olymp-Geschichte anzugucken, machten es sich die beiden in der Taverne unter einem großen Sonnenschirm gemütlich.
» Oh wie toll, die haben hier sogar den Kumquat Likör. Den nehmen wir, oder? Das ist doch dieser Likör aus Korfu. «
Sie bestellten und genossen die Ruhe und die Sonne.
» Hat sich dein Sven eigentlich mal zwischendurch gemeldet, wie es so mit dem Männerhaushalt klappt? Meinst du, die halten sich an deinen Stundenplan? «
Hanna lachte. » Mit Sicherheit nicht, aber es ist bisher auch noch keine Beschwerde eingetroffen – weder von Sven, noch von Fynn. Ich denke und hoffe es läuft alles, die beiden müssen es ja hinbekommen, außerdem klappt es, wenn ich in der Klinik bin, ja auch. «
» Ja das stimmt. Ist bestimmt auch nicht so einfach mit einem pubertierenden Sohnemann, der zu nichts außer chillen Bock hat. «

>> Mich macht es auch schon so manchmal wahnsinnig, aber meinem Mann noch mehr. Der hat so gut wie gar kein Verständnis dafür. Er vergleicht die Jugend von heute oft mit seiner Jugendzeit, wo die Jungs draußen pöhlten, Tischtennis oder Verstecken spielten und die Mädchen Gummitwist und Hula Hupp hopsten. Was sollten wir denn auch sonst, ohne der heutigen Technik, machen? Ich streite es ja nicht ab, dass es früher bestimmt besser war, aber die Zeiten ändern sich eben. Svens Lieblingssatz momentan lautet *Mit der Jugend von heute ist kein Krieg mehr zu gewinnen.* <<

>> Naja, so ein bisschen kann ich ihn aber auch verstehen. Fynn ist auch für keinen Verein oder Sport zu haben. <<

>> Ach was. Sport ist bei meinen Sohn Mord. Ich bin ja schon froh, wenn er irgendwie die Schule noch hinbekommt. Momentan ist er echt sehr schwierig. Er lügt, er hat zu nichts Bock, er will nur online shoppen und chillen. Ich lass ihn ja noch, aber sobald Sven zuhause ist, gibt's oft Stunk. Sven verteilt seine Sprüche immer so durch die Blume. Wenn Luna zum Beispiel raus möchte und ich die Terrassentür offenstehen lasse, dann kommt sofort ein `mach schnell die Tür zu, unser Sohn könnte frische Luft einatmen` oder letztens hat er ihm sogar einen ausgedruckten Spruch an die Zimmertür gehangen. *Chillen ist die Kunst, sich beim Nichtstun nicht zu langweilen.* <<

Jana grinste. >> Auch, wenn du es als Übermutter nicht hören möchtest, so unrecht hat dein Göttergatte vielleicht nicht. <<

>> Ja mein Gott, er war doch auch mal jung, oder? Ich steh dann immer dazwischen. Halte ich zu den Jungen, heißt es sofort ´Typisch, zwei gegen einen, aber Geld verdienen darf ich`. Halte ich zu Sven, ist Fynn eingeschnappt. Wie man es macht... Sven ist aber auch nicht immer einfach, auch wenn ihr das alle immer meint. Kommt er von der Arbeit nachhause, schmeißt er sofort sein Radio Paloma an und gesellt sich mit einem Feierabendbier in die Küche. Wir haben kaum Gesprächsstoff, denn von der Arbeit spricht er kaum, er hat dann ja Feierabend und wenn ich was von Fynn´s Schule oder sonst was von ihm erzählen möchte, steht er mitten im Gespräch auf, schnappt sich die Leine und geht mit Luna spazieren. Der Junge interessiert ihn manchmal gar nicht. <<

>> Ach das meinst du nur. Sven wird euren Sohn genauso lieben wie du, er kann es vielleicht nur nicht so zeigen. <<

>> Daran Zweifel ich aber manchmal. Wenn er Fynn mal zu einem Freund fahren soll, hat er sofort eine Ausrede parat, aber wenn irgendein Nachbar oder Kollege etwas von ihm möchte, dann springt mein Göttergatte quasi. Ich würde es an Fynns stelle auch persönlich nehmen. <<

>> Macht Fynn das denn? <<

>>Manchmal schon, vor allem, wenn dann wieder so doofe Sprüche kommen. *Muss der Junge halt mal mit dem Fahrrad fahren. Er wird sich vom Fahrtwind schon keinen steifen Nacken holen, so schnell ist er ja nicht.* << Hanna verdrehte genervt die Augen.

Jana versuchte Hanna, die langsam in Rage kam, etwas zu beruhigen. >> Es waren früher natürlich andere Zeiten. Wir mussten zuhause noch mithelfen und heute bekommen die Kinder alles hinterhergetragen. Das genaue Gegenteil von Fynn ist unser Neffe, der ja fast im selben Alter wie Fynn ist. Meiner Meinung ist der Junge schon in zu vielen Vereinen, spielt neben Fußball dann noch Klavier und liebt das Klettern. Jetzt möchte er noch einem Minigolfclub beitreten. Unsere Schwägerin wird wahnsinnig und schimpft, dass sie durch die Kutschiererei keine einzige Minute mehr für sich und ihren Mann hätte. Siehste, auch blöd. Egal was die Kinder machen, es ist verkehrt oder man muss echt die goldene Mitte treffen. <<

>> Ja das stimmt und deshalb nehmen wir noch so ein Likörchen, oder? <<

>> Das fragst du mich jetzt nicht wirklich, oder? <<

*

Nach gut 1 ½ Stunde trafen wir drei Kulturhelden auch in der Taverne ein. Von weitem hörten wir unsere beiden Freundinnen schon gut gelaunt lachen.

>> Ich ahne fürchterliches. << Anke schaute skeptisch auf die Uhr. >> Aber zum Glück fahren wir in knapp einer dreiviertel Stunde schon zurück. <<

Hanna entdeckte uns zuerst. >> Hiiier sind wiiir! << wieder gackerten die beiden los. >> Ines! Schau uns nicht so ernst an. Nehm lieber ein Glas und probiere mal den Rotwein den uns Costa, der Inhaber hier, empfohlen hat, hicks. << Anke verdrehte die Augen. >> Was denn? Mensch Mädels *WIR HABEN URLAUB!* << Jana drehte sich zur Bar und gab dem Kellner ein Zeichen. >> Costa, eine Runde nehmen wir noch und wir bräuchten bitte noch 3 Gläser. <<

>> Heißt der echt Costa? << Ich setzte mich unter den Sonnenschirm. >> Wie passend ist das denn? <<

>> Keine Ahnung, hicks, ich nenn ihn einfach so. << Costa brachte die Bestellung und stellte noch zwei Flaschen Wasser dazu.

>> Die haben wir aber nicht bestellt. << Ines guckte den Wirt an, doch er antwortete in einem einwandfreien Deutsch >> ´Wein erfreut den Menschen`, sagten die alten Griechen und tranken bereits zum Frühstück ein Glas Rotwein. Sie tranken den ganzen Tag; allerdings verdünnten sie ihren Wein stark mit Wasser, da die Griechen kein Verständnis dafür hatten, wenn jemand betrunken war. Das war nur bei großen ritualen Festen angesagt. <<

Hanna schaute zu Costa. >> Woher spricht du so perfekt Deutsch? <<

>> Ich bin zwar in Griechenland geboren, bin dann aber ab meinem 2.ten Lebensjahr mit meinen Eltern nach Berlin gezogen und erst wieder vor ca. 4 Jahren zurück in der Heimat. <<

>> Das ist aber ein Unterschied <<, ich nahm mir ein Schluck Wasser und hielt anschließend Jana die Flasche hin. >> Hattest du denn nie Heimweh? << Costa entkorkte den Wein und schüttelte den Kopf.

>> Wir waren ja so oft es ging bei meinen Großeltern hier. << Er zeigte auf seine bescheidene Taverne.

>>Ach das Restaurant hast du dann von deinen Großeltern übernommen? <<

>> Genau und jetzt bin ich froh, dass ich hier leben darf und nicht mehr in Berlin. Nicht das ihr mich falsch versteht, Berlin war toll, aber hier scheint immer die Sonne, die Menschen sind ruhiger und glücklicher und meine Bambinos gehen jetzt hier zur Schule. Darf ich allen einschenken? << Er sah fragend in die Runde.

>> Ja natürlich, hicks. << Jana übernahm wieder das Kommando. >> Was wir bedürfen, wir wollen starke Getränke schlürfen. <<

Costa lachte und schüttelte den Kopf. >> So geht das schon eine ganze Zeit lang, ich weiß gar nicht wo ihr beiden die Sprüche herhabt, muss tatsächlich am Wein liegen. <<

>> Genau, da ist irgendein Dichtgewürz drin, anders kann ich es mir selbst nicht erklären. << Hanna fiel der

nächste ein. >> ´Hast Du den Wein gesehen? Ja, aber nur Kurz`. <<

>> Raff ich nicht <<, kam es von Ines und wieder lachten sie los und steckten mittlerweile auch die Gäste an den Nebentischen an, die größtenteils auch, wie wir, vom Schiff kamen.

>> Wer die Wahrheit im Wein sucht, darf nicht nach dem ersten Glas aufhören <<, prostete ihnen ein älterer Herr aus ihrer Reisegruppe zu und erntete von seiner Gattin gleich ein empörtes >> Hermann! Jetzt fang du nicht auch noch an << ein.

Jetzt mussten wir alle lachen und auch Costa ließ sich anstecken. >> Komisch, der Herr trinkt denselben Rotwein wie ihr. Ich muss mal mit dem Winzer reden was er da an Zusatz abgefüllt hat. Tatsache ist, dass zwei bis drei Gläser Wein pro Tag das Risiko senken, sich über vieles aufzuregen. <<

Hermann schien auch in Fahrt zu kommen. >> Dann müsste ich meiner Frau auch mal was eingießen. << Diese fand es gar nicht witzig, als die halbe Taverne lachte und noch weniger, dass sich ihr Mann nicht stoppen ließ. >> Beim Wein ist es wie in der Ehe. Man merkt erst hinterher welche Flasche man gewählt hat. <<

Das saß und das tat auch bestimmt weh, trotzdem mussten wir uns die Augen trockenreiben. Hermann gefiel uns.

Kapitel 13
Shoppingwahn

Zurück am Hafen bedankten sich Helena und Niko bei uns Reisenden für die Aufmerksamkeit und wünschten allen noch eine erlebnisreiche tolle Weiterreise. Hanna und Jana nutzten die Rückfahrt für ein kleines Nickerchen im Bus und fühlten sich bei der Ankunft wieder top fit.

>> Wie sieht denn der Plan jetzt aus? Gehen wir direkt in den Ort oder sollen wir noch schnell eine Kleinigkeit an Bord essen? << Ines sah auf ihre Armbanduhr. >> Wir hätten ja noch gut 4 Stunden, bevor wir ablegen. <<

>> Also ich würde lieber shoppen gehen. << Anke zeigte auf die Einkaufspassage direkt am Hafen. >> Es gibt dort bestimmt auch so kleine Tavernen wo wir uns 'ne Pommes oder so für ein paar Euro gönnen können, oder? <<

Ines war das zwar nicht so Recht, schloss sich aber der Mehrheit an. >> Geht es denn mit deinem Fuß noch, Katja? Wenn du möchtest, begleite ich dich auch aufs Schiff. << Jeder von uns merkte, dass sie nach irgendeiner Ausrede suchte, doch keiner wusste warum und ich wollte auch gerne etwas bummeln gehen. >> Danke Ines, es geht noch, ich muss ja keinen Marathon laufen und kann bestimmt auch mal auf einer Bank pausieren. <<

»Na gut, wenn alle gehen, dann geh ich natürlich auch mit und schließe mich an, ich würde das Restaurant auf dem Dampfer sowieso nicht alleine finden. «

Anke steuerte zielstrebig auf die erste Boutique zu. » Oh wie toll, guckt euch mal die Sonnenbrillen hier an «, klatschte sie freudig in den Händen. » Und hier die bunten Tücher! Davon muss ich einfach eins haben. «
Ines schaute ihr über die Schultern. » Schön, aber nicht gerade günstig, die bekommt man bei uns im Discounter für weniger als die Hälfte. « Sie tippte auf das Etikett. » Vielleicht sollten wir erstmal noch wo anders gucken und Preise vergleichen? «
» Ach was. « Anke schmiss sich gleich zwei Tücher über den Arm. » Ich gönn mir die beiden hier, nachher finde ich keine mehr oder die Farben sind nicht so schön leuchtend wie die hier und dann ärgere ich mich. « Sie zahlte, verließ die Boutique, um direkt in das nächste Geschäft zu stürmen.
Ich setzte mich grinsend auf eine Bank und wartete ab, mit wie vielen Tüten Anke wohl aus dem nächsten Geschäft kam, als mein Handy klingelte.
» Kaliméra «, meldete ich mich, als ich Stefans Namen im Display las.
» Mahlzeit, ich muss doch mal hören wie es euch so geht und ob ihr euch auch alle vertragt? «

>> Ja klar machen wir das. Jetzt gerade ist Shopping in Katakolon angesagt. Du müsstest Anke mal sehen, schlimmer im Kaufrausch als Hanna. << Ich lachte, als ich sah wie Anke an einem Stand Strohhüte aufprobierte. >> Heute Morgen haben wir uns die Ausgrabungsstätte der olympischen Spiele angeschaut. War wirklich interessant und ich habe viele Bilder gemacht. <<

>> Das hört sich gut an. Wie sind denn die Temperaturen? <<

>> Angenehme 25°, also perfekt. <<

>> Und was macht dein Fuß? <<

Ich stutze etwas. >> Woher weißt du das denn schon wieder? <<

Stefan lachte. >> Der Flurfunk funktioniert auch in Griechenland, du weißt doch, ich habe überall meine Agenten vertreten. <<

>> Na das fehlte mir noch. <<

>> Nein, Hanna hatte Sven geschrieben, dass du umgeknickt bist, deine Kamera geklaut wurde, ihr diese aber zurückhabt und du vom Bordarzt bandagiert wurdest. Wusste gar nicht, dass ihr einen Abenteuerurlaub gebucht habt! <<

>> Ha ha, sehr witzig. <<

>> Du willst mir doch wohl beim Humpeln keine Konkurrenz machen, oder? <<, versuchte er zu scherzen. >> Aber jetzt mal im Ernst. Hast du dolle Schmerzen? <<

>> Jetzt geht es schon, gestern war mein Knöchel etwas geschwollen, aber Dr. Schönhoff, der Bordarzt, hat mir irgendeine Wundersalbe aufgetragen und mein Fuß wirklich gut bangagiert. Gestern Abend habe ich den Klumpen dann die ganze Zeit schön brav hochgelegt, während meine Mitreisenden die Spielbank knacken wollten. Ines kam zeitig zurück und hat mir auf dem Balkon Gesellschaft geleistet. Was macht denn dein Bein? Warst du wieder bei der Physio? <<

>> Ja gestern. Es wird langsam besser. <<

>> Und hast du den Schirmbeck wieder getroffen? <<

>> Schrombeck, Katja, Schrombeck! Nee, heute war er nicht da. <<

>> Ist ja auch egal, wie der heißt, viel wichtiger ist die Frage, was meine Schildis machen? Geht es denen gut? <<

>> Denen geht es gut. Die Mädels möchten einfach nur fressen und sich sonnen, doch Schüppi ärgert sie wie gehabt, ansonsten alles gut. Gestern war ich nach dem Training mal die Männer-WG besuchen. Sven und Fynn halten tapfer durch und scheinen sich zu verstehen. Der Plan, den Hanna aufgestellt hat, wird zwar mehr oder weniger nur von Sven übernommen, aber du kannst ihr ausrichten, dass es zuhause läuft. <<

>> Da wird sie bestimmt beruhigt sein, sag ich ihr gleich. Hat sich der Petersen denn nochmal gemeldet? <<

>> Ja, ich habe vorhin einen Brief im Briefkasten vorgefunden, ohne Porto, also hat er diesen reingeworfen. Feige ist er auch noch, er hätte doch auch anklingeln und ihn mir persönlich überreichen könne, naja egal. Auf jeden Fall hat er unseren Einspruch wegen fehlender Begründung auf Eigenbedarf erhalten und jetzt kommt es, der Brief ist mein zweiter telefonischer Grund mich mal zu melden. Sitz du? <<

Ich bekam sofort Herzrasen und Magenschmerzen zusammen und für einen Bruchteil von Sekunden ärgerte ich mich, dass ich überhaupt an das Handy gegangen war. Ich atmete tief durch und nahm mir sofort vor, mir den Urlaub, egal was jetzt kommen mag, nicht versauen zu lassen. >> Schieß los, ich sitze. <<

Stefan machte es spannend. >> Sitzt du wirklich? <<

>> Mein Gott, jetzt mach es nicht so spannend, sag einfach was los ist, ich ahne und rechne sowieso mit dem ... <<

>> ... er bietet uns das Häuschen zum Kauf an << unterbrach er mich. Es dauerte etwas, bis es bei mir ankam und klickte. >> Ich finde hier keine Repeat-Taste auf dem Handy, kannst du das bitte nochmal laut und deutlich wiederholen? <<

>> Er bietet uns das Haus zum K A U F an. <<

Ich hatte tatsächlich richtig gehört. » Wie…warum…
ich meine… woher kommt denn sein plötzlicher
Sinneswandel? «

» Ich habe keine Ahnung und wundere mich auch.
Glaub mir, als ich den Brief sah habe ich auch schon
mit einem Räumungstermin gerechnet. Freust du dich
denn gar nicht? « Stefan schien von meiner Reaktion
etwas irritiert und enttäuscht zu sein. » Ob ich mich
freue? Ich bin gerade total fassungslos und sitze zum
Glück immer noch. « Ich holte tief Luft. » Ist denn in
dem Brief auch schon seine Preisvorstellung mit
aufgeführt? «

» Nein, er bezieht sich nur auf unser
Antwortschreiben, sprich auf unseren Einspruch,
versteht unsere Situation und Reaktion und würde
uns das Haus zum Kauf anbieten, allerdings soll dann
der Vertrag noch in diesem Monat abgeschlossen
werden. Für morgen Nachmittag hat er jemanden von
der Bank bestellt, der das Anwesen schätzen wird,
dann werden wir wohl auch einen Kaufpreis
angeboten bekommen. «

Ich war immer noch sprachlos. » Also irgendwie
etwas komisch finde ich das schon. Warum hat er uns
dann nicht sofort das Haus zum Kauf angeboten? «

» Ich weiß es nicht. Vielleicht hat sein Interessent
abgesagt? Vielleicht hätte er zu viel reinstecken
müssen? Keine Ahnung. Ich schick dir seinen Brief

nachher mal per WhatsApp, dann kannst du ihn dir ja in Ruhe durchlesen, davon hast du ja jetzt genug. «

» So viel Ruhe ist bei einer Kreuzfahrt auch nicht vorhanden. Liegen reservieren, rund um die Uhr Essen, früh aufstehen, Spiele antreten, abends Theatervorstellungen besuchen und Durst haben wir ja auch immer, vor allem Jana. «

» Ich höre schon, dass nenne ich eher stöhnen auf hohem Niveau. «

So langsam beruhigte sich mein Pulsschlag wieder und ich lachte mit ihm. » Das stimmt. Es ist schon schön hier und Danke für deine gute Nachricht. Auch wenn ich mir fest vorgenommen hatte hier abzuschalten, ist es mir noch nicht so wirklich geglückt und gestern habe ich es auch meinen Mädels erzählt. Ich musste es loswerden und jetzt? Ist doch unfassbar. Weißt du, was für ein Stein mir gerade vom Herzen fällt? Den Aufprall müsstest du eigentlich über den blauen Teich bis Zuhause hören. Herrlich, jetzt kann ich den Urlaub noch mehr genießen. Da merkt man mal, wie sehr es einen doch belastete. « Ich merkte tatsächlich, wie eine innere Ruhe einkehrte und mein Magen langsam entkrampfte.

» Deshalb habe ich dich ja auch direkt angerufen. Ich dachte mir schon, dass du doch nicht so abschalten kannst, wie du immer tust. So, ich mach jetzt Schluss, geh gleich mit Henning ins Kino und muss mich langsam fertigmachen, bin ja im Moment nicht der schnellste. Ich melde mich, sobald ich was Neues bezüglich des Kaufpreises weiß, aber ich denke, dass dauert noch etwas, so schnell arbeiten die Beamten der Banken ja nicht. Mach du dir noch ein paar schöne Tage, grüß mir die anderen und trink ein Ouzo für mich mit. «

» Sogar einen doppelten! «

Als das Gespräch beendet war blieb ich noch eine Weile stumm auf der Bank sitzen. Ich konnte es einfach nicht glauben und betete innerlich, dass wir den Kaufpreis stemmen konnten und nicht neue Magenschmerzen verursachten. Ganz ruhig holte ich mir meine Schachtel Zigaretten aus der Tasche und zündete mir genussvoll eine an. Ich merkte, wie ich innerlich immer ruhiger wurde und beobachtete meine Freundinnen, die gerade winkend zum nächsten Souvenirladen wechselten. Ich winkte zurück und genoss die eingekehrte Ruhe, bevor ich aufstand, meine Zigarette auf den Fußboden austrat, den Stummel in den nächsten Papierkorb warf und auch den total bunten Shop betrat.
Jana stand in einer Ecke und probierte Sonnenbrillen auf. » Du strahlst so, hast du Doc Holiday draußen getroffen? «
Ich winkte, immer noch lächelnd, ab. » Was viel Schöneres. «

Sie schaute mich entsetzt an >> Jetzt übertreibe mal nicht, viel schöner geht doch gar nicht mehr. <<

Ines kam mit einem Gürtel um die Ecke. >> Guckt mal, meint ihr, der könnte Thomas gefallen? <<

Anke schaute aus der Umkleidekabine. >> Wieso willst du ihn denn was mitbringen? Ich meine, er beschimpft dich ständig und gönnt dir nicht das Gelbe vom Ei und du suchst nach einem Geschenk für ihn? <<

Hanna richtete sich hinter einem Regal auf. >> Da muss ich Anke aber recht geben. Ich stochere bestimmt nicht auf deinen Mann rum, Ines, und du weißt auch, dass ich Thomas mag, aber ich mag es nicht, wie er dich behandelt. Ich würde ihm nichts mitbringen, aber das musst du natürlich selber wissen. Ganz ehrlich, wenn mich jemand Hackfresse nennt, der wäre in meinen Augen keinen Pfifferling mehr wert. << Sie bückte sich und kramte weiter. Ines war jetzt völlig verunsichert und ärgerte sich über sich selbst, dass sie ihre Freundinnen überhaupt um Rat gefragt hatte. Ich merkte ihre Unsicherheit. >> Im Enddefekt musst du es ja selber wissen. Wenn du deinem Mann eine Kleinigkeit mitbringen möchtest, dann ist der Gürtel schon schön. Also Stefan würde der gefallen. Was soll er denn kosten? <<

>> Auf dem Schild stand zwar 10,- €, aber hier hinten ist eine kleine Schramme drin, deshalb lässt mir die Verkäuferin ihn für fünf. Es ist sogar echtes Leder. <<

>> Also für den Preis musst du ihn mitnehmen, da wärst du ja schön blöd, wenn du es nicht machen würdest und solltest du es dir anders überlegen, kannst du ihn immer noch Yannik statt Thomas schenken. <<

>> Ja so mach ich das auch. Danke. Aber sag mal, was Strahlst du denn so? Hast du auch ein Schnäppchen gefunden? <<

Und wieder schüttelte ich den Kopf. >> Viel besser. <<

Ich musste zugeben, dass mir das Spielchen Spaß machte. Anke riss erneut den Vorhang der Umkleidekabine auf und zeigte sich in einer total bunt auffälligen Glitzer- Strandtunika. >> Schaut mal, was ich mir ausgesucht habe. Meint ihr, ich kann so etwas noch tragen? >>

>> Also zu Hause im Garten bestimmt <<, war Janas ehrliche Meinung.

>> Dankeschön, habe ich auch verstanden. Was meint ihr denn? <<

Hanna tauchte wieder aus den Katakomben auf und schaute ihre Freundin an. >> Mir gefallen Glitzer ja sowieso immer, alleine deshalb würde ich sie kaufen. <<

Ines schaute skeptisch. >> Ist doch immer eine Frage des Preises <<

>> Ach das ist mir nicht wichtig, wohlfühlen muss ich mich darin und das tue ich. <<

>> Na dann frag doch nicht nach unserer Meinung. <<
Typisch Jana.

>> Was sagst du denn, Katja? Gefällt sie dir? <<

>> Also ich steh ja nicht unbedingt auf Glimmer und Glitzer, aber ich finde, die Farben stehen dir und wenn du dich wohlfühlst, dann gönn sie dir doch. <<

>> Mach ich auch, ich finde sie nämlich wunderschön <<, und verschwand wieder in der Kabine. Ich musste grinsen und Jana war immer noch mit den Sonnenbrillen beschäftigt. >> Jetzt sag doch mal, wo hast du denn den Schönen gesehen oder sogar getroffen?

Hanna schüttelte den Kopf. >> Also darauf würde ich nicht hoffen. <<

Jana wurde unruhig. >> Worauf Hanna? <<

Ines rollte mit den Augen. >> Entweder Alkohol oder Männer, irgendwann kann man es aber auch nicht mehr hören, Jana. Immer dieselbe Laier. <<

>> Jetzt fängst du auch noch an. << Hanna war fassungslos. >> Das muss doch irgendwie an der griechischen Luft liegen! Welcher Freier stört dich denn jetzt auf einmal, Ines? <<

Ich meinte zu kapieren. >> Hanna <<, rief ich etwas lauter und zeigte zum Ohr. >> Überprüfe mal dein Batteriestatus! Obwohl ich mittlerweile eher glaube, dass da irgendein Wackelkontakt vorhanden ist, so schnell können sich doch Batterien nicht entleeren, oder Ines? <<

>> Wenn sie immer noch die aus China benutzt und diese, wenn überhaupt, nur 1/3 befüllt waren? <<

>> Na dann schon, das stimmt. <<

Hanna schüttelte mit der Hand etwas an ihrem Ohr. >> Wo waren wir stehen geblieben? Bei irgendwas Schönem, ne? Hier gibt´s so viele schöne Sachen. <<

>> Bei etwas total Schönem <<, machte ich es wieder spannend. >> Ich werde es euch gleich draußen erzählen. Ich warte an der Bank auf euch, okay? <<

>> Wie Erzählen? Nicht zeigen? <<, wunderte sich Jana, doch ich verließ ohne einen weiteren Kommentar und Einkauf den Shop.

*

Neugierig starrten mich meine Freundinnen an. >> Ich mach es kurz und knapp, kann es nämlich selbst nicht länger für mich behalten. Ich habe gerade mit Stefan telefoniert und er oder wir haben Post von Herrn Petersen bekommen. <<

>> Von eurem Vermieter? >>

Ich nickte. >> Genau, passt auf, jetzt kommt der Hammer – er bietet uns das Häuschen, also unser momentanes Miethäuschen, auf einmal doch zum Kauf an! Ist das nicht irre? Morgen kommt jemand von der Bank um den Wert zu ermitteln und dann können wir hoffentlich doch noch unser Zuhause kaufen. <<

Hanna umarmte mich spontan. »Oh wie toll, dann müsst ihr ja doch nicht auswandern. « Auch die anderen klatschten und sprangen vor Freude mit mir. » Ich bin sooo froh, ehrlich Mädels. Ich merke jetzt eigentlich erst, was für eine Last die Ungewissheit war. Kommt, ich habe vorhin da vorne eine Eisdiele entdeckt und lade euch zu einer Erfrischung ein, okay? «

» Gibt's dort wohl auch Ouzo-Eis? «

» Janaaa! «

Kapitel 14
Griechischer Bordabend mit Ahoibrause

Gemeinsam schlenderten wir die Einkaufspassage entlang, legten hier und da noch einen kurzen Shopping-Boxenstopp ein und ließen es uns dann im Eiscafé schmecken.

>> Wie geht denn jetzt die Geschichte mit dem Hauskauf weiter? <<, harkte Ines nochmal nach.

>> Bestimmt spannend. Stefan muss morgen zuhause den Typen von der Bank empfangen und dann können wir nur die Daumen drücken, dass wir uns preislich einigen. <<

>> Schreib ihn doch mal schnell 'ne Nachricht, dass er bloß nicht vorher Aufräumen oder den Rasen mähen, sondern eher die Ecken vollstellen soll <<, waren Ines Vorschläge.

Jana schlug die Beine übereinandern. >> Also Ladys, ich wüsste schon wie ich mit solchen Typen umzugehen hätte. Wenn ihr also Hilfe benötigt, dann lasst es mich wissen, ich habe da so meine Waffen. <<

Anke sah man kaum hinter dem großen Erdbeerbecher, man hörte sie nur kurz genervt aufstöhnen und dann wieder schmatzen.

Hanna zeigte die Straße entlang. >> Leute, guckt mal wer dort drüben direkt auf uns zugesteuert kommt. Hermann mit Frau, also eher Frau mit Hermann, würde ich sagen! <<

Jana richtete sich auf. >> Hermann mit seinem schnuckeligen Hausdrachen! <<

>> Jana! << Hanna schubste ihre Freundin an.

>> Was denn? Ist doch so. <<

Auch wir wurden vom kleinen Drachen entdeckt. Mit hochrotem Kopf zerrte sie an ihrem Mann. >> Komm Hermann, wir wechseln die Straßenseite und wag es dich nicht, wieder mit denen zu sprechen. <<

>> Dichten, Hildchen, ich habe gedichtet. <<

>> Pah, dass du dich noch wagst mir zu wiedersprechen! <<

Ein klarer Fall für unsere Jana. >> Hallo Herrmann, du kleiner Sprücheklopfer. Vielleicht sehen wir uns später beim griechischen Abend, dann kannst du uns gerne noch ein paar vortragen. <<

Hermann schien sich zu freuen. >> Warum nicht, ich liebe Sprüche und Gedichte. <<

>> Nur über meine Leiche <<, zischte seine Frau Jana zu, doch diese ließ sich ja nicht einschüchtern. >> Prima, wir freuen uns auch und nicht vergessen Hermann, manchmal muss man erst den falschen Weg gehen, um den richtigen zu finden! <<

>> Unverschämtes Gör <<, hörte man Hilde noch schimpfen, ehe sie mit dem winkenden Hermann verschwand.

Mir tat der Mann leid, er schien voll unter der Fittische seiner Frau zu stehen. >> Mensch Jana, dass musste doch nun auch nicht sein! <<

>> Wieso? Was haben wir Hermann denn getan? Der hat sich doch vorhin bei uns mit seinen Sprüchen eingeloggt, dafür können wir doch nichts. <<

>> Auch nicht für die leichte Fahne, die er hinterlassen hatte? << Anke wedelte mit der Hand vor ihrer Nase.

>> Ach die, naja, also Schuld würde ich es nicht nennen, ich meine wir haben … Mensch Hanna, jetzt sag du doch auch mal was <<, doch sie war gerade mit Fynn am Schreiben und wusste gerade nicht, worum es ging.

Nach der kurzen Erfrischungspause ging es mit dem Shoppen langsam in die Endphase. Hanna hatte sich kurz entschuldigt, da sie mit ihrem Sohn mal unter vier Augen telefonieren musste und kam mit einem versilberten Armreif zurück. >> Guckt mal, ist der nicht schön? << Sie hielt ihn mir hin und obwohl ich nicht so ein Schmucktyp war, fand ich diesen Reif wirklich sehr schön. Ich legte ihn mir um mein Handgelenk.

>> Der ist wirklich sehr schön, sogar mit dem griechischen Muster verziert. Was hast du denn dafür bezahlt? <<

>> Ach nur 5 €. Da vorne am Stand habe ich ihn entdeckt. Der hat noch ganz viele davon, geht doch mal gucken, vielleicht sollten wir uns alle fünf dieses

Armband für heute Abend gönnen? So als
Erkennungsmerkmal. «

» Ja klar, Miss Marple. Wieso als
Erkennungsmerkmal? Erwartest du heute an Bord
noch Mord und Totschlag? «

» Wer weiß. So wie Hilde gerade mit ihrem
Göttergatten an mir vorbeigedüste ist, würde ich es
nicht Abwegen. «

» Siehst du Katja, über meine Statistik hast du gestern
noch breit gegrinst. Ich sag euch, da ist was Wahres
dran. « Ich harkte Ines unter. » Ich dachte auch, eine
Miss Marple unter uns würde reichen, aber jetzt
fängst du auch noch an. Komm wir gehen mal rüber
zum Händler und gönnen uns auch so einen schicken
Armreif, oder? «

» Nur, wenn ich mit ihm handeln kann. «

» Na dann, Toi Toi Toi. «

Gemeinsam gingen wir nochmal zu dem Händler,
ließen Ines noch ihren Willen zu verhandeln und
bekamen 4 Armbänder für nur 16,- €. Hanna guckte
knautschig. » Na toll, ich habe einen Fünfer bezahlt. «
Ines packte ihr Armband in ihren Rucksack. » Dafür
hast du gestern im Casino gewonnen. «

» Stimmt auch wieder. «

Anke warf einen Blick zu Jana. » Was hast du denn
noch in deiner Tüte da versteckt? «

» Ein Geheimnis, welches ich heute Abend vorführen
werde und jetzt ihr lieben, würde ich euch noch

schnell zu dem versprochenen Glas Wein in einer der niedlichen Tavernen am Hafen einladen, bevor wir wieder an Bord müssen. « Und somit genossen wir alle die griechische Stimmung im **malerischen, kleinen Fischerhafen.**

*

Auch wenn es noch so gemütlich war, mussten wir langsam zu unserem Schiff, sonst legte es noch ohne uns ab. Wir stiefelten brav durch den Schiffszoll, ließen uns von Ines an jedem Hygienespender erinnern und dann wurden die Einkäufe verstaut, das hieß, eigentlich war damit hauptsächlich Kabine 7383 beschäftigt, denn wir anderen hatten uns zurückgehalten und genossen auf dem Balkon nochmal den Ausblick auf die Insel.

Jana gesellte sich zu mir. » Genießen wir das Ablegen hier oder sollen wir erst Essen gehen? « Ich fand es spannend dem Treiben im Hafen beim an und auch Ablegen zuzugucken. » Ich würde gerne von hier gucken, dann kann ich auch noch etwas mein Bein hochlegen. «

» Wäre mir auch recht und ich denke Kabine 7383 ist eh mit dem Unterbringen der Einkäufe beschäftigt und benötigt noch einen Moment. Hoffentlich vergessen die beiden nicht, dass alles ja irgendwie später auch in deren Koffer verstaut werden muss. Ines, was bist du heute so ruhig, ist alles gut bei dir? «

Diese schaute von ihrem Handy hoch. >> Alles gut, ich habe nur noch schnell meiner Kollegin Anja ein paar Bilder von der Ausgrabungsstätte geschickt. Ich soll auch alle ganz lieb von ihr grüßen. << Ich erinnerte mich an Ines langjährige Kollegin und gleichzeitig gute Freundin. Ich meinte mich sogar zu erinnern, dass sie auch die Patentante von Yannik sei. >> Ach ja, Anja, die fand ich auch sehr sympathisch. Wie geht es ihr denn so? <<

>> Ihr geht es gut, sucht nur immer noch nach der großen Liebe, die ich ihr so von Herzen gönnen würde. <<

>> Schon sehr schade, dabei kommt sie doch so sympathisch rüber und hübsch ist sie auch. Vielleicht täte ihr so ein Urlaub auch mal gut. War sie denn nun schon mal in Griechenland? <<

Ines fiel beinahe die Sonnenbrille vom Kopf, als sie ruckartig antwortete >> Vor ein paar Jahren mal. <<

>> Hat sich dein Thomas denn mal gemeldet? << Fragte ich weiter.

>> Der ruft doch nicht an! Dafür ist der doch viel zu geizig. Es ist aber auch nicht schlimm, wir haben uns eh vor der Abreise verkracht, was nichts Besonderes bei uns ist. Bin froh, mal eine Woche nichts von ihm zu hören. <<

>> Ohhh-ha, ich frag nicht weiter nach. Hat sich Yannik denn mal aus England gemeldet? <<

>> Der scheint sich gut in London eingelebt zu haben und schickt schon mal Bilder. <<

>> Grüß ihn mal, wenn du ihn wieder schreibst. <<

Wir genossen den Ausblick und das Treiben am Hafen. Die letzten Ausflügler trafen wieder ein, LKWs mit Lebensmittelaufdrucken fuhren die Laderampe hoch, die Gangway wurde eingefahren und die Crew löste die Schiffsknoten. >> Tschüss Katakolon, hast mir gefallen <<, kam es von Anke, die sich zu uns gesellte. >> Ist Hanna auch gleich soweit? Ich bekomme so langsam Appetit und Hunger. << Ich rieb meinen Bauch.

>> Die hat sich gerade kurz aufs Bett gelegt, wir sollen ihr aber Bescheid sagen, wenn wir losziehen. <<

>> Nicht schon wieder. << Ines verdrehte die Augen.

>> Doch, hört mal. <<

Alle hielten kurz inne und lachten, denn Hanna schnarchte tatsächlich glücklich vor sich hin. >> Sie kann doch nicht jedes Mal das Ablegen verpennen <<, fand Jana und just in diesem Moment ertönte das Schiffshorn, welches einem Gänsehaut brachte.

Passend zum griechischen Abend, war das SB-Restaurant mit kleinen Fähnchen in Blau/Weiß geschmückt und es gab hauptsächlich griechische Gerichte. Ines haute sich den Teller voller Gyros, Bifteki und Tsatsiki. >> Heute mal kein Steak? <<, ich blickte auf ihren bunten Teller und sie lachte. »Was dir aber auch alles auffällt! Aber stimmt, heute lacht mich die griechische Küche an. «

Jana inspizierte ihren Teller. »Bei so viel Knoblauch kannst du es heute Abend aber mit den Küssen vergessen, Ineslein«, scherzte sie und erntete ein »hatte ich sowieso nicht vor« zur Antwort.

»Man kann nie wissen, was einem der Abend so bringt«, meinte Jana hoffnungsvoll.

»Na was wohl. « Anke klatschte in die Hände. »Musik, Wein und gute Laune. «

Rund und Gesund besuchten wir fünf die Open-Air Bar „Skydreamer" und fanden noch einen schönen Platz Nähe der Tanzfläche. Ich orderte mir gleich den Platz in einer Ecke der Sitzgruppe, damit ich mein Bein auf einem kleinen Vorsprung hochlegen konnte. »Wir haben noch gut eine halbe Stunde Zeit bis das Programm anfängt. Bleiben wir jetzt hier sitzen oder machen wir uns noch fertig? «

»Also ich bleibe hier sitzen. Hier vorne ist der Tresen, hier die Tanzfläche und im Raucherbereich sitzen wir auch, was wollen wir mehr. Wenn wir jetzt aufstehen, dann sind die guten Plätze belegt«, waren meine Überlegungen.

»Ja das stimmt, ich würde auch hierbleiben. « Anke stand auf. »Ich hole uns allen Mal ein Drink. Hat jemand einen bestimmten Wunsch? «

\>> Bring einfach das mit, was du meinst, wir trinken doch eh fast alles. << Tatsächlich kam sie mit einem Tablett voller bunter Cocktails zurück. >> Sind heute spezielle, hat uns Dave gesagt. <<

\>> Ach Dave heißt der Keeper heute? <<

\>> Genau und wenn wir Wünsche haben, sollen wir immer zu ihm kommen, er mixt uns, was wir möchten. << Anke prostete die erste Runde ein.

\>> Also ich verschwinde nochmal schnell in die Kabine um mich umzuziehen. Ihr bleibt wirklich alle so in Jeans und Bluse und fertig? << Jana schaute in die Runde und zu ihrem Leid nickten wir alle. >> Schon etwas langweilig, aber gut, wie ihr möchtet. <<

Ich nutzte die Chance. >> Würdest du mir dann vielleicht die weiße Strickjacke mitbringen? <<

\>> Klar, sonst noch jemand ohne Fahrschein? <<

\>> Ich habe eher Hitze und schwitze. << Hanna musste selbst lachen. >> Ich reime ja schon wieder! << Und während Jana zum Umkleiden verschwand, beobachten wir vier den Aufbau des griechischen Abends. Die Schiffscrew, verkleidet als griechische Krieger und Kämpfer, waren wirklich total aufmerksam. Sie kümmerten sich sehr um alle Gäste, machten hier und da Witze und versuchten sich sogar in einem Sirtaki. Es schien ein fröhlicher Abend zu werden.

>> Steuern wir morgen eigentlich Santorin oder Kreta an? Ich komm mit dem Fahrplan ganz durcheinander. << Anke machte eine Klatschpause.

>> Morgen steht Kreta auf dem Plan. Ist bestimmt auch sehr schön und interessant <<, bemerkte ich.

>> Da war ich mit Peter schon mal <<, erinnerte sich Anke und Ines schloss sich ihr an. >>Wir haben dort auch früher schon mal mit Yannik Urlaub gemacht. Uns hatte es gut gefallen; also der Badeort zumindest. <<

>> Na da bin ich ja mal gespannt. Ach, ich glaube bald, dass fast jede griechische Insel irgendwas hat. Kreta ist schon recht groß, oder? << überlegte ich laut und wurde von Hanna angegrinst.

>> Hast du das noch nicht in deinem schlauen Reiseführer nachgelesen? Ich dachte du fragst uns heute Abend noch Vokabeln ab: Wie viele Einwohner leben auf Kreta? Wie viele Kirchen gibt es auf der Insel? Wie viel Hektar Bananen wachsen dort? ... << Ich verstand ihre Anspielungen und schubste sie an. >> Ha ha, ihr seid aber auch Kulturbanausen. <<

Ines schaute in den Himmel. >> Jetzt schaut euch mal den Sternklaren Himmel an. Eigentlich schade, dass wir bis jetzt noch keine Sternschnuppen gesehen haben. Uns hat mal eine Reiseführerin erzählt, dass Griechenland bekannt für Sternschnuppen sei, gerade um diese Jahreszeit. <<

>> Steht das nicht auch in deinem schlauen Buch, Katja? <<

>> Sag mal, Hanna, wenn dich meine Vorlesungen so stören, dann schalt doch einfach deine Hörmuschel aus. <<

>> Mach ich doch ab und zu << und lachte über mein erstauntes Gesicht.

Mein Gesicht staunte weiter, denn Jana war wiederaufgetaucht und wie! Sie trug ein weißes Strandkleid mit goldener Bordüre über einer weißen Leggins und ihre Glitzer Flip-Flops. Das Highlight war allerdings ihr goldenes Stirnband, welches sie vorhin beim Shoppen für 3,- € ergattert hatte, passend mit einem goldenen Rosen-Oberarmreif. >> Frau Aphrodite persönlich<<, rutschte es Ines glatt raus. >> Na jetzt übertreib mal nicht <<, winkte sie dann etwas gekünstelt ab. >> Schade, dass ihr kein Bock auf Verkleidung hattet. Wann haben wir dazu nochmal die Möglichkeit? <<

>> Du bist ja nicht alleine damit, die Schiffscrew ist ja auch kostümiert. << Ich zeigte auf einen Kellner, der einen weißen Überwurf mit Goldkettchen trug. >> Ob Ramin und die anderen Roomboys und Girls wohl auch mal die Möglichkeit haben aus dem Schiffsinnere zu kommen und mal etwas frische Luft zu tanken? <<

>> Das glaube ich schon. << Anke nahm die
Cocktailkarte zur Hand. >> Die haben doch sicherlich
auch Pausen und Wochenenden. <<

>> Wäre sonst ja auch schade. << Ines rückte ihre
Lesebrille zurecht >> Ach, ich nehme erstmal nur eine
Apfelschorle. <<

Jana war geschockt. >> Mädels? Wir haben All Inn!
Nur nochmal so nebenbei erwähnt, falls es jemand
von euch durch die Wärme oder so vergessen haben
sollte <<

>> Schönen Guten Abend meine Damen <<, schaltete
sich eine männliche Stimme von hinten ein. Jana
verschluckte sich fast und bekam einen Hustenanfall.
>> Oh Entschuldigung, ich wollte Sie auf keinen Fall
erschrecken <<, und zu mir gewandt >> wie geht es
denn Ihrem Knöchel? << Fragte Doc der Retter.

>> Guten Abend Herr Dr. Schönhoff und Danke der
Nachfrage, es geht schon viel besser. << Ich schaute auf
meinen Fuß. >> Ich schone ihn noch etwas, weil ich
mich so auf Santorin freue und da fit sein möchte. <<

>> Das kann ich verstehen, ist auch eine wunderschöne
Insel, sie alle werden sie lieben. <<

Jana hüstelte noch etwas verlegen.

>> Darf ich die Damen zu einem Drink einladen? <<

>> Also eigentlich schulde ich Ihnen diese Frage. <<

>> Stimmt <<, lachte Dr. Schönhoff. >> Jetzt wo Sie es
sagen! Aber das habe ich gerne getan, ist doch auch
mein Job. <<

Jana, die sich etwas außen vorkam, mischte sich in das Gespräch. >> Lassen Sie doch einfach Ihr Herz für die Getränke sprechen. Wir oder besser ich, sind für alle Überraschungen offen. <<

Anke verdrehte peinlich die Augen und Dr. Schönhoff schaute grinsend in die Runde. >> Ich glaube, ich weiß schon was den Damen schmecken wird <<, er verbeugte sich höflich. >> Sie entschuldigen mich <<, und verschwand in Richtung Tresen.

>> Dem würde ich alles entschuldigen. << Jana starrte ihn schmachtend hinterher, während Ines sich eine Zigarette anzündete. >> Täusche ich mich, oder hat er so eine kleine Heititei-Geste an sich? <<

>> Hab ich auch gerade gedacht <<, kam es von Hanna. >> Man sagt doch auch immer, die nettesten Männer sind Schwul. <<

>> Quatsch. << Jana war da anderer Meinung. >> Ganz ehrlich Mädels, so etwas merkt man doch wohl. Ich finde, er hat einen graziösen Gang, einen Knack Po und total gepflegte Männerhände! <<

>> Die muss er ja auch haben, so oft wie er sich diese desinfiziert und eincremen muss. << Anke nutzte die Getränkekarte als Fächer und zeigte zum Himmel. >> Jetzt sagt mir nicht das Gewitterwolken aufziehen. Deshalb ist es auch so schwül und ich dachte schon, meine Hitzewellen kommen zurück. << Jana war mit dem Thema Doc noch nicht durch.

>> Solch einen Mann, wie den Doc, würde ich nicht von der Bettkante schubsen. <<

>> Mal abgesehen davon, dass ich mich nicht auf jede Bettkante setzen würde <<, Dr. Schönhoff war zurück. >> Weiß ich allerdings auch nicht, was mein Lebenspartner Karsten dazu sagen würde. <<

Jana lief feuerrot an, Bämm, das saß und Dr. Schönhoff fuhr unbeirrt fort. >> Karsten ist hier an Bord Braumeister mit Tradition. Die deutsche Brautradition darf auch an Bord der *MS Sinfonie* nicht fehlen, deshalb wurde eigens für diese Flotte ein selbstgebrautes Bier erfunden. Karsten braut aus dem Meerwasser neben den handelsüblichen Bieren auch mal etwas Außergewöhnliches und außergewöhnlich finde ich das Fruchtbier, welches ich für Sie alle bestellt habe. Dave wird es bestimmt gleich servieren, ich muss dann erstmal weiter. << Wieder verbeugte sich Dr. Schönhoff >> Meine Damen, ich wünsche Ihnen einen unterhaltsamen, schönen Abend und denke, wir sehen uns später noch einmal. Wohl bekommts gleich. <<

Es herrschte gefühlte 5 Minuten Ruhe, dann fing Anke zuerst an zu kichern, gefolgt von Ines Kommentar, dass ihr seine Schwulität bereits an der Akropolis aufgefallen sei und Hanna ein ´Nett ist er trotzdem` herausbrachte. Ich schaute zu Jana. >> Mach dir nichts

248

draus, es gibt ja noch andere Männer an Bord, mit denen du flirten kannst. «

Jana schaute uns böse an. » Darum geht's doch gar nicht. Ihr hättet mir doch wenigstens sagen können, dass er hinter mir steht, ich habe hinten doch keine Augen im Kopp! «

» Was können wir denn für deine Gedanken? «

Hanna zuckte die Schultern. » Außerdem waren wir wegen den Gewitterwolken abgelenkt und haben gar nicht auf Doc Holiday geachtet. «

» Zuzüglich meiner wiederkehrenden Hitzewellen. « Anke fächerte immer noch, jetzt aber mehr, weil sie sich hinter der Getränkekarte grinsend verstecken konnte.

» Wer steht denn jetzt doof da? Ihr seid aber auch mir Freundinnen …«

» Jamas Ladys «, wurden wir von Barkeeper Dave unterbrochen.

Das Fruchtbier kam bei uns gut an und es wurde gleich eine neue Runde bestellt. » Sagt mal «, Ines scrollte die Getränkekarte hoch und runter. » Seid ihr sicher, dass diese Ahoisbrause hier auch gratis und All Inn ist? «

» Wie kommst du denn jetzt auf Ahoibrause? «

» Ist mir gerade so eingefallen. Aber jetzt ernsthaft, die steht nämlich nicht auf der Getränkekarte hier. «

>> Wir haben doch All Inn, dann muss sie ja inklusive
sein. <<

>> Nicht unbedingt <<, Ines entdeckte auf der Karte
auch Getränke mit Zuschläge. >> Guckt mal hier gibt
es zum Beispiel ein Louis Roederer Brut Premier für
nur 25,- € pro Glas und hier ein Moet & Chandon Brut
Imperial für schlappe 19,50 € pro Glas. <<

>> Das ist ja auch Champagner. << Anke zog ihre
Lippen mit Lippenstift nach.

>> Aha und woher weißt du das? Nicht, dass das
Fruchtbier nachher auch pro Glas 15 Kracher kostet? <<

>> Erstens: wenn du das selbstbrauzeug zahlen
müsstest, dann hättest du nach der Bestellung deine
Kabinenkarte zum Bezahlen abgeben müssen und
Zweitens: das es sich um Champagner handelt, sagt
alleine der Preis und jetzt frag nicht so viel, sondern
trink und genieße den Abend. <<

Bei Hanna schien das Bier mittlerweile zu wirken,
denn sie schmetterte spontan los >> *Trink, trink,
Brüderlein trink, lass doch die Sorgen zu Haus! Trink,
trink, Brüderlein trink, zieh doch die Stirn nicht so kraus,
…<<* und gerade als sie zu schunkeln anfangen wollte,
entdeckte sie Hermann. >> Oh, da kommt dein Flirt-
Freund Nummer fünf, Jana. << Sie zeigte zur Reling.
Auch Hermann entdeckte uns und winkte lächelnd.

>> Hat Hermann Ausgang oder wo steckt die
Giftspritze? << wunderte sich Anke, die ihm trotzdem
lächelnd zurückwinkte, denn irgendwie tat er ihr auch

leid. Ganz spontan lud sie ihn ein. >> Hermann? Huhu, hier ist doch noch Platz <<, und zeigte auf einen Tisch hinter sich, als genau in diesem Moment eine schrille Stimme ertönte. >> Hermann? Herrrrrmaaaaannnnn? <<
>> Da kommt der Drachen <<, rutschte es mir raus. >> Schade, ich hätte ihm auch ein bisschen Unterhaltung und vielleicht Spaß gegönnt. Tut mir richtig leid, der Kerl. <<
Jana trank ein Schluck vom Fruchtbier. >> Lasst mich mal machen, Hermann soll heute auch einen schönen Abend haben. <<

Der DJ begrüßte die Gäste in drei Sprachen und legte gleich ein ′Weiße Rosen aus Athen` von Nana Mouskouri auf und tatsächlich wagten sich schon die ersten Gäste auf die kleine Tanzfläche. >> Jetzt würde mein Peter wieder typisch Mumienschieben sagen <<, dachte Anke laut an ihren Mann.
>> Stimmt. << Ich musste lachen, denn Peter konnte sich manchmal wirklich trocken einen rausschrauben. >> Wie geht es ihm eigentlich? Hat er sich mal aus seiner Badeanstalt gemeldet? <<
>> Ich hatte ihn heute früh bei den Ausgrabungen kurz angerufen. Er meinte, so langsam freue er sich auf zuhause und nörgelte über die mittlerweile eintönige Wassergymnastik mit den alten Tanten und über das Essen. Alles würde gleich schmecken, nichts wirklich gewürzt und zuhause würde er sich sofort den Grill

anschmeißen und ein ordentliches Steak grillen. Alles aber auf einmal, deshalb glaube ich, liegt sein Problem eher daran, dass es mir so gut geht. Gut, ich schick ihm auch Bilder vom Buffet, von den tollen Cocktails, dem Meer, … da kann man ja auch etwas neidisch werden, aber jeder sucht sich halt sein Ziel selber aus und wenn sein Ziel Kur heißt, ist er doch selber schuld. Es hat ihn ja keiner gezwungen und jetzt gönnt er mir wahrscheinlich die Tage mit euch nicht. «

Hanna wunderte sich. » Aber warum? «

» Na weil er nicht krank ist und die Kur nur nutzt, weil es ihm laut Arbeitgeber und Krankenkasse zusteht. «

» Wo ist denn dann dein oder sein Problem? « Ich verstand nicht ganz.

» Ganz einfach. Ich wollte mit ihm im Frühjahr schon eine Reise buchen und hatte mich da schon über eine 14 tägige Kreuzfahrt erkundigt, doch mein lieber Mann meinte immer nur *ach die sind doch so teuer und so viel Urlaub bekomme er momentan nicht am Stück und überhaupt, was sollen wir beide denn auf so einem Schiff, lass uns doch lieber ein paar Tage in den Schwarzwald zum Wandern fahren und und und.* Ausreden halt. Naja und da mein Göttergatte dann meinte, eine ihm zustehende Kur zu beantragen und diese sofort genehmigt wurde, war ich eigentlich über Janas Notruf echt dankbar und extrem froh, dass wir alle jetzt hier sitzen und es uns gut gehen lassen. Da soll er ruhig etwas schmollen und neidisch sein. «

» Aber warum meinst du denn jetzt, das Peter dir den Urlaub nicht gönnen würde? «, harkte Ines nach.

» Na weil er immer meint, seine liebe Anke sitzt schön brav zuhause, hält alles in Ordnung und Geld und Hof zusammen. «

» Jetzt verstehe ich. Deshalb bist du im Kaufrausch und gönnst dir alles was dir gefällt. «

» Naja unter anderem und alles wäre jetzt doch etwas übertrieben, aber vieles, genau und deshalb werde ich mir morgen auch die Flip-Flops im Bord Shop kaufen, die ich vorhin für 89,- € entdeckt habe. «

» Meinst du nicht, dass du diese auf dem Festland günstiger ergattern kannst? Man muss doch das Geld nicht aus dem Fenster werfen, wenn man etwas einsparen kann, freut man sich doch auch. « Ines trank ihr Fruchtbier aus und Anke zuckte nur mit den Schultern. » Passt mal auf meine Lieben, ich verrate euch jetzt was. Wenn mein lieber Mann Peter meint, er muss jeden Cent umdrehen und sparen, weil er gedanklich unser Zuhause umbauen möchte, dann soll er es machen. ICH bestimmt nicht. «

» Wie umbauen? « Hanna guckte erstaunt.

» Ja umbauen, ihr habt schon richtig gehört. Was meint ihr denn warum er zur Kur gefahren ist. Dort kann er in Ruhe seine Umbaumaßnahmen planen und bekommt Essen und Trinken umsonst, abgesehen davon ist auch noch das Duschwasser im Preis enthalten und wenn ihr meint, er baut für *UNS* den Garten um, dann muss ich euch leider enttäuschen, denn er möchte lediglich seine arme, verwitwete Mutter bei uns einquartieren, so sieht es aus und da weigere ich mich. «

» Ach du Schande «, rutschte es mir raus.

» Genau, du sagst es, darüber bin ich auch echt sauer. Der Sturbock hat seine Pläne im Kopf und deshalb dreht er eben jeden Cent zweimal um und erwartet es ganz selbstverständlich auch von mir. Aber denen werde ich geben, allen beiden, passt mal auf, morgen, spätestens übermorgen, wird er mich wahrscheinlich total aufgelöst anrufen und sich über meine teuren Einkäufe beschweren «, jetzt grinste sie etwas.

» Aber woher soll er das denn wissen? « fragte Ines nach.

» Mensch Ines, manchmal kannst du auch blöd fragen! Woher wohl! « Anke verdrehte die Augen. » Peter überprüft nicht nur wöchentlich den Wasser - und Stromverbrauch am Zähler, sondern täglich und wirklich täglich, online das Girokonto und jetzt bitte Themawechsel, sonst verschwinden meine Hitzewellen gar nicht mehr. «

» Oh hört mal, mein Lied. « Hanna harkte sich sofort bei mir und Ines ein und sang laut mit » Griechischer Wein und die altvertrauten Lieder, Schenk' nochmal ein, denn ich fühl' die Sehnsucht ... la la lala ...«

Jana schien sich vom Schock Doc etwas erholt zu haben. >> Ach Leute, was für ein schöner Abend, auch wenn sich mein Traumprinz Doc Holiday geoutet hat. Man kann im Leben halt nicht alle ähhh alles haben <<, gackerte sie los und winkte Dave für eine neue Bestellung herbei. >> Da fällt mir der passende Spruch für Anke ein, den ich letztens erst gelesen hatte. Betrunken flirten ist wie hungrig Einkaufen gehen, man geht mit Sachen nach Hause, die man eigentlich gar nicht will. << Es dauerte einen Moment bis der Spruch bei uns ankam und dann lachten wir herzlich los.

>> Der war gut und passt 100 Prozentig. << Anke konnte Spaß verstehen und wischte sich die Lachtränen weg. >> Da fällt mir auch einer ein, oder eher eine Frage, die ich mir letztens schon gestellt habe. Wenn man vor lauter lachen weint, entsteht da eigentlich ein Regenbogen im Kopf? << Jetzt war es um uns geschehen, wir bekamen einen Lachkrampf vom feinsten und als dann noch Dr. Schönhoff vorbei kam und sich grinsend nach dem Befinden erkundigte, erklärte Hanna unter lachen >> das muss an ihrer Ahoibrause liegen, mit der wir schon so zeitig vorgeglüht haben << sie schnaubte sich die Nase und er grinste nur.

>> Na dann wünsche ich allen noch einen schönen Abend, vergessen sie beim Trinken nur nicht, dass Sie hier auf einem Schiff sind. Also immer schön an der

Wand entlanggehen und nicht an der Reling und am besten auch nicht alleine. «

» Wenn ich einen Begleiter brauche, kann ich Sie dann anrufen? « Also manchmal musste man sich für Janas Worte echt etwas schämen, doch der Doc lachte, er spielte das Spielchen mit. » Wenn mein Lebenspartner nichts dagegen hat, gerne. «

Sie ließ nicht locker. » Wissen Sie was Doc Holiday, Menschen, die viel Alkohol trinken sterben vielleicht früher, dafür haben sie aber auch oft das Doppelte gesehen, hicks. «

Mittlerweile tat mir schon der Bauch vom Lachen weh und ich fragte mich, woher auf einmal die Sprüche kamen? Heute musste kalendarisch der Tag der Sprüche sein, anders konnte ich es mir nicht erklären, denn mit der Dichterei ging es ja heute Mittag schon in der Taverne los.

Was dem einen Freud, ist den anderen oftmals leid, denn wir fielen durch unser Gelächter den anderen Gästen auf, manche lachten oder grinsten mit, andere wiederum schüttelte nur den Kopf, aber wenn das Rad rollte, dann rollte es. Hanna tat auch schon der Kiefer vom Lachen weh und sie kramte wieder ihren Fächer hervor, da eine weitere Hitzewelle in Anflug war.

Ich holte tief Luft. » Leute, ich bekomm kaum noch Luft und mir tut alles weh, ich glaube ich bestell uns mal lieber was ohne Prozente, sonst sind wir morgen alle krank. «

» Dann kannst du uns doch Kreta aus deinem schlauen Buch erzählen. « Hanna war in Trinklaune und Anke wunderte sich. » Kreta? Ich dachte morgen stände Santorin auf den Plan. «

» Kreta Anke, Kreta! «

» Ist ja auch egal «, lachte sie.

» Leute mir wird's langsam etwas frisch «, Jana rieb sich ihre Arme. » Ich geh mich warmtanzen, ist einer dabei? «

» Auja, super Idee. « Anke und auch Ines standen auf, doch ich winkte ab und zeigte wehleidig auf meinen Fuß und da Hanna sowieso nicht gerne tanzte, sondern nur schunkelte, leistete sie mir Gesellschaft. DJ Spacerabbit merkte schnell welche Musik bei den Gästen ankam und spielte viel aus den 70er und 80er Jahren und die Gäste hatten Spaß und genossen das Tanzen mitten auf dem Mittelmeer.

Hanna fragte mich nochmal wegen der Unterkunftssuche. » Also ich möchte dir ja nicht den Abend oder noch schlimmer unseren tollen Urlaub versauen, aber noch mal auf den Petersen zurück zu kommen. Wenn ihr euch jetzt Preislich nicht einigen würdet, wer würde denn dann sein Haus mieten oder erben? «

Ich zuckte mit den Schultern. » Guten Frage, das weiß ich nicht, warum? «

>> Na weil du doch was von *er kündigt euch wegen Eigenbedarf* erzählt hattest und ich immer dachte, der komische Kerl würde alleine leben. Ich meine, welche Frau hält es auch mit so einem aus? Stellt sich mir doch die Frage, wer soll in euer Haus einziehen? Eigenbedarf heißt doch für sich selber oder der Familie, oder? <<

>> Stimmt, der Vermieter benötigt die Wohnung für sich selbst, für Familienangehörige oder für Angehörige seines Haushalts, so hatte ich es nach gegoogelt. Vielleicht existieren ja irgendwo irgendwelche Neffen oder Nichten vom Petersen. <<

>> Ach ja, das könnte natürlich auch sein. <<

Ich horchte auf. >> Hör mal. Ist das nicht Anke? <<

>> Wo? << fragte Hanna nach und ich lachte, stand auf und entdeckte unsere Freundin mit einem Mikrofon vor einem Bildschirm stehen. >> Karaoke Hanna, und unsere Anke-Maus singt. <<

Anke gab alles, sang voll guter Laune ein Lied von Helene Fischer und wurde am Ende mit viel Applaus belohnt. Auch Jana schnappte sich das Mikrofon und sang selbstbewusst den Gassenhauer It´s raining Men. Wie eine Diva verneigte sie sich am Ende und kam leicht transpirierend zu uns zurück.

>> Und? Wie war ich? <<

Hanna klopfte sich aufs Ohr. >> Tut mir leid, ich habe nichts gehört. << Jana bekam große Augen und Hanna lacht >> Scheeerz! <<

Kapitel 15
Seitensprung auf Kreta

Zum Glück so mancher Gäste legte die *MS Sinfonie*
erst um 9:00 Uhr auf Kreta an und blieb bis 20:00 Uhr
im Hafen von Chania. Da wir keine feste Tour
gebucht hatten und auf eigene Faust die Insel
erkunden wollten, hatten wir morgens keinen
Zeitdruck. Ich, die ja immer an Schlafstörungen litt,
wurde schon früh wach. Ich versuchte mich so leise
wie möglich in der Kabine zu bewegen um Jana nicht
zu wecken, aber diese schien noch im Vollkoma zu
liegen. Auf dem Balkon genoss ich die frische
Morgenluft und machte ein paar Fotos von der immer
näherkommenden Insel. Menschen, auf kleinen
Fischerbooten, winkten den Leuten an Bord der
Sinfonie zu, der Kapitän verkündete über die
Balkonlautsprecher die aktuellen Temperaturen und
langsam fuhr das Schiff in den Hafen ein. Genauso
langsam öffnete sich auch die Terrassentür nebenan
von Ines. >> Guten Morgen, du leidest wirklich an
irgendwelchen Störungen, oder? <<
>> Mag sein, aber es ist herrlich das Einfahren in den
Hafen zu beobachten, da ist mir das Schlafen nicht so
wichtig, außerdem wollte ich gleich zum Frühstück
gehen, wenn du magst, warte ich auf dich. <<
Ines reckte sich. >> Gute Idee, ich beeile mich. <<

Frisch geduscht und mit nur etwas Kreislauf machten wir uns auf den Weg zum Restaurant, während die anderen drei noch schlummerten. Ich rührte Zucker in meinem schwarzen Tee und staunte doch, wie viele Ausflügler über die Gangway bereits das Schiff verließen.

>> Magst du eigentlich gar keinen Kaffee? << fragte mich Ines.

>> Nein, auch keine Latte oder Cappuccino, sogar Tiramisu geht nicht, ist nicht mein Geschmack. Aber mir ist aufgefallen, dass immer mehr Menschen Tee trinken und es nicht mehr nur als Heilmittel bei Erkältungen sehen. <<

>> Trinkt Stefan denn auch Tee und keinen Kaffee? <<

>> Nein, er ist ein typischer Kaffeetrinker der mindestens drei Pötte morgens nach dem Aufstehen braucht und dann mittags nochmal ein bis zwei. <<

>> Das ist aber viel. Was macht sein Bein eigentlich? <<

>> Es scheint alles soweit gut zu sein, muss zwar noch zur Physio und zuhause seine Dehnübungen machen, aber alles in einem sieht es gut aus. <<

>> Und mit dem Haus? Meinst du ihr könnt euch mit dem Besitzer preislich einigen? <<

>> Das weiß ich noch nicht, aber es wäre ein Traum. Ich bin ja eher der Positiv Denker und hoffe, dass wir uns ohne viel Tamtam mit dem Petersen einigen können. << Ich biss vom Croissant ab. >> Und das

schöne ist, das ich jetzt, nach Stefans Anruf, den Urlaub noch mehr genießen kann. «

Ines nickte zustimmend. » Das würde ich auch gerne sagen können. «

Ich sah sie fragend an. » So schlimm? «

» Eigentlich eher schlimmer. « Sie bestrich ihr Brötchen mit Marmelade. » Weiß du wie sehr ich diese Tour mit euch allen genieße? Am liebsten würde ich die Zeit festhalten und nicht mehr nach Hause. Wenn ich an unseren letzten Streit denke, könnte ich würgen. «

» Was war denn diesmal der Auslöser? «

» Einen Auslöser muss es gar nicht unbedingt geben. Thomas hat, was mich betrifft, eine kurze Zündschnur, da ist es egal was ich mache oder auch nicht. «

» Und Yannik? «

» Ach der ist doch erwachsen. Er tingelt jetzt durch London und wer weiß, vielleicht verliebt er sich da und kommt gar nicht mehr nachhause. «

» Ach was, du müsstest auch mal etwas positiver denken. «

» Aber ist doch so und eins weiß ich, sollte es wirklich so kommen und Yannik käme nicht mehr zurück, dann verlass ich Thomas und das Haus sofort. « Kurz schwiegen wir beide und ich schaute ihr beim Brötchenstreichen zu. » Ich finde, ihr beiden seid wie Hund und Katze. Ihr könnt absolut nicht mit und auch nicht ohne einander. Es ist bestimmt für euch jetzt eine Umstellung, wenn euer Sohn flügge wird, aber die ganzen gemeinsamen Jahre schmeißt man doch nicht einfach so weg. «

» Dass es einfach wird, habe ich auch nie gesagt, aber ich muss mich auch nicht ständig beleidigen lassen. «

» Provozierst du ihn denn manchmal auch? «

» Natürlich provoziere ich ihn auch mal, er hat es ja dann auch nicht anders verdient. «

Ich rollte mit den Augen, es schien wirklich alles sehr verkorkst bei den beiden zu sein und bevor ich weitere Fragen stellen konnte, nahm Ines ihren leeren Kaffeepott zu Hand, stand auf und ging zum Kaffeeautomaten. Ich guckte erstaunt hinterher und dachte nur, *Ich habe es kapiert.*

Nach dem reichhaltigen Frühstück und einen prüfenden Blick in unsere Kabinen, machten wir uns beide kurzentschlossen alleine auf den Weg zur Gangway. Ich hatte vorher in meinem schlauen Büchlein gelesen, dass man mit dem Shuttlebus in den Ort fahren konnte. Ines setzte sich ihre Sonnenbrille auf und los ging unsere Tour.

»Und? « Fragte ich, als wir kretischen Boden unter den Füßen hatten. » Warst du damals auch am Hafen mit deiner Familie? Erkennst du was wieder? «

\>\> Nein, wir hatten damals einen typischen Pauschalurlaub gebucht und waren wirklich nur zwischen Hotel und Strand gependelt. \<\<

\>\> Na wahrscheinlich war Yannik da ja auch noch kleiner und hätte sich für irgendwelche Ausgrabungen und Co. sowieso nicht interessiert. \<\<

\>\> Genau, er wollte nur ins Wasser und Thomas nur chillen, also blieb ich auch brav bei den beiden, obwohl ich mir schon das ein oder andere gerne mal angeschaut hätte, aber das hole ich ja heute nach. \<\<

*

Der Shuttleservice war super organisiert und es fuhren im 10 Minuten Rhythmus Busse für 1,70 € in das Zentrum und da uns der letzte gerade vor unserer Nase davongefahren war, setzten wir uns auf ein Mauerstück und ich machte ein paar Bilder von der *MS Sinfonie*, die so schön ruhig im Hafen lag. Es war schon ein gigantisches Schiff. Ich suchte auf Deck 7 unsere drei Balkone und zoomte sie im Objektiv für ein Foto näher. \>\> Ich glaub ich spinne \<\<, rutschte es mir heraus und Ines guckte erstaunt.

\>\> Was ist denn? \<\<

Ich drückte auf den Auslöser und zeigte Ines im Display meine Entdeckung.

\>\> Das ist doch Jana! Und wer ist der Mann neben ihr? \<\<

\>\> Ja das würde mich auch mal interessieren. Ist das denn überhaupt unser Deck? \<\< Ich zählte vorsichtshalber nach. »Unser Deck ist es. Ich denke zwei Kabinen neben deiner. «

»Neben meiner? «Ines guckte erstaunt.

»Ja. Neben der Kabine von Anke und Hanna kommt doch so ein kleiner Vorsprung und unsere hört direkt über den Tenderbooten auf. Du hast doch kein Boot unter deinem Balkon, oder? «

»Nein, das habe ich nicht. Ob Hanna und Anke mittlerweile wach sind und davon wissen? Ich meine, wenn die beiden jetzt auf den Balkon gehen, werden sie doch Jana sehen können, oder? «

»Solange sie sich nicht über die Balkonbrüstung lehnen, eher nicht. «

Ines schien etwas sauer zu sein. »Jana denkt bestimmt wir sind alle vier zusammen auf große Kreta-Tour und sie hat sturmfreie Bude. Was meinst du, läuft da was zwischen den beiden? «Sie starrte immer noch auf das Foto.

»Keine Ahnung, Scrabble werden sie gleich bestimmt nicht auf dem Balkon spielen, außerdem war ihr Ego nach dem Outing von Doc Holiday ja schon etwas angeknackst. «

»Ich versteh sie sowieso nicht. Sie hat doch wohl echt einen tollen Partner zu Hause, der alles für sie macht. «

»Stimmt, aber immer richtig ist das auch nicht. «

»Nicht, wenn man es ausnutzt. Ich würde mich über einen Tatsch Aufmerksamkeit von meinem Mann schon freuen. « Ich sah vom Bild hoch und den Bus anrollen. » Ist nicht unsere Baustelle. Komm und lass uns einen schönen Tag machen. Ich hatte Jana einen Zettel hingelegt, das sie sich ja melden könnte, wenn sie ausgeschlafen hat und uns suchen würde. Hanna und Anke habe ich auch einen unter der Tür geschoben. « Wir stiegen in den Bus und schwiegen die kurze Fahrt bis in die City.

Direkt vor der Markthalle von Chania hielt der Bus, sodass wir hier unsere eigene Sightseeingtour starten konnten. Die kreuzförmige klassizistische Markthalle entstand von 1911-1913 nach französischem Vorbild der Markthalle in Marseille und bot wie fast alle Markthallen der Welt eine tolle Atmosphäre und Flair mit einheimischen Produkten und den dadurch entstehenden Düften.
In der großen Halle reichte das Angebot vom frischen Fleisch, Fisch, Käse, Obst und Gemüse bis zu typisch kretischen Produkten. Das wohl bekannteste Produkt von der Insel überhaupt war das Olivenöl. Es gibt auf der größten Insel von Griechenland geschätzt ungefähr 20 Millionen Olivenbäume. Jedes Jahr werden hunderte Millionen Liter Olivenöl produziert. Für die Wirtschaft von Kreta ist die Produktion von Öl nach dem Tourismus die wichtigste Branche. Ich probierte angebotene Brotstück mit Olivenöl-Dip, als

Ines auf den Nachbarstand zeigt. >> Guck mal, da ist der richtig Stand für dich, Diktamos. <<

>> Dik was? <<

>> Diktamos. << Ines zeigte auf einen Flyer, der in sämtlichen Sprachen auf die Heilpflanze Kretas hinwies. >> Hier steht, das es das wichtigste Produkt Kretas sei und auch nur auf dieser Insel im Hochgebirge wächst. <<

>> Aha und was macht man dann mit der Pflanze? <<

>> Na Tee. << Ines zeigte auf die verschiedenen Tüten und Dosen in den Regalen.

>> Das ist ja interessant. <<

Nach unserem Besuch in der Markthalle ging es weiter durch Chanias Altstadt, welche von seinen engen und urigen Gassen geprägt war. Viele Geschäfte und Tavernen reihten sich hier aneinander. Wir schlenderten durch einige dieser Gassen im Stadtteil Tophanas mit netten Details und einladenden Hinterhöfen. >> Wenn du etwas trinken möchtest, dann sagst du ja Bescheid, ne? << Ich sah zu meiner Freundin, die gerade eine alte Katze an den Mülltonnen entdeckte und ihr Handy für ein Foto aus der Tasche zückte. >> Also deine Fotokunst versteh ich wirklich nicht. Warum fotografierst du nicht lieber die schönen Seiten der Insel? Guck dir mal die wunderschönen Hinterhöfe an – Alt, aber die haben doch was! <<

Ines fühlte sich wohl ertappt und tat, als wollte sie gar kein Foto machen. » Ich wollte doch nur gucken, ob sich jemand von den Mädels gemeldet hat und uns einer vermisst. Zu trinken habe ich vorhin vom Schiff mitgenommen, dann brauche ich mir nicht extra etwas kaufen. «

» Okay, ich würde mir da vorne im Supermarkt eine kleine Flasche Wasser kaufen. Brauchst du sonst irgendwas? «

» Nö, Danke. «

Weiter ging unsere Tour etwas Bergauf, was für meinen Fuß nicht wirklich optimal war, aber ich wollte unbedingt die alte venezianische Befestigungsanlage von Chania sehen. Die Schiavo Bastion bot einen wunderschönen Ausblick über die Dächer von Chania bis zum Meer. Sogar die Berge konnte man im Hinterland sehen. Ich genoss die Ruhe, als mein Handy piepte. » Ach guck mal, Hanna und Anke sind auch schon wach. « Ines schaute mit auf mein Display. *'Guten Morgen ihr Frühaufsteher. Habe gerade mit Hanna gefrühstückt und wollen gleich von Bord. Wo können wir euch drei treffen? Gruß Anke'.* Ich schüttelte den Kopf. » Euch drei ist gut. Ich schreib ihr Mal eben zurück. « *'Bin mit Ines oberhalb der Altstadt. Mit dem Shuttlebus kommt ihr für 1,70 € direkt vom Schiff in die City. Jana konnten wir nicht erreichen'.* Und klickte auf senden. Nach wenigen Sekunden kam von Anke ein Daumen hoch Symbol und ich antwortete´ *wir setzen uns in einer Taverne in der Altstadt und warten dort auf euch. Packt Geld ein, es ist hier ein Paradies für Shopppingfreunde`.*

Ich genoss nochmal die Aussicht und drehte mich zu Ines. >> Sollen wir weiter oder möchtest du noch ein Weilchen hier verbringen? <<

>> Von mir aus können wir gerne wieder los. <<

>> Hast du dir eigentlich auch schon ein Souvenir gekauft? Ich meine so als Andenken? Oder hast du schon ein Mitbringsel für Yannik entdeckt? <<

>> Ich habe mir doch den Armreif für 4,- € gestern in Katakolon gekauft und für Thomas habe ich den Gürtel. Ich brauch auch nicht so viel, meine Schränke sind voll zuhause und für so Kinkerlitzchen bin ich nicht. <<

Ich lachte. >> Das ist auch ein Wort ... Kinkerlitzchen. Aber ich muss dir Recht geben, ich bin da auch nicht für. Komm <<, ich harkte sie ein. >> Wir suchen uns unten eine schöne Taverne, wo ich mein Bein etwas hochlegen kann und da lade ich dich auf einen Snack ein. <<

>> Quatsch, warum das denn? <<

>> Weil ich es gerne möchte und ich mich freue, wenn jetzt keine Wiederrede kommen würde. Stütz du mich bitte etwas beim runterklettern? <<

Wir suchten uns eine nette Taverne mit typisch blauen Holzstühlen aus und während Ines die Toiletten aufsuchte, bestellte ich eine Karaffe Rotwein, eine Flasche Wasser und griechische Spezialitäten wie Tsatsiki, Oliven, Brot und griechischen Salat für zwei Personen. Irgendwie hatte ich das dumpfe Gefühl, das Ines sehr auf ihr Geld achtet. Ich verstand nicht, wie man sich Leitungswasser abfüllte, wenn kleinen Wasserflaschen im Supermarkt weniger als 1,- € kosteten. Ich schüttelte den Kopf, holte mein Handy hervor, schickte Anke den Namen der Taverne und lehnte mich zurück, um den Blick auf den kleinen niedlichen Hafen zu genießen. Auch wenn Ines ja mittlerweile gemerkt haben musste, dass wir alle ein Stiefkind am Stecken haben, schwieg sie. Anke war auf ihren Mann böse weil er den Einzug seiner Mutter plante, Jana hatte nicht nur Partnerprobleme, sondern vielleicht sogar auch ein Alkoholproblem, ich selber hatte mit der Hauskündigung (hoffentlich hatte) Probleme und Hanna war krank. Jeder von uns hatte sein Laster zu tragen. So war und wird es im Leben immer sein, es wird immer mal Bergauf und dann auch wieder abgehen.

*

Anke wollte direkt durchstarten und die kretische Shoppingmeile unsicher machen, doch Hanna hielt sie zurück. >> Wir können gerne gleich gemeinsam durch die Shops stöbern, aber vorher gehen wir in die vereinbarte Taverne. Mich würde es wirklich interessieren, wo Jana steckt. «

Wir begrüßen uns, bestellten noch Kaffee, sowie für mich ein Diktamostee, als Hanna wissen wollte, was mit Jana sei. » Das können wir euch auch nicht sagen, ich habe ihr eine Nachricht in der Kabine hinterlassen, genauso wie euch auch. «

» Komisch, dass sie sich nicht gemeldet hat. Ist sie denn gestern nicht mit dir aufs Zimm … ähhh auf die Kabine gegangen, Katja? «

» Doch natürlich, aber weiß ich, ob sie nicht nochmal los gestiefelt ist, als ich im Koma lag? Heute Morgen jedenfalls lag sie im Bett und schlief tief und fest. «

» Ich schreib sie mal an. « Hanna holte ihr Handy hervor. » Vielleicht hat sie ja einen schlimmen Kater? «

Ines grinste. » Den hat sie definitiv und wer weiß, wo sie mit ihm gerade steckt! « Ihre Worte wurden durch Anke überschallt. » Ich würde mir jetzt gerne mal die Shopping Meile näher anschauen, geht jemand mit? « und Hanna war dabei. Ines und ich blieben noch etwas in der Taverne sitzen und machten uns dann auf den Weg zur Janitsch Moschee am kleinen Hafen. » Warum hast du den beiden nichts von der Entdeckung mit Jana erzählt? Hättest ihnen doch auch das Foto zeigen können. «

» Ja das stimmt, ich hatte auch kurz drüber nachgedacht aber ganz ehrlich, das hätte wieder zu

Diskussionen geführt, mit Wenn und Aber und Henning und Co. Dafür ist mir die Zeit hier zu kostbar, um jetzt zwei Stunden in einer Taverne zu verbringen um darüber zu konferieren. Ich erzähle es den beiden später, okay? «

Die Moschee hatte ein kubisches Hauptgebäude mit einer großen Kuppel, die von vier aufwändig errichteten Steinbögen gestützt wurde, daneben waren sechs kleinere Kuppeln. Im Moscheehof waren Palmen angepflanzt, dort befanden sich die Gräber von verschiedenen Paschas und Janitscharen. Ich machte viele Bilder mit meiner Kamera, auch von den schönen, um die Moschee herum wartenden Kutscher. Die weißen Fiaker warteten auf Kundschaft, was insgesamt ein wirklich hübsches Bild ergab.

Zurück in der Geschäftsstraße suchten wir dann unsere Shoppingqueens auf. Anke war nicht zu verfehlen, sie hatte den Arm schon voller Tragetaschen und verschwand gerade wieder in den nächsten Laden, während Hanna mit einer Eiswaffel kleine Spatzen fütterte. Ines zeigte zu ihr. » Typisch Hanna, dass sie noch keinen Gnadenhof aufgemacht hat ist alles. «
» Das stimmt. Wenn ihr Sven mitspielen würde und sie noch mehr Platz im Garten hätten, dann würde sie tatsächlich jedes kranke Tier aufnehmen. Die Tage

hatte sie eine Hummel aus dem Pool gerettet, mit Marmelade auf dem Finger gestärkt und wieder fliegen gelassen. «

» Ich habe auch schon eine Hummel aus der Vogeltränke gerettet, sie dann zum Trocknen und erholen in die Sonnen gesetzt und dann war gut. «

» Genauso habe ich es auch schon gemacht und die Hummel ist auch weitergeflogen, aber Hanna füttert ja alle Tiere. Letztens habe ich zuhause eine kleine Motte mit der Klatsche einen gegeben, ja da hättest du mal ihre Augen sehen sollen! Ich war nah dran, den nächsten Bestatter zu beauftragen. «

Ines lachte herzlich auf, sie hatte Kopfkino.

Als der Kaufrausch schon fast nachließ, führte uns der Weg zurück zum Shuttlebus durch die Ledergasse, einer Gasse, in der verschiedene Lederwaren angeboten wurden. Anke seufzte nur. » Mädels, mir tun die Arme vom Schleppen weh, Chania ist ein Mekka für Schuhliebhaber. Es gibt gefühlt an jeder Ecke ein Schuhgeschäft. «

» Oh du Arme. Da vorne stehen Fiaker mit Pferden, die bringen dich mit deinem Gepäck bestimmt gerne zum Schiff zurück. «

» Sehr witzig «, konterte Anke nur, schulterte eine Einkaufstüte und folgte uns zur Bushaltestelle.

>> Immer noch keine Nachricht von Jana. Ihr wird doch wohl nichts passiert sein? <<

Unser bepackter Esel konnte es sich nicht vorstellen. >> Du kennst sie doch, sie liegt bestimmt umgarnt von Männern am Pool und lässt sich bedienen. Ich mache mir da keine Gedanken mehr drüber. Wie sieht denn nun unser weiterer Plan für heute aus? Wir haben jetzt erst 13:30 Uhr und wir legen doch erst heute Abend wieder ab. Sollen wir uns schnell unsere Badesachen holen und noch zum Strand? <<

Hanna war begeistert. >> Das wäre doch toll. <<

>> Warum nicht? Ich wäre dabei. Ich habe meine Sehenswürdigkeiten der Insel gesehen und etwas Strand wäre auch schön. Ines? <<

>> Na dann los! <<

Kapitel 16
Sonne, Strand und Sorgen

Der Strand von Chania lag unweit des Hafens, trotzdem bestellten wir uns ein Taxi, da wir keine Zeit verlieren wollten.

>> Hat von euch auch noch immer keine eine Nachricht von Jana erhalten? << Hanna saß als Beifahrer und schaute erneut aufs Handy, sie schien sich tatsächlich Sorgen zu machen, deshalb erzählte ich von der zufälligen Entdeckung heute Morgen auf den Balkon und dem Herrenbesuch. Anke war perplex. >> Also das schlägt dem Fass den Boden aus. Beziehungsprobleme hin oder her, aber ich finde, das ist auch keine schöne Art von ihr. Mensch, da krieg ich einen Föhn, Leute. <<

>> Anke, nicht aufregen, der Taxifahrer kann unsere Sprache nicht verstehen und bekommt gleich Angst vor uns. <<

>> Doch, irgendwann platzt mir der Hut. Schickt uns ein Hilferuf, jammert uns wegen Henning die Ohren voll, dann begleiten wir sie in den Urlaub und dann flirtet sie rund um die Uhr mit jedem Kerl der ihr entgegenkommt. <<

>> Na mit jedem ja auch nicht <<, meinte Ines trocken.

>> Lassen wir ihr den Spaß doch <<, ich hatte absolut keine Lust auf das Thema, sondern wollte einfach nur am Strand liegen und im Meer schwimmen. >> Wenn

sie sich so ihren Abstandurlaub vorgestellt hat, dann soll sie ihn so verbringen, wir genießen ihn eben auf unsere Art und außerdem sehe ich da vorne schon den goldigen Sand. «

Der größte Teil des Stadtstrandes war mit einem herrlich goldenen Sand bedeckt und mit Liegen, Schirme, Duschen und Umkleiden ausgestattet. Es waren noch viele Liegen frei, somit hatten wir vier keine Probleme nebeneinanderliegende zu finden. Ines winkte ab. » Ich brauche für die paar Stunden hier keine Liege, ich habe doch mein Handtuch dabei. «

» Und nachher klagst du wieder wegen Rücken. Wir bleiben bestimmt bis heute Abend hier. Nicht das du nachher und morgen solche Rückenschmerzen hast und keine Treppen auf Santorin laufen kannst «, schimpfte Hanna.

» Ach was, sooo schlimm wird's wohl nicht werden. « Sie breitete ihr Handtuch neben Anke ihrer Liege aus. Ich drehte meine Liege in die Sonne, zog meine Strandtunika aus und war startklar fürs Wasser. » Wer von euch ist dabei? « Ines zeigte sofort auf, Hanna wollte es sich lieber gemütlich machen und wurde von Anke überredet mitzukommen. Die ersten Meter im Wasser waren recht steinig und wir mussten aufpassen wo wir hintraten, vor allem ich hatte echt Bammel das ich wieder umknickte, aber die

Abkühlung tat uns allen gut. Wir plantschten vor uns hin, Anke schwamm sogar bis zur ersten Boje raus und nach einer guten viertel Stunde gingen wir zurück zu unseren Liegen und ließen uns von der Sonne trocknen.

Georg Michael riss uns alle aus den Gedanken, als sein ´Careless Whisper` erklang.

>> Bestimmt Jana <<, vermutete Ines, doch Hanna schüttelte mit einem Blick aufs Display den Kopf.

>> Hallo mein Schatz. << Sie setzte sich zwei Liegen weiter nach vorne um etwas ungestörter mit ihrem Mann zu reden. Ich, die mich gerade eincremte, sah an ihren Gesten, dass es kein freudiges Gespräch war.

Ich kannte meine Freundin Hanna seit über 40 Jahren. Wir waren als Kinder zusammen groß geworden, wurden gemeinsam eingeschult, konfirmiert und die Pubertät haben wir auch zusammen gemeistert. Wir beide haben immer zueinandergehalten und konnten uns blind vertrauen. Ich merkte sofort, wenn sie Sorgen hatte und jetzt sah ich es ihr jetzt auch an. Anke war kurz vor dem einnicken, als Hanna sich wieder zu uns gesellte. >> Schöne Grüße von meinem Mann. <<

>> Dankeschön, geht es ihm gut? <<, fragte ich nach.

>> Ja klar. Ach ihr kennt ihn doch, er ist doch immer die Ruhe in Person. Alles easy, alles tutti zuhause. <<

>> Was macht Fynn? <<, fragte ich weiter.

>> Alles im grünen Bereich. Wie ich Sven verstanden habe, ernähren die beiden sich die ganze Woche von Pizza, Pommes und Co., gucken bis spät Fernsehen und verstehen sich wohl. <<

>> Na die halten sich ja prima an deinem Stundenplan. Sonst noch was Neues? << Wahrscheinlich nervten meine Fragen sie schon.

>> Ihr werdet es ja sowie erfahren. << Sie band sich ihre Haare zu einem Pferdeschwanz und Anke richtete sich sofort auf. >> Ist was passiert? <<

>> Meine Rheumawerte haben sich wieder etwas verschlechtert. Sven hat mir gerade die Ergebnisse vorgelesen, die per Post von der letzten Untersuchung eingetroffen waren. <<

>> Und was heißt das? << Ines guckte erschrocken.

>> Na, dass ich direkt im Anschluss an unserer schönen Woche nach Kiel in die Spezialklinik und tablettenmäßig wieder neu eingestellt werden muss. Ich war jetzt so froh, dass ich die Dosis des Cortisons etwas herabsetzen konnte und jetzt geht es wieder von vorne los. <<

>> Hast du denn auch wieder deine Schübe? <<

>> Zum Glück noch nicht, aber ich denke, dass bleibt nicht mehr lange aus, wenn ich nicht schnellstmöglich höher dosiert eingestellt werde. Zum Glück trage ich ja nachts die Handmanschetten, sonst sähe die Sache bestimmt schon anders aus. <<

>> Das ist aber auch ein Scheiß mit der Krankheit. <<
Ines steigerte sich da jetzt richtig rein. >> Da werden
eher noch 10 neue Kopfschmerzpillen und 20
Erkältungstropfen erfunden, anstatt sich mal um
kaum erforschte Krankheitsbilder zu kümmern.
Irgendwann muss doch mal ein schlaues Köpfchen
etwas gegen Krebs, Schlaganfall oder auch Rheuma
erforschen. <<

Hanna staunte. >> Hey Ines, jetzt reg dich doch nicht so
auf. <<

>> Doch, das musste jetzt raus, ich finde es nämlich
echt ungerecht. Die Tage habe ich mit meiner Kollegin
Anja schon über das Thema gesprochen. Stellt euch
mal vor. Ihr Bruder ist Industriemeister in irgend so
einer Pharmazie und der hat ihr anvertraut, dass es
schon lange ein Medikament gäbe, welches
Krebserkrankungen enorm senken würde. Dieses
Medikament könnte man ganz einfach zur Vorsorge
geimpft bekommen, doch da spielt die
Pharmaindustrie halt nicht mit. <<

>> Und warum nicht? << Anke war erstaunt.

>> Na ist doch logisch. Weißt du wie viele Arbeitslose
es dann geben würde? Ärzte,
Krankenhausabteilungen, Apotheken, Pflegedienste,
bis hin zum saloppen Perückenhersteller. <<

Ich nahm nochmal die Sonnencreme aus der Tasche
und cremte mir das Gesicht ein. >> Ich denke, die
werden solche Medikamente erst öffentlich auf den

Markt freigeben, wenn die vielleicht mal selbst von so einer fiesen Krankheit erwischt werden. Es gibt doch nichts Wichtigeres als die Gesundheit. Schade, dass man hier mit Geld und Ruhm wieder alles kaufen kann. «

» Davon kannst du dir auch keine Gesundheit kaufen « kam es von Ines, doch ich wiedersprach trotzig. » Das nicht, aber vielleicht die Impfe zur Vorsorge. Menschen sind doch oft käuflich und für einen bestimmten Preis gibt doch irgend so ein Pharmafritze bestimmt eine Impfe frei. Braucht noch jemand Sonnencreme? «

Anke schüttelte den Klopf und nahm den faden nochmal auf.

» Sag mal Hanna, bei so hohen Werten trinkst du noch so viel Alkohol? «

» Ich trinke zuhause nie etwas, höchstens mal ein Radler, sonst tatsächlich nur mit euch. «

» Aber was haben wir hier alleine schon alles getrunken! «

» Das wäre ja auch noch schöner, wenn ich im Urlaub nur Wasser trinken würde! Es ist doch nur eine Ausnahme und die würde ich mir auch nicht nehmen lassen. «

» Wie lange musst du denn in Kiel bleiben? «

» Das kommt darauf an, wie mein Körper die neue Verordnung aufnimmt. Ich denke mal, minimal eine Woche und maximal hoffentlich 14 Tage. «

»Wer kümmert sich denn um die Meerschweinchen und Luna die ganze Zeit?«

»Ja das ist das schlimmste für mich, Sven kriegt mit der Schweinebande immer eine Krise.« Hanna verdrehte die Augen. »Am liebsten würde ich alle einpacken und mitnehmen.«

»Wenn die Tiere deinem Mann zu viel Arbeit machen, dann komm ich eben zum Füttern vorbei. Oder wir ziehen bei uns im Garten einen kleinen Zaun und setzen sie dort rein, dann sind sie den ganzen Tag an der frischen Luft und haben Gras zum fressen.« Hanna schaute mich überlegend an. »Und in der Nacht? Nicht das mir die einer klaut oder sie der Marder schnappt.«

»Ich kann sie doch morgens nach draußen setzen und abends, bevor es dunkel wird, sammle ich sie alle ein und packe sie in den großen Käfig, den ich noch von den zwei Hasen im Keller habe und dann können sie in der Garage schlafen. Stefan ist doch auch noch in der Wiedereingliederung und viel zuhause und kümmert sich bestimmt gerne.«

»Ich hätte noch ein Netzüberwurf«, fiel Anke ein. »Den könnte man über den Zaun legen damit auch kein Greifvogel deine Schweinchen klaut.«

Hanna überlegte kurz. »Ich glaube, ich nehme euer Angebot an, dann habe ich schon mal eine kleine Sorge weniger. Luna nimmt in der Regel mein Schwiegervater, aber mit den Meerschweinchen hat

Sven nichts mit am Hut. Vielen Dank euch allen, das wäre echt schon mal eine große Hilfe. ≪

≫ Ach, dafür sind wir doch Freundinnen, oder? ≪

≫ Genau ≪, meldete sich Ines zu Wort. ≫ Und deshalb spiele ich jetzt hier mit euch ein neues Spiel welches heißt ´ich sehe was, was ihr nicht seht und das hat lange braune Haare und lässt sich gerade auf der Liege massieren`. ≪

*

≫ Was? ≪ ≫ Wie? ≪ ≫ Wo? ≪ Alle plapperten auf einmal und folgten Ines Blick zum Yachthafen und tatsächlich handelte es sich um Jana, die sich auf einem kleinen Motorboot einer Massage unterzog.

≫ Gib mir doch mal deine Kamera, Katja. Ich muss den Masseur mal näher zoomen, mal gucken ob das der Sonnyboy von heute Morgen war. ≪ Ines konnte es kaum glauben.

≫ Die Kamera habe ich auf dem Schiff gelassen, aber warte mal ≪, ich wühlte in meinem Rucksack. ≫ Ich müsste doch irgendwo noch ein kleines Fernglas eingepackt haben. ≪

Ines nahm es entgegen und war entsetzt. ≫ Ich glaub mein Schwein pfeift. Das ist doch wahrhaftig der Balkontyp. Ist ja der Hammer und wir Doofis machen uns Gedanken wo sie steckt und warum sie sich nicht meldet. Kein Wunder, Madame lässt sich bedienen. ≪

≫ Reich doch mal das Fernglas. ≪ Hanna nahm es ihr ab und stellte die Stärke ein. ≫ Den Typen habe ich

doch schon mal gesehen, ich weiß nur nicht wo. Anke guck du doch mal. « Auch Anke kam er bekannt vor, wusste aber auch nicht, wo sie ihn hinstecken sollte. Ich packte das Fernglas wieder in meine Strandtasche zurück und lehnte mich gemütlich auf meiner Liege zurück. Natürlich fuchste es mich auch etwas das Jana uns als ihre Urlaubsbegleitung angeheuert hatte und dann alleine loszog, doch ich wollte die etwas angespannte Situation nicht noch spannender machen. » Ach lasst ihr doch den Urlaubsflirt, uns geht es doch auch gut, oder? Außerdem bin ich wirklich total froh, dass ich nicht so viel Anerkennung von anderer Menschen oder anderen Männern brauche, dass wäre mir echt zu anstrengend. «
» Stimmt, das wäre auch nichts für mich, ich bin auch so zufrieden. « Hanna wühlte in ihrer Tasche. » Ich geh mal eben zum Supermarkt da vorne. «
» Shoppen? « Anke setzte sich ihre Sonnenbrille auf. » Bin ich dabei. «

Ines und ich machten uns eine Zigarette an und schauten auf das ruhige Meer.
» Hanna tut mir schon leid mit ihrem scheiß Rheuma « unterbrach ich die Ruhe. » Diese Schübe müssen ja schlimme Schmerzen sein und dann jeden Tag so viele Medikamente! Für ihre Rheumaschübe mag es ja gut sein, aber dadurch wird doch bestimmt irgendein anderes Organ wieder angegriffen. «

\>\> Das denke ich auch. So hat tatsächlich jeder seine Päckchen auf der Welt zu tragen. Der eine auf der Arbeit, der andere in der Familie oder im Freundeskreis und der nächste in der Medizin. Ich denke, dass kein Mensch auf der Welt nur Friede Freude Eierkuchen kennt. \<\<

\>\> Da hast du recht. Guck mal, alleine jetzt Hanna mit ihrer Krankheit. Auch wenn sie sich nie beschwert, leidet sie doch und auch wenn wir die Mitte unseres Lebens überschritten haben, ist sie definitiv zu jung dafür. Anke mit Peter. Ich habe ihn total lieb und gerne, ich mag ihn, aber er ist auch manchmal anstrengend und egoistisch. Ich finde es auch total unfair, dass er einfach über Anke bestimmt und seine Mutter zuhause einquartieren möchte. Ich meine da müssen doch beide mit einverstanden sein, denn im Enddefekt hat Anke doch dann die meiste Arbeit. \<\<

\>\> Kennst du ihre Schwiegermutter eigentlich? \<\<

Ich erinnerte mich. \>\> Ich habe sie mal mit Peter auf dem Friedhof getroffen. Sie machte einen netten und gepflegten Eindruck, soll aber sehr dominant sein, das hat Peter wohl schon selbst von seiner Mutter zugegeben. \<\<

\>\> Siehste und das sind wahrscheinlich Anke ihre Bedenken und die kann ich verstehen, auch wenn das Shoppen und Geldausgeben ihr hier vielleicht guttun, es wird das Problem nicht lösen. \<\<

>> Da hast du Recht. Das Problem ist eigentlich ER, denn was Peter sich vornimmt, das zieht er auch durch. <<

>> Genauso schätze ich ihn auch ein. << Ines drückte ihre Kippe aus. >> Aber man sieht ja bei euch, wie sich manche Probleme auch fast von alleine erledigen. <<

>> Schon, aber man kann ja jetzt eine Wohnungs- oder auch Haussuche nicht mit einem Krankheitsbild vergleichen. <<

>> Dass nicht, aber mit Stefans Bein-OP? <<

>> Ach was, auch damit nicht. Weißt du, bei wie vielen Menschen und ganz besonders Sportlern die Achillessehnen schon gerissen ist? Es war eine aufregende Zeit, aber das lag nur daran, dass er eben ein schlechter oder sagen wir mal sehr unruhiger Patient war oder auch ist. Du kennst ihn, sein Motor muss immer laufen und nun war er ein paar Wochen außer Gefecht, war auf andere angewiesen, die ihn zu Untersuchungen fahren mussten usw.! Das fand ich anstrengend und die Sorge über unsere wohnliche Zukunft kam da noch mit hinzu. Ich stand wohl so unter Strom, dass ich jetzt merkte, wie ich wieder atmen kann. Mir kommt mein eigentlicher Spaß und Lachen selbst wieder ehrlicher vor. <<

>> Das ist schön, Katja. Ich wünschte das könnte ich auch von mir sagen. <<

>> Thomas? <<

>> Ach, eigentlich wie immer. Guck mal, da kommen Hanna und Anke wieder. <<

Das machte sie echt geschickt, dachte ich. Erst fängt sie ein Thema an und dann, wenn es brenzlig wurde und man nachforschen oder sie zu viel erzählen könnte, folgte schnell ein Themawechsel. Ich bemerkte ihre Ablenkung, trotzdem wollte ich diese nicht wieder einfach so übergehen.

>> Ines, irgendwie sprichst du immer so in Rätseln und ich habe das Gefühl, als ob dich auch richtig was belastet, was aber nicht unbedingt mit eurem Streit zu tun hat. Auch, wenn ich mich wiederhole, ich möchte nur das du weißt, dass du, falls dir nach Reden zumute ist, immer mit uns allen oder dich auch nur mit einem von uns anvertrauen kannst. << Ich meinte wässerige Augen bei ihr entdeckt zu haben, deshalb setzte sie wahrscheinlich auch schnell die Sonnenbrille auf. >> Danke Katja, ich weiß das, aber manchmal gibt es Sachen, die man verdrängt und plötzlich tauchen sie wieder auf. <<

>> Alles gut, ich wollte dich auch nicht drängen, sondern dir nur sagen, dass du auf jeden einzelnen von uns hier bauen kannst. <<

>> Das weiß und schätze ich auch, Danke. <<

>> Nachschub. << Anke schwenkte eine Tragetasche und Hanna zauberte ein Baguette und zwei Dips

hervor. » Wir lassen es uns heute so richtig gut gehen. «

» Tja, jeder bekommt, was er verdient « Hanna reichte das Brot an Ines, die dankend abwinkte.

» Warum denn nicht? Ist doch Olivenbrot. Gesund und Lecker, haben wir im Supermarkt schon probieren dürfen. «

Ines schüttelte erneut den Kopf. » Ich finde es nicht gerecht, dass ich euch noch gar keine Runde ausgegeben habe, deshalb möchte ich nicht. « Sie stand von ihrem Handtuch auf und klopfte sich den Sand vom Bikini. » Das ist mir dann echt zu blöd. «

» Warum das denn und außerdem ist die Reise ja noch nicht vorbei, du kannst dich schon noch revanchieren. « Hanna hielt ihr erneut das Brot unter die Nase und Ines riss sich grinsend ein Stückchen ab.

» Na gut, morgen Mädels, morgen gebe ich einen aus. Morgen auf Santorin. «

» Was macht denn Jana? Habt ihr mal wieder durch euer Fernglas spekuliert? «

» Ne, irgendwie vergessen. Wir waren vorhin so im Gespräch vertieft. « Ich stand auf und schaute in die Richtung, wo wir vorhin das Boot mit Jana erblickt hatten. » Entweder bin ich jetzt blind oder das Boot ist verschwunden. «

Hanna stand auf, nahm das Fernglas und bestätigte kurz und knapp mein » Verschwunden. «

Anke zog ihre Schlappen wieder an. >> Ich geh mal
zum Hafen gucken, vielleicht sitzt sie mit dem Typen
ja auch in einem der Restaurants. << Ines wollte auch
gerade ihr Badeschlappen anziehen und ihre Freundin
begleiten, als Hanna, unsere Miss Marple, noch immer
wie bei Baywatch durch das Fernglas spähte. >> Den
Weg könnt ihr euch sparen. Unsere Jana steht wie
Kate Winslet bei Titanic vorne auf dem Motorboot,
welches gerade den Hafen verlässt. << Sie zeigte mit
dem Zeigefinger in eine Richtung. >> Seht ihr das rote
Boot da? <<
Anke guckte angestrengt zum Horizont und zuckte
mit den Schultern. >> Wenn es ihr Spaß macht,
Hauptsache sie verpasst heute Abend nicht unser
Schiff. <<

*

Wir vier verbrachten den Tag gemeinsam faul am
Strand, gingen mal ins Wasser, genossen die Sonne,
erzählten uns Dönnekes aus alten Zeiten, vergaßen
dabei aber nie, den Blick suchend über den Horizont
gleiten zu lassen.
Gegen 18:30 Uhr dann brachen wir langsam unsere
Zelte am Strand ab.
>> Wo Jana jetzt wohl ist? <<, fragte Ines. >> Wer weiß,
vielleicht ist sie mit ihrem Beachboy noch auf den
Boot und sie finden den Hafen nicht mehr? <<
Anke sah das ganze recht locker. >> Ich denke eher,
dass sie zum alten Hafen von Chania gefahren sind,

wo wir heute Vormittag gesessen hatten und sie es sich dort noch nett machen. «

» Meinst du? Könnte natürlich sein! Ich schick ihr jetzt nochmal eine Nachricht. «

» Brauchst du nicht, ich habe schon zwei geschickt, seitdem wir sie mit dem Masseur entdeckt haben. Beide wurden noch nicht von ihr gelesen! «

» Wer nicht will, der hat schon. Kommt Mädels, wir fahren wieder mit dem Taxi zurück zu unser MS, ich habe Kohldampf. « Anke packte ihre Sachen zusammen.

Während der kurzen Fahrt versuchte ich noch zweimal unsere Freundin per Handy zu erreichen, doch jedes Mal sprang die Mailbox an. Wir checkten mit gemischten Gefühlen ein und gingen auf unsere Kabinen, um zu duschen und uns für das Abendessen fertig zu machen. Auf dem Weg zu den Kabinen hoffte ich, dass Jana vielleicht auch eine Nachricht hinterlassen hatte oder dass wenigstens ihre Badesachen zum Trocknen auf dem Balkon hingen, das sie vielleicht gerade im Bad war oder oder, aber als ich die Kabinentür aufschloss und nichts von meiner Hoffnung sah, bekam ich spontan Magen und ging auf den Balkon, um meinen Nachbarn Bescheid zu sagen.

\>\> Keine Nachricht und keine Spur das sie hier war. Das gibt's doch nicht, so langsam finde ich es echt nicht mehr lustig. \<\<

\>\> Mein Reden. \<\< Bemerkte Ines. \>\> Ich bekomme langsam Magenschmerzen. \<\<

\>\> Stimmt, ich auch \<\<, kam es sogar von Anke. \>\> Aber eher vor Hunger. \<\<

\>\> ANKE! \<\<

\>\> Was denn? Was können wir denn dafür, wenn Madame ohne auch nur einer Notiz eigene Wege gehen muss. Wir haben sie doch nicht fortgeschickt! Ich mach mich jetzt fertig und gehe was essen. \<\<

\>\> Ich glaube, ich würde jetzt gar nichts runter bekommen. \<\< Ines schien wirklich nervös. \>\> Ist dir oder euch mittlerweile eingefallen, woher euch der Mann denn nun bekannt vorkam? \<\<

\>\> Leider nicht, obwohl ich mir echt Sicher bin, dass ich den schon mal gesehen habe. Nur irgendwie anders. Vielleicht mit einer Mütze oder so? Ich muss nochmal überlegen. \<\<

\>\> Vielleicht war es am Flughafen oder auf Katakolon? \<\<

\>\> Hauptsache nicht im Fernsehen bei Aktenzeichen XY! \<\<

Kapitel 17
Immer Ärger wegen Jana

Es war mittlerweile 19:45 Uhr und noch immer nichts von Jana zu sehen oder hören. Anke hatte sich im Schnellrestaurant ein Tablett mit einem Hamburger und Pommes befüllt und diesen in die Kabine mitgenommen. >> Alleine wollte ich auch nicht im Restaurant sitzen und nur damit ihr es wisst, das ist nur ein Snack, ich möchte schon noch richtig dinieren gehen. << Wir versprachen ihr hoch und heilig nach dem Ablegen des Schiffes und der Anwesenheit von Jana, ganz entspannt speisen zu gehen.
Mir kam die Idee, an der Rezeption mal zu fragen, ob Jana wenigstens schon eingecheckt hatte.
>> Ja das ist eine gute Idee. << Ines hang an der Reling und schaute mit dem kleinen Fernglas Stück für Stück den Horizont ab.

>> Rezeption, du sprichst mit Cornelia, was kann ich für dich tun? <<
>> Ja Hallo und Guten Abend, hier spricht Katja aus Kabine 7382, die ich mir mit meiner Freundin Jana teile. Wir sind zu fünft angereist und haben alle die Kabinen nebeneinander... <<
>> Das ist doch völlig wurscht <<, flüsterte Hanna.
Ich war total aufgeregt, sie hatte ja Recht. >> ... also Jana ist heute Morgen nicht mit uns vom Schiff

gegangen. Wir haben sie heute Nachmittag allerdings am Strand von Chania gesehen, aber da das Schiff in ein paar Minuten ablegen wird und wir sie vermissen, wollte ich doch mal nachhören, ob sie denn wenigstens schon eingecheckt hat? Ich meine, ihr könnt das doch bestimmt im System erkennen, oder? «

» Ja, das stimmt. Na dann wollen wir doch mal gucken. Hat eure Freundin denn auch keine Nachricht auf dem Zimmer hinterlassen? Manchmal übersieht man vor Aufregung so kleine Zettelchen schon mal schnell. «

» Nein, das war ja auch unsere Hoffnung aber hier liegt leider keine Notiz. «

Anke flüsterte leise » bestimmt, weil sie eine Zettelphobie wegen Henning hat. «

Cornelia bemühte sich. » Ich schaue mal ins System, bleib bitte kurz in der Leitung. «

Ich schaltete das Telefon auf Lautsprecher und wir hörten Cornelia auf die Tastatur tippen.

» Also, laut unserem System hat eure Freundin noch nicht eingecheckt. Bleib aber bitte nochmal in der Leitung, ich funke mal eben die Kollegen am Check-in an. Kleinen Moment bitte. «

» Ja Danke. « Wir warteten.

» Jetzt bekomm ich auch so langsam Magen «, kam es von Hanna. » Was machen wir denn, wenn sie noch nicht auf dem Schiff ist und wir ablegen? «

Anke sah das ganze immer noch locker. >> Dann muss sie wohl hinterher schwimmen. <<

>> ANKE! <<

>> Ist doch so! Dann soll der Macker sie morgen nach Santorin bringen und gut ist. Sie ist doch alt genug um eine Uhr zu lesen, oder? <<

Cornelia meldete sich wieder. >> Hallo? Bist du noch in der Leitung? <<

>> Ja natürlich <<, erwiderte ich etwas ungeduldig.

>> Mein Kollege hat das Fehlen leider bestätigt, tut mir leid. Er sagte, es würden sich auch keine Passagiere mehr bei ihm an der Gangway aufhalten. <<

Das Schiff fing an zu vibrieren, was hieß, dass der Kapitän den Motor angeschmissen hatte.

Ich bekam wirklich etwas Panik. >> Ach du Scheiße, was machen wir denn jetzt? Wir können doch nicht ohne Jana ablegen, was, wenn ihr etwas passiert ist? <<

>> Das tut mir leid. Wir dürfen nicht viel länger als Vorgegeben im Hafen liegen bleiben, jede Minute kostet der Reederei Unmengen an Geld …<< ein Funksignal unterbrach sie, Katja und alle Mithörenden.

Cordula sprach spanisch. >> Si, si, gracias. Gracias a dios Lo paso. Gracias << und an mich gewandt. >> Ich kann euch beruhigen. Eure Freudnin ist gerade mit einem Herren in letztes Sekunde noch durch die Kontrolle gehuscht. Ich wusste nicht, dass wir zwei Passagiere vermissten, aber jetzt sind anscheinend und hoffentlich alle an Bord und wir können beruhigt ablegen. «

» Gott sei Dank «, rutschte es jedem raus, also allen außer Anke. » So, dann hat ja unsere Freundin wieder ihre Extra Showeinlage bekommen, sodass wir jetzt auch beruhigt essen gehen können. «

Jetzt, wo alle wussten das wir wieder vollzählig waren, konnten wir tatsächlich frei durchatmen. Für Ines stand fest, Jana würde auf Santorin an eine Leine kommen, worauf Anke nur meinte » warte erstmal ab, vielleicht ist sie ja auch wieder mit dem Beachboy verabredet! «

» Apropos Beachboy. Ist euch denn immernoch nicht eingefallen, woher euch der Herr so bekannt vorkam? Wenn ihr beide doch sagt, das ihr den schon irgendwo mal gesehen habt, dann muss es ja hier auf den Schiff gewesen sein. «

Hanna überlegte. » Ich hatte auf der Taxirückfahrt noch so kurz an Athen und den Eisverkäufer gedacht, aber der hatte ja bedeutend weniger Haare. «

Ines fiel ihr Feuerzeug aus der Hand. » Der hatte doch schon eine Glatze. «

» Woher weißt du das denn, du hattest doch gar kein Eis und konntest ihn gar nicht durch deine heruntergezogene Kappe sehen! «

>> Ich hatte es nur vermutet, da irgendwie alle Eisverkäufer keine Haare mehr auf den Kopf haben. Also finde ich. <<

>> Das habe ich auch noch nie gehört, muss ich aber unbedingt mal drauf achten. <<

Anke überlegte laut. >> Ich meine ihn hier an Bord gesehen zu haben, vielleicht im Restaurant oder sogar im Casino? Kann das sein, Hanna? Im Casino vielleicht? Irgendwo habe ich ihn hier definitiv gesehen und ich meine auch, dass die Begegnung nicht nett war, aber mit leerem Magen kann ich mich nicht gut konzentrieren, geschweige denn erinnern. <<

Sie warf einen Blick auf die Uhr. >> Mädels, wie sieht es aus, sollen wir noch ins SB-Restaurant und den Abend dort in Ruhe ausklingen lassen? <<

Jetzt merkte ich auch, dass sich mein Magen beruhigt hatte und der Appetit zurückkahm. >> Können wir gerne machen, aber wollt ihr den Abend wirklich im Restaurant ausklingen lassen, ich meine, wir legen doch morgen erst um 10:00 Uhr auf Santorin an und können ausschlafen. <<

>> Ausschlafen! <<, kam es synchron von Hanna und Anke!

>> Wer redet denn von schlafen? Es kommt heute ein Schocker im ZDF und ich wollte mich mit 'ner Tüte Chips einfach ins Bett legen und fernsehen. Ich habe mir die Tüte extra vorhin im Supermarkt gekauft und freue mich schon die ganze Zeit drauf. << Anke

machte es sich gerne gemütlich und warum auch
nicht, musste ja jeder selber wissen.
>> Da hätte ich auch Lust zu, aber heute wird doch
noch um 21.00 Uhr ein Tribut von Michael Jackson im
Theater gezeigt, das wollte ich gerne sehen. <<
Ines haute sich mit der Hand an die Stirn. >> Stimmt ja,
das wollte ich auch. Das wird bestimmt toll! <<
>> Na dann los. <<

Hanna liebte das Buffet-Restaurant, schnappte sich ein
Tablett und verschwand in der Veggie Abteilung. Sie
fand ein paar Pastas, Tomaten/Mozzarella-Sticks,
Gemüsegratin, ein Stückchen Pizza Funghi und Jana,
die mit dem attraktiven Herrn vom Strand an einem
Tisch in einer Nische saß. Auch wenn Hanna zugeben
musste, dass der Herr sympathisch aussah und genau
Janas Typ war, fand sie die ganze Situartion einfach
nur unfair und schwor sich, sie das auch mal spüren
zu lassen. Natürlich war Jana erwachsen und konnte
machen was sie wollte, aber es ging Hanna eben quer
und sie hatte Mitleid mit Henning, da sie genau
wusste, wie sehr er an Jana hang. Schnell drehte sie
sich weg, denn sie wollte sich nicht den Appetit
verderben lassen und ging zu ihren Freundinnen
zurück. Anke hatte sich einen richtig deutschen Teller
gezaubert, mit Schweinebraten, Kartoffeln und
Gemüse.

>> Bohr schmeckt das toll, << schwärmte sie. >> Also die Küche muss man doch auch wirklich mal loben. Ines, hast du kein Fleisch genommen? <<

>> Nein, ich hatte fast jeden Tag Steak, heute habe ich mir nur Gemüse und Nudeln genommen, wollte aber beim Nachtisch noch zuschlagen. <<

Hanna setzte sich und erzählte ihren Mitreisenden von ihrer Beobachtung. >> Wem wunderts, Liebe soll ja bekanntlich durch den Magen gehen. Wenigstens Essen die beiden noch etwas, bevor sie zusammen im Zimm ... ähhh in der Kajüte verschwinden. <<

>> Na jetzt übertreib mal nicht gleich <<, rutschte es mir raus. >> Wie lange können die beiden sich denn jetzt kennen? Maximal 3 Tage? <<

>> Ja und? So offen und locker sich unsere Freundin gegenüber Männern zeigt, signalisiert sie ihm doch ganz einfach ein *nimm mich.* <<

Ich verschluckte mich fast an meiner Lasagne, als Ines es thetaerisch darbot und gleich noch weitermachte. >> *Mein Herz ist so unglücklich, möchten Sie mal fühlen?* <<

Anke brach in ein Gelächter los, dass die Tischnachbarn erschraken, doch Ines war nicht zu stoppen. >> *Oh mein Adonis der zweite, fühlen Sie, es schlägt nur ganz langsam Bumm Bumm* <<, sie legte Hannas Hand auf ihre Brust. >> *Es ist ganz traurig, aber vielleicht können sie es ja wieder in den normalen Rhytmus schlagen lassen, gerne auch ein bisschen schneller.* <<

Jetzt mussten wir alle lachen und durch die Lautstärke wurden nicht nur die direkten Tischnachbarn aufmerksam, sondern auch Jana erkannte das Gelächter, stand suchend auf und machte sich auf den weg zu uns.

>> Hallo und Guten Abend Mädels <<, flötete sie los. >> Euch sieht man nicht, aber hört man. << Hanna drehte sich weg und biss in ihre Pizza.

>> Da bist du ja <<, rutschte es mir raus.

>> Klaro, wo denn sonst? Habt ihr mich vermisst? <<

>> NEINNN – kaum! Wie kommst du denn darauf? Wir haben dich nur ein paar mal versucht telefonisch zu erreichen, sonst ist alles tutti <<, kam es etwas sarkastisch von Ines.

>> Ach Sorry, ich hatte mein Handy in den Safe gelegt und gar nicht dabei. <<

>> Da gehört es ja auch hin, wenn man alleine auf Tour geht. <<

>> Ja entschuldigt mal. << Jetzt wurde Jana etwas fuchsig. >> Mein Akku war leer und ich wollte nicht 2 Stunden warten bis es wieder geladen war, also habe ich es in den Tresor gelegt und – sagt mal, bin ich hier irgendjemanden eine Rechenschaft schuldig oder was? <<

Ich schüttelte den Kopf. >> Das nicht, aber wir haben dich mit diesem Sunnyboy gesehen. Auf dem Balkon und am Strand. <<

>> Aha, stalkt ihr mich jetzt schon wie Henning? <<
Ich fand es ungerecht und wollte die Sachlage klären.
>> Jetzt pass mal auf Jana, hier stalkt niemand. Ines
und ich haben lediglich von der Bushaltestellte
zufällig gesehen, wie du bei dem nett aussehenden
Herrn auf den Balkon saßst. Später hatten wir die
selbe Idee wie du und wollten den nachmittag am
Strand verbringen und da haben wir dich dann auf
dem Motorboot in der selben männlicher Begleitung
entdeckt. Als du dann aber plötzlich verschwunden
und kurz vor dem Ablegen noch nicht auf dem Schiff
warst, haben wir uns natürlich Sorgen gemacht,
zumal wir immer wieder versuchten, dich telefonisch
zu erreichen. <<
>> Das tut mir leid. << Sie setzte sich auf einen freien
Stuhl. >> Daran hatte ich gar nicht gedacht. <<
Hanna füllte ihre Gabel mit Pasta. >> Hauptsache du
hattest Spaß und wir nichts Anderes zu tun, als dich
zu stalken. Armer Henning <<, rutschte es noch nach.
>> Was bitteschön hat Henning denn jetzt damit zu
tun? << erwiderte Jana gereizt.
>> Ach gar nichts, mach du dir mal lieber einen
schönen Abend mit deinem Traumprinzen. <<
>> Sag mal spinnt ihr jetzt alle? Ulf Borgmann wohnt
zwei Kabinen neben uns und wir hatten uns zufällig
auf dem Balkon kennengelernt und dieselbe
Strandidee gehabt. <<

>> Zufälle gibts! << Anke schob sich ein Stückchen Knödl nach.

>> Wo ist euer Problem? <<

Ines versuchte etwas zu schwichtigen, denn es spitzte sich zu. >> Ist ja jetzt auch egal, du bist ja wieder an Bord. Ich weiß nicht, was du heute Abend noch so vorhast, aber wir wollten uns nach dem Essen die Michael Jackson-Show angucken. <<

>> Ohne meiner einer <<, kam es von Anke und Jana druckste etwas herum, wollte jetzt erstmal Duschen gehen und dann mit Ulf vielleicht einen Tanzkurs in der Safari-Lounge absolvieren.

*

Während wir drei es uns im Theater bequem machten, ließ es Hanna immer noch keine Ruhe, woher sie den Mann kannte und plötzlich, wie ein Blitz, schoss sie aus ihrem Sitz hoch.

>> Katja, hast du deine Kamera dabei? <<

Ich nickte überrascht. >> Möchtest du Fotos machen? <<

>> Ne, aber zeig mir bitte nochmal das Bild von Janas heutiger Begleitung und dann blätter bitte zur Rettungsübungen zurück. <<

Ich holte die Kamera aus meiner Tasche, blätterte zu den gewünschten Bildern und hielt ihr diese hin.

>> Ich wusste es doch, dass mir der arrogante Kerl mir irgendwie bekannt vorkam. << Sie tippte bei dem Übungsfoto auf den Mann im Hintergrund. >> Da steht der Affe. <<

Ich musste grinsen, zoomte das Bild im Display näher und musste ihr recht geben. >> Stimmt, das müsste derselbe Mann sein, bei dem sie heute Morgen auf dem Balkon saß ... <<

>>... und der ihr die Strand-Rückenmassage verpasst hatte. << erinnerte Ines.

>> Und mit dem sie gerade in einer Nische im Restaurant gesessen hat. Ehrlich, das war so ein Schnösel. <<

>> Was war denn passiert? <<

>> Laut Anke hat er sich über mich muckiert, weil ich mir diese doofe Rettungsweste schon angezogen hatte, bevor die Übung losging. Aber in was für einem Ton – völlig überheblich. <<

>> Pssssst <<, machte es aus dem Publikum und in diesem Moment fiel der Vorhand und eine echt grandiose Show begann auf der Bühne. Wir sangen und wippten mit der Musik mit und als am Ende die Zombies nach Thriller zwischen den Sitzreihen schlichen, bekam man schon etwas Gänsehaut, denn es war so spitzenmäßig aufgeführt, was der Applaus und die Standing Ovation nur bestätigte.

>> Cool gemacht <<, Ines war richtig begeistert und klatschte immer noch Beifall. >> Der Moonwalker war doch wohl perfekt und überhaupt. Ich hatte bei Beat it richtig Gänsepelle und zum Schluß noch das Finale mit den ganzen Zombies <<, sie schauderte etwas. Das

war was für unsere Horrortante Hanna. >> Die
müssten so verkleidet mal nachts durch die
Schiffsgänge schleichen und dann an den Türen
kratzen, 'Laß mich rein Ines, laß mich rein`. <<
>> Jetzt hör auf. Ihr habt es gut, ihr liegt ja nicht alleine.
<< >>Weiß man´s? << rutschte es mir raus.
>> Wieso? Versteh ich nicht. <<
>> Na wer weiß, wo Jana heute nächtigt? <<
>> Ach jetzt hör aber auf, << Ines wirkte tatsächlich
etwas empört.
>> Ce la vie, wir werden es sehen und jetzt gehen wir
uns noch einen Cocktail schlürfen? <<
>> Aber sicher das. <<
>> Prima, na dann los in die 24h-Bar! <<

Ines steuerte den Aufzug an. >> Welches Deck müssen
wir nochmal? Das ist doch echt unfassbar. Ich glaube,
ich könnte hier ein ganzes Jahr auf den Dampfer
verbringen und würde mich noch verlaufen << lachte
sie und drückte im Aufzug Deck 12. <<
>> SchonVerfahren, Prüfung nicht bestanden. << Hanna
drückte auf den Deck 13 Button.
Wir setzten uns direkt an die Reeling und starrten auf
das pechschwarze Meer, wir wollten den Abend
genießen und uns diesen nicht durch Janas Auftritt
heute vermiesen lassen. Hanna unterbrach die Stille. >>
Hat sich Stefan nochmal wegen dem Petersen
gemeldet? <<

>> Ja, er hatte mir vorhin eine Nachricht geschickt, dass der Bankfuzzi da war, ein paar Fotos gemacht hatte und nun den Preis ermitteln wird. Er wird Herrn Petersen im laufe dieser Woche noch Bescheid geben, und wir treffen uns am kommenden Montag um 17:00 Uhr in seinem Büro. Sorry, hatte ich wegen der Sorge um Jana vorhin vergessen zu erwähnen. << Ich legte mein Bein noch etwas hoch und fuhr fort. >> Bohr Mädels, wenn ich daran denke, werde ich jetzt schon nervös. <<

>> Warum nervös? << Auch Hanna legte stützend ihre Beine an die Reling.

>> Na weil Stefan sein Plan schon steht. Er hat ja Zeit zu hause und hat mir seine Umbauideen schon per Mail geschickt. <<

>> Wie Umbau? Da kann er sich ja mit Peter zusammentun. Was will Dein Mann denn Umbauen? <<

>> Ach Hanna, ihr kennst ihn ja. Ich schicke dir die Mail gerne weiter, dann hast du eine nette Abendlektüre zur Abwechslung zu deinen Krimis. Ihr wisst doch alle wie hundert, ach was sag ich, tausend Prozentig er immer in Sachen Arbeiten ist. Er möchte ein neues Bad einbauen und die Verbindungstür zum Wohnzimmer durch einen großen Rundbogen ersetzen. Dafür muss aber die halbe Wand weggehauen werden und aus dem alten Bad möchte er dann gerne einen Ankleideraum errichten. Hier

spreche ich jetzt nur von den häuslichen umbauarbeiten, nicht vom Garten. «

» Da hätte ich ja keine Lust zu «, fand Hanna.

» Na ich ja auch nicht unbedingt, zumal es in einer Großbaustelle enden wird. Aber Stefan will dieses Haus eben nur kaufen, wenn er es verändern kann und da ich unbedingt dort wohnen bleiben möchte, muss ich da wohl oder übel durch. Also davor graut es mir schon etwas. Wenn ich alleine an den ganzen Dreck denke... «

» Du wirst sehen, wenn es fertig ist, wird es bestimmt schön, aber der Weg dahin wird noch weit und dreckig sein. Gut, dass seine Achillessehne noch nicht geheilt ist, vielleicht ändert er ja noch seine Meinung «, hoffte Ines für mich.

» Ich fürchte eher sein Bauplan wird noch erweitert! « Ich verdrehte die Augen und wurde wirklich etwas nervös, sobald ich an den Termin am kommenden Montag dachte, deshalb machte ich es Ines gleich und versuchte das Thema zu wechseln. » Hat dein Sohn denn mal wieder ein Lebenszeichen von sich gegeben? «

» Wenn ich ihm eine Nachricht sende, kommt ein ganzer Roman von ihm zurück. «

» Ehrlich? « Wunderte sich Hanna. » Was ist denn mit ihm los? «

» War ein Scherz! Unsere Nachrichten sehen eher so aus: schreibe ich ihm, dass es mir gut geht, kommt ein

´schön` zurück, schicke ich ihm Bilder, ein einfaches
´Aha`. «

»Ganz der Vater eben. Und was macht Thomas?
Alles gut zu Hause? «

»Woher soll ich das wissen? «Ines tat gleichgültig. »
Ich habe mein Handy wenig an. «

»Ihr beiden Streithähne! «Hanna schüttelte lächelnd
den Kopf. »Sagt der eine richtig, sagt der andere aus
Prinzip schon falsch. Das war doch nicht immer so,
oder? «

Ines überlegte kurz. »Nein, früher war Thomas auch
anders drauf gewesen. Er hat mich oft zum Lachen
gebracht, das mochte ich auch so an ihm. Ich weiß
nicht was uns so verändert hat, wir passen eigentlich
überhaupt nicht zusammen. «

»Auf einmal? «

»Natürlich nicht. Wir haben schon lange keine
Gemeinsamkeiten mehr und ihr wisst ja selbst, was er
mir oft für freche und völlig ungerechte Antworten
gibt und auch, wie oft er mich bei anderen bloßstellt.
Das schlimme ist eben, dass er Yannik ständig auf
seiner Seite zieht und ich somit zwei gegen mich habe.
«Ines schüttelte traurig den Kopf. »Und dann, dann
hat Thomas mir während meines Kofferpackens...«

Kapitel 18
Bitte nicht stalken!

>> Juchuuu Mädels! << Jana war wie aus dem Nichts aufgetaucht. >> Jetzt sagt mir nicht, dass Anke tatsächlich in ihrer Kammer liegt? <<

>> Wo kommst du denn so plötzlich her? << Hanna guckte Jana an.

>> Ich war vorhin mit Ulfi beim Salsa tanzen und nach so vielen Runden, taten mir dermaßen die Füße weh, dass ich das Tanzen unterbrechen musste. Tanzen macht einfach durstig, am besten käme jetzt ein Sex on the Beach. <<, sie lachte etwas gekünstelt und schaute abwartend in die Runde, doch keiner ging auf ihren Witz ein, deshalb fuhr sie fort. >> Und ihr wart brav im Theater? <<

>> Ja genau und das brauchst du gar nicht so abwertend sagen, denn es war toll, da hast du echt was verpasst. <<

Jana winkte ab. >> Verpassen tut unsere Anke höchstens was, wenn sie um diese Zeit und im Urlaub in ihrer Koje liegt. Ach Mädels, genießt das Leben und die Zeit an Bord, ehe wir uns versehen, ankern wir wieder in Korfu an und es geht heimwärts und dann grüßt wieder täglich das Murmeltier. <<

Hanna konnte und wollte sich das Getue nicht mehr anhören. >> Wenn wir noch etwas länger bleiben, würde ich mir schnell eine Strickjacke holen. <<

Ich wunderte mich. >> Du und frieren? Aber die Idee ist super, würdest du meine mitbringen? << Ich reichte ihr gleich meine Kabinenkarte.

>> Ach meine vielleicht auch? << fragte Jana und Ines bot an, Hanna eben zu begleiten. Sie wollte oder musste wie Hanna mal kurz durchatmen, bevor sie sich das Gesülze weiter anhören musste.

>> Ich wäre ja auch alleine gegangen, aber bis ich hier wieder zurückgefunden hätte ...<<

>> Hättest du noch Mütze und Schal mitbringen müssen << lachte ich.

Ich schaute auf meine Armbanduhr, gleich 22:30 Uhr und wir bestellten uns noch bei Mauro ein Getränk.

>> Sag mal Jana, bist du denn morgen wieder mit uns unterwegs? <<

>> Ja natürlich, mit wem denn sonst? << Sie tat völlig überrascht. >> Schließlich haben wir doch zusammen gebucht, damit wir gemeinsam auf Entdeckungstour gehen, oder etwa nicht? << Ich traute meinen Ohren nicht und war kurz sprachlos.

>> Sag mal, hattest du zu viele Umdrehungen beim Tanzen? Du verschwindest den ganzen Tag mit einem fremden Mann und tust dann so, als wäre es das normalste der Welt? <<

Jana schüttelte verständnislos den Kopf. >> Warum seid ihr alle so prüde, wir haben doch Urlaub. Ich verstehe euch nicht, aber wirklich euch alle vier nicht.

« Ich holte tief Luft und wollte ihr gerade unsere Ansicht erklären, als Hermann in der Bar auftauchte. Jana schnappte sich auffällig schnell die Getränkekarte und versuchte sich dahinter zu verstecken, doch Hermann hatte sie bereits ausfindig gemacht und kam zielstrebig auf sie zu.

» Schlechte Karten mein Fräulein «, konnte ich mir nicht verkneifen.

Sie guckte vorsichtig hinter der Karte hervor. » Halt mir den doch bitte von der Backe, Hermann fängt mich heute schon den ganzen Tag ab. Beim Frühstück hatte er mir Gesellschaft geleistet, weil seine Trulla bei der Massage saß, dann habe ich heute Mittag in der Galerie auf Ulf gewartet, als Hermann plötzlich auftauchte und jetzt rennt er hier wieder in meiner Nähe rum. «

» Tja, man kann sich seine Lover eben nicht immer aussuchen «, grinste ich.

» Guten Abend Fräulein Jana. « Herman verbeugte sich vornehm. » Es ist mir jetzt etwas unangenehm, doch ich hätte eine große Bitte an Sie. Wissen Sie, ich bin zwar nicht mehr der Jüngste, aber merke schon noch, wenn mich jemand absichtlich verfolgt und das tun sie heute schon den ganzen Tag. «

Janas Unterkiefer klappte runter. » Bitte was mache ich? Ich verfolge Sie? «

>> Ja genau, das hat mein Hildchen auch schon bemerkt. Meine Frau hat es eigentlich schon in Katakolon bemerkt aber nichts gesagt und als ich mit den Sprüchen anfing, sie müssen wissen, ich war nebenberuflich Heinz Erhard Imitator und habe mir viele Sprüche von ihm abgeguckt, hatte auch ich bemerkt, wie Sie Feuer fingen. Ich halte mein Anliegen kurz und bitte Sie, meine Gnädigste und mich nicht mehr zu verfolgen, denn sonst muss ich es leider dem Kreuzfahrtdirektor melden. Wissen Sie, meine Dame, Stalken nennt man das heutzutage, was sie mit mir und meinem Hildchen machen und Stalken ist lt. Gesetz § 238 strafbar. <<

Jetzt fiel ihre Kinnlade komplett herunter.

>> Ich wäre Ihnen sehr verbunden <<, verneigte sich Herman nochmals und ging Richtung Tresen zurück.

>> Was war das denn? << Ich schaute Hermann hinterher.

>> Keine Ahnung welche Tropfen ihm sein Hildchen ins Essen geschmuggelt hat. <<

Auch schön, so kehrte wenigstens etwas Ruhe in unsere Zweisamkeit.

*

Währenddessen wollte Hanna gerade ihre Kabinentür aufschließen, als sie aus dieser laute Worte hörte. Zuerst dachten sie und Ines, Anke hätte den Fernseher zu laut eingestellt, doch dann erkannten sie die aufgebrachte Stimme ihrer Freundin und Wortfetzen wie ´...*glaube aber bloß nicht ich hänge meinen Job für deine Mutter an den Nagel...*`, gefolgt von ´...*keine Angst, ich verdiene ja mein eigenes Geld und wenn ich es auf den Kopf bis ins Dispo überziehe, ist das immer noch meine Angelegenheit...*` und ´*ich will im Vorfeld nicht sagen ICH oder deine Mutter, Peter, aber eins weiß ich jetzt schon, ich bin nicht bereit, mein Leben wegen ihr zu ändern bzw. zu opfern und Nein, ich bin völlig nüchtern und weiß was ich sage und komm mir jetzt nicht wieder mit ach mein Purzelchen, dann hat es sich nämlich ausgepurzelt. ...*`.

Hanna schaute zu Ines. >> Ach herrje, ich kann doch jetzt nicht in unsere Kabine gehen. <<

Ines wirkte auch erschrocken. >> Komm, wir holen Katjas Jacke und du nimmst eine von mir, dann lassen wir Anke in Ruhe weiter diskutieren und schleichen uns wieder. <<

Obwohl die Kabinen nicht hellhörig waren, schlichen beide automatisch in die Nachbarkabine hinein, holten Katjas Strickjacke, gingen eine Kabine weiter, wollten gerade die beiden über den Stuhl hängenden Jäckchen schnappen, als das Balkonlicht anging und sie Anke weiter durch die nur angelehnte Balkontür diskutieren hörten >>...*sag mal was kapierst du nicht an der Geschichte. Deine Mutter mochte mich nie leiden, weil ich ihr den einzigen Sohn weggeschnappt habe und jetzt soll ich sie pflegen?* << Es folgte eine kurze Pause. Anke wedelte sich mit einem von Hannas Fächern etwas

Luft zu, denn trotz des Meerwindes merkte sie, wie sie innerlich glühte. Genau diese kurze Ruhe nutzte Hanna zufällig aus, um einen Schritt zurück zu gehen um auf etwas Spitzem zu treten.

>> AUA <<, rutsche es ihr heraus und Ines reagierte sofort.

>> Pssssst, bist du Jecke? Du verrätst uns noch. <<

>> Ist ja gut. << Hanna rieb sich ihr Fuß. >> Was lässt du denn auch alles auf den Boden liegen! << Ines hielt sofort den Zeigefinger an die Lippen, doch Hanna flüsterte weiter. >> Ich kann doch für deine Unordnung nichts. <<

Anke nahm wieder Fahrt auf. >> ... *natürlich bin ich alleine, meine Mädels sind eben schlauer als ich und lassen ihr Handy einfach unberührt im Tresor, weil sie keine Lust auf Ärger im Urlaub wollen. Sie sitzen jetzt im Theater oder vergnügt an der Bar und ich ärgere mich hier schwarz, mein Freundchen. Ich fass jetzt nochmal kurz zum Mitschreiben zusammen. Solltest du unser erarbeitetes Geld in eine Art Anliegerwohnung für deine Mutter nutzen, dann wag dich lieber nicht aus Bad Füssing zurück. Ich will und ich werde deine Mutter nicht pflegen, basta. Solltest du jetzt zu Feige sein, es deiner geliebten Mutter schonend beizubringen ...<<* vermutlich unterbrach Peter seine Frau kurz, bevor sie erbost weiter diskutierte. >> *... also jetzt schlägt's 13. Wie, du hast deiner Mutter schon dein Bauvorhaben vorgestellt und lässt mich jetzt quasi ins offene Feuer laufen? Alles Peter,* *alles hätte ich dir ja zugetraut, aber das du mich so hintergehst, das ist schäbig. Mit dem Thema sind wir beide noch nicht durch, mein Freund, das kannst du mir glauben. Am besten du bittest deinen Heilklempner um noch mindestens 6 Wochen Verlängerung und störst mich jetzt nicht weiter bei meiner Kreuzfahrt…* «

Ines und Hanna standen wie erstarrt in der Kabine und trauten sich nicht zu rühren und erst als sie hörten, wie Anke ihre Balkontür schloss und das Balkonlicht erlosch, bemerkten beide, wie angespannt sie die Luft anhielten.
Ines war völlig irritiert. » Das war ja jetzt Filmreif. Ich dachte *DIE* beiden würden wenigstens ein problemloses Leben führen. «
Hanna drehte sich zur Tür, entdeckte ein Messer auf dem Boden und wusste, auf welchem spitzen Gegenstand sie mit ihren dünnen Flip-Flops getreten war und bevor sie noch etwas fragen konnte, schob Ines sie auch schon zur Tür heraus. » Jetzt lass uns mal rasch wieder nach oben gehen, sonst setzen die beiden noch einen Suchtrupp in Gang. «

Zurück in der Bar steuerten beide direkt auf den Tisch zu. Ich winkte und freute mich auf mein Jäckchen, da es sich am Abend schon merklich abkühlte.
» Was guckt ihr beiden denn so bedröppelt? «

Hanna rieb sich ihren Fuß und räusperte sich. » Das war ja jetzt eine blöde Situation. Ich wollte gerade unsere Kabinentür aufschließen, als wir Ankes Stimme hörten. Zuerst dachten wir, sie hätte den Fernseher so laut gestellt, doch sie telefonierte mit Peter und das nicht gerade leise und freundlich. Die haben sich richtig gezofft. «

» Wie richtig gezofft? «

» Na eben gezofft, so wie ich es mit Thomas auch gut kann, aber bei diesem Gespräch ging es um den Plan, seine Mutter zuhause aufzunehmen. «

» Will er seinen Plan tatsächlich umsetzten? «

Ines nickte zustimmend. » Durch die offene Balkontür in meinem Zimm … ähhh meiner Kabine hörten wir jeden Wortfetzen. Anke hatte ihrem Peter aber ganz schön die Leviten gelesen und am Ende einfach aufgelegt. «

Ich guckte erstaunt. » Hoffentlich wehrt sie sich, denn dass das nicht gutgehen wird, weiß doch wohl jeder. Jetzt verstehe ich auch ihren Kaufwahn! Sie will die Kohle verprassen, bevor Peter sie für den Umbau nutzt. Raffiniert. Ob wir sie mal drauf ansprechen sollen? «

» Vielleicht, aber nicht das sie nachher meint, wir hätte sie absichtlich belauscht, oder so. «

» Gestalkt, wie wir gerade gelernt haben, ne Jana? «

» Ha ha, sehr witzig « und wir erzählten den beiden die Geschichte von Hermann.

*

Es wurde spät bei uns, doch wir saßen schön
geschützt in einer Ecke auf unserem Stammdeck und
waren durch die Ereignisse des Tages noch überhaupt
nicht müde. Ines ließ Janas Verhalten gegen über
Henning, uns und überhaupt keine Ruhe und da der
Alkohol ihre Zunge lockerte, stellte sie Jana direkt zur
Rede. >> Nochmal auf *Deinen* Ulfi zurückzukommen,
ich meine nicht, das er nachher ein Heiratsschwindler
oder so ist, aber was macht er denn Beruflich und wo
kommt er her? <<

>> Ach Mädels, wenn ihr die Wahrheit wissen würdet,
würdet ihr nicht zweifeln oder solche Fragen stellen.
Leider ist es eine etwas längere Geschichte … <<

>> … mit euch beiden? << Hanna verschluckte sich fast
an ihrem Cocktail.

>> Quatsch. Sie betrifft zwar uns beide, aber anders wie
ihr es denkt.

>> Wir haben Zeit <<, lockte ich sie.

>> Na gut, ihr gebt ja sowieso nicht auf. Also Ulf ist ein
super toller Mann. Er sieht gut aus, hat Charisma und
nagt nicht am Hungertuch. Ulf Borgmann ist 61 Jahre
alt, lebt in Fuhlsbüttel bei Hamburg und ist beruflich
Chefarzt in einer Schmerzklinik an der Ostsee. Er hat
die Reise gebucht, um seine Frau zu überraschen. <<

>> Wie Frau??? << Hanna und alle anderen bekamen
große Augen. >> Der ist verheiratet? <<

>> Ja warum denn nicht. Seid ihr doch auch alle, oder?
<< Jana schnalzte mit der Zunge.

Momentmal, das ging mir einen touch zu schnell, ich konnte nicht so ganz folgen.

>> Spul bitte nochmal auf Anfang. Was für ein Chefarzt ist er? <<

>> Ach genau weiß ich das jetzt auch nicht mehr, irgendein Professor Dr. Schlag mich tot. Das ist eher Nebensache, denn er ist sehr Bodenständig und möchte nicht mit seinem Titel angesprochen werden. <<

>> Schon wieder ein Doktor? Haben die hier an Bord einen Ärztekongress, oder was? << Bei Hanna klingelte es ein zweites Mal an diesem Abend und das nicht, weil sich ihre Batterien wieder leerten, sondern weil sie jetzt wusste, woher sie den Mann namens Ulf Borgmann noch kannte. Sie schüttelte über so viel Zufall den Kopf.

Ines deutete auf ihr Ohr. >> Kann es sein, dass es nicht an den Batterien liegen kann, sondern dein Gerät einen Wackelkontakt hat? Ich würde an deiner Stelle nochmal den Akustiker aufsuchen. << Sie wandte sich wieder an Jana. >> Also jetzt nochmal zu deinem Ulf. Er ist also Arzt oder sogar Chefarzt sagst du. Für solche Männer scheinst du ja echt ein Faible zu haben. Was ist es denn diesmal? Ein Zahnarzt, ein Venenspezialist oder vielleicht sogar ein Schönheitschirurg? <<

>> Was soll das denn bitteschön heißen? Hätte ich irgendwas davon etwa nötig? <<

>> Noch nicht, aber man weiß ja nie. Vorsorge ist manchmal alles. <<

>> Papperlapapp, er ist wie ein Vater, mit dem man über Gott und die Welt reden kann. Ich weiß ja nicht wie es bei euch zuhause so aussieht, aber ich kenne kaum Männer, mit denen man anständig reden kann. Ulf ist schlicht und einfach ein richtiger Mann und dabei zugegeben sehr gutaussehend. Ihr hättet mal die anderen Frauen beim Tanzen sehen müssen, die ihn oder uns schmachtend hinterher blickten. Ich denke, Freunde habe ich mir gerade nicht bei dem Kurs gemacht. <<

>> Vertue dich mal nicht. So negativ und arrogant wie er mich bei den Rettungsübungen angemacht hatte, machte er auf mich keinen sympathischen Eindruck. Aber egal, ich hatte eh nur die Hälfte von seinem Gemecker verstanden, mir reichte sein zorniger Gesichtsausdruck schon. Ich meine ihn aber auch schon mal in der Klinik gesehen zu haben, in der ich ja immer zur Kontrolle muss. Da allerdings habe ich ihn freundlich in Erinnerung. Scheint zwei Gesichter zu haben, der Mensch, ist er vielleicht Sternzeichen Zwilling? <<

>> So nah sind wir uns jetzt noch nicht gekommen, aber Jungfrau wäre glatt eine Schande! <<

>> JANA! <<

Ines gähnte und als sich alle etwas beruhigt hatten, wurde der nächste Tag geplant. Ich, die Organisatorin unter uns, hatte schon einen Plan aufgestellt und trug diesen vor.

>> Da wir um 10:00 Uhr anlegen, würde ich sagen, dass wir gegen 9:00 Uhr Frühstücken und dann werden wir ja mit den Tenderbooten übergesetzt. <<

>> Wer übersetzt uns was? Haben wir etwa einen eigenen Dolmetscher dabei? <<

>> Hannaaa! << Ich zeigte aufs Ohr und sie klopfte sich leicht auf ihr Gerät.

>> Schon wieder, na das kann ja noch lustig werden <<, sah sie es selbst mit Humor.

Ich fuhr fort. >> Da wir ja erst um 19:00 Uhr wieder ablegen, haben wir den ganzen Tag Zeit und können uns die Insel in Ruhe angucken. <<

>> Gehen wir auch wieder zum Strand? << Ines hatte die Auszeit heute gut gefallen, denn es war genau nach ihrem Geschmack, etwas Sightseeing und dann noch etwas relaxen.

>> So schön wird der Strand glaube ich nicht sein. Ich meine, die Santoriner besitzen nur eine Art Lavastrand, aber warum nicht? Badesachen könnten wir ja vorsichtshalber mitnehmen oder vielleicht auch schon drunter ziehen. <<

Ines machte sich wieder Gedanken. >> Hauptsache ich falle nicht ins Wasser, wenn ich ins Übungsboot einsteigen muss. <<

>> Ach was, die Crew wird uns alten Tanten schon helfen <<, ich grinste >> und alt ist man doch erst, wenn man nicht mehr mit seinen Zähnen schläft, oder? << Jana fing an zu lachen und haute den nächsten hinterher >> Mein Arzt sagt, erst, wenn man alleine Trinkt ist es ein Alkoholproblem. Ich bin so froh, dass es euch gibt, Mädels << und der Damm war wieder gebrochen.

Wir machten es uns noch in der 24h-Bar gemütlich und übertrumpften uns gegenseitig mit klugen Weisheiten und Sprüchen.
Jana drehte sich zu den beiden Damen am Nachbartisch. >> Nicht dass Sie beide schlecht von uns denken, denn wir können auch ohne Alkohol lustig sein, aber sicher ist sicher. Nette Brosche übrigens << sie zeigte auf die ausgefallende Blume am Kragen der einen Frau. >> Glitzert so schön, hicks. Ich liebe Glitzer, wissen sie, ich sag immer auf dem Boden der Tatsachen liegt eindeutig zu wenig Glitzer. Jetzt wünsche ich Ihnen, hicks, noch einen schönen Abend und entschuldige mich im Vorfeld für mich und meine Freundinnen, hicks, aber wir möchten einfach nur ein bisschen Spaß haben. <<
Die beiden Frauen lachten. >> Wir waren auch mal jung, also genießen Sie alle die Zeit, die wird nie wiederkommen. <<

Eine gute halbe Stunde später verabschiedeten sich die Damen und wünschte uns noch einen schönen Abend. Ines nickte den beiden Damen zu, als eine Windböe ihre Serviette vom Tisch wehte. Schnell bückte sie sich und hob sie auf. Hanna schien im Sprüchewahn zu sein, denn sie haute den nächsten raus. >> Ich bin so alt, wenn Adele „Hello…" singt, flippe ich komplett aus und singe „… again, du ich möchte dich heut' noch sehen". <<

Ich wischte mir die Lachtränen aus den Augen. >> Schade, dass Anke die nicht mitbekommen hat, sie hätte jetzt auch ihren Spaß. <<

>> Das stimmt, aber wisst ihr was Leute, ich befürchte, wenn wir so weiter trinken, werden wir noch berühmt. <<

>> Ja klar, Ines, als was denn, hicks? <<, es war wieder soweit.

Ines holte tief Luft. >> Irgendwann, wenn man Leute für die Schockbilder auf Schnapsflaschen sucht, schlägt unsere Stunde. <<

Kapitel 19
Yasou Santorin

Die *MS Sinfonie* ließ ihre Anker fallen und die ersten
Tenderboote wurden startklar gemacht. Das alles
konnte Anke vom Balkon aus interessiert beobachten,
dann klopfte sie bei uns an die Balkontür.
Auch wenn ich schon recht fit war, dachte ich zuerst,
es wäre Ramin und öffnete erstmal die Kabinentür,
doch als ich sah, das auf dem Flur niemand stand,
drehte ich mich um und entdeckte Anke winkend vor
der Glastür stehen.

>> Guten Morgen. Mein Gott was schlaft ihr heute alle
lange. Ich war sogar schon frühstücken. <<
>> Guten Morgen Anke <<, ich musste herzhaft Gähnen.
>> Ist ja auch kein Wunder, wann hast du denn auch
deine Äugelein gestern geschlossen? <<
>> So früh war das nun auch wieder nicht. Ich meine
so kurz vor 22 Uhr? Ich hatte den Krimi noch geguckt
und dann habe ich mich hingelegt. Wann wart ihr
denn im Bett? <<
>> Das müsste so um die 1 Uhr gewesen sein. <<
>> Jana auch? << fragte Anke skeptisch.
>> Ja. << Ich drehte mich kurz zur schlafenden
Bettnachbarin um, schlüpfte auf den Balkon, schloss
leise die Balkontür hinter mir und erzählte Anke in
ein/zwei Sätzen vom gestrigen Abend.

>> Na da bin ich ja mal gespannt. << Anke mochte, wie wir alle, Henning sehr und er tat ihr total leid. >> Mal gucken wen Madame heute anschleppt. <<

>> Heute, denke ich, wird sie brav an unserer Seite bleiben. <<

>> Zzz, aber mal kurz Themawechsel. Habt ihr gestern Nacht noch mit den Aschenbechern Frisbee gespielt? <<

>> Versteh ich nicht. <<

>> Na gestern Abend standen noch zwei Aschenbecher auf den Tischen und heute Morgen sind beide verschwunden. Ist doch komisch, oder? Ramin kann es ja auch nicht gewesen sein, dass hätte jawohl einer von uns gemerkt. Oder war es so stürmisch heute Nacht? <<

>> Dann hätte das Schiff aber schon sehr wackeln müssen, wenn zwei Metall-Aschenbecher mal eben so über die Reling gegangen wären! <<

>> Mein Reden! <<

Ich erblickte Santorin. >> Wir sind ja schon da. Wie spät haben wir eigentlich? <<

>> Gleich 8:30 Uhr. Wahrscheinlich hatte das Schiff heute Nacht Rückenwind, aber ich denke, es dauert ja auch noch, bis die Tenderboote im Wasser sind. <<
Ich schaute über die Reling, da ich den Lärm der Crew hörte, die die Rettungsboote hinunterließen. >> Das darf ja nicht lange dauern. Stell dir mal vor, die

bräuchten für ein Tenderboot eine Stunde, da ist das Schiff ja mit all seinen Passagieren im Notfall schon gesunken. Guck mal wie flott das geht. «

» Was für ein Lärm ist das denn hier. « Ines kam auch aus ihrer Kabine und rieb sich die Augen. » Au Mann, heute werde ich definitiv nichts Alkoholisches trinken, das weiß ich aber, meine Leber und mein Kopf schaffen das nicht mehr. «

» Abwarten mein Liebchen «, Jana stand auch plötzlich im Türrahmen. » Mensch was für ein Radau hier draußen. «

Sie schaute über die Reling und Ulf, der ja quasi Nachbar war und auch dem Treiben zusah, schaute neugierig zu uns rüber und winkte Jana zu.

Anke unterbrach die Situation. » Hat einer von euch beiden gestern Abend noch die Aschenbecher weggeräumt? «

» Wieso das denn? « Jana schaute Anke irritiert an und Ines verschwand wieder in ihre Kabine, da sie sich fertigmachen wollte. » Na egal « winkte Anke ab. » Jetzt kommt mal langsam in die Klotschen, ich will unser Reise-Highlight heute genießen, außerdem könnte ich so langsam auch das zweite Frühstück zu mir nehmen. « Sie scheuchte ihre Meute auf, wartete so lange auf dem Balkon und beobachtete weiter das flotte Arbeiten der Schiffscrew.

Nach dem anstrengenden und unschönen Gespräch mit Peter gestern Abend, hatte sie sich nicht nur eine

Tüte Chips verkrümelt, sondern auch noch aus der Minibar Hannas Schokolade geplündert; sie brauchte einfach Nervennahrung.

Ein helles Frauenlachen hallte von einen der Balkone zu ihr rüber und sie entdeckte auf dem Balkon, wo gerade noch Janas Lover Ulf stand, eine attraktive Brünette, die jetzt wieder herzhaft lachte. Sie lehnte mit einem Sektglas an der Reling und schien sich fotografieren zu lassen. Sektfrühstück, dachte Anke, Nobel geht die Welt zugrunde. Ulf schien ja einen schönen Frauen Verschleiß zu haben. Ob Jana überhaupt wusste, dass diese Dame wohl bei ihm übernachtet hatte?

Das Frühstücksbuffet wurde von uns allen genossen und gut gestärkt fuhren wir mit dem Lift auf Deck 4 zum Ausgang bzw. zu den Tenderbooten. Gerade im Flur angekommen, kam uns strahlend Dr. Schönhoff entgegen. >> Oh Guten Morgen meine Damen, jetzt geht´s auf große Entdeckungstour? Was macht denn Ihr Knöchel? Alles wieder gut und belastbar? <<
>> Guten Morgen Herr Doktor und ja, ich habe kaum noch schmerzen und kann meinen Fuß wirklich wieder gut und problemlos belasten. Da bin ich auch echt dankbar, sonst müsste ich mir die schönste Insel Griechenlands tatsächlich vom Balkon aus ansehen. <<
>> Prima, das freut mich. Trotzdem würde ich Ihnen Raten, zuhause nochmal den Hausarzt aufzusuchen,

eine Nachkontrolle kann nie schaden. So meine Damen, dann wünsche ich allen einen wunderschönen Tag, genießen Sie Santorin und haben Sie viel Spaß. «

Wir bedankten uns und Jana seufzte hörbar. » Bohr was ein Kerl. «

» Langsam solltest du dich aber entscheiden «, rutschte es Anke raus. » Hast vielleicht einen verschleiß! «

Jana streckte ihr wortlos die Zunge heraus und steuerte wortlos den Ausgang an.

Mit den Tenderbooten wurden wir zügig vom Schiff zum nahe gelegenen Skala-Hafen befördert, wo wir uns entscheiden mussten, wie wir denn nun zum Hauptort Fira kommen wollten. Ich hatte mir wieder einen kleinen Reise-Spickzettel vorbereitet und las vor.

» Wir haben die Möglichkeit, entweder den Aufstieg über nahezu 600 Stufen zu erklimmen, den Ritt auf einen Maulesel für 5,- € zu bezahlen oder wir nehmen die Doppelmayr-Seilbahn, auch für 5,- € pro Person. «

» Auf keinen Fall die Tiere, das ist ja voll die Quälerei «, entschied Hanna, sie war für die Gondeln und alle schlossen wir uns an, auch Ines, die schon wieder über die 5,- € etwas mopperte.

Am Schalter wurden die Tickets gekauft und dann fuhren wir in knapp 3 Minuten zum 260 Meter höher gelegenen Ort und genossen erstmal die Aussicht, d.h. ich atmete erst ein paar Mal tief durch, denn ich hatte etwas Probleme mit der Höhe und musste mich langsam dran gewöhnen.

Hanna war sofort Feuer und Flamme und stürzte sich mit Anke in die erste Boutique und beide kamen strahlend mit einem neuen Strohhut wieder heraus. Ines schüttelte nur den Kopf. >> Ihr habt doch einen Strohhut dabei, warum habt ihr ihn nicht auf? <<

>> Der ist doch viel schöner und man braucht ja mal einen zum Wechseln. Außerdem hat man somit noch einen in Reserve. <<

Ich unterbrach die drei und holte meinen Zettel wieder aus dem Rucksack. >> So ihr lieben. Wir müssen uns irgendwie hier oben durchboxen und dann die Hauptstraße an der Dekigala-Straße finden. <<

>> Na dann geh du als Reiseführerin mal lieber vor. << Hanna machte mir bereits Platz. >> Aber diesmal bitte Schritttempo, und nicht wie auf der Flucht. <<

>> Das stimmt, man muss wenigstens die Möglichkeit haben, einen Blick in die Boutiquen zu werfen. <<

Ines wollte auch lieber etwas von der Insel sehen. >> Ja toll, dann schaffen wir heute ja gar nichts mehr. Ich dachte, wir gucken uns den bekannte Ort Oia an und nutzen evtl. noch den Strand? <<

Ich setzte mich in Bewegung. >> Zu eurer Beruhigung, so schnell wie ich möchte, kann ich mit meinen Fuß ja sowieso noch nicht. <<

Wir trafen an der Bushaltestelle ein, kauften uns Tickets für die Fahrt nach Oia und bestiegen kurz darauf einen modernen Reisebus.

Ich las in dem eingepackten Reiseführer, dass sich der Ort Oia malerisch gelegen auf den Klippen, an der Nordspitze Santorins, schmiegte. Zahlreiche Künstler verschlug es bereits hierher und auch Touristen schwärmten von dem charmanten Künstlerdorf. Das griechische Dörfchen Oia im Norden der romantischen Kykladeninsel Santorin zählt gerade mal knapp 700 Einwohner und hatte eine Größe von 10,15 Quadratkilometern. Die schmalen Straßen und Gassen waren tagsüber nicht so überlaufen und auch in den zahlreichen Cafés und Restaurants, die meist über eine Terrasse verfügten, fand man oftmals noch ein freies, sonniges Plätzchen mit herrlicher Aussicht.

Ich schaute mir die Bilder an und Anke, die neben mir saß, warf auch einen Blick ins Buch.

>> Wenn es in Natur so aussieht wie auf den Bildern, muss es echt traumhaft sein. <<

>> Meine Kamera und ich sind auf jeden Fall startklar. <<

*

Am Busbahnhof Oia fotografierte Hanna den Fahrplan des Busses, damit wir nicht den letzten nach Fira verpassen.

>> Gute Idee <<, ich harkte mich bei ihr unter, als Jana ein lautes >> Juchuuu << rief und jemanden kräftig und auffällig winkte. Anke folgte ihren Blick und erkannte zuerst die brünette Frau vom Nachbarbalkon, doch direkt dahinter stand Ulf. Die Frau erblickte Jana, drehte sich zu ihrem Mann um und zog mit ihm in die entgegengesetzte Richtung ab.

Ines konnte sich einen etwas zynischen Kommentar nicht verkneifen. >> Die war bei deinem Anblick nicht gerade erfreut! <<

>> Die Dame hat einfach nur Respekt vor mir. <<

>> Respekt? << Ich guckte erstaunt. >> Warum? <<

>> Längere Geschichte, dafür haben wir jetzt keine Zeit. <<

>> Du sprichst aber auch in Rätseln. << Hanna konnte Jana genauso wenig folgen, wie wir anderen.

Jana winkte ab. >> Ich bin ein Rätsel. <<

Mir war ihre Antworte zu blöd. >> Ich möchte jetzt gerne den Ort genießen, auf den ich mich seit der Buchung freue. <<

>> Ist ja gut <<, kam es nur noch trotzig von Jana. >> Ihr habt doch gefragt! <<

Etwas planlos liefen wir los und staunten ziemlich schnell über den wunderschönen Ort mit den vielen dekorativen Windmühlen, der venezianische Festung von Argyi, die in den Felsen hineingebauten Wohnhäuser der damals armen Bevölkerung und die massiven Steinhäuser der wohlhabenden Reeder und Kapitäne. In der weißen Kirche von Panagia Platsani, eine typische weiße Kirche mit markant blauer Kuppel, zündeten wir alle eine Kerze an. Durch Zufall sah ich, wie Hanna drei nebeneinanderaufgestellte Kerzen anzündete und ließ mir von ihr erklären, dass sie eine für Fynn, eine für Sven und die letzte einfach mal für sich selber angezündet hatte. Mir ging es total durch, weil sie absolut kein selbstsüchtiger Mensch war. >> Du machst dir Sorgen, oder? <<

>> Schon, aber ganz ehrlich, ich möchte mir diesen Urlaub mit euch allen nicht wegen dem Ergebnis verderben lassen. <<

Ich drückt sie kurz. >> Recht hast du << und als ob jemand uns beiden zustimmen wollte, läuteten just in diesem Moment die Glocken dieser wunderschönen Kirche.

Am Ende des Hauptplatzes setzten wir uns wortlos auf eine Mauer und genossen die traumhafte Aussicht auf Vulkane, kleine Inseln, bebaute Hügel, Terrassen und kleine Gärten.

Jana unterbrach nach einer Weile die Stille. >> Sollen wir uns da vorne im Restaurant etwas trinken? << sie zeigte auf eine große Terrasse.

» Weißt du was bei der Aussicht, die die Terrasse bietet, alleine schon eine Cola kosten wird? « Ines schüttelte den Kopf. » Da kommst du mit 3,- € nicht aus. Ich meine, ich bin ja jetzt nicht geizig, aber ich hatte doch vor, euch hier auf der Insel einen auszugeben, aber abzocken lass ich mich nicht. «

» Das brauchst du auch nicht, weil die Runde sowieso auf mein Konto gehen würde. «

» Warum das denn? Hast du etwa wegen gestern doch ein schlechtes Gewissen? «

» Naja, egoistisch war es ja schon mir, das gebe ich zu, aber Ausgeben würde ich euch gerne etwas, weil mir einfach danach ist. Ich bin ja immer noch so froh, dass ihr mich so spontan begleitet habt, auch wenn es gestern nicht so aussah. Also? Einverstanden? «

Jana stand auf und wir folgten ihr, also alle, außer Hanna, sie hatte wieder Störungen im Hörgerät und nichts vom Gespräch mitbekommen. Verträumt schaute sie aufs Meer und schien sich im Offline Modus zu befinden. Ines fiel es zuerst auf, ging ein paar Schritte zurück und tippte ihrer Freundin von hinten auf die Schulter.

» Hast du wieder einen Wackeldackel im Gerät? « Hanna guckte erstaunt auf ihr Handgelenk. » Wie schon so spät? «

Ines lachte und zeigte auf ihre Ohren und Hanna verstand. Sie rubbelte etwas an ihrem Hörapparat bis es knackte und schon war sie wieder online. >> Wo gehen wir denn nun hin? Zum Strand? <<

Anke zeigte aufs Restaurant. >> Erstmal stärken. Jana schmeißt eine Runde und lädt uns auf einem Drink ein. << >> Gute Idee, da bin ich dabei. <<

Kapitel 20
Das Geständnis

Wir suchten uns ein schönes Plätzchen und als wir zufrieden im Schatten saßen, wurde Ines bewusst, warum Jana unbedingt auf die Terrasse wollte, denn schräg gegenüber, saß der attraktive Doktor Ulf mit seiner brünetten Begleitung.

≫ So Mädels ≪, Jana setzte sich trotz Schatten ihre Sonnenbrille wieder auf. ≫ Lasst uns mal einen leckeren Griechischen Wein aussuchen und ihn hier, vor dieser tollen Kulisse, einfach in Ruhe genießen. ≪ Anke, die auf dem Weg zur Terrasse mit einem Strandkleidchen im Showfenster geliebäugelt hatte, wurde unruhig und Ines verschlug es bei der Getränkekarte die Sprache. ≫ Bei den Preisen verzichte ich auf Alkohol! ≪
Jana warf provozierend ihr Haar nach hinten. ≫ Mein Gott, es ist ja auch keinem geholfen, wenn wir nichts trinken. ≪
Anke sprang auf. ≫ Mir schwirrt das Strandkleid durch den Kopf, ich glaube, ich spute nochmal kurz zu der Boutique um die Ecke. Bestellt mal eine Flasche und schreibt sie auf meinen Deckel, heute schmeiße ich die Runde. ≪ Und bevor noch jemand antworten konnte, war sie schon verschwunden. Hanna guckte mich an. ≫ Wen will sie sich angucken? ≪

>> Irgendein Kleid. <<

>> Aha und wo? <<

>> Weiß ich nicht, ist wohl nicht weit. <<

>> Das Kleid ist nicht weit? <<

Ich grinste. >> Die Boutique ist nicht weit. Nicht weit
vom Restaurant entfernt. Ob das Kleid jetzt weit oder
eng ist, kann ich dir nicht sagen. <<

Jana setzte sich kerzengerade auf, schob ihre
Sonnenbrille zurück ins Haar und die Brust raus.
Schon alleine an ihrer Haltung konnte man erraten,
dass sie was Nettes entdeckt hatte und tatsächlich
stand wieder so ein leckerer Adonis vor ihr. Diesmal
einer, der die Bestellung aufnahm.

>> Geiasas, we want to have one Bottle from this
Asyrtiko, please. <<

Der nette Kellner kniff ihr ein Auge zu, notierte auf
einem Zettel die Bestellung und verbeugte sich. >> Sas
efcharistó, kyría mou, sér. <<

Ines schaute erstaunt. >> Heißt der so? <<

>> Wer? Der Wein? <<, fragte ich jetzt. Irgendwie
schienen wir uns heute alle etwas miss zu verstehen.

>> Ne, der Typ. Der hat doch irgendwas mit Moses
gesagt. <<

>> Der hat sich wahrscheinlich nur für die Bestellung
bedankt. <<

Hanna merkte diesmal, dass ihr Gerät schon wieder in
den Offline-Modus wechseln wollte und schubberte
schnell dran. Es gab ein hörbares ´Plöpp` von sich und

sie strahlte. » Habt ihr es gehört? Es hat Plöpp gemacht, jetzt muss es ja frei sein! «

» War ja nicht zu überhören, trotzdem würde ich direkt nächste Woche mal deinen Akustiker besuchen. « Ines schaute Hanna ganz ernst an. » Ich habe übrigens im Fernsehen einen Bericht über die neusten Hörgerät Modelle gesehen, die sogar eine Stimmerkennung haben. Man kann mit einer App einzelne Leute selektiv ausschalten. Das ist doch praktisch und ich hatte dann gedacht, jetzt fände ich das Älterwerden ein Stückchen weniger schlimm. « Hanna holte ihren Fächer aus der Tasche und drohte ihrer Freundin damit. » Ganz dünnes Eis, mein Fräulein, ganz dünn! «

Jana hatte Ulf und seine Frau natürlich schon weitem in der Taverne entdeckt, deshalb hatte sie den Vorschlag gemacht, die Mädels auf einen Drink einzuladen. Sie setzte sich so, dass sie die beiden voll im Blick hatte. Jetzt sah sie, wie den beiden ein Sektkübel an den Tisch serviert wurde. Ines folgte ihrem Blick. » Eifersüchtig? «

» Wie kommst du denn darauf? Ich wusste doch, dass er so eine Tussi zur Frau hat. «

» Woher wusstest du das? Kennst du ihn oder seine Frau denn schon länger? «

» Okay Mädels «, sie lehnte sich zurück. » Lasst uns auf Anke und den Wein warten und dann erzähle ich euch die längere Geschichte, seid dann aber nicht böse, wenn wir dann den Strand nicht mehr schaffen. «

» Bin schon da. « Anke stellte zwei Einkaufstüten auf den freien Stuhl neben sich, der Rest von uns nickte zustimmend und passend zum Storybeginn, wurde vom Kellner eine Flasche eiskalter Asyrtiko serviert. Er schenkte allen ein, verbeugte sich mit einem ´efthymía gia to kaló` und ließ uns den guten Tropfen probieren.

Anke, die gerne mal ein Gläschen trockenen Wein trank fand ihn vorzüglich, Hanna und ich bekamen sofort Gesichtslähmung, aber so ist das im Leben, alles eine Sache des Geschmackes.

» So Jana, jetzt Butter bei den Fischen, wir wollen jetzt die ganze Geschichte von Ulf und dir hören. «

»Jetzt wird´s spannend «, Hanna, unsere kleine Miss Marple, schüttelte nochmal an ihrem Hörgerät. » Nur Vorsichtshalber, nicht das mir das Ding gleich im spannendsten Moment schlappmacht. « und Jana holte tief Luft.

» Ich weiß jetzt gar nicht wo ich anfangen soll, aber ich finde, ihr habt ein Recht auf die Wahrheit, schließlich sind wir Freunde und da sollte man sich alles sagen können. Der ein oder andere von euch hat es ja in den letzten Tagen auch schon vorgemacht. « Wieder holte sie tief Luft, so das Anke nervös wurde.

>> Du machst aber auch aus allem einen Staatsakt. Jetzt Spuck es aus und fertig. <<

>> Ist aber nicht so einfach wie ihr es euch vorstellt, aber gut, ich hau es raus ... Henning hat mich betrogen. << Sie kramte in ihrem Rucksack nach einem Taschentuch. >> Jetzt wisst ihr´s. <<

>> Dein Henning? Das glaube ich jetzt nicht <<, fiel es mir tatsächlich schwer.

>> Ja, mein Henning und das ganze vor gut einem halben Jahr. Es war laut seiner Aussage nur ein One-Night-Stand, aber betrug ist schließlich betrug. << Man merkte ihr an, dass es ihr doch schwerfiel eine Niederlage zuzugeben, denn sie war eigentlich immer die Siegerin in allen Positionen und steckte selten ein. Jana trocknete sich nicht erkennbare Tränen weg und begann mit der Geschichte. >> Wie ihr ja wisst, tändelt Henning ja oft durch die Weltgeschichte und muss in diversen Kliniken Hygiene-Maschinen reparieren. Er hatte diesmal einen Auftrag von seinem Arbeitgeber bekommen, dass er, nachdem er die Maschinen in der Klinik repariert hatte, irgendwelche Steckdosen in einer Villa bei Hamburg auszutauschen hatte. Genau an unserem Jahrestag. << Sie schniefte kurz. >> Eigentlich gehörte das Einsatzgebiet nicht zu Hennings Kundenkreis, doch da sein Chef mit dem Hausinhaber eng befreundet und der zuständige Kollege in Vaterschaftsurlaub gegangen war, musste Henning den Auftrag übernehmen. Ja und wie das

dann manchmal so im Leben ist, baut einem das Schicksal eine Falle. Henning und ich hatten vor seiner Abreise noch einen richtigen Streit. Ich war so sauer, dass er nicht mal an unserem Jahrestag *Nein* zu seinem Arbeitgeber sagen konnte, dass ich ihm am liebsten gekillt hätte.

Im Nachhinein war mir dann auch bewusst, dass er ja keine andere Chance hatte, aber ich war so sauer und enttäuscht, dass ich die 17 rote Rosen, die ich auf dem gedeckten Frühstückstisch entdeckte, schnappte und direkt in den Mülleimer warf. «

» Hallo? Ich habe noch nicht mal eine einzige Rose von meinem Mann bekommen. Noch nicht mal, als ich Yannik gesund zur Welt gebracht hatte! «

Jana ließ sich jetzt nicht unterbrechen. » Ich war so enttäuscht, dass ich ihm nicht gerade nette Sachen an den Kopf warf und Henning war ganz ruhig geblieben, hat dann irgendwann seine Tasche genommen und sich dann, wie er selber sagte, schweren Herzens auf dem Weg gemacht. Ich war so in Fahrt und verbot ihm sich bei mir zu melden, da ich am Abend nicht erreichbar wäre. Henning guckte mich nur etwas erstaunt an und ging dann langsam zu seinem Auto. Ich weiß, dass das fies von mir war und naja, er hat sich dann auch nicht gemeldet und sich schnell trösten lassen. «

» Jetzt mal langsam. « Irgendwie kam ich gedanklich nicht mit. » Woher weißt du das alles? Ich meine, hat

Henning seinen Ausrutscher sofort bereut und dir alles gebeichtet oder wie bist du dahintergekommen? <<

>> Ja warte, es geht weiter. Henning hatte sich an diesem Abend wirklich nicht mehr gemeldet, obwohl ich wirklich brav zuhause saß und auf eine Nachricht von ihm gewartet hatte. <<

>> Du hattest es Henning ja verboten. <<

>> Ja, das weiß ich auch, aber das hatten wir schon öfters und Henning hatte sich trotzdem immer gemeldet, auch wenn ich garstig war. Diesmal nicht, er blieb stur. Als er nach zwei Tagen wieder zuhause war, war er irgendwie abgelenkt und nicht so gesprächig wie sonst, auch wich er meinen Fragen aus und ging mir hier und da aus dem Weg. Das war die Zeit, als er so oft bei euch im Garten saß, Hanna. Naja, irgendwann war auch diese Phase wieder vorbei und bei uns kehrte der normale Alltag wieder ein, bis ein dummer Zufall wieder alles auffrischte. Bei uns schellten Kinder an, verkleidet als die Heiligen Drei Könige und baten um eine kleine Spende für die Kirche. Henning war gerade im Bad und hörte die Türschelle nicht und ich selber war gerade erst aufgestanden, also öffnete ich noch etwas dösig die Tür, ließ mir von den Knirpsen was erzählen und wollte sie mit ein paar Euros an der Tür abspeisen. Jetzt hatte ich auf der schnelle aber mein Portemonnaie nicht griffbereit und schnappte mir

Hennings und reichte den Kindern ein paar Euros. Als ich die Geldbörse wieder zurück auf das Sideboard legen wollte, rutschte ein kleiner Zettel heraus. Erst dachte ich, es wäre wieder eins von seinen zukunftssicheren Ideen, doch als ich ihn auseinanderfaltete, erstarrte ich. « Jana machte wieder eine kurze Künstlerpause. » Auf dem Zettel stand nur der Name Alicja und eine Handynummer und beides in einer Herzumrandung. « Sie nippte an ihrem Wein. » Ich hatte natürlich sofort geschnallt was da lief und mich abwartend in die Küche gesetzt. Ich stand irgendwie unter Schock, machte mir eine Zigarette an und lauerte. Als der gnädige Herr dann endlich mal aus dem Bad kam, bin ich gleich wie eine Furie hochgeschossen und habe ihn den Herzchenzettel unter die Nase gehalten. «

» Und? « Hanna hörte gespannt zu.

» Tja, zu stottern fing er an, suchte nach ausreden und seine Gesichtsfarbe wechselte zwischen weiß und rot. Ich habe ihn aber gar nicht wirklich zu Wort kommen lassen und mal ehrlich, Henning weiß ja auch, dass er am Ende bei mir nicht viel zu sagen hat, das gebe ich ja zu. Um es kurz zu machen, er gestand mir dann unter Tränen seinen kleinen *Ausrutscher*, wie er es nannte. « Sie drückte die Zigarette im Aschenbecher aus und zündete sich sofort eine neue an. » Er erzählte, dass er durch unseren Streit und seinem schlechten Gewissen wegen dem Jahrestag völlig neben sich stand und die beiden kaputten Sterilisator in der Klinik schnell reparierte und dann noch zu der privaten Bude gefahren war. Er hatte sich extra beeilt, damit er keine Nacht im Hotel verbringen musste, um schnell wieder nachhause zu können, doch er wurde von der Hausbesitzerin unter die Fittiche genommen. Sie umgarnte ihn, machte ihm schöne Augen und als sie dann noch erzählte, dass ihr Mann, der Chefarzt war, zu einem Kongress in der Schweiz war, hatte er sich auf ihre Anmache eingelassen und ist schwach geworden und bevor ihr jetzt fragt: JA, die Hausbesitzerin heißt Alicja Borgmann. «

>> Ach du scheiße «, rutschte es Anke raus.

 >> Genau, was meint ihr, was für Herzrhythmusstörungen ich bekommen hatte, als ich die beiden entdeckte. Den nächsten bekam ich dann im Bus, als ich die Namen auf einer Teilnehmerliste zur Bestätigung noch mal las. «

>> Aber woher wusstest du, wie Alicja aussieht und welche Teilnehmerliste? «

>> Ich hatte ja ihren Namen und ihre Handynummer und hab logischerweise Mr. Google gefragt. Alicja hatte viele Bilder von sich bei Facebook hinterlegt, aber alles nur so Gestellte. «

Sorry, aber jetzt musste ich beinahe etwas grinsen, denn solche Bilder kamen mir irgendwie bekannt vor. Jana fuhr fort. >> Jetzt mal ehrlich, Mädels, sooo eine Granate ist sie ja nun auch wieder nicht, aber ist ja auch alles Geschmacksache. Ich hatte beide beim Check-in auf Korfu entdeckt, doch da dachte ich noch, ich würde schon Gespenster sehen und schob es auf das frühe Aufstehen, den Flug und meinen Durst, aber als ich in den Ausflugsbus in Katakolon stieg und wieder die beiden erblickte, dachte ich nur an einen bösen Zufall. Unsere Busbegleitung legte die Teilnehmerliste auf den freien Platz neben mir und somit konnte ich die Liste abscannen. « Jana seufzte tief. » Ach Mädels, ich war so enttäuscht von Henning, das Gefühl kann man gar nicht so beschreiben. Es tat nicht nur weh, sondern es tut noch weh. «

Ines, die auch aufmerksam zugehört hatte und Strahlemann Henning sehr mochte, konnte es sich nicht verkneifen. » Natürlich tut das weh, Jana. Meinst du, deine ständigen Flirtereien tun deinem Mann nicht weh? Jetzt weißt du, wie das ist und dass es schmerzt. «

» Moment mal. « Jana setzte sich zu wehr. » Ich habe Henning also ähm also bis auf vielleicht zwei-dreimal nie betrogen und von den weiß er vermutlich auch nichts. «

» Vermutlich?!? « Hanna hatte kein Mitleid mit Jana. » Na ist ja auch egal, fakt war eben, dass sich Alicja wohl etwas in Henning verguckt hatte, obwohl sie mit einem Chefarzt verheiratet war! Unfassbar oder? Aber da seht ihr mal, wie helle die Frau sein muss, ich meine zwischen einem Chefarzt und Elektriker liegen doch Welten. « Sie verdrehte die Augen. » Henning hatte sie gebeten, bloß nichts ihrem Mann von der Nacht zu erzählen, da er ja, wie gerade schon gesagt, mit seinem Chef befreundet war und genau den Aufhänger nutzte Alicja wohl eine Zeitlang als Druckmittel. Sie rief Henning öfters mal an und konnte mit seiner Abfuhr gar nicht umgehen, so dass er sich eine neue Handynummer von seinem Anbieter geben ließ. Von da an hatte er Ruhe. «

» Und uns hatte er erzählt, dass er sein Diensthandy verloren hatte und deshalb eine neue Nummer bekommen hatte. Raffiniert. Was macht er denn, wenn ihm sein Chef jetzt wieder in die Klinik schickt, weil irgendwelche Gerätschaften kaputt sind? «

» Da war uns oder Henning wohl das Glück hold, denn der Arbeitsvertrag lief ab und die neue Ausschreibung gewann eine Handwerksfirma in Kliniknähe. «

Ich schaute Jana prüfend an. » Das ist doch jetzt noch nicht die ganze Geschichte, oder? Komm Jana, ich kenne dich, irgendwas heckst du doch aus. «

Sie schaute etwas verlegen auf den Boden. » Ja also, ich war so enttäuscht, dass ich damit selber erstmal fertig werden musste. Henning versprach mir die Frau nie wiederzusehen, zerriss vor meinen Augen den Kontaktzettel und schwor mir seine ewige Liebe.

Ein Drama Mädels, ein Drama. << Sie drückte ihre Zigarette aus.

Ich fasste kurz zusammen. >> Verstehe ich das richtig, dass letztendlich Hennings Ausrutscher dann der Grund für deinen Hilferuf und du deshalb unbedingt einen Tapetenwechsel brauchtest? <<

Jana rutschte auf dem Stuhl hin und her. >> Naja, also hmm, schon so ein bisschen. Zugegeben, der Ausrutscher tat Henning fast schon ein bisschen mehr weh, wie mir. Ich meine, ich habe ja zugegeben, dass ich in der Vergangenheit auch kein Unschuldsengel war und ich fürchte auch, dass Henning auch nicht immer so blind war, wie er gerne tut. Ich müsste tatsächlich den Ball flach und meine Schnute halten, aber Mädels, ihr wisst, ich bin kein Verlierertyp. <<

>> Aber wie geht es denn jetzt zuhause bei euch weiter? <<

>> Bis jetzt, würde ich sagen, dass ich in allen Richtungen Spiel, Satz und Sieg auf meiner Seite habe, alleine schon der Zufall, das Madam ja hier auch auf dem Schiff anwesend ist und Henning hatte am Anfang, als der One-Night-Stand aufflog, zuhause alles gemacht. Mich bekocht, die Wohnung auf Hochglanz geputzt, mir täglich Blumen oder Pralinen im Wechsel mitgebracht und mir sogar auf der zugefrorenen Motorhaube ein Herzchen gemalt. <<

>> Man nennt so was auch einschleimen. <<

Jana zuckte gelangweilt mit den Schultern. >> Das stimmt, Ines, aber das ist eben seine Art. Naja, ich hatte auf jeden Fall die Kontakte von Alicja mit meinem Handy abfotografiert. Sicher war sicher. << >> Wofür? Ich denke sie konnte Henning aufgrund seiner neuen Handynummer nicht mehr erreichen. << >> Purer Instinkt, Schätzelein. Dafür hatte ich ein gespür. << Sie füllte sich nochmal Wein nach, gab dem Kellner das Zeichen für eine neue Flasche und lehnte sich tief durchatmend zurück.

Irgendwas kam Ines komische vor. >> Sag mal, hattest du uns nicht letzte Woche noch erzählt, dass du eine Auszeit benötigen würdest, weil Henning dir auf die Nerven geht und nur faul zu Hause auf der Pritsche liegt? Jetzt erzählst du uns plötzlich, dass er um dich kämpft und sich an all deinen Spielregeln hält? << >> Ja, so kann man es sagen. Ich befinde mich momentan selbst im Wechselbad meiner eigenen Gefühle. <<

Anke, die sich die ganze Zeit geschlossen hielt, tippte sich an die Stirn. >> Entschuldigung, aber ganz normal bist du manchmal auch nicht, Jana. Warum lässt du Henning, der unter seinem Ausrutscher selbst leidet, jetzt nicht mit dem Thema in Ruhe und ihr versucht wieder Vertrauen in euch zu finden? <<

Jana wandte sich ihr ab und machte unbeirrt weiter.

>> Das ist eben mein Charakter und genau deshalb beobachte ich ständig Alicjas Internetseite, um auf den laufenden zu sein. <<

>> Ist sie denn selbstständig? <<

Jana lachte zickig. >> Selbstständig in sich selber Posten, meine liebe Hanna. Also nichts Nennenswertes. Aber, Ihr kennt das ja, wenn man mit Herrn Google anfängt, dann kommt man von Hölzchen auf Stöckchen und schon fand ich ein Foto von ihr und ihrem wirklich tollen Mann. Das Foto wurde vor einem Restaurant auf Sardinen gepostet und zeigte ein glücklich verliebtes Urlaubspaar. Es entstand übrigens auf deren Hochzeitsreise durch Italien. <<

Ich kombinierte. >> Zufällig heißt dieser Chefarzt Ulf und sitzt da vorne glücklich mit seiner Frau Alicja? <<

>> Genau <<, mehr brauchte Jana nicht zu sagen.

Kapitel 21
Steinküsten und Maulesel

>> Was für ein Kuddelmuddel <<, fand Anke. >> Da steige ich bald nicht mehr durch. Weiß denn Alicja von dir, Beziehungsweise, hast du denn mal Kontakt zu ihr aufgenommen oder hat sie dich denn mal gesehen? <<

>> Nicht das ich wüsste. Wie denn auch, es liegen ja gut 300km zwischen uns. Aber du siehst ja wie klein die Welt manchmal ist. Natürlich stach mir so ein Kerl wie Ulf sofort ins Auge, ihr wisst ja selbst, dass ich eine Sympathie für reifere Männer habe und dann sah ich leider seine Begleiterin, die mir gleich bekannt vorkam. Zwei-Dreimal habe ich die beiden zusammen auf unserem Schiff gesehen und dann erst wieder im Bus zu den Ausgrabungsstätten in Katakolon. <<

>> Stimmt, da habe ich die beiden auch beobachtet. Er hatte nur Augen für seine junge Begleitung <<, erinnerte sich Ines.

>> So viel Zufall kann es doch eigentlich gar nicht geben <<, ich fasste es nicht.

Jana hatte einen Tunnelblick. >> Von da an wusste ich, dass meine Stunde der Rache kommen würde. Ich wusste doch, dass ich *SIE* von irgendwoher kannte, ja und dann habe ich einfach den Spieß umgedreht und ein bisschen Augenkontakt mit Ulf aufgenommen. Das Schicksal meinte es wohl echt gut mit mir, denn ich hörte zufällig, wie sich Alicja bei Cordula an der Rezeption ein Taxi vorbestellte, da sie eine alte Schulfreundin besuchen wollte. Ich lauerte etwas versteckt am Internetterminal, folgte ihr dann zurück bis zur Kabine, um dann festzustellen, dass wir ja fast Nachbarn waren. So viel Zufall gibt´s eigentlich nur im Film, Mädels. «

» Und dann? « Hanna schüttelte wieder vorsichtig an ihr Gerät, sie wollte schließlich kein Wort verpassen.

» Dann habe ich mitbekommen, wie sich Alicja Filmreif auf dem Balkon von ihrem Mann verabschiedete und ihn auch einen schönen Tag am Strand wünschte. Also ganz easy. Ich habe gewartet bis Alicja endlich weg war, habe dann das Öffnen seiner Kabinentür beschattet, mich dann zufällig mit ihm auf dem Gang getroffen und einfach meinen Charme spielen lassen. «

» Na das kannst du ja prima «, Anke wieder.

» Stimmt. Ich habe den Tag mit Ulf auch echt sehr genossen, obwohl er tatsächlich und leider sehr viel von seiner ach so tollen Frau schwärmte. Er erzählte mir bereits auf dem Weg zum Strand, dass seine Frau viele gute Seiten hätte. Eine davon wäre zum Beispiel, dass sie sich sehr für gemeinnützige Zwecke einsetzte und eine gute Gesellschafterin abgeben würde. «

» Quasi genau dein Traumleben, oder? Hast du ihm denn von der Affäre erzählt? «

>> Bist du verrückt, ich will doch noch etwas spielen, außerdem war es keine Affäre, sondern nur ein One-Night-Stand, liebe Anke, das ist schon ein großer Unterschied. <<

Mir passte die Story nicht. >> Pass aber auf, dass du dir kein Eigentor schießt. Was ist denn, wenn Alicja ihrem Mann die Nacht mit Henning längst gebeichtet hat und er Bescheid weiß, ihr aber verziehen hat. Du wirbelst dann eine Geschichte auf, die die beiden schon längst begraben haben und Lachen dich aus. <<

>> Erstens, wer sich wie ein kleines Flittchen benimmt, hat so einen Mann wie Ulf nicht verdient und zweitens, Mädels, wer hat denn auf mich Rücksicht genommen? <<

>> Du, du, du, immer nur du. Ich meine, ich versteh deinen Verletzten Ego, aber wie du vorhin ja selber zugegeben hattest, warst du in eurer Beziehung ja auch nicht so ohne und immer treu. << Hanna wurde langsam wütend. Jana ließen die Worte aber ziemlich kalt, denn sie hatte ihren Racheplan vor sich und den wollte sie am letzten Schiffstag ausspielen. >> Das wird ihr Spiel des Lebens. <<

Wir blieben noch eine Weile im Restaurant sitzen, beobachteten automatisch Ulf mit Alicja und verdauten Janas Geschichte, bis Herr Borgmann seine Geldbörse aus der Hosentasche zog, leger ein paar Scheinchen auf dem Tisch legte und eng umschlungen mit seiner Frau in den schmalen Gassen von Oia verschwand.

Ich stand auch auf und wollte meine Gruppe zum Aufbruch animierte.

>> Wenn wir noch etwas von der schönen Insel erkunden möchten, sollten wir vielleicht auch langsam mal los. <<

Hanna fand es eigentlich ganz gemütlich einfach nur auf einer Dachterrasse zu sitzen. >> Wie sieht denn dein Plan aus, Frau Reiseleitung? <<

>> Also, ich würde jetzt gerne Richtung Bushaltestelle zurückgehen und dann weiter zum roten Strand fahren und von da aus hinterher zurück nach Fira. Wir haben wahrscheinlich zwar keine Zeit mehr zum Baden, trotzdem würde ich mir den Strand gerne mal anschauen. << Wir waren uns mehr oder wenig einig, zahlten und verließen den traumhaften Ort Oia und auch wenn dieser durch die gerade erfahrene Hiobsbotschaft einen kleinen bitteren Beigeschmack behalten würde, war es hier wunderschön, da waren wir uns alle einig.

*

Mit dem Bus, der zum Glück zügig kam, waren wir bereits in knapp 20 Minuten am Roten Strand angekommen.

Anke steuerte direkt einen kleinen Informationsstand an der Bushaltestelle an und fragte mit Händen und Füßen, ob es hier Schließfächer für ihre Einkäufe gebe.

Es dauerte etwas, bis die nette Dame sie verstand und lächelnd den Kopf schüttelte.

>> Das hättest du dir doch auch denken können <<, musste Ines noch einen draufsetzen und nahm Anke eine Tüte aus der Hand. >> Na komm du Packesel, ich helfe dir. <<

>> Das ist lieb. Es ist ja nicht schwer, nur so unhandlich. Hier habe ich drei Strandkleider gekauft, hier zwei Tüten Chips mit Olivengeschmack und noch eine Flasche Asyrtiko. <<

Ich holte meinen schlauen Reiseführer hervor und las, dass der rote Strand bei den Einheimischen Kokkini Ammos genannt wurde und genau diesen Wegweiser hatte ich gerade an der Straße an einer Hauswand bemalt gesehen.

Nach nur wenigen Schritten schon hatten wir das Ziel erreicht. Wie der Name bereits vermuten ließ, war hier nicht schwarz, sondern eben rot die auffallende Farbe, was auf die Lava-Steilküste zurückführte. Die rote Steilküste stellte einen wunderbaren Kontrast zu den schwarzen Kieselsteinen und dem blauen Meer dar.

>> Guckt mal da vorne die Einbuchtungen in den Steinen. << Ines zeigte mit den Fingern auf ein paar Höhlen.

Ich machte Fotos und erklärte dabei, dass viele Höhlen Ende der 60er ein Platz und Rückzugsort der Hippies waren.

>> Das wäre auch eine Zeit für mich gewesen <<, Jana schaute zu den Felsen. >> Sex, Drugs and Rock´n Roll! Wahnsinn und dann der Blick aufs Meer. Ich hätte es genossen, Mädels. <<

>> Das glaube ich dir aufs Wort, nur hättest du als Blumenkind nichts von der Schönheit der Insel gesehen, sondern mehr die Höhlen von innen <<, konnte sich Anke vorstellen.

>> Ha ha, sehr witzig, wenn ihre solche prüden Spaßbremsen seid, kann ich ja nichts für. <<

Ich machte noch ein paar Bilder, denn aus den ehemaligen Hippie Behausungen waren heute viele Cafés und Restaurants geworden.

>> Wir haben ja noch etwas Zeit, sollen wir uns noch etwas an den Strand setzen? <<

>> Au ja, ich würde gerne wenigstens mit den Füßen mal ins Wasser, meine Latschen sind mir vom Taschentragen nämlich schon angeschwollen. Wie viel Zeit haben wir denn noch? Ich habe gar keine Uhr aufgesetzt. <<

>> Ich würde sagen, noch gut 2 ½ Stunden. Wir müssen ja noch nach Fira zurück und dort den Berg runter zu den Booten. <<

» Reicht, um mal schnell einzutauchen. « Ines zielte eine freie Liege an, stellte dort die Tasche von Anke, sowie ihren Rucksack ab und begann sich zu entkleiden. » Ist jemand dabei? «

Anke und ich folgten ihr direkt, Jana wollte lieber eine Bar ansteuern und Hanna wollte auf der Liege dösen und dabei auf unsere Taschen aufpassen.

Das Wasser war erfrischend kühl und tat allen gut, nur Anke bekam einen Fußkrampf und humpelte zur Liege zurück. Ines nutzte beim Schwimmen die Chance um mit mir zu Reden. » Sag mal, was hältst du denn von der Sache mit Jana und Henning? Hättest du ihm eine Affäre oder nur einen Ausrutscher zugetraut? «

Ich schluckte aus Versehen etwas Wasser und musste Husten. » Nein, ehrlich gestanden absolut nicht, eher anderes herum. Henning ist eigentlich viel zu ehrlich und wer weiß, was er an diesem Abend so alles getrunken hatte. Vielleicht war er wegen dem Streit mit Jana in so eine Art Frusttrinken verfallen. Wie das manchmal im Leben so ist und wohl hauptsächlich bei Männern, spielen bei Alkohol oft die Hormone verrückt und wenn Alicja es ihm dann so leichtgemacht hat? Wer weiß? «

Ines stimmte mir zu. » Davon mal abgesehen denke ich aber auch, wird Henning seiner Jana nie richtig böse sein und ihr immer gehorchen. Ist auch anstrengend. «

Jetzt musste ich doch lachen. » Da hast du recht, aber jetzt mal ehrlich, möchtest du so eine Beziehung führen? Ich nicht. Die basiert doch gar nicht auf Ehrlichkeit. Sie kann fremdgehen, fremdflirten usw. und er spielt die drei Affen – nichts hören, nichts sehen, nichts sagen? Also dann verzichte ich gerne auf Blumen und einer Herz- Motorhaube. «

*

Nachdem wir uns alle getrocknet hatten, spendierte uns Ines noch den versprochenen Ouzo in einem der niedlichen Höhlencafés, bevor wir wieder in den Bus nach Fira stiegen. Wir lagen bei unserer Ankunft gut in der Zeit, schlenderten noch etwas durch die Gassen und wurden in dem ein oder anderen Laden noch fündig, also auch Anke war noch nicht Shoppingsatt, denn sie kaufte sich einen Lederrucksack, um ihre Einkäufe besser transportieren zu können (Aha!). Hanna kaufte ihren Männern Geldbörsen von einer erlesenen Herrenmarke, welche bei uns im originalen viel teurer wären, Ines brauchte nur ein neues Feuerzeug für sich, Jana ergatterte eine Sonnenbrille voller kleiner Straß Steinchen und ich kaufte Stefan einen Ledergürtel.

Die Händler wussten wahrscheinlich genau, wann welches Schiff anlegte und auch wieder die Insel verließ, denn viele merkten, dass wir auf den

Rückweg zum Hafen waren und boten uns Sonderrabatte an, doch, wenn man keine Tasche und Co. mehr brauchte, konnte es auch anfangen zu nerven.

Leider wurde es dann Zeit für uns, uns vom schönen Santorin zu verabschiedeten und wir machten auf den Weg zu den Treppen, wo viele Esel, Maultiere und mittlerweile auch Pferde die Inselbesucher den gut 400m hohen Berg rauf und runter transportieren mussten.

>> Was für eine Quälerei <<, waren sofort Hannas Worte. >> Das müsste verboten werden. <<

Und damit hatte sie auch Recht. Ich sah fassungslos auf die armen, in der Wärme stehenden Tiere.

>> Kein Schattenplatz und kein Trinknapf. Die Tiere können einem echt leidtun, aber die Urlauber, die sich draufsetzen, auch. <<

Anke buckelte sich ihren neu erstandenen Rucksack auf. >> Ich nehme die Treppen runter, das hier ist, auch wenn es Tradition ist, glatt eine Quälerei, das muss man keinem antun. << Auch Jana und Ines schüttelten die Köpfe, als die Tierbesitzer einen guten Preis anboten und somit stiefelten wir den Abstieg in Serpentinenart hinunter.

Man soll es ja nicht meinen, aber Sightseeing konnte auch anstrengend sein.

Kapitel 22
Aktiv-Bingo !!!

Anke, deren Magen schon rebellierte, wollte nur
schnell ihre ganzen Einkäufe in die Kabine bringen
und dann direkt zum Restaurant durchstarten. Alle
schlossen wir uns ihr an, denn schließlich, meinte
Hanna, möchte keiner schuld sein, wenn ihre
Zimmergenossin plötzlich dem Hungertod erlegen
würde.

Jana harkte sich bei Anke unter. >> Heute Abend geht
die Mimi aber nicht wieder mit einem Krimi und den
Olivenchips um 21 Uhr ins Bett, oder? <<

Anke lachte und unterdrückter glatt einen
anfliegenden Gähner.

>> Nö, heute machen wir eine Sause, wir können doch
morgen alle beim Seetag ausschlafen und außerdem
habe ich vorhin etwas von Aktivbingo gelesen. Das
wäre doch was für uns, sogar mit Gewinne Gewinne
Gewinne! <<

Ich liebte ja Spiel und Quizabende und freute mich.

>> Oh toll, da machen wir unbedingt mit. Wir können
doch keine Kreuzfahrt machen ohne am Bingo
teilzunehmen. <<

Hanna zuckte die Schultern. >> Was bedeutet
Aktivbingo denn? Muss man da irgendwelche
sportlichen Aktivitäten durchführen? Also wenn,
Anke, würde ich dann heute Abend unseren

Fernseher besetzen und mir eine deiner Chipstüten nehmen, schließlich hast du auch meine Schokolade vertilgt. «

» Auf gar keinen Fall, wir Bingo 'n alle zusammen. «

» Wenn es sein muss! Ich kann meine Hörmuschel ja im Notfall auf Exit stellen, wenn es mir zu blöde wird «, manchmal war Hanna wirklich unverbesserlich.

*

Satt und zufrieden machten wir uns dann alle auf dem Weg zur Safari-Lounge auf Deck 6 und während Anke, Hanna und Jana schon mal einen guten Platz ergattern wollten, wollte ich noch kurz meine Lesebrille aus der Kabine holen. Ines begleitete mich, da sie ihre Handtasche wegbringen wollte.

» Was schlörrst du die auch immer mit zum Essen? Ist doch viel zu kompliziert. Eigentlich reicht doch hier an Bord nur deine Kabinenkarte. Aber weißt du was, da bringst du mich glatt auf eine Idee, denn dann habe ich schon mal ein Geburtstagsgeschenk für dich - eine schöne Bauchtasche. «

Ines winkte gleich ab. » Ist alles nur eine Angewohnheit. « Ich hatte unterwegs angeboten ihre sogenannte Angewohnheit mitzunehmen, denn dafür bräuchte sie mich ja nicht unbedingt zu den Kabinen begleiten, doch ihr abruptes *Nein Danke*, schoss nur so aus ihr raus. Jetzt stiegen wir beide aus den Lift, gingen zum Flur und plötzlich überkam mich auf einmal das

dumme Bauchgefühl, als würde Ines mir oder uns
etwas verheimlichen.

Vor meiner Kabinentür drehte ich mich zu ihr um.
» Ich müsste noch schnell zur Toilette, wenn du schon
vorgehen möchtest, dann komm ich gleich nach. «
» Ach was, ich geh dann auch vorsichtshalber, dann
muss ich nicht auf ein öffentliches und du weißt ja,
wenn ich hier an Bord alleine losgelassen werde,
komm ich sowieso nicht da an, wo ich eigentlich
möchte. Ich warte dann einfach vor der Tür. Bis
gleich. «Beide trennten wir uns kurz. Ich huschte
schnell in meine Kabine und ging direkt auf den
Balkon. Leise öffnete ich die Schiebetür und versuchte
in die Nachbarkabine zu blinzeln. Ich sah Ines vor
dem Kleiderschrank stehen. Sah, wie sie aus dem
Schrank Kissen und Decken nahm, sich dann bückte,
aus ihrer Handtasche etwas Glitzerndes herausholte
und es Glanz vorsichtig in den Schrank legte.
Was verheimlichte sie uns nur? Was war ihr Problem
und was zum Teufel hat sie jetzt versteckt? Ich sah,
dass Ines die Kissen und Decken wieder in den
Schrank legte und diesen dann schloss.
Schnell huschte ich wieder in meine Kabine und nahm
mir fest vor, mit den anderen über meine
Beobachtung zu reden. Vielleicht ist denen ja auch
schon irgendetwas Skurriles bei Ines aufgefallen. Ich
packte meine Lesebrille ein, verließ die Kabine und

stieß beinahe mit Ines zusammen, die gerade bei mir anklopfen wollte.

Von weitem hörten wir schon die Moderation vom Aktivbingo.

>> Herzlich Willkommen, Ladies and Gentleman, zum heutigen Aktivbingo. << Eine ganze Menge Passagiere hatten sich in der Safari-Lounge eingefunden und warteten schon ungeduldig auf den Abend. Ines entdeckte unsere Runde an einem Tisch am Rand der Bar und zog mich mit. Anke hatte schon ganz aufgeregt 3 Bingo Zettel vor sich ausgebreitet.

>> Ihr müsst euch auch noch schnell welche holen. Da vorne am Tisch werden die verkauft. Eine Bingo Karte kostet 10 €. Wird, wie alles hier an Bord, mit der Kabinenkarte bezahlt. <<

Ich nickte zustimmend. >> Na dann hole ich mir mal wacker eine. <<

Ines gab mir ihre Kabinenkarte. >> Bringst du mir bitte auch eine Spielkarte mit? <<

>> Na klar, warum nicht? << Ich nahm die Kabinenkarte und stellte mich wartend in der Schlange an. So ein Mist, das wäre jetzt meine Chance bei ihr in der Kabine mal im Schrank zu gucken, was sie da vorhin versteckt hatte, aber das würde ja jetzt auffallen. Wahrscheinlich hätte mir Ines mir sonst auch nicht ihre Karte anvertraut. Ich ärgerte mich etwas.

In der Zwischenzeit erklärten Laura und Sandy die Spielregeln. >> So meine Lieben Urlauber, unsere Kollegin Julia hat noch ein paar Bingo Karten zum Verkauf bevor wir dann auch starten können <<, sie zeigte auf ihre Kollegin und ich hörte Anke schon wieder klatschen und musste grinsen. Sie war im Spielfieber.

>> Kommen wir zu den Spielregeln. << Sandy übernahm die Ansage. >> Wir werden nach und nach Zahlen laut und deutlich vorlesen. <<
>> Das ist schon mal gut <<, rutschte es Hanna leise raus.
>> Sobald jemand von Euch sämtliche Zahlen auf dem Blatt hat, die wir laut vorgelesen haben, ruft er bitte laut BINGOOOOOOOO! << Wieder hörte man Anke klatschen und Laura übernahm das Mikrofon.
>> AAAber meine Lieben, wir würden es ja nicht Aktivbingo nennen, wenn wir nicht alle dabei etwas aktiv sein müssten. <<
>> Ich wusste es, jetzt kommt der Harken. << Hanna wieder und Jana gab auch ihren Senf dazu.
>> Aktiv wäre ich schon gerne, aber in anderer Hinsicht. <<
>> JANA! <<

>> Wenn wir eine Aktivnummer aufrufen, bitte ich die Spieler, die auf ihrem Zettel dadurch eine Reihe, egal

ob horizontal, vertikal oder diagonal haben, so schnell wie möglich zu uns auf die kleine Bühne zu kommen und die dann gestellte Aufgabe versuchen zu lösen. Die Aufgaben schwanken zwischen Witze erzählen bis Denkaufgaben. Hier vorne haben wir eine ganze Kiste voll mit schönen und attraktiven Gewinnen, wie Souvenirs oder auch tollen Gutscheinen <<

>> JUCHuuuUUU <<, Anke klatschte Beifall und ich war endlich an der Reihe und kaufte zwei Bingokarten.

Sandy übernahm weiter. >> Genau und deshalb, Ladies and Gentleman, kommen wir nun zum Höhepunkt. Sollte jemand von Euch Bingo haben, bitte ich ihn dieses laut zu rufen, zu jubeln, zu springen, zu schreien, egal was, macht irgendwie auf Euch aufmerksam, denn hier <<, Laura deutete einen Trommelwirbel an, >> geht es um den Hauptpreis. << Jetzt klatschten alle begeistert in die Hände und als Julia ihren Kolleginnen das Zeichen für alle verkauften Karten gab, ging es endlich los.

Wir stießen aufgeregt mit unseren Cocktails an, wünschten uns viel Glück, als auch schon die erste Kugel gezogen wurde. Laura nahm das Mikrofon zu Hand und las laut die Zahl vor.

>> Wir starten mit der Nummer 18, Numero dieciocho18, Number eighteen. <<

Anke war mit ihren drei Zetteln völlig überfordert, Hanna hatte schnell nochmal Batterien eingelegt, Jana suchte anscheinend mal wieder jemanden in der Lounge, Ines drückte ich die Daumen und selbst wollte ich den Abend einfach genießen.

Weiter ging es, es folgten noch weitere 2 Nummern, dann hieß es ´Achtung – Aktivbingo` und schon fiel die nächste Kugel.

>> Nummer 33, Numero treinta y tres, Number thirty-three. <<

Von den Mädels hatte keiner die Schnapszahl, was Jana eigentlich wunderte, doch so einige Passagiere liefen auf die kleine Showbühne. Der Erste, ein junger Bursche, durfte mit einem Schuhplattler starten.

>> Das wäre ja das richtige für unsere Bayerischen Jungs << Hanna wandte sich an mich. >> Also ich melde mich definitiv nicht freiwillig bei diesem Aktivblödsinn. Wenn du willst, kannst du ja dann gerne für mich rennen. <<

>> Na schauen wir mal. Sag nur früh genug Bescheid, ich bin ja nicht so schnell mit meinem angeschlagenen Fuß. <<

Der Schuhplattler kam gut an, wurde mit einem kräftigen Applaus beklatscht und der Gewinner durfte sich über eine Baseballkappe von *MS Sinfonie* freuen. Laura las die nächsten Zahlen vor.

>> Nummer 21, Numero veintiuno, Number twenty-one. << Hanna musste nochmal nachfragen. >> Nummer 23? << und Anke zeigte ihr per Hand die zwei und dann die eins.

>> Die 12? << fragte sie erneut.

Ines ahnte es richtig. >> Ich dachte, du hättest neue Batterien eingelegt. Mensch, die scheiß Dinger taugen aber auch wirklich nichts. Was sich da an Müll bei dir ansammelt, möchte ich gar nicht wissen. Schüttel doch mal dein Hörrohr. <<

Hanna tat es und es schien sich tatsächlich eher um einen Wackelkontakt wie Batterieverlust handeln. Ich tippte mit dem Stift auf ihren Zettel, direkt auf die Nummer 21.

>> Kommen wir zur nächsten Zahl, meine lieben Urlauber und aufpassen, denn es heißt wieder Aktivbingooo! Es ist die Nummer 7, Numero siete, Number seven. << Ines sprang so schnell auf, dass der ganze Tisch wackelte und rannte zur Showbühne.

>> Hab ich, hab ich <<, rief sie dabei Loswinkend und kam tatsächlich als erstes dort an. Laura überprüfte das Los.

>> Glückwunsch, wie ist denn dein Name? << Sie hielt Ines das Mirko hin.

>> Einfach nur Ines. <<

>> Prima Ines, deine Aufgabe wird es sein, einen vierzeiligen Reim auf *MS Sinfonie* aufzusagen. <<

Ines guckte erschrocken. >> Das ist aber schwer…so auf Anhieb…! <<

>> Naja, ist ja auch ein schöner Preis! Versuchst du es? <<

>> Ach herrje ja, kleinen Moment, also, ja gar nicht mal so einfach, aber gut: Suchst du eine Auszeit zum Wohlfühlen, dann kannst du es hier spüren. Ääähhhmmm – Denn nur hier auf der Sinfonie, herrscht die pure Harmonie. <<

Es wurde Applaudiert und Ines strahlte. Sie hatte Glück, denn sie durfte sich über einen Friseurgutschein in Höhe von 75 € von der MS freuen.

>> WOW <<, Anke war begeistert. >> Das ist doch wohl super. Da kannst du dich doch gleich für morgen anmelden und einen Termin machen, wir haben doch am Seetag nichts mehr vor. Da lass dich mal so richtig verwöhnen und schick machen. <<

>> Also ich habe morgen schon noch etwas vor <<, fiel mir mein Tagesplan ein.

>> Echt, was denn nun schon wieder Frau Organisatorin? <<

>> Ach, ich wollte beim Shuffleboard mitmachen und einen Rundgang durch die Schiffsküche buchen. <<

>> Also meine Aufgabe morgen heißt nochmal Liege, sonst nichts <<, kam es von Hanna und schon folgten die nächsten Zahlen.

Mal musste beim Aktivbingo tatsächlich ein Witz erzählt werden, mal durfte man aber einfach nur ein

Glas Sekt trinken, mal musste man zu zweit noch eine Quartettfrage lösen und mal wurden Schätzfragen gestellt. Jana hatte auch eine Aktivnummer auf ihrem Spielschein und gab Kniegas in Richtung Showbühne, ein anderer Spieler aber auch und die beiden landeten zeitgleich auf der kleinen Showbühne.

Sandy nahm das Mikro. >> Also wer von euch beiden den schönsten Reise-Vers aufsagt, erhält einen unvergesslichen Preis. Sie, liebe Gäste, sind die Jury. Wer von den beiden den lautesten Applaus bekommt, erhält den Gewinn. Na dann würde ich sagen, fange ich bei dir hier an. Meistens heißt es ja Ladies First, doch heute drehen wir den Spieß mal um. Wie ist denn dein Name? <<

>> Andy und ich komm aus Sachsen. <<

>> Prima, dann haben wir das ja bereits geklärt und zu meiner linken haben wir …<<

>> …die Jana aus dem Ruhrpott. << Kam es trocken heraus. Ihre Mädels klatschten und pfiffen.

Andy nahm das Mikro zur Hand. >> Meine Reisedivise lautet: Die Welt ist ein Buch. Wer nie reist, sieht nur eine Seite davon. <<

Die Jury, sprach wir Gäste, applaudierte und aus einer Ecke, grölten ein paar Männer. Andy winkte ihnen zu und übergab das Mikro an Jana.

>> Na gut, dann kommt jetzt hier meiner, der etwas länger ist. Also aufgepasst: Reisen ist besonders schön, wenn man nicht weiß, wohin es geht, aber am

allerschönsten ist es, wenn man nicht mehr weiß, woher man kommt. «

Es dauerte etwas, bis der Spruch verstanden wurde, doch dann wurde laut gekatscht und applaudiert und Jana kam stolz als Gewinnerin und einem Familien-Fotogutschein zu uns zurück.

Hanna freute sich total. » Oh wie toll, dann kannst du gleich morgen ein paar Bilder von dir machen lassen und schon hast du ein Mitbringsel für deinen Henning. «

Jana winkte sofort ab. » Nix da, Mitbringsel! Da gehen wir Fünf morgen vorbei und lassen von uns ein schönes Erinnerungsfoto machen. Wie sagte Sandy vorhin, es wird ein unvergessliches Geschenk werden, also Mädels, morgen ist Paparazzi Time! «

Die nächste Zahl wurde gezogen. » Nummer 15, Numero …«

» … 50? « fragte Hanna in die Runde und hamsterte sich einen langsam genervten Blick von allen ein. » War nur ein Scherz «, entschuldigte sie sich sofort. » Hach, was seid ihr Spaßbremsen. «

» Pssst «, kam es nicht nur von Anke, denn die nächsten Zahlen wurden gezogen.

Es folgten noch weitere Aktivbingos mit wirklich schönen Preisen und die Nummer 38, Numero treinta y ocho, Number thirty-eight, löste einen lauten Bingo-Ruf aus.

>> Ich kack ab <<, rutschte es Jana raus. >> Uns Hermann! <<

Viele freuten sich mit ihm, viele schauten traurig auf ihre Zettel und verglichen noch mal alle Zahlen auf dem Spielschein, aber Hermann ging erhobenen Hauptes zur Showbühne, wo er seinen Spielschein zur Überprüfung abgab und einen 150,- € Gutschein von *MS Sinfonie* gewann. Dankend verbeugte er sich, nahm den Gutschein an sich und ging zurück zu seinem Platz.

Irgendwie tat mir der Mann immer noch leid. Er war so ein friedvoller unscheinbarer älterer Herr, der bestimmt keiner Fliege etwas zu leide tun konnte, deshalb machte ich Anke etwas Konkurrenz beim Applaudieren.

>> Ich finde, es hat den richtigen getroffen, dann kann er sich morgen mit seiner Frau noch einen schönen letzten Tag hier an Bord machen und sich etwas Schönes gönnen. Es freut mich immer, wenn ältere Leute noch so eine Reise antreten dürfen – zu zweit antreten dürfen! Ist doch in der heutigen Zeit nicht mehr selbstverständlich. Guck mal, Hermann und seine Hilde werden bestimmt nicht mehr viele Kreuzfahrten gemeinsam unternehmen, wenn sie überhaupt noch mal eine machen können, dagegen sind wir … <<

>> ... das kann man auch alles in der heutigen Zeit nicht wissen <<, beteuerte Ines. >> Günstig war für uns die Reise ja auch nicht. Ich muss ganz schön wieder Sparen, wenn wir noch mal Kreuzfahren wollen. <<

>> So war das ja nicht gemeint <<, ich erklärte ihr meine Denkweise. >> Ich meine es ja vom Alter her. Ich weiß ja nicht wie alt Hermann und seine Frau sind, aber ich schätze mal schon, dass die beiden noch den Anfang des zweiten Weltkrieges miterlebt haben. Die beiden gehörten noch zu denen, die Deutschland wiederaufgebaut und Steine gekloppt haben und trotzdem sind sie noch so fit, dass sie im hohen Alter auf einem Schiff die Welt erkunden. Da kann man doch Dankbar sein, oder? <<

>> So gesehen ja <<, stimmte mir Ines zu.

>> Na siehst du und ob wir uns in ein, zwei oder sogar in drei Jahren noch einmal so eine tolle Fahrt gönnen können, wissen wir nicht, aber sollten wir das Glück haben und gesund bleiben, könnten wir altermäßig bestimmt noch mehrere Fahrten im Leben buchen. <<

Anke gähnte laut. >> Ich glaube meine Koje ruft. <<

>> Das kannst du gepflegt vergessen, mein Fräuleinchen. << Jana stand abrupt auf. >> Das ist unser vorletzter Abend und morgen können wir alle ausschlafen. Ich würde vorschlagen, wir besuchen Mauro oben in der Bar und spucken endlich über die Reling ins Meer. <<

>> Warum das denn? <<

>> Soll Glück bringen, also zu mindestens, wenn man in Hamburg in die Elbe spuckt; dann wird's mit dem Mittelmeer ja wohl kein Unglück bringen, oder? <<

Etwas unsicher war Jana dann aber schon.

Ines lachte. >> Hättest du das mal lieber vor dem Bingo gemacht. <<

Kapitel 23
Kleptomaniegefahr

Ich wachte mit einem brummenden Schädel auf und
ging sofort zur Balkontür um diese zu öffnen. Ich
brauchte unbedingt Luft. Jana schlief noch und auch
die Vorhänge unserer Nachbarn waren noch komplett
zugezogen.

Ich massierte mir die Schläfen, irgendein verflixter
Drink musste gestern Abend schlecht gewesen sein.

Ich schaute einfach nur in Ruhe aufs endlose Meer
und genoss die frische Seeluft, als ich ein scheppern
hörte, was aus der linken Kabine kam. Ich drehte mich
um und suchte einen Sehschlitz zwischen den
zugezogenen Vorhängen – nicht, dass Ines aus dem
Bett gefallen war und jetzt mit ihrem Rücken
Probleme hatte! Aber mein innerer Instinkt wusste,
dass das nicht so war und da fiel mir auch wieder ihr
seltsames und geheimnisvolles Verhalten vom Vortag
ein.

Vorsichtig äugelte ich durch den kleinen Spalt, konnte
aber nichts erkennen und nahm mir fest vor, später
mal mit meinen Freundinnen zu reden, vielleicht
sogar, wenn Ines gerade ihren Friseurgutschein
einlöste!

Das angebotene Langschläfer Frühstück wurde nicht
nur von uns gut ausgenutzt, es schien, als ob

sämtliche Passagiere, völlig gestresst, froh waren, endlich ein Stündchen länger schlafen zu können. Ich hatte bereits meine Runden auf dem Schiff gedreht, hier und da noch ein schönes Foto festgehalten, als ich mich zu meiner Gruppe gesellte. Mit ganz viel Glück hatten die Mädels ein schönes Plätzchen draußen ergattern können.

>> Guten Morgen zusammen, alle fit? <<

Hanna guckte nicht begeistert. >> Ich hätte schon noch ein Stündchen liegen bleiben können, aber meine Zimmergenossin kennt da ja kein Erbarmen, ne Anke? <<

Anke biss gerade genießerisch in ihr Marmeladebrötchen und deutete mit vollem Mund ein Daumen hoch an.

Ines schmiss sich eine auflösbare Tablette in ihr Wasserglas und bewunderte Anke. >> Du musst echt einen Magen wie eine Kuh haben. Wenn ich mir deinen Teller nur ansehe, dreht sich meiner. <<

Ich musste lachen, denn Ines zog wirklich ein langes Gesicht.

>> Ja das hatte ich heute Morgen auch. Ich hatte auch einen Schädel und mir war auch so flau im Magen, deshalb war ich so früh raus und habe ein paar Runden gedreht, damit der Kreislauf wieder in Schwung kam und die Luft tat mir echt gut. Ich hol mir auch mal wacker was zum Frühstück << und legte meinen ständigen Begleiter, die Kamera, auf den

Stuhl. >> Passt schön drauf auf, sind echt ein paar tolle Bilder dabei. <<

Jana, getarnt mit ihrer auf Santorin erstandenen Straß-Sonnenbrille, matschte in ihrer Müslischale herum, auch sie schien nicht großartig Appetit zu haben.
Als ich mit meinen Brötchen auf dem Tablett zurückkehrte, musste ich schon von weitem lachen.
>> Also Mädels, wenn wir heute den ganzen Tag so bedröppelt drein gucken wie jetzt, können wir deinen gewonnen Foto-Gutschein, Jana, nicht einlösen. Zumindest nicht unter der Kategorie Erholsame Kreuzfahrt, denn so viel kann ein Fotograf nun auch wieder nicht rausholen, als dass wir die Bilder zuhause vorzeigen könnten. <<
Anke leerte ihre Rühreischale auf ihrem Teller. >> Sollen wir den nicht heute Abend vor dem Abendessen einlösen, wenn wir uns doch sowieso nochmal für das Kapitänsdinner zurechtgemacht haben? Bis dahin dürften wir alle etwas entfalteter sein! <<
>> Gute Idee, bis dahin können wir tatsächlich noch etwas entliften <<, nickte Jana.
Hanna fiel Janas Auftritt wieder ein. >> Sag mal, wann wolltest du denn die Bombe heute platzen lassen? <<
>> Kommt Kommt, der Wille ist auch schon da, der Geist schläft nur noch etwas, aber mein Plan steht, darauf könnt ihr euch verlassen, it´s Showtime, sag

ich nur, ihr werdet es bestimmt mitbekommen, es sei denn, ihr wollt heute keine Liege am Pool. «

» Sicher, ich auf jeden Fall. « Hanna hatte ihre Tasche mit Handtuch, E-Book und Sonnencreme schon dabei und nachdem alle mehr oder weniger gut gegessen hatten, fuhren wir auf Deck 11, um dort den Seetag nochmal zu genießen und die Seele baumeln zu lassen.

*

Wir hatten erneut Glück, fanden noch vier nebeneinanderstehende Liegen, was passte, denn meine Schiffsküchenbesichtigung fand gleich statt. Ines verstand mein Interesse gar nicht. » Ich weiß gar nicht, was an einer Großküchenbesichtigung so interessant sein soll. Ich meine, am Ende zählt bei den Passagieren doch nur, was auf dem Teller ist und nicht wie es zubereitet wurde. «

» Stimmt schon, aber es werden gleich auch Kostproben verteilt, das Lager besichtigt, die Küchencrew vorgestellt, … «

» Kostproben? Das sagst du mir jetzt erst? Dann wäre ich doch mitgekommen. «

» Aber ich hatte dich doch gefragt, Anke. Ihr wolltet doch lieber faul abhängen «, wehrte ich mich. » Ich mache aber gerne Fotos und werde euch später zeigen, was es alles so Leckeres gab. «

» Oh kannst du gemein sein. « Anke legte sich wieder zurück.

Hanna cremte sich ihr Gesicht ein. >> Sag mal Ines, was ist denn mit deinem Friseurtermin? Hast du noch einen Termin für heute bekommen? <<

>> Da war mir heute Morgen noch nicht nach. Ich überlege auch noch, ob ich da überhaupt vorbeigehen soll? <<

Anke setzte sich wieder auf. >> Ja natürlich, warum denn nicht, den hast du doch gestern erkämpft gewonnen. <<

>> Schon, aber Lust habe ich nicht. <<

Mir fiel meine Chance ein, dass ich während des Friseurbesuches mit den Mädels über meinen Verdacht reden wollte und befürwortete Ankes Meinung.

>> Weißt du was, ich geh eh gleich zu meiner Küchenbesichtigung, dann nehme ich dich mit zum Friseur, der auf demselben Deck ist und du fragst einfach mal persönlich nach. <<

>> Ach ich weiß nicht. << Ines war echt nicht gut drauf heute.

Janas Kreislauf nahm langsam wieder Fahrt auf. >> So macht ihr das. Ich warte mit meinem geplanten Auftritt auch noch etwas, denn dafür muss ich mir noch ein Schlückchen Mut antrinken. <<

>> Du und Mut antrinken? << wunderte sich Hanna, doch Jana wehrte sich.

>> Hey, was soll das denn heißen, dass ich ein abgebrühtes Weibsbild bin? <<

>> Manchmal schon <<, waren wir uns einig und
mussten lachen.

*

Ich hatte zwar noch knapp über eine Stunde Zeit, bis
die Besichtigung startete, suchte aber irgendwie noch
das Gespräch mit meinen Freundinnen, deshalb stand
ich kurzentschlossen auf, zog Ines von der Liege,
harkte mich bei ihr unter und verschwand mit ihr in
Richtung Friseur.
>> Den Weg machen wir uns bestimmt umsonst. Die
haben bestimmt keinen Termin mehr frei, es sind doch
einige, die den letzten Tag dafür nutzen. Vielleicht
schenke ich den Gutschein auch jemanden, der sich da
gerade frisieren lässt. Oder möchtest du ihn haben? <<
Ich verneinte. >> Ich habe heute doch gar keine Zeit
dafür. Gleich mache ich die Schiffsbesichtigung, dann
gibt es schon Mittag und danach geht's auch schon
bald mit dem Shuffleboard weiter und heute Abend
müssen wir auch schon packen, uns fertigmachen und
auch noch zum Fotografen. Man kann es auch
Freizeitstress nennen << versuchte ich zu scherzen,
doch Ines verdrehte nur die Augen.
>> Erinnere mich nicht ans Packen, ich könnte noch so
eine Woche dranhängen. <<
>> Das könnte ich theoretisch auch. <<

Ines hatte das große Glück, dass gerade eine Passagieren wegen einer frisch eingetroffenen Grippe abgesagt hatte.

Ich knuffte sie sofort in die Seite. »Hey, man muss auch mal Glück haben, das passt doch wie die Faust aufs Auge. «

Jessy, wie sich die Friseurin vorstellte, fragte Ines nach ihrem Stylingwunsch, doch diese zuckte nur die Schultern. »Ich habe gestern einen Gutschein gewonnen und bevor der jetzt verfällt, würde ich ihn einlösen. Was oder Wie gestylt wird, wäre mir eigentlich egal, nur nicht allzu viel kürzen und drauf zahlen möchte ich hinterher auch nichts. «

Jessy lachte. »Das ist doch wunderbar, das kriegen wir hin. Lass uns gleich durchstarten, wir sind heute wirklich sehr voll. Die knapp 1 ½ Std Zeit reichen für die Balayage-Technik und etwas Schnitt. «

Ines bekam große Augen. »Was für eine Technik? «

Jessy lachte. »Ist ganz neu und wird dir gefallen, vertrau mir einfach. «

»Okayyy, ich habe aber den Gutschein jetzt im Zimm ... äääh in der Kabine liegen, den müsste ich dann aber noch wacker holen. « Das war meine Chance.

»Weißt du was, bleib du gleich hier, damit ihr anfangen könnt und ich bring den Gutschein nach meiner Besichtigung vorbei und hole dich somit gleich wieder ab, damit du dich nicht verläufst. Einverstanden? «

Ich glaube, Ines war gerade etwas überfordert, denn sie händigte mir ohne viele Worte ihre Kabinenkarte aus.

» Na gut, ich gebe mich geschlagen. Der Gutschein liegt auf dem Nachttisch, findest du sofort. «

» Alles klar, werde ich schon. Dann lass dich mal verwöhnen und Schick machen, hoffentlich erkenne ich dich nachher überhaupt wieder! «

Jessy lachte immer noch. » Ich wollte es gerade sagen, du wirst deine Freundin später nicht wiedererkennen. «

Ich winkte ihr nochmal kurz zu und verschwand, aber nicht Richtung Küche, sondern wacker zurück zum Pool.

*

Hanna sah mich schon von weitem angehetzt kommen und ich berichtete im Schnelldurchlauf von meinen ganzen Beobachtungen; angefangen von Ines negativer Einstellung, ihrer auffälligen Sparsamkeit, bis hin zu manch verschwundenem Gegenstand und so einigen zweideutigen Andeutungen.

Anke nickte und gab zu, auch schon so manche Eigenarten bei ihr beobachtet zu haben.

» Irgendwas stimmt da nicht, ob es wohl mit Thomas zu tun hat? «

» Ein klarer Fall für Miss Marple «, Hanna warf sich eine Tunika über und rutschte in ihre Flip-Flops. »

Lass uns die Friseurchance nutzen und mal schnell gucken, was sie so im Schrank versteckt hält. «

Jana war nicht wohl bei der Sache. » Das hat aber schon so ein bisschen was von Einbrechen und Vertrauensmissbrauch zu tun, oder? «

» Einbrechen würde ich nicht sagen, weil wir ja ihre Kabinenkarte haben und wegen dem Vertrauensmissbrauch brauchst *du dir* bestimmt keine Sorgen zu machen. « Jana streckte mir die Zunge raus und Anke scheuchte uns. » Nun geht wacker gucken. Wir beide bleiben hier und halten die Stellung. Sollte Ines doch dem Friseur entflohen sein, melden wir uns per Handy. «

» Das fehlte noch «, ich schaute schnell zur Uhr. « Komm schnell – in 30 Minuten fängt meine Besichtigung an « und schon zogen wir Richtung Treppenabgang los, da wir am Aufzug keine Zeit verlieren wollten. Wir stolperten die Stufen so schnell wie es ging zu unserem Deck, wobei ich noch etwas beim Auftreten aufpassen musste, düsten um die Kurven und standen etwas Atemlos vor Ines Kabine. Ich zögerte kurz. » Sollen wir wirklich? « und Hanna beantwortete meine Frage mit der Abnahme der Kabinenkarte.

» Ja na klar, wir müssen doch wissen was sie plant oder verheimlicht. Vielleicht können wir ihr ja helfen, wenn wir wissen was los ist. Eine tote Leiche wird sie ja wohl nicht versteckt halten. « und zog die Karte durch den Türschlitz.

Hanna, die ja nur Krimis las und guckte, wusste sofort, wo sie suchen musste und öffnete zuerst die Schranktür, zog eine Decke und ein Kissen heraus und fand ein eingedrehtes Handtuch. Langsam rollte sie es auf und zum Vorschein kamen sechs hochglänzende Steakmesser.

» Guck mal hier, was wollte sie denn wohl mit so vielen Messer? Hatte sie wirklich so viel Angst vor Piraten? « Hanna wunderte und erinnerte sich. » Als Ines und ich letztens die Strickjacken geholt hatten und dabei aus Versehen Anke ihr Telefonat mit anhörten, da bin ich hier im dunklen auf eines dieser Messer getreten. Ich wollte es aufheben, doch Ines winkte ab, ja und dann habe ich es irgendwie auch vergessen. «

Sie streckte ihre Fühler wieder aus, nahm wieder Fährte auf und schnappte sich die Badetasche, die am Garderobenharken hing.

» Da schau an. Guck mal hier, in der Badetasche, habe ich die beiden Metall-Aschenbecher vom Balkon gefunden. «

Ich schüttelte den Kopf und warf einen vorsichtigen Blick in die Schreibtischschublade, als mein Handy laut klingelte und vibrierte. Hanna ließ vor Schreck

die Badetasche fallen, was dank der Ascher laut
polterte.

Ich guckte aufs Display und las nur Anke.

>> Scheiße Hanna, wahrscheinlich ist Ines auf den Weg
zu ihrer Kabine. Anke ruft an. <<

>> Oh bitte nicht, geh schnell dran. <<

Doch Anke wollte sich nur erkundigen ob wir fündig
geworden waren und hatte dabei nicht bedacht, dass
wir beide jetzt kurz vor einem Herzinfarkt standen.

Ich legte schnell wieder auf und entdeckte in der
Schublade ein glitzerndes Hundehalsband. Hanna
nahm es mir aus der Hand. >> Wirklich ein schönes
Halsband und weißt du was? Das ist kein normales
Halsband von der Stange, sondern von DOGS-Quisit.
Das ist ein Designer aus Düsseldorf, der
außergewöhnliche Requisiten für Hunde anbietet.
Siehst du hier das eingenähte Logo? <<

Ich war sprachlos. >> Woher kennt Ines sich denn mit
Hundesachen aus? <<

>> Vielleicht waren es ja nur die Steine, die sie so toll
fand. << Sie legte das Halsband wieder zurück in die
Schublade, um dabei etwas Weiteres zu finden.

>> Ich werde verrückt. Guck dir mal hier die Brosche
an. << Hanna hielt mir ein ausgefallendes
Schmuckstück unter die Nase, die eine Lilie darstellte
und mit winzigen Glitzersteinchen verarbeitet war.

Ich war völlig irritiert. Hatte ich doch bis jetzt noch
gehofft ich würde mich täuschen, musste ich leider

zugeben, dass unsere Freundin wohl ein Problem hatte und zwar kein kleines, sondern eher ein kriminelles.

Hanna legte alles wieder zurück. » Komm, wir müssen es den anderen erzählen und dann eine Lösung finden. « Sie drückte mir den Gutschein in die Hand, den ich jetzt total vergessen hätte und beide fuhren wir schweigend mit dem Lift auf Deck 11 zurück.

Zum Glück war Ines dem Friseur treu geblieben und nicht fluchtartig wieder zurückgekehrt, als Hanna und ich wieder bei den Liegen ankamen. Wir wussten nicht, wer den Anfang von uns machen sollte und somit rutschte uns beiden zeitgleich raus, was sich anhörte wie » Sa Birne miaut. «

Jana drückte ihre Kippe aus. » Nochmal und vielleicht nicht zusammen. «

Ich überlies Hanna den Vortritt, die erst tief Luft holte. » Unsere Ines ist kriminell veranlagt, sie klaut. Wir haben Aschenbecher, Besteck und Schmuck bei ihr versteckt gefunden. «

» Wie jetzt? Was denn für ein Besteck? « Anke verstand nur Bahnhof.

» Na von hier! Aus dem Restaurant, schöne silberne Steakmesser. «

Ich setzte mich auf Janas Liege. » Sie hat alles ordentlich in Handtücher eingerollt und im Schrank versteckt. Das ist doch Wahnsinn, oder? «

» Der Wahnsinn kommt noch, denn sie hat nicht nur die Reederei beklaut, sondern auch Reisende. Wir haben sogar ein hochwertiges Hundehalsband bei ihr gefunden und eine ausgefallene Brosche. «

Anke war sprachlos und Jana baff. » Das kann doch nicht wahr sein. Was glaubt sie denn, wie sie mit der ganzen Beute von Bord kommen wollte? Ich meine die leuchten doch Koffer und Handgepäck am Ende der Fahrt durch, oder? Und wir hängen nachher noch mit ihr im Schlamassel. «

Ich stimmte ihr zu, denn daran hatte ich ja noch gar nicht gedacht. Ich stellte mir die ganze Zeit eher die Frage, warum sie das machte. Thomas hatte einen guten Job und sie verdiente doch auch. Also finanziell dürften die beiden doch eigentlich keine Probleme haben.

Hanna schaute auf die Pooluhr. » Mist, ich glaube jetzt hast du deinen Küchenrundgang verpasst, Katja. «

» Egal, das hier ist jetzt wichtiger, ich hätte mich jetzt sowieso nicht mehr auf die Kocherei konzentrieren können. «

» Und was sagst du, wenn du Ines abholst? «

» Weiß ich auch noch nicht, ich lass mir was einfallen, wichtiger ist doch nun, wie wir uns ihr gegenüber verhalten. Wir können doch jetzt nicht so tun, als ob wir es nicht wüssten und dann morgen vorsichtshalber getrennt von Bord gehen. Abgesehen davon, müsste sie ja auch noch am Flughafen die Kontrolle passieren. Bei so vielen Steakmessern gehen die Sirenen doch sofort an. «

Es herrschte eine kurze Schweigeminute, bis Anke entschlossen entschied, Ines definitiv, bevor die Koffer abgeholt wurden, drauf anzusprechen. Aber wir mussten diplomatisch vorgehen, denn wenn Ines erfuhr, dass wir sie ja quasi hintergangen hatten, würde sie uns nicht mehr vertrauen und unseren Club direkt nach Ankunft verlassen und das wollten wir nicht.

Jana überlegte kurz. » Ich habe da eine Idee. Dann lasst es uns doch folgendermaßen machen. Wenn wir heute Abend alle unsere Sachen packen, müssen wir sie heimlich beobachten und dann einfach auf frischer Tat ertappen, heißt, wenn sie die Hehlerware verpacken möchte, muss sie einer von uns dabei überraschen. Somit wird sie nicht erfahren, dass wir ihr hinterherspioniert haben. «

» Das könnte funktionieren «, überlegte Anke. » So machen wir das «

Kapitel 24
In jedem Engel steckt ein kleiner Teufel

Gut 30 Minuten und zwei Zigaretten später, stand ich auf, um Ines vom Friseur abzuholen.

>> Oh Mann, hoffentlich lasse ich mir jetzt nichts anmerken. Mensch was ´ne blöde Situation. << Ich nahm den Gutschein an mich und atmete noch einmal tief durch. >> Bestellt mir schon mal ein Ouzo, den brauche ich gleich, wenn ich wieder zurück bin. <<

Ich hatte schon Magengrummeln, als ich mich langsam dem Salon näherte, wusste einfach nicht, was jetzt richtig oder falsch war und immer wieder fragte ich mich nach dem ´Warum`?! Beim Friseur angekommen wurde Ines gerade vom Umhang befreit. Lächelnd oder eher strahlend kam sie auf mich zu und drehte sich schwungvoll.

>> Na wie findest du das Werk? <<

>> WOW <<, räusperte ich mich. >> Das sieht echt Mega aus, dreh dich nochmal. Wie nennt man die Technik? <<

>> Balayer. <<

>> Hab ich noch nie von gehört. <<

>> Ich auch nicht. Hast du meine Zimm … ähhh Kabinenkarte und den Gutschein? <<

>> Ja na klar. << Vielleicht kamen mir diese Worte zu schnell über die Lippen, aber es war so verdammt

schwer, eine endlich mal richtig strahlenden Ines als Diebin entlarvt zu haben.

Ich überreichte ihr die Sachen und Ines wandte sich wieder Jenny zu.

>> Hier ist dann der Gewinn-Gutschein über 75,- €. Passt das oder schulde ich dir noch Geld? <<

Jenny lächelte freundlich. >> Nein das passt schon. Es war sehr nett dich kennenzulernen und ich fand es mutig, dass du der neuen Frisiertechnik so offen gegenüber warst. Ich wünsche dir oder euch noch einen schönen letzten Tag hier an Bord und morgen einen guten Heimflug. Wer weiß, vielleicht sehen wir uns ja nochmal auf einem Schiff wieder. Ich muss leider weitermachen, meine nächste Kundin wartet schon da vorne. << Ines drehte sich um und entdeckte >> Hilde <<, rutschte es ihr raus. >> Sie wird bestimmt auch einen Gutschein einlösen, denn ihr Mann hatte gestern beim Bingo den ersten Preis gemacht. <<

>>Tatsächlich? <<, lächelte Jenny. >> Na dann will ich sie mal nicht länger warten lassen. Macht's gut. << Sie winkte kurz und verschwand.

>> Sieht echt total klasse aus <<, versuchte ich mich selbst irgendwie abzulenken. >> Ist diese Jenny schon lange hier auf dem Schiff beschäftigt? <<

>> Bereits im dritten Jahr, wobei sie schon ein paar Schiffe der Flotte hier kennengelernt hat. <<

Ich tat interessiert. >> Und wo kommt sie gebürtig her? << Also eigentlich war es ja gar nicht so meine Art, Menschen über Menschen auszufragen, aber ich musste irgendwas fragen und konnte nur hoffen, dass Ines mir nichts anmerkte.

>> Gebürtig aus Hamburg, sie ist eine echte Seemannstochter. Die Liebe zum Meer steckt in ihrer Familie, hat sie mir erzählt und ihr Freund ist auch hier an Bord, müsstest du eigentlich in der Küche gesehen haben, er ist Konditormeister. <<

>> Toll, und planen die beiden auch schon Nachwuchs? <<

>> Sag mal <<, Ines schaute mich an. >> Was fragst du mich denn so aus? Stimmt irgendwas nicht? <<

Oh Gott Oh Gott, ich lächelte verlegen, jetzt fall ich doch auf. >> Doch doch, alles gut. Also bei mir zumindest. Ach da kommt ja der Lift. Bohr habe ich einen Hunger, du auch? Ich glaube ich werde mir gleich nochmal so ein leckeres Stückchen Pizza gönnen, so als letzte Mittagsmahlzeit an Bord, haha. Zuhause ist dann erstmal Diät angesagt, das sag ich dir. So langsam kneifen meine Sachen oder gibt es hier an Bord kleine Tierchen, die nachts heimlich meine Kleidung enger gemacht haben? <<

Und so plapperte ich bis zur Ankunft weiter. Einmal unterbrach Ines meinen Redeschwall und fragte wie die Küchenbesichtigung war, doch da hatte ich gleich geantwortet, dass zu viele Anmeldungen und zu wenig Platz angeboten wurde und ich dann freiwillig zurückgetreten sei.

Endlich auf dem Sonnendeck angekommen, sprang Jana auf, als sie uns beiden erblickte.

>> Cool bleiben Mädels, einfach locker und cool bleiben und im Notfall gibt's ja den Tresen da drüben <<, zischte sie noch Hanna und Anke zu, bevor alle Ines neuen Look bestaunten.

Der Hunger überkam alle und wir setzten uns im SB-Restaurant nach draußen, um einfach noch die Sonne und das Meer zu genießen. Ines kam mit einem Teller voller Pommes und einem Salat zum Tisch, legte ihr Handtuch auf den Schoß und salzte noch mal kräftig nach. Vier Augenpaare beobachteten sie und ihr Besteck, es gab nicht einen Moment, in dem sie ungesehen blieb.

Anke erzählte von Peter, der sich gemeldet hatte. Er wollte die Kur abbrechen und nachhause, langsam würde er Heimweh bekommen und Hanna präsentierte ein WhatsApp-Foto von ihrem Mann Sven, der seinen Sohn gestern beim Feiern zu Hause erwischt hatte.

>> Das dein Mann solche Feiern immer erlaubt! Thomas würde ausflippen. <<

>> Meinst du Sven hatte ihm das erlaubt? Im Leben nicht! Fynn ist einfach ein guter Simulant. Er hat mit Sicherheit wieder auf Bauchweh und Co. gemacht,

aber seinen Vater trotzdem beruhigt zum Knobelabend geschickt. Pech für meinen Sohnemann, dass sein Vater nicht so die innere Ruhe an diesem Abend hatte und eher als gewöhnlich zu Hause auftauchte, und siehe da, Fynn war plötzlich wieder geheilt. Keine Bauchschmerzen und Co. mehr. «

» Die wird er garantiert heute haben, da mach dir mal keine Sorgen. « Ich betrachtete das Bild.

» Sag mal Ines, musst du denn jetzt ein bestimmtes Pflegeprodukt für deine Frisur oder Haare benutzen? «

» Da habe ich gar nicht nachgefragt, denke aber nicht. «

» Sieht echt schön aus, ich muss zuhause auch mal bei meinem Schnittagenten nach den neuen Look fragen. « Jana gefielen die Locken total gut.

Ines leerte die Majoverpackung auf ihrem Teller aus.

» Was ist jetzt mit deiner Mission Borgmann? « Sie schaute zu Jana. Stimmte ja, daran hatte ich jetzt vor lauter Aufregung gar nicht mehr gedacht. Von wegen wir machen uns heute nochmal einen ruhigen letzten Tag an Bord, der ist momentan ganz schön turbulent und es schien auch noch nicht besser zu werden.

» Mein Part kommt gleich nach dem Essen, wenn wir wieder auf unseren Liegen sind. Ich meine, ich muss natürlich abwarten, bis die beiden Kandidaten sich mal an der Poolbar blicken lassen, aber ich denke doch, dass das nicht mehr so lange dauern wird.

Alicja ist doch eine Sonnenanbeterin und zeigt sich gerne den Männern in Bikini. «Sie grinste wieder schief.

»Da kenn ich zufällig noch jemanden. « Anke drehte sich zu Ines und ließ sich noch mal die neue Balayage-Technik erklären, die sie stolz erklärte. »Ich habe es so verstanden, dass es aus Frankreich kommt, oder zumindest der Name kommt aus Frankreich und ganz einfach *fegen* bedeutet. Also es werden quasi die Strähnen ins Haar gefegt. «

»Sieht echt toll aus und gut das wir nachher noch das Familienfoto machen, das passt ja alles. «

*

Gemütlich schlenderten wir zum Pool zurück und wurden direkt überrascht, denn direkt neben den Tresen hatten es sich Ulf und seine Alicja auf einer Partnerliege bequem gemacht.

»Leute, ich brauch 'n Schnaps «, war Janas erste Reaktion und die zweite »einen doppelten und das ganze hop hop. «

Die beiden Turteltäubchen hatten Jana und die Mädels noch nicht entdeckt und wenn Jana sich rächen wollte, musste sie langsam starten und das wusste sie auch.

Ich sah ihr an, dass sie doch etwas nervös war, lies sie aber in Ruhe, setzte meine Sonnenbrille auf und wartete mit den anderen auf die Dinge, die gleich passieren sollten.

Endlich stand sie auf, legte sich salopp ihren
Bademantel um, schob ihre Straß-Sonnenbrille
zurecht, schnappte sich eins der gerade gelieferte
Piccolöchen und wollte sich gerade auf den Weg
machen, als Hanna sie noch kurz zurückhielt.
>> Warte mal kurz. Wähl mich mal mit deinem Handy
an und drück nicht auf Gespräch beenden. <<
>> Was soll das denn werden, Miss Marple? Ich meine,
ich will ja niemanden Umbringen. <<
Hanna lachte. >> Wir wollen doch mithören und jedes
Wort verfolgen, wenn du Alicja in Schwierigkeiten
bringst. Jetzt mach schon, wähl mich an und lass dein
Handy in der Tasche vom Bademantel, dass müsste
gehen. Sprech aber laut und deutlich, du weißt ja …
<< sie zeigte grinsend auf ihr Hörgerät.
>> Anschreien wollte ich Alicja eigentlich nicht,
schließlich muss nicht das halbe Deck von ihrer
Untreue wissen. <<
Anke konnte es sich nicht verkneifen. >> Untreue! Was
für ein Wort aus deinem Munde! <<
Doch Jana ignorierte die Worte. Sie wählte Hanna
brav an und als sie sich meldete, ließ sie ihr Handy in
die Bademanteltasche gleiten.

Mit einem Sektchen bestückt und völlig gespannt,
saßen wir senkrecht auf den Liegen, beobachteten
Jana und lauschten am Handy. Ines hatte sich zwar als
Bodyguard angeboten, doch Jana winkte entschlossen

ab, denn nachher ginge ihre Frisur noch kaputt und
außerdem schien der Schnaps schon etwas Wirkung
zu zeigen.

Jana schlenderte gekonnt zu der Partnerliege herüber
und tat, dort angekommen, als würde sie stolpern;
dabei schüttete sie aus Versehen etwas Sekt auf Alicja,
die quietschend hoch und Jana anfuhr.
>> Hast du keine Augen im Kopf? <<
>> Huch, das tut mir aber leid. << Sie schob sich
erstaunt die Sonnenbrille ins Haar. >> Ach Hallöchen
Ulf. <<
Alicja wandte den Kopf zu ihrem Mann und wieder
zu Jana. >> Wie? Ihr kennt euch? <<
Ulf war auch etwas aufgeschreckt. >> Kennen wäre zu
viel gesagt. Wir haben uns hier an Bord durch Zufall
getroffen und wollten auf Kreta zum selben Strand,
als du dich mit deiner Freundin getroffen hattest. <<
>> Aha und warum erfahre ich das jetzt erst? <<
>> Weil es nichts zu erfahren gibt <<, versuchte Ulf
seine Frau zu beruhigen. >> Schatz, du weißt doch,
dass du meine Traumfrau bist und … <<
>> Ein toller Masseur? << Jana spielte jetzt mit ihrer
Haarsträhne. >> Also meine Nackenverspannung ist
seit Kreta bedeutend besser geworden. <<
Alicja bekam ganz schmale Lippen. >> Ulf? Hast du
mir was zu sagen? << und Ulf schaute langsam wütend
zu Jana.

\>> Was soll das Theater? Ich dachte wir hätten einen total unbeschwerten Nachmittag am Strand zusammen verbracht, du bist in einer Beziehung und ich habe dir auch von meiner wunderbaren Frau Alicja erzählt. Ich verstehe gerade nicht, was das Theater hier soll? <<

Jana setzte sich auf die Liege, die gegenüber der beiden frei war und machte weiter. \>> Eigentlich wollte ich mir gerade einen weiteren Sekt ordern und habe euch zwei hier durch Zufall gesehen und naja, da dachte ich spontan, dass ich mich noch schnell für die tolle Massage und den wunderschönen Tag und unvergesslichen Abend bei dir bedanken wollte, bevor wir morgen Anlegen. Das schien mir jetzt die Beste Möglichkeit zu sein. <<

Alicja rückte etwas von ihrem Mann ab. \>> Was wird das denn hier für ein Spielchen? Ich verstehe es gerade nicht. << Ulf versuchte noch was zu retten. \>> Da gibt es auch nichts zu verstehen, weil nichts war. Schatz, die Frau hier ist irre oder betrunken oder wer weiß was. <<

\>> Ach Ulfilein <<, Jana kam in Fahrt. \>> Ich habe auf Kreta schon deine romantische Ader bewundert und ganz ehrlich Alicja, ich würde um so einen Mann wie Ulf jeden Tag bangen, zumal wenn man selbst das Wort Treue nicht so ernst nimmt. <<

>> Unverschämtheit, was bildest du dir eigentlich ein? << Alicja sprang jetzt auf und wir anderen lauschten gegenüber mit großen Augen.

>> Ich will jetzt sofort wissen, was das Theater hier soll. Ulf? Hast du mir was zu sagen? <<

>> Schatz ich … <<, versuchte er den Ansatz, doch dann übernahm Jana.

>> Weißt du was, meine liebe Alicja, es gibt manchmal Zufälle im Leben, von denen man nie erwartet hätte, dass sie jemals eintreffen würden. So erging es mir auch, als ich euch, das perfekte Traumpaar, sah. Aber mittlerweile weiß ich, dass sich hinter deiner gekünstelten Visage eine hinterhältige Person verbirgt, die ihren Mann belügt und betrügt. <<

>> Also erstens bin ich nicht deine liebe Alicja und zweitens … <<

Jana winkte gelangweilt ab. >> Keine Angst, darüber bin ich auch sehr froh, denn ich steh nicht so auf Leute die anderen den Mann ausspannen möchten und bevor jetzt die nächste blöde Frage aus deinem kleinen Spatzenhirn kommt, sag ich nur einen Namen: Henning. <<

Kasalla, das saß. Alicja fiel die Kinnlade fast bis zum Boden, was Jana jetzt nur animierte.

>> Oh, habe ich jetzt einen wunden Punkt bei dir getroffen oder hast du vergessen, deinem lieben Ehemann, deinen One-Night-Stand zu beichten, als er sich dienstlich in der Schweiz aufhielt? Das tut mir

jetzt sehr leid für dich «, wandte sich Jana an Ulf. »
Schade, dass ich dir jetzt wahrscheinlich den letzten
Reisetag etwas versaut habe, aber, wenn ich gemein
gewesen wäre, hätte ich die Bombe schon spätestens
in Katakolon platzen lassen können. Sorry Ulf, es war
sehr nett dich kennengelernt zu haben. « Jana wandte
sich nochmal an Alicja. » Nicht jeder Mann ist
käuflich, auch mein Henning nicht, da kannst du ihm
noch so viel von deinem Mann schwer verdientes
Geld anbieten, du bist ihm keinen Cent wert. «
Ulf tat ihr wirklich leid, seine Gesichtsfarbe wechselte
jetzt von weiß zu rot. » Wie bitte? «
Jana stand auf und warf schief grinsend einen kalten
verachtenden Blick auf Alicja. » Ich versteh meinen
Mann gar nicht. Ich dachte immer, er stehe nicht auf
so billige Häschen wie du es bist. Einen schönen
letzten Tag noch und Ulfilein, falls du doch noch
etwas Spaß im Urlaub haben möchtest, dann kannst
du gerne zu uns rüberkommen. « Jana zeigte auf uns
Mädels, wir winkten fröhlich und hielten dabei unser
Sektglas hoch.
Gehobenen Hauptes, aber doch schwitzend, stolzierte
Jana wieder zurück zu uns und wurde Beifall
klatschend empfangen. Ines winkte sofort den
Barkeeper zu, der gleich Ouzo lieferte und wir fünf
stießen auf einen letzten schönen Tag an Bord der *MS
Sinfonie* an.

Kapitel 25
Butter bei die Fische

Mein Blick fiel auf die Pooluhr.

>> Sagt mal Mädels, wer von euch hat denn Lust auf eine Runde Shuffleboard? <<

Hanna zog sofort ihre Sonnenbrille ins Gesicht, Jana wollte sich noch etwas abreagieren und Ines wollte ihre Frisur nicht ruinieren und unsere Reise im Reiseführer nochmal Revue passieren lassen.

Anke allerdings stand von ihrer Liege auf und war über etwas Bewegung froh.

>> Ich weiß zwar nicht wie das geht, aber es kann ja nicht so schwer sein. <<

>> Das denke ich auch. Ich lass meine Sachen so lange hier an der Liege stehen, okay? <<

>> Na klar, wir passen drauf auf. <<

Anke harkte sich bei mir unter. >> Ich bin eigentlich froh, dass ich mal für eine halbe Stunde von Ines wegkomme. Das ist nicht böse gemeint, aber ich kann es irgendwie nicht glauben und verstehe den Grund nicht, warum sie so viele Sachen geklaut hat. Eine Brosche oder so ein Nobel-Hundehalsband kann ich noch verstehen, aber Messer und Aschenbecher. Ich meine, das wiegt doch auch was im Koffer und was ist, wenn der Zoll sie erwischt hätte? Ich finde es auch uns gegenüber unfair. Ich hatte ja bis jetzt gute Miene zum bösen Spiel gemacht, aber ich kann nicht mehr lange an mich halten. «

» Du hast Recht, wir werden heute Abend vielleicht schlauer sein und definitiv die geklauten Sachen wieder den Besitzern zurückgeben müssen. «

» Ohne mich. « Anke tippte sich an die Stirn. » Meinst du, ich will nachher mitten auf dem Meer Handschellen angelegt bekommen? Die Suppe muss sie selber auslöffeln. «

» Na schauen wir mal und warten ihre Erklärung ab und jetzt «, ich spuckte in die Hände » jetzt zieh dich warm an, denn ich mach dich im Shuffleboard fertig. «

Ein paar Passagiere warteten schon auf Joshua, der den Shuffleboard-Kurs anbot und um Punkt 14:30 Uhr erschien er dann auch. Er stellte sich kurz vor und fragte, ob allen die Spielregeln bekannt sein oder ob es jemand von den mittlerweile insgesamt 12 Teilnehmern noch nie gespielt hatte. Zum Glück waren wir nicht die einzigen, die aufzeigten.

» Also meine Damen und Herren, beim Shuffleboard müssen eine gewisse Anzahl an Shuffle «, er zeigte auf die runden Holzscheiben » in die dafür vorgesehenen Garagen gebracht werden. Der Shuffle wird mit der Hand in Richtung Garage geschoben und dann losgelassen. Entweder werden alle Shuffle nacheinander von einem Spieler bzw. einer

Mannschaft, oder von den Spielern / Mannschaften abwechselnd geschoben. Derjenige, der am Ende mehr Punkte hat, hat gewonnen. « Er zeigte auf das aufgemalte Spielfeld. » Die Garagen in der Mitte geben 20 Punkte, weil sie schwieriger zu treffen sind als die äußeren, die nur 10 Punkte geben. Hat noch jemand Fragen? «

Hatte niemand, deshalb wurden die Teams in ein Männer- und ein Damenteam aufgeteilt und schon konnte es losgehen. Anke war tatsächlich sehr gut in dem Spiel, wogegen ich mal zu viel Schwung und mal zu wenig draufhatte und am Ende stand es fast Kopf an Kopf mit den Männern, doch dann erzielte einer von ihnen einen Glückstreffer und puckte meine einzig getroffene Scheibe aus dem Feld.

» Das ist aber frech, so war das aber nicht abgemacht. « Ich stemmte die Hände in die Hüften.

» Sieh es sportlich, dafür hast du jetzt ein paar Frauen glücklich gemacht. «

» Wieso? Weil wir wegen mir verloren haben? « Anke lachte kopfschüttelnd. » Quatsch, was meinst du, was den Männern ihr Tag heute gelaufen wäre, wenn sie gegen uns verloren hätten. Kein Mann verliert gerne, schon gar nicht gegen Frauen. « Sie schaute auf ihre Armbanduhr. » Es ist doch jetzt genau die richtige Zeit für ein Stückchen Kuchen und einen Kaffee. Bist du dabei? «

» Warum nicht, einen Tee würde ich jetzt auch gerne trinken. «

Wir bedankten uns winkend bei Joshua für das Spiel und fuhren mit dem Lift direkt ins SB-Restaurant und während sich Anke mit einem Stückchen Kuchen und Kaffee eindeckte, entdeckte ich auf dem Weg zum Teeautomaten Ulf Borgmann. Er saß alleine an einem Tisch und starrte abwesend auf das Meer.
Kurz überlegte ich, ob wir uns zu ihm setzen sollten und holte mir Anke Meinung ein. Sie schaute zu ihm rüber, fand auch, dass er recht traurig drein guckte und kurzentschlossen tapsten wir beide vorsichtig zu ihm. Höflich fragten wir, ob noch zwei Plätze an seinem Tisch frei wären und Ulf, ganz Gentleman, nickte uns beiden überrascht zu.

Anke stellte uns als Janas Freundinnen vor und ließ ihn auch wissen, dass wir wegen dem Theater um Alicja und Henning eingeweiht waren. Sie sah in das enttäuschte Gesicht von Herrn Borgmann, verdrängte seine Arrogante Art bei der Rettungsübung und legte eine Hand auf seinen Arm.
» Wissen Sie was meine Mutter immer pflegte zu sagen: auch der stärkste Mensch wird Müde, wenn er Berge für jemanden bewegt, der nicht einmal dazu bereit ist, für ihn einen Stein zu heben. Jana, mit der Sie ja unbefangen einen Nachmittag auf Kreta

verbracht hatten, wurde sehr von Ihrer Frau gekränkt. Wissen Sie, den ersten Schmerz hat unsere Freundin bereits hinter sich und es war bestimmt kein einfacher Weg für sie, gerade für Gewinnertypen wie Jana es ist, aber, man muss ihr tatsächlich auch zugute lassen, dass sie noch total human reagiert hat. Sie hatte sich so sehr auf diese Reise gefreut, ist noch vor dem Check-In auf ihre Frau gestoßen und hat sich bis gestern überhaupt nichts anmerken lassen. Gestern, auf Santorin, da erst rückte sie uns gegenüber mit ihrer belastenden Geschichte raus. «

Ulf räusperte sich. » Es ehrt Sie beide, dass Sie mir Gesellschaft leisten möchten um vielleicht meine Stimmung etwas aufzuheitern, dafür vielen Dank. «
Er schaute uns beide an. » Das traurige ist, das Sie beide nicht versuchen müssen etwas Schön zureden, denn ich weiß leider selber, wie meine Frau tickt. Leider, wirklich leider, habe ich erst viel zu spät bemerkt, dass meine Alicja kein Kind von Traurigkeit war und auch noch ist, aber ich verliebter Narr wollte es nie Wahr haben und habe einfach die Augen verschlossen. Was glauben Sie, wie viele mich vor meiner Frau gewarnt haben und mir die Augen öffnen wollten, egal ob Mann oder Frau und auch egal ob Freund oder Kollege. Ich ärgere mich über meinen falschen Stolz, denn ich wollte allen zeigen, dass mir Alicja treu ist und wir eine vorbildliche Ehe führen. Ich hätte auf die Warnungen anderer hören sollen. «

>> Aber wieso denn Warnungen? Und vor was denn?
<<

Ulf schloss kurz die Augen und machte eine kleine Pause. >> Meine Frau ist keine Unbekannte, sie ist in manchen Kreisen leider als Heiratsschwindlerin bekannt. <<

Ruhe, Pause, keiner sagte etwas, doch dann machte er einfach weiter.

>> Alicja ließ sich jahrelang in Krankenhäuser mit irgendwelchen erfundenen Krankheiten einliefern, in der Hoffnung, so auf einen blauäugigen Arzt zu treffen, um ihn, schlicht gesagt, auszubeuten, so wie sie es mit mir am Ende ja auch gemacht hat. Als Alicja bei mir auf der Station auftauchte, war ich von ihrem Anblick und zurückhaltendem zarten Wesen, hin und weg. << Er schüttelte leicht den Kopf. >> Ich selbst war gerade frisch geschieden, deshalb wahrscheinlich auch etwas anfälliger als meine Kollegen, mit denen Alicja auch flirtete, was jetzt aber keine Ausrede sein soll. <<

>> Das tut uns leid. <<

>> Wissen Sie, meine Exfrau hatte mich frisch verlassen, weil ich nicht so viel Zeit für sie und unsere mittlerweile erwachsenden Kinder hatte, sondern zu viel mit meinem Beruf beschäftigt war. Sie hatte dafür leider kein Verständnis, denn sie wollte keinen Mann mit dickem Konto, sondern eher einen Familienvater und als ich eines Abends nach einer Doppelschicht

nach Hause kam, war sie mit meinen Kindern ausgezogen. Alicja trat genau zu diesem Zeitpunkt in mein Leben und hatte leichtes Spiel mit mir. Natürlich warnten mich Freunde, als ich sie kurz nach unserem Kennenlernen bei mir einziehen ließ und noch mehr, als ich ihr auf Capri einen Heiratsantrag machte. Sie war jung und so voller Leben und ich einfach kopflos verliebt. Eben ein Narr. « Ulf machte eine kurze Pause und trank einen Schluck Kaffee, dann fuhr er mit belegter Stimme fort. » Auf Alicjas Wunsch hin reichte ich bald die Scheidung ein und hielt sogar Abstand von meinen Kindern. Ich hatte nur Augen für meine neue Frau. «

» Liebe macht ja bekanntlich blind «, wollte Anke ihn etwas aufmuntern, doch Ulf Borgmann lächelte sie nur traurig an.

» Alicja war in unserem ersten Ehejahr schon nicht die treuste und hat vor Freunden und Kollegen keinen Halt gemacht. Immer wieder versuchte man mich durch die Blume wach zu rütteln, aber, wenn man die Wahrheit nicht sehen will, dann überhört man solche kleinen Warnungen und außerdem hatte ich auch meinen Stolz und wollte gerade vor meiner Exfrau nicht als Looser dar stehen. Vielleicht aus Prinzip, vielleicht auch um es allen zu zeigen wie groß unsere Liebe war, hatte ich ihr eben diesen Heiratsantrag gemacht, die Warnungen anderer habe ich dezent überhört. Natürlich wurde ich von meiner Exfrau belächelt und von meinen Kindern ausgelacht, wie dumm so ein alter Mann sein konnte, sich den Kopf von so einem jungen Weibsbild verdrehen zu lassen, aber es war so, da brauche ich jetzt nichts schönreden. Sie zog zu mir und nach zwei Jahren wilder Ehe haben wir letztes Jahr geheiratet. « Er drehte seinen glänzenden Ehering am Finger. » Unsere Hochzeitsreise haben wir romantisch in Italien verbracht und gestern auf Santorin unseren ersten Hochzeitstag genossen. «

» Das tut mir alles sehr sehr leid. « Anke hatte feuchte Augen bekommen und ich war sprachlos. Mir fielen irgendwie keine passenden Worte ein.

» Nein, das braucht es nicht, denn ich habe jetzt begriffen, dass meine Frau sich nie ändern wird. Sie wird weder mit nur einem Mann, noch mit seinem Vermögen glücklich sein. Nein, Alicja ist ein Mensch, die immer neue Herausforderungen sucht, Partys mag und gerne flirtet. «

Ulf lehnte sich zurück und schaute wieder auf das Meer. » Ich bin, was das betrifft, müde geworden und habe keine Lust mehr am Wochenende immer nur auf Tour zu sein. So eine junge Frau kann auch anstrengend sein «, versuchte er jetzt etwas zu scherzen. » Ich muss es zugeben, ob es mir passt oder nicht und wissen Sie was, ich bin tatsächlich etwas erleichtert, dass mir ihre Freundin Jana hier an Bord die Augen geöffnet hat, obwohl ich ihren Auftritt schon etwas überraschend und Prekär fand, aber wer weiß, wer seine Hände bei unseren und Ihren Buchungen im Spiel hatte, der Allmächtiger wird's wissen, es sollte wohl so sein. Ich werde meine Frau verlassen, die Scheidung einreichen und meinen Anwalt, der ein guter Freund ist und den ich mittlerweile schon per Mail kontaktiert habe, zum Dank am Wochenende einladen. «

Ich wunderte mich. » Einladen? Hat er Geburtstag oder möchten Sie die Trennung feiern? «

Jetzt musste Ulf Borgmann sogar kurz auflachen. » Weder noch, er war mein Trauzeuge und das war er nur, nachdem ich ihn versprechen musste, einen notariellen Ehevertrag aufzusetzen. « Jetzt mussten wir auch etwas lächeln. » Tja, meine Alicja wird sich jetzt wohl oder übel eine Arbeit suchen müssen und auch eine Unterkunft, denn sie wird mich und unser Zuhause nun mit leeren Händen verlassen müssen. «

» Jedem was er verdient, auch wenn es sich hart anhört, Mitleid habe ich mit solchen Menschen nicht, irgendwann fliegt jeder einmal auf. Aber wenn es ihr Charakter ist, wird sie bestimmt weiter so abgebrüht durchs Leben ziehen und ihr nächstes Opfer finden. «

» Daran Zweifel ich nicht. «

Mir tat die ganze Situation so leid, dass ich mir ein >und wir sind schuld< nicht verkneifen konnte.

Jetzt lächelte Ulf sogar etwas. ≫ Nein überhaupt nicht. Sie oder eher Ihre Freundin hat mir heute nur bestätigt, was ich doch sowieso schon vermutet hatte. Eigentlich kann und sollte ich ihr dankbar sein, auch wenn die Wahrheit manchmal weh tut. ≪

≫ Wenn ein Mensch fühlen könnte, was ein anderer fühlt, würde er vielleicht aufhören den anderen zu verletzen ≪, überlegte Anke laut und Ulf stimmte dem zu. Kurz waren wir alle still geworden.

≫ Vor zwei Wochen habe ich zufällig meine Exfrau Angelika in einem Straßencafé nach langer Zeit wieder getroffen ≪, fing Ulf weiter zu erzählen an. ≫ Aus dem gemeinsamen Kaffeetrinken wurde am Ende sogar ein Dinner, so lange haben wir dort gesessen und uns sehr angenehm und ohne Vorwürfe unterhalten. Es war ein sehr schöner Abend, das gestand mir auch Angelika. Wissen Sie, Angelika war meine erste große Liebe, die ich auch trotz Alicja nie vergessen habe. ≪ Ulf nippte wieder an seinem bestimmt schon kalten Kaffee. ≫ Sie hat mir an diesem Abend mitgeteilt, dass wir Großeltern werden, meine Tochter ist im 5 Monat schwanger und ich habe mich wahnsinnig für sie gefreut. Leider habe ich Trottel ja wegen meiner „noch Frau“ den Kontakt zu meinen Kindern abbrechen lassen, deswegen wird die Hürde, alles wieder gerade zu biegen, nicht einfach werden, aber wenn ich meine Kinder nicht komplett verlieren möchte, dann muss ich langsam den ersten Schritt machen. « Ulf schüttelte traurig den Kopf. » Ich bereue zutiefst, was ich meiner Familie angetan habe. «

Anke freute sich. » Blut ist doch dicker als Wasser. Auch wenn es kein leichter Weg wird, drücken wir Ihnen ganz feste die Daumen. «

Ulf bedankte sich lächelnd für unser zu hören, es tat ihm gut mal über alles zu sprechen.

» Danke Ihnen für ihre offenen Worte. « Ich hatte meine Sprache wiedergefunden und lud Ulf Borgmann spontan ein, uns heute Abend zum Kapitänsdiner zu begleiten.

Er überlegte kurz, nahm dann die Einladung dankend an, und wir verabredeten uns für 20 Uhr vor dem Restaurant.

Die Laune der drei Sonnenanbeter lief auf Hochtouren, als wir zurückkamen.

Ines schaute auf ihre Uhr. » Habt ihr bis jetzt gespielt? Da hätte ich ja keine Lust zu gehabt. «

» Nein, wir waren noch im Restaurant, das Boarding hatte mich hungrig gemacht. «

Jana schüttelte den Kopf. » Weißt du, Anke-Maus, du wärst mir noch sympathischer, wenn du hier so ein Durst wie Hunger hättest. «

» Muss irgendwie an der Seeluft liegen, außerdem haben wir im Restaurant Ulf Borgmann angetroffen und uns mit ihm unterhalten. «

Jetzt schoss Jana aus ihrer Liege hoch. >> Wie unterhalten? Alleine oder mit *Alicja*? <<

Ich merkte Hitze aufsteigen und lieh mir Hannas Fächer aus. >> Wisst ihr was bei dem Gespräch herauskam? <<

>> Woher denn? Jetzt macht es nicht so spannend und erzählt einfach <<, fand Hanna.

Anke holte tief Luft. >> Alicja ist eine Heiratsschwindlerin. <<

Es dauerte etwas, bis Jana laut zu lachen anfing. >> Sind wir mal ganz ehrlich Mädels, ihr wisst, das ich meinen Henning sehr mag und ihn auch in manchen Sachen auch noch toll und witzig finde, aber mal ehrlich, was hat er der dummen Pute denn an dem Abend erzählt, dass sie auf dicke Beute bei ihm hoffen durfte? Das er beruflich Anwalt sei und nebenbei aus Langeweile gerne Steckdosen einbaute? Mal ehrlich, wenn man einen Mann wie Ulf Borgmann neben sich haben könnte, dann braucht man doch nicht lange zu überlegen, oder? Welche Frau hätte nicht gerne einen Doktor als Ehemann? <<

Zu Janas Überraschung schellten jetzt glatt vier Arme nach oben, was sie überraschte. >> Ach ihr tickt doch nicht mehr richtig. <<

>> Vielleicht war ihr Reiz ja auch nicht Hennings Beruf, sondern eher sein Aussehen, seine nette Art und ja ganz einfach die Situation. <<

Anke erzählte die Story, die wir gerade von Ulf erfahren hatten und endete mit » und weil er uns so leidgetan hatte, hat Katja ihn gefragt, ob er uns heute Abend nicht zum Kapitänsdinner begleiten möchte. «

Ich sah wieder zur Pooluhr. » Nicht, dass ich euch die letzten griechischen Sonnenstrahlen nicht gönnen würde, aber wir sollten nicht vergessen, dass wir morgen früh von Bord müssen und heute Nacht den Koffer gepackt vor der Tür parken müssen. «
Ines zuckte zusammen. » Das mach ich sowieso nicht. «
» Warum denn nicht? «, fragte Hanna völlig neutral.
» Das gehört doch zum Service. «
» Ich brauche so einen Service nicht und kann mein Koffer selbst von Bord tragen. « Sie stand spontan auf, faltete ihr Handtuch zusammen und packte alles in ihre Strandtasche. » Ihr könnt ja alle noch bleiben, ich geh dann schon mal packen. Katja, kann ich mir deinen Reiseführer noch weiter ausleihen, hatte vorhin nicht alles geschafft? «
» Klar, warum denn nicht und weißt du was, ich komme mit, sonst verläufst du dich nachher wieder. «
» Brauchst du nicht, ich werde mein Zimm … ähhh meine Kabine schon finden. Habe mir den Weg von hier eingeprägt. «

»Du weißt doch, das ich immer so furchtbar durchorganisiert und froh bin, wenn ich alles in Ruhe machen kann. Ich komm einfach mit. «

Hanna verstand nur Bahnhof. » Warum bist du denn Froh dass du packen kannst? Also ich könnte noch eine Woche dranhängen. «

» Ich packe nicht gerne und bin deshalb froh, wenn ich alles gleich verstaut habe «, erklärte ich ihr.

» Wie verdaut? Was hat denn der Koffer mit deiner Verdauung zu tun? «

Jana stand auf, nahm Hannas Gesicht in beide Hände und wackelte den Kopf etwas. » Hallooo? Erde an Hanna, Erde an Hanna! «

Sie verstand und rüttelte an ihrem Hörgerät, bis es wieder Plöpp machte und lachte. » Ist ja irgendwie witzig. «

» Für Dich vielleicht «, kam es von Anke und auch sie stand auf und packte ihre Sachen in ihre Badetasche.

» Ich komme auch schon mal mit und geh gleich Duschen « und etwas lauter und deutlicher mit Gebärde zu Hanna » ich geh schon mal, lass dir ruhig Zeit. «

» Ich bin doch nicht taub «, verteidigte sie sich. » Ich habe dich schon verstanden, du gehst jetzt ins Zelt. «

Anke drehte sich funkelnd zu ihr, doch Hanna musste laut lachen. » Scheeerz. «

Ines huschte in ihr Zimmer und wollte wegen der Klimaanlage die Balkontür geschlossen halten.

>> Aber warum? Kommt doch genug frischer Meereswind in die Kabine. Sei doch froh, dass du diese Luft noch genießen darfst, ab morgen gibt´s wieder Ruhrpott Luft. <<

Ines versuchte zu lächeln. >> Stimmt Anke, aber es zieht dann so und wenn ich dann auch noch meine Hitzewellen bekomme und mitten im Zug stehe, fange ich mir vermutlich noch eine Erkältung ein << und schwupp war die Balkontür geschlossen.

>> Na toll, das läuft ja prima. Und jetzt? << flüsterte ich Anke zu.

>> Jetzt müssen wir uns etwas Neues einfallen lassen. Holen wir erstmal unsere Koffer, sonst fallen wir auf. Eins sag ich dir vorab, ich habe absolut keinen Bock wegen unserer Freundin hier in Korfu den Knast von innen kennenzulernen. << Anke tippte sich an die Stirn.

>> Dann genehmige ich lieber meiner Schwiegermutter den Einzug. <<

Beide hatten wir unsere Koffer zur Hälfte gepackt, als Hanna und Jana auftauchten.

>> Und? Habt ihr schon was erreicht? <<, flüsterten sie.

>> Von wegen. Unsere Nachbarin hat die Balkontür geschlossen damit die Klimaanlage läuft und sie nicht im Durchzug steht. <<

>> Ach wie doof. Na dann geh ich mal rüber und leih mir schon mal die Kofferwaage. <<

>> Gute Idee, Hanna << und schon stand sie klopfend und >Roomservice< rufend vor der Kabine 7381.

Es polterte und dauerte etwas, bis Ines leicht gehetzt die Tür öffnete. >> Ach du bist es, ich dachte schon es wäre Ramin. <<

>> Und? Enttäuscht? <<

>> Quatsch <<, Ines schüttelte den Kopf, dass ihre neue Frisur schwang. >> Was gibt´s? **Hat Anke dich ausgesperrt?** <<

Hanna versuchte einen Blick in die Kabine zu werfen, doch Ines hatte nur einen kleinen Spalt geöffnet.

>> Ich wollte mir nur die Kofferwaage von dir ausleihen. Sag mal, verbirgst du einen Liebhaber vor uns oder warum öffnest du die Tür nur die paar Zentimeter? <<

>> Es zieht doch sonst <<, wehrte sich Ines, doch damit ließ sich Hanna nicht zufriedengeben.

>> Wo denn? Auf dem Flur hier kann man keine Fenster öffnen. <<

>> Ich merke das, bin eben etwas empfindlich. <<

>> Aha, na dann hattest du am Pool und die vergangenen Tage aber verdammtes Glück gehabt, das du dir da nichts eingefangen hast. Was ist denn nun mit der Waage? <<

Ines blieb Stur, drehte sich zur Garderobe und reichte ihr die Waage.

>> Bist du etwa schon fertig mit dem Packen? <<

>> Ach was, ich lass Anke den Vortritt, ist sonst so eng bei uns in der Kabine. Bin eh gespannt, wie sie ihre ganzen Einkäufe in den Koffer verstauen will. Sag mal, bist du denn schon fertig? <<

>> Die Hälfte habe ich verstaut. <<

>> Ja das passt doch. Dann lass uns doch zur Halbzeit eine auf dem Balkon rauchen und dann wird meine Kabinengenossin auch bald fertig sein. <<

>> Ähm, Och eigentlich, also jetzt gerade… <<, mehr konnte Ines nicht hervorbringen, denn sie wurde von Hanna einfach zur Seite geschubst und da sie als bekennende Krimiverfolgerin wusste, wie man sich in solchen Fällen verhielt, ging sie ohne großartig zu gucken direkt auf den Balkon. Unsere Miss Marple wollte keinen Verdacht schöpfen, zündete sich eine Zigarette an, zog genießerisch dran und drehte sich zu Ines um, die hastig und Luftausatmend ebenfalls auf den Balkon stieg und den Vorhang sofort hinter sich zuzog.

Nebenan, wo die Balkontüren ebenfalls geöffnet standen, wurde es ruhiger und man verständigte sich mit Blickkontakten und Handgesten, bis ich eine Idee hatte, die Jana mit einem Daumen hoch als verstanden bestätigte.

Ich atmete einmal tief durch und betrat auch unsere Außenlounge.

>> Ach, hier seid ihr. Ines? Brauchst du meinen Reiseführer noch? <<

>> Ähm, nein. Bring ich dir gleich rüber, der liegt auf meinem Schreibtisch. Ich rauche eben nur auf. <<

>> Lasst euch nicht stören und genießt eure Kippe und den Ausblick. Ich hol mir das Büchlein eben, kannst du später gerne nochmal wiederhaben, aber ich wollte Anke eben etwas zeigen. <<

Und ehe Ines reagieren konnte, verschwand ich zwischen den Vorhang.

Hanna zählte gedanklich ganz ruhig *einundzwanzig, zweiundzwanzig, dreiundzwanzig* und Ines starrte starr aufs Meer. Wahrscheinlich zählte sie in dem Moment genauso wie Hanna vor sich hin!

Ich öffnete mit dem Reiseführer in der Hand den Vorhang. >> Sag mal, rauchst du heimlich in deiner Kabine? <<

Ines zuckte zusammen >> Ne, wieso, du etwa? <<

>> Nein, ich nicht, aber ich habe aber auch keine zwei Aschenbecher auf dem Bett liegen. <<

Ines versuchte zu lächeln. >> Die muss Ramin wohl beim Zimm ... ähhh Kabinensäubern auf meinem Bett liegen gelassen haben. <<

>> Der legt dir doch keine leeren Aschenbecher aufs Bett <<, konnte sich Hanna nicht vorstellen.

Neben an lauschte Jana angespannt, und wartete bis ich wieder auf den Balkon trat, dann kam ihr Part.

Sie öffnete unsere Kabinentür und klopfte an 7381 an. Ines wurde langsam echt nervös. >> Was ist denn jetzt wieder los? << und wollte gerade ihre Zigarette ausdrücken, doch da nutzte ich die Chance. >> Ich öffne deine Tür schon, steh ja noch hier. Erwartest du heimlichen Männerbesuch? << versuchte ich noch etwas zu scherzen.

Ines fiel jetzt nichts mehr ein, sie versuchte lediglich äußerlich ganz cool zu wirken, als ich Jana die Tür öffnete. Diese nickte mir zu und sprach extra laut, damit Ines auf dem Balkon auch jedes Wort verstehen konnte.

>> Hier bist du! Ich habe bei uns schon immer geklopft, denn ich habe mich ausgesperrt! << Ines spähte durch die offene Balkontür und registrierte erleichtert, dass es Jana war und nicht der Kapitän oder sogar schon die Polizei.

>> Lass mich mal rein und die Abkürzung über unseren Balkon nehmen. Warum ist es denn hier so dunkel und warum habt ihr den Vorhang halb geschlossen? Versteckt ihr euch alle? << und bevor Ines reagieren konnte, drückte Jana auf den Lichtschalter.

Kapitel 26
Manchmal kommt es anders

>> Hoppla, was haben wir hier denn für einen glänzenden Basar? << Ines stand verlegen in der Balkontür und sagte gar nichts.

Ich entdeckte auf dem geöffneten Koffer neben dem Bett die Steakmesser und Jana die Lilien-Brosche auf einem Tuch. >> Sag mal, Ines, was sind das hier für Sachen? Ich habe gar nicht mitbekommen, wann du die gekauft hast. <<

Hanna stand immer noch auf dem Balkon und gab Anke, die lauernd um die Ecke schaute, ein Zeichen. Diese räusperte sich und trat gespielt fröhlich auch auf den Balkon.

>> Juchuuu! Ich wollte nur Bescheid geben, dass ich alles verstaut und verpackt habe und .... na was zieht ihr denn für lange Gesichter? <<

Ines sackte fast in sich zusammen, das war zu viel für sie. Sie setzte sich auf die Bettkante. >> Ich glaube, es wird Zeit euch etwas erklären. <<

>> Das glauben wir auch <<, kam es einstimmig zurück.

Ines zog die Vorhänge ganz auf und setzte sich zurück aufs Bett.

>> Ja was soll ich sagen, außer Glückwunsch, ihr habt mich auf frischer Tat ertappt. << Wir setzten uns verteilt in ihrer Kabine und ließen sie reden.

>> Ich kann euch eigentlich gar nicht sagen, wann ich auf diese blödsinnige Idee gekommen bin, Besteck mitgehen zu lassen, aber irgendwann habe ich einfach mal ein Steakmesser in meine Handtasche verschwinden lassen und dann noch mal und so weiter. <

>> Was für einen Grund hast du dafür? Oder leidest du unter Kleptomanie? << Fragte Hanna vorsichtig, doch Ines schüttelte mit dem Kopf.

>> Thomas war am Abend vor unserem Abflug mal wieder total ätzend zu mir, hat mich ständig beleidigt, dass ich mich mit meiner Figur am Pool schämen müsste, dass ich mich nicht benehmen könnte und auf so einem eleganten Schiff bestimmt auffallen würde usw.! Ich dachte mir die ganze *Zeit ruhig bleiben, Ines. Ruhig und tief durchatmen. Morgen hast du eine ganze Woche Ruhe vor dem Tyrannen.* Naja, Thomas auf jeden Fall hörte einfach nicht mit seinen Sticheleien auf, er wünschte mir sogar einen Seekranken-Tag, damit ich mich mal so richtig ausko ... na ihr wisst, was ich meine. << Ines schaute ihre Mädels an. >> Ich wollte mich nicht provozieren lassen, da ja bekanntlich die Vorfreude die schönste ist und ließ ihn einfach labern ohne zu reagieren, was ihn natürlich richtig wütend machte. Irgendwann reichte es mir doch und ich sagte nur *mein Gott Thomas, dann pack doch deine Angelrüstung ins Auto und tob dich am Kanal aus, wenn du so schlechte Laune hast, aber lass mich in Ruhe meine*

Nägel lackieren. Ihr kennt ihn ja, eigentlich treibt ihn so ein relaxter Spruch von mir total auf die Palme, doch er sackte plötzlich vor meinen Augen mit Tränen in den Augen zusammen. Ich wusste gar nicht was los war und auch nicht, ob ich ihn trösten sollte oder nicht. Warum auch, ich kannte ja den Grund seines Ausbruches nicht und dann rückte er damit raus. « Wieder schaute Ines traurig und hilflos in die Runde. Wir waren Mucksmäuschen still, keiner wagte zu atmen, denn wir waren alle froh, dass sie überhaupt mal von sich und ihren Problemen sprach.

» Ich war vor knapp 25 Jahren schon mal in Athen gewesen, mit Anja, meiner Kollegin, ihr kennt sie ja von den Geburtstagen. Anjas Tante, eine Deutsch/Französin, lebte und lebt noch in Athen mit einem Griechen zusammen und da Anja die Ausbildungsprüfung mit Gravur geschafft hatte, lud ihre Tante sie damals zu einer Woche bei sich ein. Anja sollte sich bei ihr von dem Prüfungsstress erholen. Ich war begeistert und Gleichzeit auch etwas neidisch, denn ich kannte von meinen Urlauben bisher nur die Ostsee; Griechenland hörte sich für mich so nach unendliche Weite an und naja, da Anja nicht gerne alleine Fliegen wollte, fragte sie ihre Tante ob ich eventuell mitdürfte. Ihrer Tante war es Recht, da ihr Sohn momentan bei der griechischen Panzerarmee eingezogen war und höchstens mal am

Wochenende nach Hause kam, so, dass wir uns sein Zimmer teilen konnten. Ich war völlig aus dem Häuschen, ich meine ich war mittlerweile auch gerade über Zwanzig und noch nie im Ausland! Aufgeregt planten wir unsere Woche Griechenland und flogen dann nach Athen, um dort tolle Tage zu verbringen. Tagsüber machten wir Kultur und gingen mal zum Strand, abends genossen wir einfach das Nachtleben. Der Sohn von Anjas Tante, also ihr Cousin, kam an diesem Wochenende nach Hause, denn er wollte gerne seine Lieblingscousine wiedersehen. Ich schlenderte tagsüber alleine durch die Gassen und später stellte mir Anja ihren Cousin vor, der mir gleich sympathisch war. Er strahlte so mit seinen Augen. Naja, kurz gesagt, er lud uns abends zu seinem Freund in einer Stranddiskothek ein, wir tranken Cocktails, unterhielten uns mit Händen und Füßen, tanzten ausgelassen und naja, anschließend kam ich nicht alleine nach Deutschland zurück. «
» Wie? Hast du den Griechen einfach mitgenommen?
« Hanna unterbrach Ines kurz.
» Den Griechen nicht, sondern eher einen schönen Abend. Ich war Schwanger, doch das wusste ich natürlich erst ein paar Wochen später, als ich schon lange wieder mit Anja Medikamente verpackte. Anja besorgte mir einen Schwangerschaftstest, den ich in der Mittagspause sofort ausprobierte und tja, Volltreffer, ich hatte es jetzt schwarz auf weiß. « Ines

atmete einmal tief durch. >> Ich hatte gerade meine erste Wohnung eingerichtet und erwartete ein Kind von jemanden, den ich nie wiedersehen würde, die einzige, die sich freute war Anja. Sie wollte unbedingt Patin meines Kindes werden und legte mir gleich eine Liste mit griechischen Vornamen vor die Nase. Ich fand es damals gar nicht lustig und wurde für meine Gedanken vermutlich auch gleich bestraft, als ich eines Abends nach Feierabend völlig in Gedanken ein rotes Ampellicht übersah. Als ich im Krankenhaus erwachte, saß Anja an meinem Bett. Mir und meinem Unfallopfer waren zum Glück nicht viel passiert, sagte Anja damals, doch durch den aufgegangenen Airbag hatte ich mein Kind verloren. <<

Ich reichte Ines und auch Anke ein Taschentuch, da beiden die Tränen runter liefen.

Ines schnäuzte sich kräftig und atmete tief durch. >> Ja wie man so sagt, heilt die Zeit alle Wunden und so war es auch bei mir. Auch wenn ich zu diesem Zeitpunkt kein Kind wollte, wollte ich es bestimmt nicht töten. Ich litt furchtbar unter schweren Depressionen und ließ mir durch Ärzte helfen. Eines Abends dann packte Anja mich und wir gingen raus vor die Tür, so wie früher, sie hatte ja Recht, das Leben ging weiter. An diesem Abend lernte ich in einer Kneipe Thomas kennen. Er fiel mir sofort auf, da er so groß war und so ein schönes Lachen hatte. Wir kamen ins Gespräch und es war so, als kannten wir uns schon eine halbe Ewigkeit. Wir plauderten bis zum Morgen und verabredeten uns für den nächsten Abend und aus diesem Kneipenbesuch, wurde dann Liebe. Ein paar Jahre später zogen wir zusammen und heirateten. Hier durfte Anja wenigstens Trauzeugin sein. «

Jana räusperte sich. » Wusste Thomas denn von deinem Kindverlust? «

» Ja, ich habe ihm, als wir mal in Griechenland Urlaub machten, von meiner ungewollten Schwangerschaft erzählt, auch wie ich das Kind verloren hatte. Thomas war damals sehr verständnisvoll und meinte nur, er hätte auch seine Jugendsünden gehabt, danach war das Thema erst vom Tisch und wurde erst wieder brisant, als wir uns entschlossen, eine Familie zu gründen. Über zwei Jahre haben wir geübt und ich wurde einfach nicht schwanger, da war Thomas dann nicht mehr so verständnisvoll, denn alle damaligen Bekannten und Freunde bekamen Kinder, nur wir nicht. Er gab mir dann die Schuld, dass ich jetzt für meine Sünde von damals bestraft werde und er ungewollt gleich mit. Thomas fand es ungerecht und wir standen kurz vor der Scheidung, deshalb buchte ich spontan einen Skiurlaub für uns beide und wir fuhren zu dem Ort, an dem wir unseren ersten gemeinsamen Urlaub verbrachten hatten und für diese Idee dankte ich Gott hinterher, denn im Urlaub wurde ich schwanger und 9 Monate später kam

Yannik zur Welt. « Ines griff erneut zu einem Taschentuch, ich mittlerweile auch.

Hanna schüttelte verständnislos den Kopf. » Das ist natürlich alles tragisch, aber am Ende hatte doch alles wie im Bilderbuch gepasst. Warum war Thomas denn jetzt so am Boden zerstört? Weil du wieder alleine nach Griechenland mit Freundinnen geflogen bist und er sich Sorgen machte, dass wieder was passieren konnte oder du sogar auf den Typen von damals stoßen könntest? Ich meine, wie wahrscheinlich ist das denn? «

» Stimmt, das war EIN Grund für seinen Ausbruch. Ihr wisst, wie doof mich mein Mann oft behandelt, aber er ist auch total Eifersüchtig. In seiner Gegenwart dürfte ich nie mit einem anderen Mann tanzen oder sogar lachen, dann fährt Thomas total aus der Haut und jetzt war ein Urlaubsziel von uns Athen und die Wahrscheinlichkeit, dass ich in Athen auf Dimitrice stoße, sehr gering. «

» Warte mal kurz. Dimitrice und Athen? Da kombiniere ich doch glatt das leckere Eis vom netten Eisverkäufer am Denkmal. « Jana war in solchen Kombinationen ein Fuchs, wahrscheinlich, weil sie jetzt selbst ein gebranntes Kind war.

Ines nickte nur zustimmend. » Wie sagt man immer – man sieht sich immer zweimal im Leben? Es war DER Dimitrice, mit dem ich vor über 25 Jahren einen netten

Abend verbracht hatte und von dem ich Schwanger war. «

» Aber woher willst du das genau wissen, ich meine, es gibt doch in Athen bestimmt so viele Dimitris, wie Sand am Meer. « Anke fand auch ihre Worte wieder. » Da gebe ich dir recht, aber den Dimitris, den ich meine, wird Dimitrice geschrieben; weil seine Mutter französischer Abstammung war und genau der Name stand auf diesem Eiswagen. Von Anja, die ja immer Kontakt mit ihrem Cousin hatte, wusste ich, das Dimitrice Eisverkäufer ist und sein größtes Geschäft bei den Touristen an der Akropolis witterte. Ice – verstehste? «

Hanna konnte es nicht fassen und harkte weiter nach. » Zufälle gibt's, das ist ja fast wie im Märchen. Das erklärt auch deine, wie ich fand, sehr liebevolle Geste, als der kleine griechische Junge so wehrlos und heulend um Freiheit bat, als DOC Holiday ihn festhielt. Oh Mann, Ines, das tut mir leid und das ist natürlich alles schon schlimm genug, aber was war denn nun mit Thomas und warum die geklauten Sachen? «

» Als ich ihm jetzt sagte, dass ein Reiseziel von uns auch Athen sei, hat er angefangen rum zu spinnen, aber das war nicht die Ursache für seinen Tränenausbruch, das war noch der Tobanfall. « Ines musste selbst kurz über ihre Wortwahl lächeln und fuhr fort. » Thomas hat mir, nachdem er sich wieder etwas eingekriegt hatte, erzählt, dass seine Firma Kurzarbeit beantragt hatte und die Mitarbeiter gebeten wurden, vom Urlaub abzutreten, um der Firma den Rücken zu stärken. «

» Ach herrje «, rutschte es Hanna raus.

Ines nickt. » Da überkam mich schon zum ersten Mal mein schlechtes Gewissen. Natürlich wollte ich mit euch fahren und natürlich freute ich mich riesig auf die Fahrt, aber es lag irgendwie so ein Schatten auf mir. Irgendwie konnte ich die Vorfreude auf die Reise nicht so genießen, wie ich es mir noch beim Kofferpacken vorgenommen hatte. Thomas und ich haben an dem Abend nicht mehr viel zusammen gesprochen, ich war auch sauer auf seinen falschen Stolz, dass er mir das nicht schon eher gesagt hatte, aber ihm war es wohl peinlich. Ihr kennt mich, ich bin manchmal ein echter Eisklotz, aber irgendwie immer mit Herz, deshalb habe ich meinem Mann dann morgens von meinem ersparten Urlaubsgeld 250 € auf den Tisch gelegt und ihm gesagt, er könne ja auch ein Wochenende nach Holland zum Angeln fahren, da wurde er wieder wütend. Er schrie mich an. *Madame geht auf Kreuzfahrt und ich darf auch 2 Tage nach Holland, wie gnädig.* «

Ines kullerten jetzt wieder ein paar Tränen und ich reichte ihr stumm ein neues Taschentuch, niemand wollte sie unterbrechen. » Also wir haben gestritten

und irgendwann bin ich dann los, auch wenn es zu früh war, ich wollte nur schnell raus, quasi flüchten. Wisst ihr, ich habe die ganze Fahrt über ein Teufelchen und ein Engelchen in meinem Kopf. Der Engel flüstert mir Sachen wie genieße die Reise, habe Spaß und lass die Fahrt eine tolle Erinnerung mit nachhause bringen und dann hetzt der Teufel wieder dazwischen. Unverschämt wie man Freude haben kann, wenn der Mann fast Arbeitslos zuhause hockt, dass man überhaupt das Essen genießen kann, wenn man genau weiß, dass er jetzt zuhause gerade eine Dosensuppe isst. Ja und dann dachte ich, nachdem Anke im Restaurant meinte, das Schiff hätte echtes silbernes Besteck, wenn ich vielleicht ein paar von den wirklich tollen Steakmessern mitgehenlassen würde und diese hinterher bei Ebay verkaufen würde, kämen vielleicht 30 bis 40,- € locker zusammen. Die haben doch hier genug Messer und es würde ja bei der Menge hier an Bord nicht wirklich auffallen. « Sie schnaubte ins Taschentuch. » Und dann hat es mich irgendwie gepackt, ich habe überall lose Gegenstände gesehen, die ich veräußern könnte. Ich hatte Thomas gegenüber einfach ein schlechtes Gewissen und wollte mit dem Weiterverkauf etwas Geld scheffeln. «
» Aha und dann hast du gleich noch eine alte Dame überfallen und ihr die Brosche geklaut. «
» Jetzt übertreib aber nicht, Jana «, musste sie nun doch etwas schmunzeln.

>> Hatte Thomas dich denn weiter per Handy wegen Dimitrice beschimpft? <<

>> Ja, fast dreimal täglich kamen Anspielungen von ihm per WhatsApp. Ich sollte meinen Verflossenen grüßen, ich sollte ihn mal ein glückliches Foto von Dimitrice und mir schicken, und so weiter. Ich habe das Handy hinterher aus und nicht wieder eingeschaltet. Yannik hatte ich dann geschrieben, dass wir hier nur Funklöcher hätten, ich ihn vermissen würde und mich in Deutschland zurückmelden würde. <<

Hanna hielt die Lilien-Brosche hoch. >> Richtig so, aber was ist denn mit dem Schmuckstück? Ich meine, es könnte ein Erbstück oder sonst was sein. Hier hast du bestimmt einer älteren Dame einen riesen Schrecken eingejagt. <<

Ines schaute etwas verlegen auf die Bettdecke. >> Ich will hier nicht den Alkohol vorschieben, aber je mehr man intus hat, desto leichtsinniger und wohl auch abgebrühter wird man. An unserem Abend, als du, Anke, schon so früh ins Bett gegangen warst, saßen doch zwei ältere Damen hinter uns am Tisch in der 24h-Bar. Eine von den beiden Damen muss diese Brosche verloren haben, denn als die beiden die Bar verließen, wurde ich durch die glitzernden Steinchen auf dem Fußboden aufmerksam. Eine kleine Windböe kam mir zu Hilfe und ich schnappte mir die Brosche beim Aufheben der Serviette. <<

Jana fiel ein, dass sie die Brosche an dem Abend bei einer der Damen noch bewundert hatte, während Hanna den nächsten glitzernden Gegenstand zur Hand nahm.

>> Wenn ich mir das Hundehalsband so angucke, muss es sich um einen kleinen Hund handeln und ich hoffe jetzt einfach, dass du dem Hundebesitzer nur das Halsband geklaut hast und nicht den ganzen Hund? <<

>> Also ich habe den ein oder anderen Passagier hier an Bord unrecht und auch wehgetan, aber ich bin doch kein Tierquäler. <<

>> Aber wie hast du es denn geschafft, einem Hund sein Halsband abzunehmen? <<

Ines winkte ab. >> Das war gar nicht so schwer, man muss nur manchmal Glück haben. An dem Abend, als wir im Casino waren, besuchte ich noch vor dem Verlassen der Spielothek vorsichtshalber die Öffentlichen. Ich dachte, bevor ich mich wieder verlaufe und hinterher WC Schwierigkeiten bekam, war das sicherer. Gerade als ich die Toiletten verlassen wollte, kam ein süßer kleiner Hund hereinspaziert, der so ein tolles glitzerndes Halsband trug. <<

>> Lady? << Vermutete Hanna sofort richtig.

>> Woher weißt du denn den Namen? <<

>> Hanna und Tiere <<, verdrehte Jana nur die Augen und Ines erzählte weiter. >> Es war ein leichtes, dem zutraulichem Hund das Halsband abzunehmen und

bevor er von seinem Frauchen gefunden wurde,
schupste ich ihn hinaus und verschwand selbst
Richtung Ausgang. «

» So viel Mut und Kriminalität hätte ich dir gar nicht
zu getraut «, konnte sich Anke nicht verkneifen.

» Not macht erfinderisch, das sag ich euch. «

» Och der arme Hund «, hatte Hanna Mitleid, doch
Anke wurde sauer.

» Der arme Hund! Was soll denn die Dame mit der
Brosche sagen. Vielleicht handelt es sich ja um
Geschenk ihres verstorbenen Mannes oder um ein
Familienerbstück. So ein Halsband dagegen kann man
doch wohl überall kaufen. «

Mir schien irgendwie die Zeit wegzurennen.

» Mädels? Wir müssen sehen, dass alle Sachen wieder
ihren Besitzer finden und das noch bevor wir
auschecken, sonst könnten wir alle ein Problem
bekommen. «

Ines guckte etwas erschrocken. » Das geht aber nicht.
Ich bin doch dieses Risiko jetzt nicht umsonst
eingegangen. «   » Ich befürchte schon, es sei denn,
du möchtest Korfu mit Handschellen begrüßen und
die nächsten Jahre bei Wasser und Brot hinter
griechischen Gemäuer leben. «

Ich rieb mir die Stirn. » Ines Ines ... dir ist aber schon
klar, dass du uns, mit deinen Hehler Sachen, ganz
schön tief mit in die Patsche gezogen hast? «

>> Daran habe ich ehrlich gesagt nicht gedacht. Tut mir echt leid. Au Mann, jetzt habe ich euch auch noch den letzten Abend hier an Bord versaut. Sorry dafür, aber irgendwie habe ich gar nicht großartig weitergedacht. <<

*

Ich stand auf. >> Okay, es muss alles wieder so unauffällig wie möglich wieder an Ort und Stelle gebracht werden. Ines, wenn du das nächste Mal in Not bist, dann rede einfach mit uns. Du siehst doch, auch wir sind nicht perfekt, aber gemeinsam können wir so manches Problem bestimmt lösen. <<

Ines schaute verlegen zum Boden. >> Dankeschön und eigentlich weiß ich das ja auch, ich meine spätestens auf dieser Reise habe ich ja die Erfahrung gemacht, dass wir alle unser Päckchen zu tragen haben und ja, gemeinsam schafft man viel. Leider habe ich mit Thomas nicht mehr viel gemeinsam, doch ihn jetzt in Stich zu lassen, wäre auch feige. Vielleicht muss ich noch einen weiteren Job annehmen, vielleicht sollte ich aber auch einfach mit dem Rauchen aufhören, ich weiß noch nicht wie, aber ich möchte definitiv Yannik in London weiter unterstützen. <<

>> Das kann ich als Mutter gut verstehen <<, kam es von Hanna.

>> Wie dem auch sei, schön wäre es trotzdem gewesen, wenn dir dein Mann die Sache mit der Kurzarbeit erst nach deiner Rückkehr erzählt hätte. Aber das ist

wieder typisch. Wahrscheinlich hat er dir den Urlaub von vorne herein nicht gegönnt, Dimitrice hin oder her. « Jana schüttelte den Kopf und schaute auf die Uhr. » Ines, dass du unmöglich mit diesen ganzen Raubutensilien von Bord dackeln kannst. Wir müssen uns irgendwie aufteilen und die Sachen wieder zurücklegen bzw. geben, dann müssen wir schleunigst packen und uns für das Kapitänsdinner stylen. Bohr was ein Stress am letzten Tag, aber egal und du mein Fräulein «, sie schaute ihre Freundin Ines direkt in die Augen. » Hättest auch mal ein Wort sagen können. Das meine Partnerschaft den Bach herunter geht ist eine Sache, aber Geld kann ich euch leihen. Du weißt, ich habe einen sehr Verantwortungsbewussten Job, der auch gut honoriert wird, also Madam, da reden wir beide noch drüber, okay? «

Auch Anke meldete sich dazu. » Ich würde dir lieber mein Erspartes leihen, als meine Drachen-Schwiegermutter aufzunehmen, das kannst du mir glauben, also wir beide Reden auch nochmal über deine Situation. «

Ines lächelte etwas und auch ich bot mich spontan an. » Ich muss natürlich erst das Gespräch mit Herrn Petersen abwarten, aber sollten wir uns mit dem Hauskauf einig werden, helfen wir auch, da wo wir können. «

Hanna bot ihre Hilfe an, sie wollte direkt nach den Urlaub Fynns Zimmer und den Keller aufräumen und dann Ines die Sachen zum vertrödeln schenken. >> Da wird einiges Zusammenkommen, Fynn ist da wie ich, so ein kleiner Sammler. Dein Yannik muss vielleicht erstmal nichts von eurem, ich sag's mal vorsichtig, Gelproblem mitbekommen. Ich denke, gemeinsam bekommen wir das schon hin, oder Mädels? <<

>> Ach ihr seid spitze, vielen Dank. << Ines kullerten erneut Tränen über die Wange.

>> Papperlapapp und jetzt lasst uns langsam in die Hufe kommen. Da ich ja schon fertig mit dem Packen bin, schnapp ich mir mal die Brosche und bring sie schon mal zur Rezeption, ach das Hundehalsband nehme ich auch gleich mit. <<

Ich staunte, denn ich erinnerte mich an andere Worte, doch ich sagte nichts dazu, außer, dass es vielleicht auffallen könnte, beides an der Rezeption abzugeben, doch Anke hatte schon einen Plan, schnappte sich die Beute und verließ die Kabine, bevor es sich Ines noch anders überlegen konnte.

Hanna erhob sich. >> Na dann geh ich mal schnell meine Sachen packen. Den Rest kann ich ja auch noch heute Nacht irgendwo verstauen. <<

>> Vergiss es, wir müssen um spätestens 1 Uhr heute Nacht den Koffer vor die Tür abstellen. <<

>> Aber wie macht ihr das denn mit euren Sachen, die ihr morgen anziehen möchtet oder fliegt ihr in eurer Abendgarderobe zurück? <<

>> Ich werde die getragenen Sachen, sowie meine Schlaf- und Kosmetiksachen morgen früh in den Rucksack packen. Die Sachen, die ich für den Heimflug anziehen möchte, habe ich extra gehangen. <<

>> Typisch Katja, wieder voll und ganz durchorganisiert. << Hanna schüttelte den Kopf und ich musste ihr lachend recht gebe.

>> Tja, wer kann der kann und jetzt haut langsam rein, die Zeit läuft. <<

Hanna salutierte. >> Jawollja, Frau Event-Managerin. <<

Anke ging direkt zur Rezeption und legte Cornelia die Brosche auf die Theke. >> Hallo Cornelia, guck mal was ich gerade bei meinem Rundgang gefunden habe. <<

Cornelia nahm die Anstecknadel in die Hand. >> Das könnte glatt die vermisste Brosche von Frau Neumann sein. Mal schauen, ob die Beschreibung passt. << Sie schaute in einem Fach hinter sich und zog eine Kladde heraus. Anke schaute mit ihr über die ´Vermissten-Liste` und wunderte sich, was die Leute so alles auf einem Kreuzfahrtschiff verloren. Es wurden Badeschuhe, Handykabel, Stofftiere, Ein Ehering, ein

Hundehalsband (!), Bücher, Geldbörsen, Krawatten und sogar eine Haftcreme als vermisst angegeben.

>> Hier habe ich die Notiz. Brosche in Form einer Lilie vermisst, Gold mit kleinen Swarovski-Steinchen. <<

>> Passt <<, kam es erleichtert von Anke. >> Dann würde ich sie dir jetzt zu treuen Händen hierlassen? <<

>> Das ist sehr lieb von dir, ich rufe sofort bei Frau Neumann an, sie wird sich sicherlich sehr drüber freuen, vielen Dank für deine Ehrlichkeit. << Cornelia griff schon zum Telefon und wählte die Kabinennummer von Frau Neumann, als Anke eine Stimme vernahm.

>> Lady, nun lauf doch nicht immer so schnell. Komm wir gehen nach oben zum Hundedeck, da kann ich dich ja von der Leine lassen. <<

>> Hundedeck? << fragte Anke nach und Cornelia nickte grüßend der Hundebesitzerin zu. >> Frau Neumann scheint nicht in ihrer Kabine zu sein, ich werde es gleich nochmal bei ihr versuchen. Ja, wir haben ein kleines Hundedeck ganz vorne im VIP-Bereich. Es ist nur ein kleiner Auslaufbereich für unsere Hunde-Passagiere, nichts Großes, aber da können die kleinen ohne Leine etwas spielen und nicht ausbüxen. <<

>> Das habe ich ja noch gar nicht entdeckt. Da befindet man sich eine Woche auf so einen Dampfer und hat immer noch nicht alles gesehen. <<

Cornelia lachte. >> Ich habe zugegeben auch bald 14 Tage gebraucht, bis ich mich nicht mehr verlaufen hatte. Sollte sich Frau Neumann erkenntlich zeigen wollen, dürfte ich ihr dann deinen Namen oder deine Kabinennummer … <<

>> Nein, auf keinen Fall, dass ist doch wohl selbstverständlich, ich freue mich, wenn die Brosche wieder zum Besitzer kommt. Wie sagt man immer – Jeden Tag eine gute Tat. << Anke verließ schnell die Rezeption und schlug den Weg Richtung Aufzug ein. Ein Blick auf den Deckplan zeigte den VIP-Bereich im Bugbereich auf Deck 14 an und als der gläserne Aufzug kam, drückte Anke die VIP-Etage, doch die Tür schloss sich nicht. So ein Mist, fluchte sie innerlich und gerade als sie wieder aus dem Lift steigen wollte, bestieg ein junger Mann ihn, nickte ihr kurz zu, hielt seine Kabinenkarte vor einem Scanner und wählte das Deck 14. Perfekt, schmunzelte Anke und schaute zur Ablenkung durch die Verglasung.

Als der Aufzug hielt und der Mann ausstieg, schlüpfte sie noch schnell hinterher und staunte, denn es war schon sehr schick hier oben > klein aber fein < murmelte sie leise und schlich Richtung Tür, um draußen nach der Hundeecke zu suchen.
Schwer konnte es nicht sein, denn hier war es doch recht übersichtlich. Sie schlenderte an einem Whirlpool vorbei, an Liegen und Lounges und

entdeckte auch schon das kleine Hundeparadies, welches geschützt und eingezäunt mit ein paar Spielzeugen vor ihr lag.

Anke beobachtete die keine Lady, die vergnügt mit einem anderen kleinen Hund spielte und das Glück schien es gut zu meinen, denn Frauchen und Herrchen standen an der Reling und schienen von der Außenwelt wenig mitzubekommen.

Anke fühlte sich wie bei einer James Bond-Rolle, kniete sich ans Absperrnetz und rief leise >> Lady, komm mal her mein Mädchen. Ladylein. Na komm. Putt Putt Putt ach quatsch ich meine pstpstpstpstpst. Lady, na komm mal her mein Mädchen. <<

Lady hörte Anke und obwohl sie einen Spielgefährten hatte, kam sie neugierig schnuppernd zu ihr.

>> Fein mein Mädchen, fein. Guck mal was die Tante Anke hier für dich hat, na erkennst du dein Halsband wieder? << Sie schob ihre Hände vorsichtig durch das Netz, immer ein Blick auf die beiden Hundebesitzer.

>> Braves Mädchen, komm ich leg dir schnell dein Halsband um und dann verschwinde ich auch schon wieder <<, leise sprach sie auf den schwanzwedelnden Hund ein, der jetzt auch versuchte ihre Hand abzulecken. >> Verrate mich bloß nicht, kleine Lady, sonst gibt's nicht nur Ärger, sondern mindestens auch eine Anzeige. Ach guck mal, jetzt ist dein kleiner Freund hier auch aufmerksam geworden und kommt schnüffeln. <<

Anke rastete mit einer Hand das Halsband ein und legte sofort einen Rückwärtsgang ein, als die kleine Lady zu kläffen anfing.

So schnell wie sie konnte verschwand sie wieder zu den Aufzügen, schnaufte einmal durch und hoffte, dass für die Rückfahrt nicht wieder so ein VIP-Kärtchen benötigt wurde, doch alles lief problemlos und sie fuhr auf Deck 7 zu ihrer Kabine zurück.

Ich hatte auch bereits alles im Koffer verstaut und mich auf den Balkon niedergelassen, um meiner Zimmerpartnerin beim Packen nicht im Wege zu stehen, als Anke zurückkam.

>> Mission erledigt <<, klatschte sie in die Hände. >> Alle Besitzer hoffentlich wieder zufrieden gestellt. <<

Ines warf einen verlegenen Blick um die Balkontür. >> Also ein schlechtes Gewissen hatte ich denen gegenüber schon gehabt, sogar dem Hündchen. <<

Hanna schaute um die Balkontür zu Anke. >> Hiermit ernenne ich dich zu meinem neuen Partner, Mrs. Stringer. <<

Die Rückgabe der Steakmesser verlief auch problemlos, denn auf jedem Gäste-Deck in den Gängen, standen die Wägelchen der fleißigen, unsichtbaren Roomboys mit zig Kabinen-Utensilien. Auf dem unteren Teil des Wagens wurden immer die

schmutzigen Gläser, geleerte Flaschen und Co.
abgestellt und genau da legten wir die Messer ab.
Jetzt war alles wieder an Ort und Stelle, bis auf die
beiden Aschenbecher, aber die brauchte Jana noch für
unseren Balkon.

Kapitel 27
Klar Schiff unterm Sternenhimmel

Fertig gepackt, fertig geschniegelt und gestriegelt und voller Lust und Laune besuchten wir zuerst die Galerie des Schiffes, um den Gutschein des gewonnenen Familienfotos einzulösen.

Ich zweifelte ein bisschen an das Einlösen des Gutscheins, da wir ja keine Familie waren, doch Ines fiel mir ins Wort. >> Das, was wir hier zusammen erlebt haben, ist für mich schon mehr als Familie und jetzt bitte lächeln! <<

Die Fotos wurden tatsächlich sehr schön und wie sagte der Fotograf, er fand, wir lächelten alle so befreit und nicht so gestellt und genauso war es auch. Im Restaurant angekommen wurden wir bereits von Ulf Borgmann erwartete. Jana war es wegen ihrem Auftritt erst etwas unangenehm, doch als der Gentleman ihr den Arm zum einharken hinhielt, tat sie es und lächelte zufrieden. Wir wurden von einem Crewmitglied zu einem sehr festlich geschmückten Tisch begleitet und Dr. Borgmann bestellte eine Flasche Schampus für die Runde.

Anke traute sich und fragte nach seiner Frau.

>> Ich habe mir vorgenommen, den heutigen Abend mit Ihnen allen zu genießen und möchte nicht viel über Alicja reden. Meinen Anwalt habe ich, wie

vorhin schon erzählt, per Mail kontaktiert und um die
Fertigung der Scheidungspapiere gebeten und jetzt
meine Damen, lassen Sie uns den Abend genießen «
und wie aufs Stichwort wurde das Licht etwas
gedämmt und mit einem Radetzkymarsch erschienen
Köche, Kellner und der Kapitän.

Der Kapitän sprach durch das Mikrofon ein paar nette
Worte über seine Crew, sein Schiff und der
gelungenen Reise und dann folgte das Menü.
Anke freute sich schon total und machte einen langen
Hals, als die Köche mit großen, silberpolierten
Tablettes das Restaurant betraten und den Gästen das
Menü servierten.
Ich versuchte so viel wie möglich mit meiner Kamera
festzuhalten und machte dabei so meine
Entdeckungen.
>> Habt ihr schon gesehen, wer bei dem Kapitän am
Tisch sitzen darf? << Ich drückte auf den Auslöser.
Hanna drehte sich suchend um. >> Wo sitzt ein Graf? <<
>> Geht das schon wieder los? << Ines verdrehte die
Augen.
>> Wieso auf Kos? Was hat das denn jetzt mit unserer
Reise zu tun? << Jana stand auf und klopfte Hanna aufs
Hörgerät bis sie den Daumen hochhielt.
>> Es hat Plöpp gemacht. Jetzt nochmal, wer sitzt denn
nun wo? <<

Jana schaute in die Richtung. » Ich fass es nicht, unser Hermann und seine Hildchen. «

Ulf Borgmann lachte. » Wer sind denn die beiden? «

Jana grinste und erklärte es in Kurzform. » Also Hermann, ein kleiner Heinz Erhardt, wollte gerne Spaß haben, doch seine Hilde verbot es ihm. Hermann, der sich von mir gestalkt fühlte, hatte den ersten Preis im Bingo gemacht und darf womöglich deshalb Gemeinsam mit dem Kapitän dinieren. «

» Aha «, lachte Ulf. » Sonst noch irgendwelche Vorstellungen? «

Jana drehte sich zu ihren bayrischen Nachbarn um. » Hier sitzen das rote Team, welches aus Basti, Flo und den Alois besteht. «

» Das rote Team? « Ulf zog verwundert die Augenbrauen hoch.

» Genau, wir waren das blaue Team im 80er Jahre Quiz und haben die roten ganz locker und fluffig geschlagen. « Ines freute sich immer noch und Ulf wunderte sich, dass er von so einem Quiz gar nichts wusste, doch er wusste etwas ganz Anderes und wandte sich an Hanna. » Ich wollte mich bei Ihnen noch entschuldigen. Ich weiß, dass ich Sie bei der Rettungsübung etwas angeblafft hatte, aber da war ich gerade von meiner Frau enttäuscht worden. Ich möchte, wie gesagt, nicht über Alicja reden, denn das wäre nicht die feine englische Art, aber als ich einen Nebenbuhler von mir hier an Bord wiedererkannt hatte, der mit Sicherheit *rein zufällig* diese Reise gebucht hatte, sah ich rot, denn dieser Typ war eine zweimonatige Affäre meiner Frau. Egal, ich will nicht abweichen, doch ich war sauer und habe Alicja an unserem ersten Abend auf dem Schiff drauf angesprochen. Sie ist dann ausgerastet und ja, ich war wohl bei der Rettungsübung noch so unter Strom, dass mich alles aufregte, auch wenn es nur eine zu früh angelegte Rettungsweste war. Es tut mir leid und dafür möchte ich mich entschuldigen. Dann, bevor ich mein Glas erhebe, möchte ich Ihnen, Hanna, noch meine Visitenkarte geben. Ich möchte jetzt keine Werbung machen und es ist leider auch nicht mein Aufgabengebiet, aber wir haben in unserer Klinik die besten HNO-Ärzte in Deutschland. « Er nahm sein Glas zur Hand. » Und jetzt würde es mich sehr freuen, wenn ich an diesem Abend noch etwas Spaß nachholen dürfte und wir uns vielleicht alle duzen. « Wir stießen mit unseren Gläsern an, genossen den Schampus, das tolle Essen und den Abend.

Anke lehnte sich zurück. » Achtung, Platzgefahr, also entweder ich lege mich jetzt in meine Koje oder... « » Vergiss es. « Jana verschluckte sich fast. » Das ist unser letzter Abend, da stellt sich doch wohl nicht die Frage nach entweder bzw. oder! « Das fanden Hanna und wir anderen auch, der letzte Abend musste noch genossen und begossen werden, denn was pflegte

Jana immer zu sagen *wir hatten doch AI.* Ulf
verabschiedete sich allerdings von uns. Er wollte
gleich noch packen und morgen ganz früh das Schiff
verlassen. >> Schade, aber wenn du Ärger hast oder
nicht schlafen kannst, findest du uns in der 24h-Bar. <<
Man wünschte sich noch einen schönen Abend, alles
Gute, eine gute Heimreise und wir fuhren mit dem
Lift ein letztes Mal zur Stammbar auf Deck 13.

Ines erblickte Alicja, die mit verweinten Augen an
einem Tisch in der Ecke saß und aufs Handy starrte,
doch Mitleid hatte sie nicht mit ihr, denn wer den
Teufel erweckte, sollte das Spiel mit dem Feuer
beherrschen, dachte sie.
Ich setzte mich an einem der freien Tische. >> Ach, was
war das eine schöne Reise. Ich habe sie so genossen. <<
Hanna setzte sich zu mir und nickte. >> Ja das stimmt.
Die Zeit verging rasend schnell. <<
Anke blickte gähnend auf die Uhr und Jana ermahnte
ihre Freundin lächelnd. >> Lass das mal besser, sonst
rechnest du schon wieder deine Schlafstunden aus
und verschwindest wieder Schäfchen zählen. <<
Anke lachte. >> Nicht ganz, ich hatte nur kurz geguckt
wie spät wir haben, da wir ja noch die gepackten
Koffer vor die Kabinentüren stellen müssen. <<
>> Jau, stimmt <<, ich schlug mir die Hand vor die Stirn.
>> Ich glaube, das hätte ich jetzt echt vergessen. <<

>>Duuu? << Wunderte sich Hanna. >> Miss Organisatorin persönlich? <<

Ich schubste sie freundschaftlich an. >> Der Urlaub ist so gut wie vorbei, also brauche ich nicht mehr organisieren! <<

>> Wie der Urlaub ist vorbei? << Ines stellte ein Tablett mit Sambuca auf den Tisch. >> Wir haben doch noch die ganze Nacht vor uns! <<

Um 0:00 Uhr war die Stimmung immer noch recht gut bei uns, aber um uns herum wurde es auf Deck 13 langsam ruhiger.

Ich dachte mir aber schon, dass die meisten Passagiere zeitig packten und ins Bett gehen würden.

>> Wissen wir eigentlich, wann wir morgen das Schiff verlassen müssen und wann der Shuttlebus kommt? Der Flieger ging doch schon um 11:00 Uhr zurück, oder? << Ines sah fragend in die Runde.

Anke bot sich an, unsere Koffer vor die Kabinentür zu stellen >> und dann guck ich gleich, wann wir morgen Auschecken müssen. <<

Ich stand gleich mit auf, froh meine Beine noch mal kurz zu vertreten. >> Ich komm mit dir, ich wollte mir noch eben eine Strickjacke holen. Noch jemand ohne Fahrschein? << Hanna guckte mich verdattert an. >> Ich höre gar nichts. <<

>> Wie du hörst nichts? Gar nichts? <<

>> Sagtest du nicht, du hörst jemanden schreien? <<

Ich schüttete den Kopf. » Ich sagte Fahrschein. «
Jana unterbrach unsere Diskussion. » Tut mir bitte
einen Gefallen und bringt für Hanna einen ganzen
Sack neuer Batterien mit, sonst werde ich heute noch
wahnsinnig. «

*

Viele Passagiere hatten bereits ihre Koffer zur
Abholung vor die Kabinentür abgestellt, wir schienen
wirklich mit die letzten zu sein. Schnell zogen wir
unsere Koffer aus den Kabinen, platzierten diese auch
vor die Tür, als Anke ihr Handy brummte.
» Guck ruhig nach deiner Nachricht, ich schau derzeit
auf die Liste, wann wir morgen abgeholt werden. «
Anke lauschte angespannt am Handy, es schien eine
sehr lange Nachricht zu sein, dachte ich und sah, wie
meine Freundin relativ ernst die Nachricht abhörte.
Hoffentlich war nichts passiert, dachte ich und
fotografierte die Daten bezüglich der Abreise mit dem
Handy ab, als Anke einen Luftsprung machte und ein
lautes » Du glaubst es nicht! Ich könnte die ganze
Welt umarmen! « rief.
Erschrocken sprang ich auf und ließ mein Handy
fallen.
» Was ist denn passiert? «
» Das erzähl ich gleich, jetzt brauch ich erstmal einen
Schnaps. «
» Ich dann wohl auch. «

Auf Deck 13 angekommen wurde direkt der Tresen von Anke angesteuert.

>> Was ist denn mit ihr passiert <<, wunderte sich Jana freudig. >> Ich hätte schwören können, dass Anke die Chance nutzen würde und sich beim Betreten des Zimm … ähhh der Kabine und Anblick ihres Bettes, sich gleich hineinlegen würde. <<

Ich reichte Hanna die neuen Batterien. >> Also lange halten tun die Dinger wirklich nicht, ich würde sie beim Hersteller reklamieren. <<

Hanna wechselte diese sofort aus. >> Die habe ich doch günstig über China bestellt, ich glaube nicht, dass sich da eine Reklamation lohnen würde. <<

>> Über China? Kein Wunder, dass du dann auf dem Kanal oft was Falsches verstehst. <<

>> Kosten inkl. Versand nur 1/3 von dem, was ich hier für Batterien bezahle. <<

>> Halten aber auch nur 1/3 so lange <<, spottete Jana und rückte zur Seite, um Anke mit ihrem Tablett Platz zu machen.

>> Prost Ihr Lieben <<, sie strahlte. >> Auf uns, auf das Leben, auf meinen Mann, auf eine schöne Reise, ach einfach auf alles Schöne. << Anke hielt ihr Pinnchen in die Höhe.

Jana wurde unruhig. >> Anke, was ist passiert? Ist deine Schwiegermutter gestorben? <<

>> JANA. << Hanna hörte wieder und war entsetzt.

Anke setzte sich. >> Mein Peter hat mir eine Sprachnotiz hinterlassen und… << sie wühlte in ihrer Handtasche und legte ihr Handy vorsichtig in die Mitte des Tisches. >> Hört euch die Sprachnotiz von meinem Schatzi am besten selber an. <<

> Hallo mein Schatz, ja ich weiß jetzt gar nicht direkt wo ich anfangen soll, aber nun ja, da es meine erste Sprachnotiz ist, hoffe ich, jetzt keinen Fehler zu machen. Also, meine liebe Anke, ich wollte dir über diesen Kanal nur mitteilen, dass ich meinen Kuraufenthalt abgebrochen habe und mich morgen aus Bad Füssingen verabschieden werde. Den Grund hierfür hat mir Detlef mit seiner Geschichte geliefert. Er hat mir von seiner Flucht aus seinem eigenem Haus erzählt, seitdem seine Schwiegermutter eingezogen war. Verstehste, Schatz? Detlef wollte sich nicht wie ich eine Auszeit vom Berufsleben gönnen, sondern von seiner Familie und seinem Zuhause. Das ist doch furchtbar < man hörte ihn räuspern, bevor er wieder anfing. > Na und dann haben wir uns über seine häusliche Situation geplaudert und da erzählte er eben, dass seine Schwiegermutter sich überall einmischen würde, dass man ihr nichts recht machen konnte, dass sie sogar schon provozierend in seinem Gartenstuhl säße, wenn er von der Arbeit kommt und ihn dann dirigiert, wie er welche Pflanze zu bewässern hatte und wann der Rasen einen neuen Schnitt benötigte. Sie mischte sich ständig beim Essenzubereiten ein und würzte aus Prinzip alles nach. Als

Elsa, also die Schwiegermutter, jetzt auch noch meinte, die Regie über das abendliche Fernsehprogramm zu übernehmen, suchte Detlef Asyl und beantragte sofort eine Kur auf Burnout. Ich war total geschockt und bei den Erzählungen ist mir eigentlich klargeworden, wie egoistisch ich gedacht habe, als ich dir erzählte, dass ich meine Mutter zu uns holen wollte. Ich hatte mir selbst nicht die Zeit gegeben, die Vor- und Nachteile zu bedenken, welches ich jetzt zwei Tage und Nächte lang nachgeholt habe und Anke – lass uns alles nochmal gemeinsam überlegen. Ich weiß selbst, dass meine Mutter nicht leicht ist und sie sich bestimmt auch in so manche Situationen einmischen würde. Ich habe jetzt die Kur beendet, meine paar Habseligkeiten bereits gepackt und werde morgen mit dem Zug nachhause fahren. Ich wünsche dir und deinen Mädels noch einen letzten schönen Abend und morgen einen sicheren Heimflug. Ich freue mich schon sehr auf dich – so, Ende im Protokoll. <

>> Das ist ja Mega! Mensch, da waren die beiden zur richtigen Zeit im selben Kurhaus untergebracht – Gott sei Dank gibt es auch mal schöne Zufälle. << Ich konnte es irgendwie gar nicht glauben. >> Hätte ich, ehrlich gesagt, den sturen Bock gar nicht zugetraut, er zieht doch sonst immer sein Ding durch. <<
Ines äußerte sich auch. >> Jetzt hast du umsonst so viel Geld für Taschen und Co. ausgegeben. <<

Anke packte das Handy zurück in die Tasche. » Ich kann Peter meine Notkäufe erklären, denn unsere Nichten haben bald Geburtstag. Ach Mädels, ich glaube, ich bin gerade der glücklichste Mensch auf der Welt. «

» Du musst Peter aber auch ehrlich deine Bedenken bezüglich des Einzuges deiner Schwiegermutter erklären. Ich meine, sie ist ja nicht Bettlägerig und noch recht fit mit ihrem Rollator unterwegs. Eine Altenwohnung würde es bestimmt auch tun. «

Hanna lehnte sich zurück und schaute in den Sternenhimmel. » Jetzt guckt euch doch mal den klaren Himmel an, ist der nicht toll? «

» Klaren kenne ich, aber anders «, kam es natürlich wieder von Jana, worauf Ines gleich ansprang.

» Hey Leute, wir haben jetzt 2 Uhr, sollten wir nicht langsam mal unsere Zimm … ähhh Kabinen aufsuchen? «

Anke sah sie irritiert an » Warum das denn, bist du etwa Müde? « und alle lachten.

*

Mauro war wirklich ein Top Kellner, denn er hatte aufmerksam mitbekommen, dass wir die letzte Nacht an Bord genießen wollten und brachte uns kuschelige Fleecedecken.

Ines lehnte sich auch nachhinten und schaute in den Sternenhimmel. » Ich werde es echt vermissen. Ich werde euch vermissen und einfach alles, was in dieser Woche passiert ist. «

Ich musste und konnte ihr nur aus vollstem Herzen zustimmen und Anke beobachtete Ines. » Du musst die Strähnchen auf jeden Fall zuhause deinem Friseur zeigen, damit er schon mal üben kann. «

» Das brauche ich nicht. Was meinst du, was man dafür bezahlt? Thomas würde ausflippen! « Und bevor noch jemand etwas auf ihr Problem fragen konnte, schüttelte sie nur den Kopf. » Lasst gut sein, Mädels, dafür war die Zeit hier an Bord mit euch zu schön. Ich hatte Thomas geschrieben, dass mein Handyguthaben aufgebraucht sei und ich mich nicht mehr melden würde, damit ich erstmal Ruhe vor ihm hatte. Ja und dann kam mir die völlig wirre Idee, mein Urlaubsgeld aufzubessern und ja, es bot sich die Klauerei an. Am Anfang hatte ich mich total schwer damit getan und nachts kaum ein Auge zugemacht, aber als ich die ersten drei Steakmesser und ein Aschenbecher problemlos stibitzt hatte, fing es sogar an, mir Spaß zu machen. Ihr könnt euch nicht vorstellen, was man da alles bedenken musste! « Ines holte Luft. » Ramin muss mich auch für völlig benebelt halten, dem muss ich unbedingt noch als Entschuldigung ein bisschen Trinkgeld hinlegen. « Dafür, dass sie eigentlich nicht über das Thema Reden wollte, rutschten ihr jetzt doch noch so ein paar Sachen raus.

>> Wieso Ramin? «

>> Naja, ich habe ihn erzählt, dass womöglich Möwen die Aschenbescher vom Balkon geklaut hatten, aber zum Glück hatte er mich nicht verstanden. Ich meine, so einen Quatsch kann man ja auch nicht glauben. «

>> Du machst mich neugierig, was heißt denn Möwe auf Englisch? « Musste ich dann doch nachfragen und Ines grinste.

>> Das war es ja. Ich habe Ramin im Gang getroffen und ihm vor meinem Zimm ...ähhh der Kabine mit einem Flügelaufschlag das Wort Möwe versucht zu erklären. Mein Gott der arme Kerl dachte wahrscheinlich ... «

>> Du willst ihn ... «

>> JANA «, lachte Hanna.

>> Was denn? « Tat sie unschuldig. >> Zum Tanzen einladen, wollte ich doch nur sagen. «

>> Ja is klar, den Ententanz oder was? «

Ines erzählte weiter. >> Naja, irgendwann hatte er mich verstanden und gab mir einen neuen Aschenbecher. Naja, den Rest habt ihr ja live und in Farbe selber aufgedeckt «, sie seufzte und Hanna klopfte ihr aufmunternd auf den Unterarm.

>> Lass den Kopf mal nicht hängen, auch dafür gibt es eine Lösung. «

Und das fand ich auch, wir sollten nicht versuchen unsere Probleme zu lösen, sondern uns von diesen zu lösen.

>> Kurzarbeit heißt ja nicht gleich Arbeitslos. Thomas ist jetzt so viele Jahre in seiner Firma tätig, den sägt man nicht einfach so ab. <<

>> Und wenn doch <<, meldete sich Jana zurück >> gibt's wenigstens eine dicke Abfindung. Glaube mir Ines, so eine Fachkraft wie dein Mann gibt es nicht mehr oft, er wird immer wieder eine neue Arbeitsstelle finden, da mach dir mal keine Sorgen. Mich würde es eher Sorgen, wie er mit dir weiter umgeht. <<

>> Das ist es ja <<, stellte Ines eindeutig klar. >> Ich wollte mit mir selber auf dieser Reise ins Reine kommen und mich entscheiden, ob ich mein Leben, genauso weiterleben möchte oder mich von meinem Mann trenne und nochmal neu durchstarte. << Sie schaute abwartend in die plötzlich still gewordene Runde. >> Eigentlich hatte ich mich vor Reiseantritt schon entschieden, aber jetzt, wo Thomas in Schwierigkeiten kommt, denke ich ... <<

>> Hoffentlich endlich mal an dich <<, endete Jana für sie den Satz. >> Mensch Ines, dein Thomas verteilt nur dumme Sprüche, macht dich Nieder und du stärkst ihm immer wieder den Rücken? Wie oft soll er dich noch vor anderen Leuten blamieren und dich als Dööfchen darstellen? <<

Ines dachte kurz nach, musste dann aber etwas grinsen. >> Naja als Kleptomanin auf einem Schiff ertappt zu werden, ist aber auch saublöd. <<

Jana richtete sich auf. >> Fräuleinchen, irgendwie schaffst du mich heute Abend. Ich meine, das Gute ist, das du mich von meinen eigenen Problemen ablenkst. Ich, oder wahrscheinlich wir alle, sind ja froh, dass du mal offen mit uns redest, aber gerade noch wolltest du ins Bett und jetzt kommst du uns hellwach mit so einer Story um die Ecke. Mädel, Mädel, ich brauch 'n Schnaps. <<

>> Hätten wir kein Haus und auch kein Yannik, dann hätte ich mich schon längst getrennt. <<

Hanna schüttelte den Kopf. >> Das ist doch quatsch. Euer Sohn ist erwachsen und mittlerweile sehr selbstständig und wegen einer Immobilie bleibt man doch nicht mit jemanden zusammen, der einem nur tyrannisiert. <<

Ich musste ihr Recht geben, denn genau so dachte ich auch. >> In der heutigen Zeit trennen sich zwar viele Paare viel zu schnell, aber wenn es wirklich nicht mehr gehen sollte, dürften auch Kinder kein Haltungsgrund sein und eine Immobilie sowieso nicht. <<

Ines schaute zum Boden und nickte. Normalerweise hätte sie jetzt die Krallen ausgefahren und alles wieder Schöngeredet, doch diesmal schien es ihr wirklich ernst zu sein.

>> Ihr habt Recht, in allen Punkten und deshalb habe ich mich ja entschieden. Ich habe auf dieser Reise gemerkt, dass ich viel freier war. Ich hatte manchmal

vor Lachen Tränen in den Augen und Bauchschmerzen. Ich war glücklich abends ins Bett gegangen und bin grinsend wieder aufgewacht. Ich hatte mich auf den nächsten Tag mit euch gefreut und wirklich jede einzelne Minute genossen. « Sie machte eine kurze Pause. » Ernsthaft Mädels, wenn man jetzt diese Woche Revue passieren lässt, ist durch unsere Gespräche so viel passiert, wie die letzten Jahre nicht. Erst suchst du, Katja, ein neues zuhause für dich, deinem Mann und euren Schildkröten und nun muss ich mich auf Wohnungssuche machen. Anke hätte beinahe ebenfalls ungewollt eine häusliche Veränderung bekommen und Jana, ja wie geht es mit dir oder euch weiter? Gebt ihr jetzt auch eure gemeinsame Wohnung auf? «

» Das werden wir sehen, ich meine, ich vermisse den chaotischen Kerl ja schon etwas. Ich denke mal nicht, dass wir uns räumlich trennen werden, sondern eher noch mal neu starten werden. «

» Das ist ja schön und das würde mich freuen. Hanna? Wie wird es bei dir in der Klinik weitergehen? «

Hanna hörte Ines nicht, sie schaute auf das dunkle Meer und war in Gedanken.

» Hallo? Hanna? Bist noch anwesend oder schlummerst du jetzt schon mit offenen Augen? «
Doch wieder keine Reaktion. Ines wedelte mit ihrer Handfläche vor ihrem Gesicht.

>> Das gibt´s doch wohl gar nicht. Sie schläft tatsächlich mit offenen Augen. Ich fass es nicht! <<

>> Ich schlafe nicht, ich genieße und deshalb möchte ich auch nicht über meine Werte und den Klinikaufenthalt denken und reden, sondern lieber noch ein paar Stunden abschalten. Es wird schon alles gut gehen. <<

>> Genau, ich wollte nur ganz kurz noch etwas zu Ines sagen. << Anke drehte sich zu ihr. >> Also wegen der Wohnungssuche, ich meine jetzt, wo meine herzallerliebste Schwiegermutter wohl nicht zu uns ziehen wird, könntest du doch vorübergehend in die kleine Stube einziehen. Sie ist jetzt nichts Tolles, aber um erstmal Abstand zu bekommen, finde ich sie optimal. Bad und Wohnschlafraum reichen doch für eine Person und die Gartennutzung ist selbstverständlich inklusive. <<

Ines sprang auf und umarmte sie. >> Ohhh vielen Dank, das Angebot würde ich gerne annehmen, über den Preis ... <<

>> ... brauchen wir nicht zu reden, kannst dich gerne im Garten etwas nützlich machen <<, zwinkerte Anke.

>> Aber keine Blumenzwiebeln klauen <<, konnte ich mir dann doch nicht verkneifen, doch Ines schmunzelte nur >> ha ha, sehr witzig. <<

Hanna gähnte und schaute auf die Uhr. >> Ach herrje, schon gleich vier Uhr. <<

Anke zog ihre Schuhe aus und rieb sich die Füße. >> Ich hätte die weißen Sneakers für den Rückflug planen sollen und nicht die Gurken hier, die mir jetzt schon drücken. <<

>> Warum ziehst du auch neue Schuhe an, wenn du weißt, du kannst im Notfall nicht wechseln? Jetzt sind unsere Koffer schon abgeholt worden. <<

Anke rieb sich eine Stelle an der Ferse. >> Gibt bestimmt eine Blase. Meint ihr, unser Doc Holiday hat heute auch Nachtschicht? <<

Hanna kramte in ihrer Handtasche und holte ein Paket Notpflaster hervor. >> Wofür einen DOC, wenn ich welche habe. <<

>> Gibt es eigentlich irgendetwas, dass du nicht in deiner Tasche deponiert hast? Ich meine, ich bin ja froh, aber so langsam rühme ich deine Wundertasche tatsächlich. <<

>> Tja, hättest dir anstelle einer Clutch doch lieber etwas Vernünftiges gekauft. << Sie reichte Anke die Pflaster und gähnte. >> Entschuldigung, langsam werde ich wohl doch müde. <<

>> Wie spät ist es denn? << Anke gähnte mit.

>> Wird gleich hell. << Ich zeigte zum Horizont. >> Guckt mal, da vorne wird es langsam schon heller. <<

Anke gähnte erneut >> Ob es sich jetzt noch lohnt, sich eine Stunde aufs Ohr zu legen? <<

>> Also wir haben jetzt Fünf Uhr. << Ines schaute auf ihre Uhr. >> In knapp einer Stunde macht das

Restaurant auf und in gut 2 ½ Stunden müssen wir von Bord. Da lohnt es sich eigentlich nicht… «
Anke ließ sie nicht ausreden. » Überredet, ich ziehe durch, wann hat man denn schon mal die Chance, die erste am Frühstücksbuffet zu sein kann?! «

Ich lehnte mich zurück und war einfach nur froh, dass ich diese Reise mit meinen Freundinnen erleben durfte, als
Hanna aufsprang. » *Sternschnuppen*!!! Schnell guckt mal! «, und zeigte zum Himmel. » Wünscht euch schnell was. «

Und das tat jeder, jeder für sich und doch für alle.